MICHAEL GRANT

PRAGA

UM LIVRO DA SÉRIE **GONE**

Tradução
Alves Calado

1ª edição

GALERA RECORD
RIO DE JANEIRO • SÃO PAULO
2013

CIP-BRASIL. CATALOGAÇÃO NA PUBLICAÇÃO
SINDICATO NACIONAL DOS EDITORES DE LIVROS, RJ

G79p

Grant, Michael, 1954-
Praga / Michael Grant; tradução Alves Calado. – 1. ed. – Rio de Janeiro: Galera Record, 2013.
il. (Gone)

Tradução de: *Plague*
ISBN 978-85-01-40226-4

1. Sobrenatural – Ficção. 2. Ficção americana. I. Alves-Calado, Ivanir, 1953- II. Título.

13-02783

CDD: 813
CDU: 821.111(73)-3

Título original em latim:
Plague

Texto revisado segundo o novo Acordo Ortográfico da Língua Portuguesa.

Composição de miolo: Abreu's System
Capa: Estúdio Insólito

Direitos exclusivos de publicação em língua portuguesa somente para o Brasil adquiridos pela
EDITORA RECORD LTDA.
Rua Argentina 171 – Rio de Janeiro, RJ – 20921-380 – Tel.: 2585-2000,
que se reserva a propriedade literária desta tradução.

Impresso no Brasil

ISBN: 978-85-01-40226-4

Seja um leitor preferencial Record.
Cadastre-se e receba informações sobre nossos lançamentos e nossas promoções.

Atendimento e venda direta ao leitor:
mdireto@record.com.br ou (21) 2585-2002.

Para Katherine, Jake e Julia

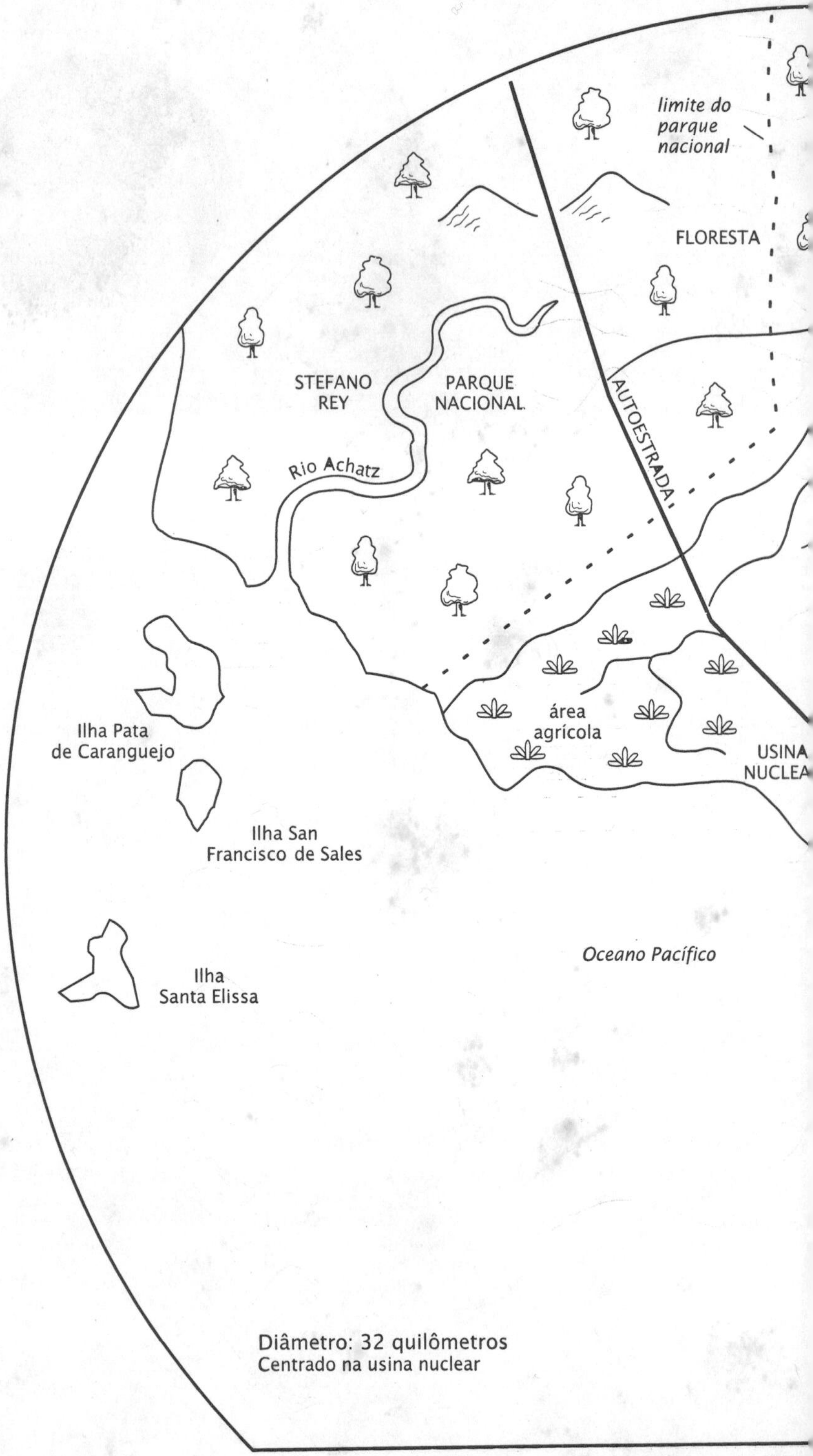
limite do
parque
nacional
FLORESTA
STEFANO
REY
PARQUE
NACIONAL
AUTOESTRADA
Rio Achatz
área
agrícola
USINA
NUCLEA
Ilha Pata
de Caranguejo
Ilha San
Francisco de Sales
Oceano Pacífico
Ilha
Santa Elissa
Diâmetro: 32 quilômetros
Centrado na usina nuclear

O ILGAR

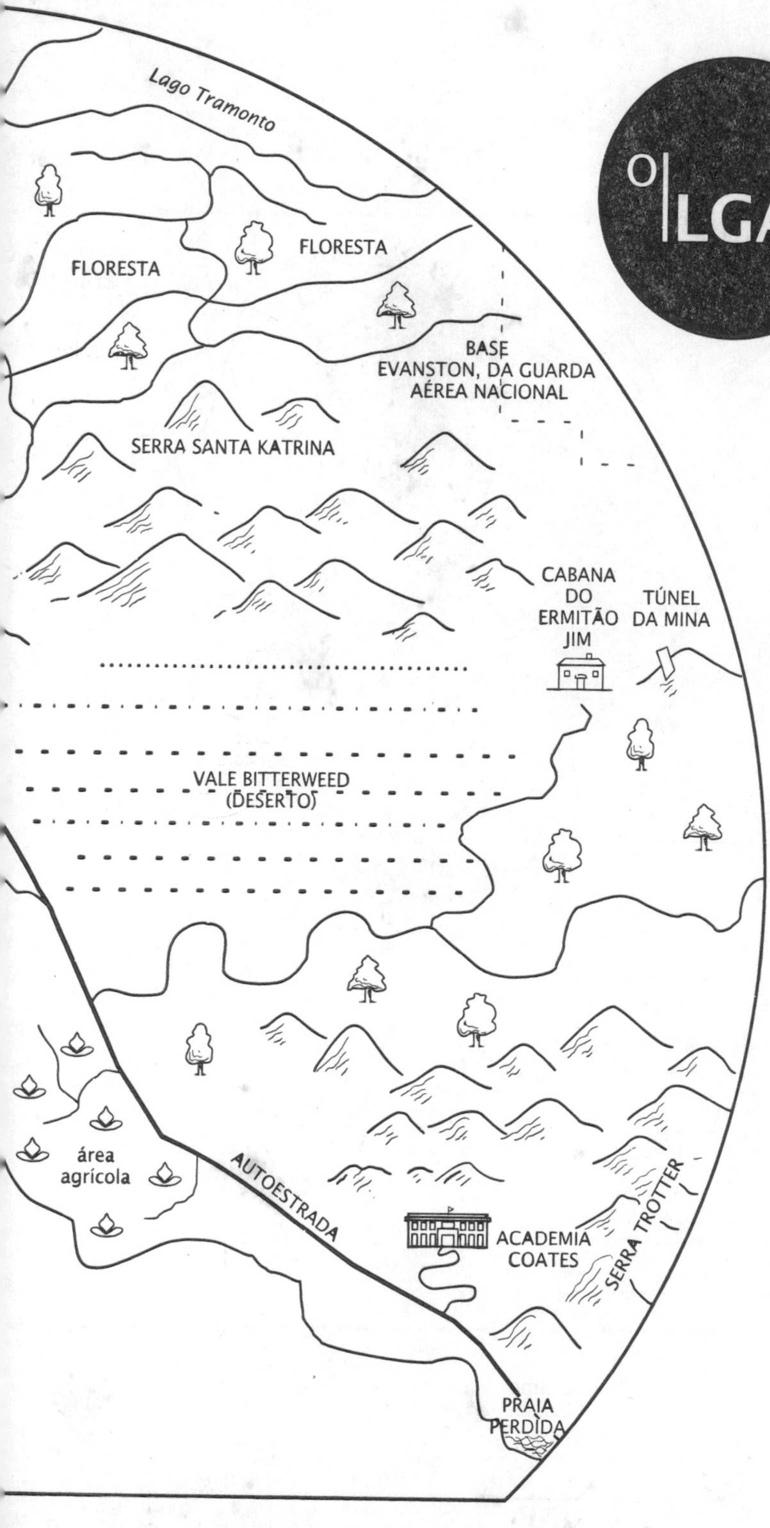
Lago Tramonto
FLORESTA
FLORESTA
BASE EVANSTON, DA GUARDA AÉREA NACIONAL
SERRA SANTA KATRINA
CABANA DO ERMITÃO JIM
TÚNEL DA MINA
VALE BITTERWEED (DESERTO)
área agrícola
AUTOESTRADA
ACADEMIA COATES
SERRA TROTTER
PRAIA PERDIDA

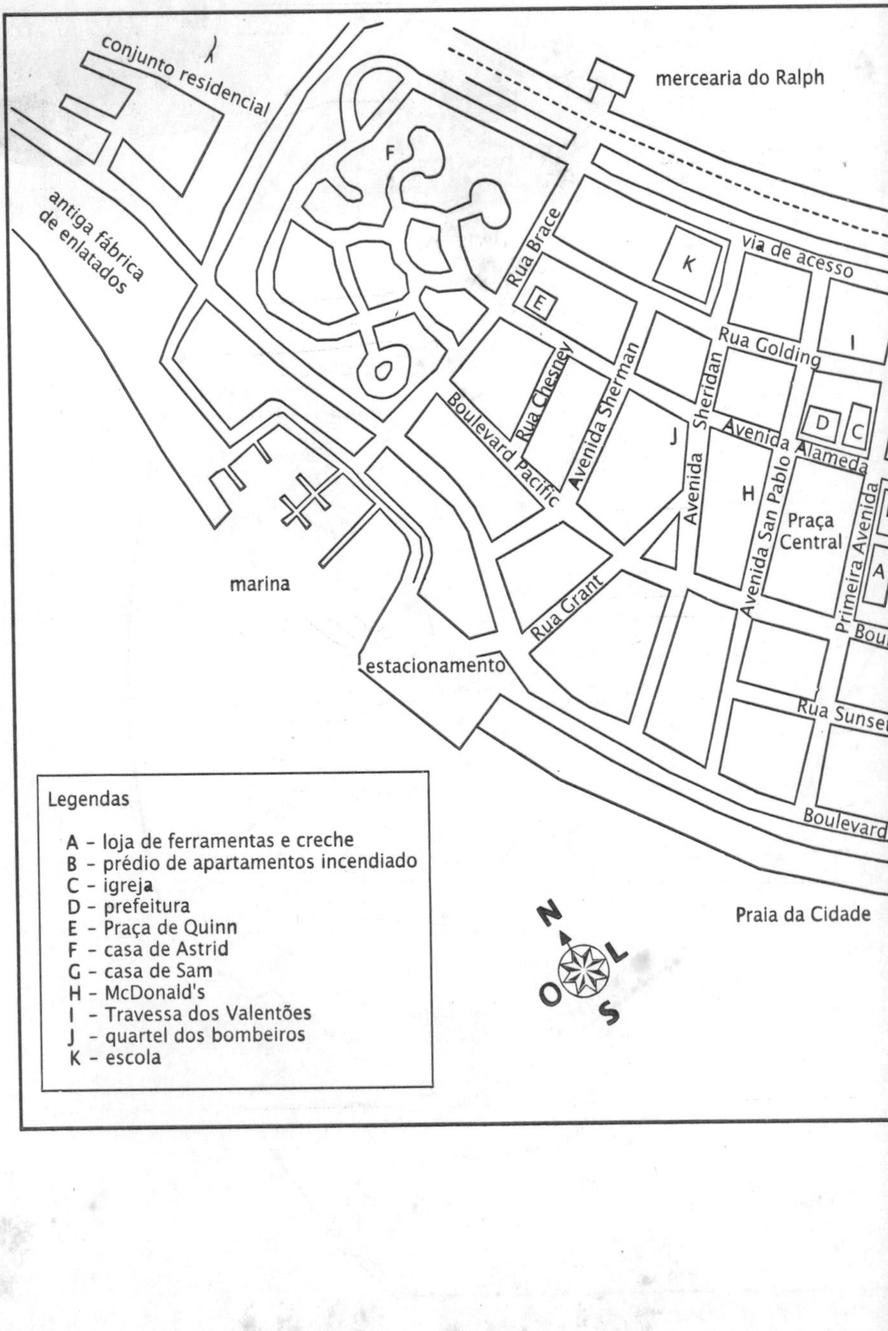
conjunto residencial
mercearia do Ralph
antiga fábrica de enlatados
F
Rua Brace
K
via de acesso
E
Rua Golding
I
Rua Chesney
Avenida Sherman
Avenida Sheridan
Boulevard Pacific
J
D
C
Avenida Alameda
H
Avenida San Pablo
Praça Central
Primeira Avenida
A
marina
Rua Grant
estacionamento
Rua Sunset
Boulevard
Praia da Cidade
N
L
S
O
Legendas
A - loja de ferramentas e creche
B - prédio de apartamentos incendiado
C - igreja
D - prefeitura
E - Praça de Quinn
F - casa de Astrid
G - casa de Sam
H - McDonald's
I - Travessa dos Valentões
J - quartel dos bombeiros
K - escola

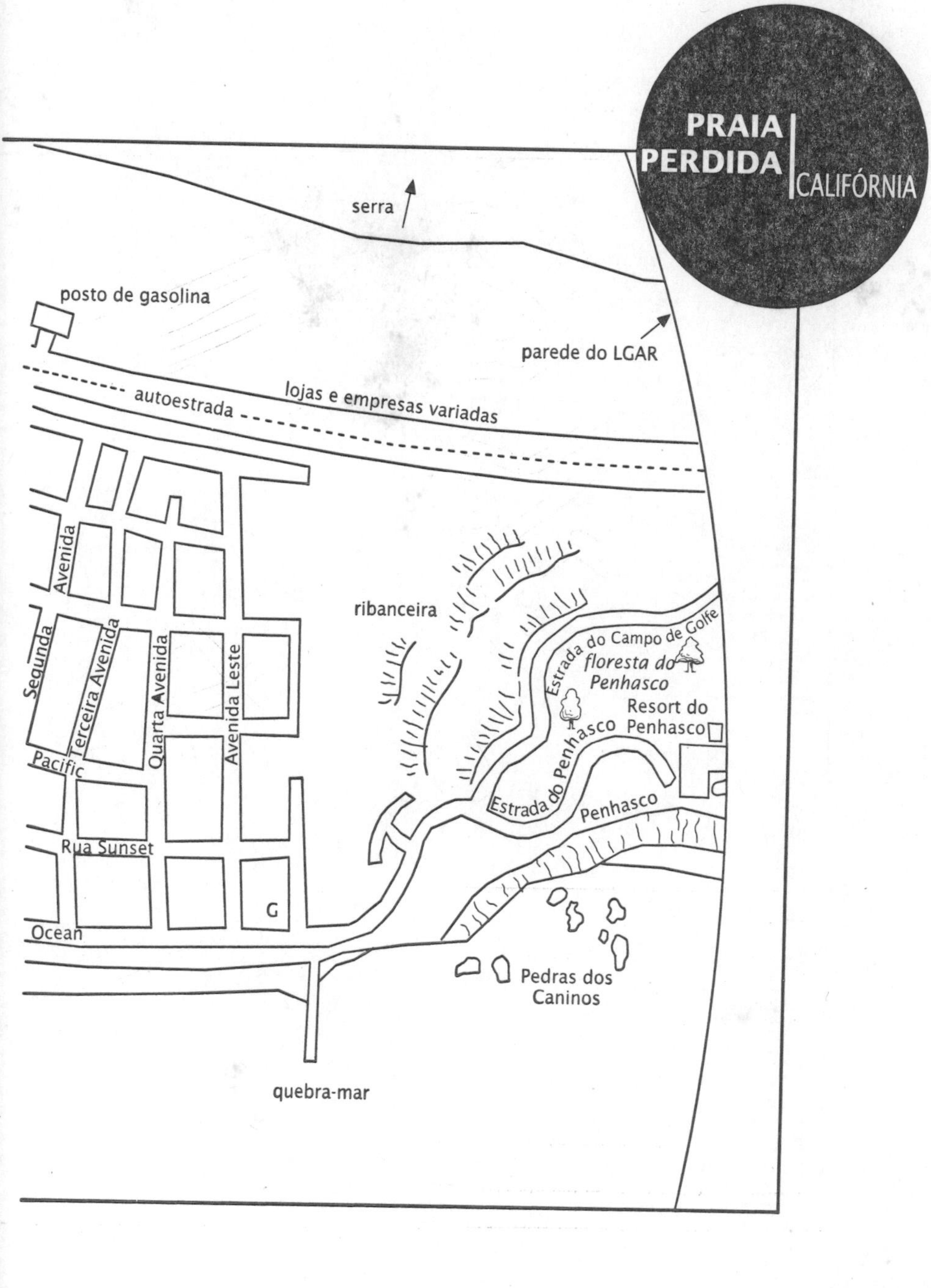
PRAIA PERDIDA
CALIFÓRNIA
serra
posto de gasolina
parede do LGAR
autoestrada
lojas e empresas variadas
Avenida
Segunda
Terceira Avenida
Quarta Avenida
Avenida Leste
ribanceira
Estrada do Campo de Golfe
floresta do Penhasco
Resort do Penhasco
Estrada do Penhasco
Penhasco
Pacific
Rua Sunset
G
Ocean
Pedras dos Caninos
quebra-mar

PETE I

ESTAVA DE PÉ na borda de uma placa de vidro. Descalço. Perfeitamente equilibrado. Um pé na frente do outro. Os braços dos lados do corpo. Esse era o jogo agora.

A placa de vidro descia e descia, cada vez mais, para sempre. Como uma cortina tremeluzente e translúcida.

A borda de cima do vidro era fina, tão fina que podia cortá-lo se ele escorregasse ou desse um passo apressado demais. Essa borda era uma fita estreita de arco-íris, refletindo vermelhos, verdes e amarelos brilhantes.

De um lado do vidro, escuridão. Do outro, cores desencontradas, perturbadoras.

Ele podia ver as coisas lá embaixo do lado direito, sob a mão direita, além do alcance dos dedos. Lá embaixo estavam sua mãe, seu pai e sua irmã. Lá embaixo estavam bordas irregulares e ruídos ásperos que lhe davam vontade de apertar os ouvidos com as mãos. Quando olhava aquelas coisas, aquelas pessoas, as casas bambas e sem consistência, a mobília de bordas afiadas, as mãos em garras, narizes aduncos e olhos que encaravam, encaravam, encaravam e bocas que gritavam, sentia vontade de fechar os olhos.

Mas isso não funcionava. Mesmo com os olhos fechados, os via. E os ouvia. Mas não entendia suas cores loucas e pulsantes. Às vezes as palavras deles não eram palavras, e sim lanças coloridas como papagaios disparando das bocas.

Mãe pai irmã professora outros. Ultimamente só irmã e outros. Dizendo coisas. Algumas palavras ele captava. Pete. Petey. Pequeno Pete. Conhecia essas palavras. Às vezes eram palavras suaves, macias como gatinhos ou travesseiros, e flutuavam da irmã, e ele sentia paz durante um tempo, até chegar o próximo ruído agudo, esganiçado, o próximo ataque de cores que esfaqueavam.

Na esquerda, embaixo, bem lá embaixo da interminável placa de vidro, um mundo muito diferente. Coisas silenciosas, fantasmagóricas, deslizavam em silêncio, tons de cinza. Nenhuma borda rígida, nenhum som alto. Nenhuma cor horrível para fazer com que ele começasse a gritar. Era escuro e muito, muito silencioso.

Lá embaixo havia um globo reluzindo suavemente, como um sol fraco e verde. Às vezes aquilo se estendia para ele. Um fiapo ondulado. Uma névoa. Tocava-o enquanto ele permanecia equilibrado, um pé na frente do outro, as mãos dos lados do corpo.

Paz. Silêncio. Nada. Aquilo sussurrava esses pensamentos para ele.

Às vezes a coisa brincava. Um jogo.

Pete gostava de jogos. Só o lado esquerdo jogava seus jogos do seu modo; os jogos tinham de ser do seu modo, o mesmo modo, sempre e imutável. Mas a última vez que Pete havia jogado com a Escuridão as coisas tinham ficado hostis, brilhantes demais. Ela subitamente cravara flechas no cérebro de Pete. Tinha quebrado o jogo.

A placa de vidro se despedaçara. Mas agora estava inteira de novo, e ele se equilibrava em cima, e, como se estivesse arrependido, o sol fraco e verde disse com sua voz sussurrada: *Vem aqui embaixo brincar.*

Do outro lado — do lado agitado, desconexo, duro — sua irmã, com o rosto parecendo uma máscara esticada sob o cabelo amarelo, uma boca feita de rosa e branco brilhante, estridente, o empurrava com mãos parecidas com martelos.

— Vira. Preciso tirar esse cobertor debaixo de você. Está encharcado.

Pete entendeu algumas palavras. Sentiu a dureza delas.

Mas sentiu ainda outra coisa. Uma estranheza. Um desconhecimento. Uma coisa errada, uma nota musical profunda, latejante, um arco passando sobre cordas, que afastou seu foco da esquerda e da direita, para longe até mesmo da placa de vidro sobre a qual ele se equilibrava.

Vinha do lugar para onde jamais olhava: de dentro dele mesmo.

Agora Pete olhou para baixo, para si mesmo, como se estivesse flutuando fora do corpo. Olhou para o corpo, perplexo com ele. É: essa era a voz nova, a nota insistente, a voz que exigia ainda mais do que o murmúrio suave da Escuridão ou as palavras dissonantes da irmã. Seu corpo estava exigindo atenção, distraindo-o de seu jogo de se equilibrar sobre a placa de vidro.

— Você está suando — disse a irmã. — Está pelando. Vou medir sua temperatura.

UM | 72 HORAS E 7 MINUTOS

SAM TEMPLE ESTAVA bêbado.

Para ele era uma experiência nova. Tinha 15 anos e uma ou duas vezes havia tomado um gole do vinho de sua mãe, escondido. Tinha tomado meia cerveja aos 13. Só para ver. Não gostou muito, era amarga.

Tinha dado um tapa num baseado na época anterior ao LGAR. Praticamente estourou um pulmão e depois passou uma hora sentindo-se lento, estranho e, finalmente, com sono.

Esse nunca tinha sido o seu barato. Nunca fizera parte da galera do agito.

Mas esta noite fora verificar o monstro enjaulado que era ao mesmo tempo Brittney e Drake e ouvira as ameaças malignas e obscenas e a fúria assassina, uivante, de Drake. E depois, muito pior, ouvira Brittney pedindo para ser morta.

— Sam, eu sei que você está ouvindo — dissera ela, através da porta com barricada. — Sei que você está aí fora, escutei sua voz. Eu não aguento. Sam, acaba com isso. Por favor, estou implorando, me liberta, me deixa ir para o céu.

Sam tinha ido ver Astrid mais cedo, no fim da tarde. A coisa não correu bem. Astrid tentou, e ele tentou, mas havia muita coisa errada entre eles. História demais.

Ele a beijou. Durante um tempo, ela o beijou de volta. Depois ele pressionou. Suas mãos foram aonde ele queria que fossem. E ela o empurrou para longe.

— Você sabe que eu vou dizer não, Sam — disse ela.

— É, meio que captei a mensagem — respondeu ele, com raiva e frustrado, mas tentando manter alguma aparência de calma.

— Se a gente começar, quanto tempo você acha que vai demorar até que todo mundo saiba?

— Não é por isso que você não quer dormir comigo. Você não faz porque acha que ia ser o mesmo que abrir mão do controle. E você é fanática por controle, Astrid.

Era verdade. Pelo menos Sam acreditava que sim.

Mas se estivesse sendo honesto, em vez de apenas raivoso, teria admitido que Astrid tinha os próprios problemas. Que ela estava cheia de culpa e não precisava de mais uma coisa com a qual se culpar.

O Pequeno Pete estava em coma. Astrid se culpava, ainda que isso fosse idiotice, e ela não fosse nem um pouco idiota.

Mas o Pequeno Pete era seu irmão. Sua responsabilidade.

Seu fardo.

Depois dessa recusa, Sam se levantou sem jeito enquanto Astrid tentava enfiar colheradas de sopa de peixe e alcachofra nos lábios frouxos do irmão. O Pequeno Pete podia engolir. Podia andar se ela o guiasse. Podia usar a fossa no quintal dos fundos, mas Astrid precisava limpá-lo.

Agora essa era a vida de Astrid. Ela era enfermeira de um garoto autista que tinha todo o poder daquele mundo trancado dentro de si. Agora era mais do que autista: o Pequeno Pete se fora. Não havia como saber onde ele estava em sua mente tão, tão estranha.

Astrid não abraçou Sam quando ele disse que estava indo. Nem encostou nele.

E assim foi o fim do dia de Sam. Astrid e o Pequeno Pete. E a criatura gêmea, morta-viva, que Orc e Howard vigiavam.

Se Drake conseguisse escapar, provavelmente só havia duas pessoas que poderiam dominá-lo: o próprio Sam e Orc. Sam precisava que Orc fosse o carcereiro de Drake. Por isso havia ignorado as garrafas ao lado da cama de Orc e "confiscado" a única que estava à vista num balcão da cozinha.

— Vou pegar isso — disse a Howard. — Você sabe que é ilegal.

Howard encolheu os ombros e deu um risinho. Como se soubesse. Como se tivesse visto algum brilho de cobiça nos olhos de Sam. Mas o próprio Sam não sabia. Tinha pretendido quebrar a garrafa ou esvaziá-la na rua.

Em vez disso, levou-a. Pelas ruas escuras. Passando por casas queimadas e seus fantasmas.

Passando pelo cemitério.

Indo até a praia. Tinha tirado a tampa, pronto para derramá-la na areia. Em vez disso, tomou um gole.

Queimava como fogo.

Tomou outro gole. Dessa vez queimou menos.

Foi andando pela praia. Sabia, bem no fundo, aonde ia agora. Sabia que seus pés o estavam levando para o penhasco.

Agora, muitos goles depois, parou oscilando no topo do penhasco. O efeito da bebida era inegável. Sabia que estava bêbado.

Olhou para o pequeno arco de praia na base do penhasco. As ondulações fracas pintavam curvas luminescentes na areia escura.

Bem ali, bem onde estava parado, Maria havia conduzido as crianças do jardim de infância num salto suicida. Tudo que as mantivera vivas fora o esforço heroico de Dekka.

Agora Maria havia partido.

— A você, Maria — disse Sam. Levantou a garrafa e tomou um longo gole.

Tinha fracassado com Maria. Desde o início ela havia cuidado dos pequeninos e da creche. Tinha carregado esse peso praticamente sozinha.

Sam tinha visto os efeitos de sua anorexia e bulimia. Mas não percebeu o que estava acontecendo com ela, ou não quis perceber.

Tinha ouvido fofocas nervosas de que Maria estava pegando qualquer remédio que pudesse encontrar, qualquer coisa que achasse que podia aliviar a depressão.

Não quis saber disso também.

Acima de tudo, devia ter visto o que Nerezza estava aprontando, deveria ter questionado, deveria ter pressionado.

Deveria.

Deveria.

Deveria...

Outro gole comprido de fogo líquido. A queimação o fez rir. Gargalhou para a praia onde Orsay, a falsa profetisa, havia morrido.

— Adeus, Maria — disse, com a voz enrolada, levantando a garrafa num falso brinde. — Pelo menos você saiu daqui.

Numa fração de segundo, no dia em que Maria havia pulado, a barreira ficou transparente. Eles tinham visto o mundo lá fora: a plataforma de observação, o caminhão de TV com a parabólica, a construção de lanchonetes e hotéis.

A coisa tinha parecido muito, muito real.

Mas seria mesmo? Astrid disse que não: aquilo não passava de outra ilusão. Mas Astrid não era exatamente viciada em dizer a verdade.

Sam oscilou na beira do penhasco. Ansiava por Astrid, a bebida não tinha aliviado isso. Ansiava pelo som de sua voz, pelo calor de seu hálito no pescoço, pelos lábios. Ela era tudo que o impedira de enlouquecer. Mas agora era a fonte da loucura, porque o corpo dele exigia o que ela não daria. Agora, estar com Astrid era simplesmente dor, vazio e necessidade.

A barreira estava ali, a pouco mais de 1 metro. Impenetrável. Opaca. Dolorosa ao toque. A cúpula cinzenta e um pouquinho tremeluzente que cercava 30 quilômetros do litoral do sul da Califórnia num terrário gigantesco. Ou zoológico. Ou universo.

Ou prisão.

Sam tentou se concentrar nela, mas seus olhos não estavam funcionando muito bem.

Com o cuidado exagerado de um bêbado, pousou a garrafa.

Levantou-se. Olhou as palmas das mãos. Então estendeu-as, viradas para a barreira.

— Eu realmente odeio você — disse para a barreira.

Dois fachos de luz verde ofuscante dispararam das palmas de suas mãos. Uma torrente de luz concentrada.

— Aaaahhhh! — gritou, enquanto mirava e disparava.

Berrou um palavrão. E outro, enquanto disparava e disparava de novo.

A luz acertou a barreira e não fez nada. Nada queimou. Nada soltou fumaça nem ficou chamuscado.

— Queima! — uivou Sam. — Queima!

Virou os fachos para o alto, acompanhando a curva da barreira. Entrou em fúria, uivou e disparou.

Sem resultado.

Sentou-se de repente. O fogo brilhante sumiu. Tentou desajeitadamente pegar a garrafa.

— Estou com ela — disse uma voz.

Sam se torceu de lado, procurando a fonte. Não conseguiu encontrá-la.

Era uma voz feminina, tinha certeza.

Ela andou até onde ele pudesse vê-la. Taylor.

Taylor era uma asiática bonita que nunca fizera segredo de sua atração por Sam. Além disso, era uma aberração, uma três barras, com o poder do teletransporte. Podia ir instantaneamente a qualquer lugar que já tivesse visto ou onde já tivesse estado. Chamava isso de "ricochetear".

Usava camiseta e short. Tênis. Desamarrados, sem meias. Ninguém mais se vestia direito. As pessoas usavam o que estivesse meio limpo.

E ninguém andava desarmado. Taylor tinha uma faca grande numa bela bainha de couro.

Não era linda como Astrid. Mas não era fria, distante e nem o espiava com olhos defensivos, acusadores. Olhar para Taylor não enchia seu cérebro com lembranças de amor e fúria.

Ela não era a garota que estivera no centro de sua vida durante todos esses meses. Não era a garota que o deixara frustrado, humilhado, sentindo-se idiota. Sentindo-se mais sozinho do que nunca.

— Ei, Taylor. Taylor Ricochete. E aí?

— Eu vi a luz — disse Taylor.

— É. Eu tenho tudo a ver com luz — engrolou Sam.

Taylor estendeu a garrafa, hesitante, sem saber o que fazer com ela.

— Não. — Ele gesticulou, descartando a garrafa. — Acho que já tomei bastante. Você não acha? — Falava com cuidado extremo, tentando não engrolar. Fracassando.

— Venha se sentar comigo, Taylor, Taylor Ricochete.

Ela hesitou.

— Venha. Não vou morder. É bom conversar com alguém... normal.

Taylor recompensou-o com um sorriso breve.

— Não sei se sou muito normal.

— É mais normal do que algumas pessoas. Fui dar uma checada em Brittney. Você tem um monstro por dentro, Taylor? Precisa ficar trancada num porão porque dentro de você tem um psicopata com um braço de chicote? Não? Está vendo? Você é bem normal, Taylor.

Ele olhou irritado para a barreira, a barreira intocada, inabalável.

— Você alguma vez já implorou para ser queimada até virar cinzas, para se libertar e ir para Jesus, Taylor? Não. Está vendo, é isso que Brittney faz. Não, você é bem normal, Taylor Ricochete.

Taylor sentou-se ao lado dele. Não perto demais. Perto tipo amiga, perto tipo conversa.

Sam não disse nada. Duas ânsias diferentes brigavam em sua cabeça. Seu corpo dizia vai fundo. E a mente... bom, estava confusa e não exatamente no controle.

Estendeu a mão e segurou a de Taylor. Ela não a afastou.

Ele subiu a mão pelo braço dela. Ela se enrijeceu um pouco e olhou em volta, certificando-se de que não estavam sendo vistos. Ou talvez esperando que estivessem.

A mão dele chegou ao pescoço dela. Ele se inclinou para a frente e a puxou.

Beijou-a.

Ela devolveu o beijo.

Sam beijou com mais intensidade. E ela enfiou a mão embaixo da camisa dele, os dedos acariciando sua carne nua.

Então ele se afastou, depressa.

— Desculpe, eu... — hesitou, o cérebro entorpecido discutindo com um corpo que estava subitamente pegando fogo.

Sam se levantou muito de repente e foi andando.

Taylor deu um riso alegre às suas costas.

— Venha me ver quando estiver cansado de sonhar com a princesa de gelo, Sam.

Ele andou numa brisa súbita, forte. Em qualquer outro momento, em qualquer outra condição, poderia ter notado que o vento jamais soprava no LGAR.

DOIS | 72 HORAS E 4 MINUTOS

ERA INCRÍVEL O que uma comida decente podia fazer pela aparência de uma garota esfomeada.

Diana se olhou no espelho grande. Estava usando calcinha limpa e sutiã limpo. Magra, muito magra. As pernas eram finas, com os joelhos e os pés parecendo estranhamente grandes. Podia contar cada costela. Sua barriga estava côncava. Suas menstruações haviam parado, e os seios estavam menores do que quando ela tinha 12 anos. As clavículas pareciam cabides. O rosto estava quase irreconhecível. Parecia uma viciada em heroína.

Mas o cabelo estava começando a ficar melhor, mais escuro. A cor enferrujada e a aparência quebradiça resultantes da fome estavam desaparecendo.

Os olhos não estavam mais mortos, sombras vazias afundadas no crânio.

Agora os olhos brilhavam à luz fraca. Ela parecia viva.

As gengivas não sangravam tanto. Eram rosadas, e não vermelhas, não estavam tão inchadas. Talvez os dentes não caíssem, afinal de contas.

Fome. Isso a havia levado a comer carne humana. Ela era uma canibal.

A fome a havia privado de sua humanidade.

— Não totalmente — disse Diana ao reflexo. — Não totalmente.

Quando tinha visto que Caine destruiria o helicóptero com Sanjit e seus irmãos, havia sacrificado a própria vida. Tinha se jogado do penhasco para obrigar Caine a escolher: salvar Diana ou matar as crianças.

Sem dúvida esse ato de sacrifício compensava o fato de que tinha mordido, mastigado e engolido um pedaço cozido do peito de Panda.

Sem dúvida estava redimida, não? Pelo menos um pouquinho?

Por favor? Por favor, se existe um Deus olhando, por favor, permita que eu tenha me redimido.

Mas isso não bastava. Nunca bastaria. Precisava fazer mais. Enquanto vivesse precisaria fazer mais.

A começar por Caine.

Ele havia mostrado só um vislumbre de humanidade, salvando-a e deixando livres as futuras vítimas. Não era muito. Mas era alguma coisa. E se ela conseguisse arranjar um jeito de mudá-lo...

Um som. Muito fraco. Só um pé raspando num tapete.

— Sei que você está aí, Bug — disse Diana com calma, sem olhar para trás. Sem dar satisfação ao abominavelzinho. — O que acha que Caine faria se eu contasse que você ficou me espionando enquanto eu estava de calcinha e sutiã?

Não houve resposta por parte de Bug.

— Você não é meio novo para ser tarado?

— Caine não vai me matar — disse uma voz sem corpo. — Ele precisa de mim.

Diana foi até a cama de casal king size. Vestiu o roupão que tinha escolhido entre os muitos do armário. Pertenciam à mulher que havia sido dona do quarto. Uma atriz famosa com um gosto muito caro e que usava roupas apenas um número maior que o de Diana.

E os sapatos dela cabiam quase perfeitamente. Quase setenta pares de sapatos de grife. Diana enfiou os pés num par de chinelos forrados de pele.

— Para me livrar de você, Bug, só preciso dizer a Caine que seus poderes estão aumentando. Vou dizer que você está virando um quatro barras. Como acha que ele vai reagir tendo um quatro barras compartilhando esta ilha com ele?

Bug foi surgindo muito lentamente. Era um moleque ranhento. Tinha acabado de fazer 10 anos.

Por um momento Diana sentiu algo parecido com compaixão por ele: Bug era um esquisitinho, danificado, estragado. Como todos eles, estava com medo, solitário e talvez até assombrado por algumas coisas que tinha feito.

Ou não. Bug nunca havia demonstrado qualquer prova de consciência.

— Se gosta de ver garotas nuas, Bug, por que não procura Penny?

— Ela não é bonita. As pernas dela estão... — Ele torceu os dedos para demonstrar. — E ela fede.

Penny estava comendo melhor, como Diana. Mas vinha piorando. Tinha caído de 30 metros sobre água e pedras. Caine a havia levitado de volta para cima do penhasco. Mas suas pernas estavam quebradas em uma dúzia de lugares.

Diana havia feito o que podia para consertar as fraturas, tinha feito talas com fita adesiva e tábuas, mas Penny sofria uma agonia constante. Nunca mais iria andar. Suas pernas jamais se curariam.

Agora ela morava num dos banheiros, para poder se arrastar até o toalete quando precisasse. Diana lhe trazia comida duas vezes por dia. Livros. Uma TV com DVD.

Ainda havia eletricidade na casa da ilha de San Francisco de Sales. O gerador fornecia uma corrente fraca e instável. Quando Sanjit morava ali, tinha se preocupado pensando que o combustível do gerador estava acabando. Mas Caine conseguia fazer coisas que Sanjit não podia. Como levitar barris de combustível do iate acidentado que enferrujava na base do penhasco.

A vida ali era muito boa para Diana, Caine e Bug. Mas a vida jamais seria boa para Penny. Seu poder — a capacidade de fazer com que os outros tivessem visões aterrorizantes de monstros e insetos comedores de carne, visões de morte — não a ajudava agora.

— Ela assusta você, não é, Bug? — perguntou Diana. E gargalhou. — Você tentou, não foi? Você chegou perto dela, e ela te pegou.

Viu a resposta no rosto de Bug. A sombra de uma lembrança aterrorizante.

— É melhor não chatear Penny — disse ela. Em seguida vestiu uma calça. Depois deu um tapinha na bochecha sardenta de Bug. — É melhor não me chatear também, Bug. Não posso fazer você ver monstros. Mas se pegar você me espionando de novo, vou dizer ao Caine que sou eu ou você. E você sabe quem ele vai escolher.

Diana saiu do quarto.

Tinha decidido ser uma pessoa melhor. E seria. A não ser que Bug continuasse a incomodá-la.

As três Jennifers. Era como se referiam a si mesmas. Jennifer B era ruiva, Jennifer H era loura, e Jennifer L tinha dreadlocks pretos. Nem se conheciam antes do LGAR.

Jeniffer B havia sido aluna da Coates. Jennifer H estudava em casa. Jennifer L era a única que havia frequentado a escola comum.

Tinham 12, 12 e 13 anos, respectivamente. E nos últimos dois meses haviam compartilhado uma casa no fim de uma rua sem saída longe do centro da cidade.

Foi uma boa escolha: o grande incêndio não havia chegado perto do loteamento.

Mas agora a ideia parecia ruim. O hospital improvisado ficava a quarteirões de distância, e as três gostariam de ter um Tylenol ou alguma outra coisa, porque todas estavam com a mesma dor de cabeça, os mesmos músculos doloridos e a mesma tosse forte.

Havia começado vinte e quatro horas antes, e elas acabaram deduzindo que era o surto de gripe voltando. Uma miniepidemia de gripe tinha deixado um monte de gente mal. Mas não foi muito perigosa, a não ser por imobilizar algumas crianças que poderiam estar trabalhando.

Jennifer B — Jennifer Boyles — estivera dormindo por menos de uma hora quando foi acordada por um som alto e percussivo ali perto, não vinha de fora, e sim do quarto ao lado.

Sentou-se na cama e lutou contra a sensação de instabilidade, contra a tontura. Pôs a mão na testa. É, ainda estava quente. Nitidamente quente.

O que quer que seja o barulho, esqueça, disse a si mesma. Estava doente demais para se levantar. Se alguma coisa invadia a casa para matá-la, tanto melhor: ela se sentia podre.

Ccccrrraaarrr!

Dessa vez as paredes pareceram tremer. Jennifer B saltou da cama antes que pudesse pensar. Tossiu, parou, depois foi para a porta, os olhos não totalmente focalizados, a cabeça latejando.

Encontrou Jennifer L no corredor. Jennifer L também estava tossindo e parecia tão apavorada quanto Jennifer B. As duas usavam calças de moletom e camisetas, ambas estavam arrasadas.

— É no quarto de Jennifer — disse Jennifer L. Ela estava com sua arma, um cano de chumbo com um cabo feito de fita isolante enrolada.

Jennifer B ficou chateada consigo mesma por ter esquecido a sua. Você não pulava da cama à noite no LGAR desarmado. Cambaleou de volta à cama e pegou o facão. Estava enfiado numa bainha de lona entre o colchão e o estrado de molas, com o cabo para fora.

Não era muito afiado, mas parecia loucamente perigoso; e era. Uma lâmina de 60 centímetros com um cabo de madeira rachado.

— Jennifer? — gritou Jennifer B diante do quarto de Jennifer H.

Cccrrraaarrr!

A porta chacoalhou nas dobradiças. Jennifer B abriu a porta e ficou com o facão preparado. Jennifer L estava logo atrás dela, com o cano apertado na mão nervosa.

Jennifer H sempre teve medo do escuro, por isso tinha um Samsol muito pequeno no canto do quarto, pairando abaixo do que já havia sido uma luminária suspensa. A luz era verde e fantasmagórica, mais assustadora do que luminosa. Mostrava Jennifer H. Ela usava uma camisola com estampa de flores.

Estava de pé na cama. Apertava a garganta com uma das mãos e segurava a barriga com a outra.

Parecia ter visto a morte.

— Jen, você está bem? — perguntou Jennifer L.

Os olhos de Jennifer H estavam arregalados. Ela olhou para as duas amigas.

Sua barriga sofreu um espasmo. O peito arfou. Ela apertou a garganta como se estivesse tentando se sufocar. O cabelo louro e comprido estava molhado de suor, grudado no rosto e no pescoço.

A tosse era assustadoramente alta.

Cccrrraaarrr!

Jennifer B sentiu a explosão de ar. E uma coisa molhada bateu no seu rosto.

Usou a mão livre para desgrudar um pequeno pedaço de algo molhado da bochecha. Olhou para aquilo tentando entender o que era. Parecia um pedaço de carne crua. A textura era de pele de frango.

Cccrrraaarrr!

A força da tosse jogou Jennifer de costas contra a parede.

— Ah, meu Deus! — gemeu ela. — Ah...

Cccrrraaarrr!

E dessa vez Jennifer B viu. Pedaços de uma coisa molhada e crua tinham voado da boca de Jennifer H. Ela estava tossindo seus órgãos internos.

CCCRRRAAARRR!

Todo o corpo de Jennifer H se convulsionou, torceu-se para trás, formando um C louco. Ela se chocou contra a janela. Que se despedaçou.

CCCRRRAAARRR!

O espasmo seguinte jogou Jennifer H de cabeça contra a parede. Houve um som enjoativo, de esmagamento.

As outras duas olhavam horrorizadas. Ela não estava se mexendo.

— Jen? — chamou Jennifer B timidamente. — Jen? Jen? Você está legal?

Chegaram mais perto, agora de mãos dadas, as armas ainda a postos.

Jennifer H não respondeu. Seu pescoço estava retorcido num ângulo cômico. Os olhos abertos, encarando. Sem ver nada. Um líquido preto à luz fantasmagórica escorria da boca e dos ouvidos.

As duas Jennifers recuaram. Jennifer B tombou de joelhos. Sua força havia sumido. Deixou o facão cair.

— Eu... — disse ela, mas não houve uma segunda palavra. Tentou ficar de pé, e não conseguiu.

— Precisamos arrumar ajuda — disse Jennifer L. Porém ela também estava de joelhos.

Jennifer L tentou se levantar, mas sentou-se de novo. Jennifer B se arrastou de volta para seu quarto. Queria ajudar Jennifer L, queria mesmo. No entanto, não podia ajudar nem mesmo a si própria.

Jennifer B lutou para ficar de pé e ir para a cama. Preciso de ajuda, pensou. Hospital. Lana.

Alguma parte ainda funcional de sua mente delirante sabia que o melhor que conseguiria fazer por enquanto era chegar ao abrigo da cama.

Mas no fim, até isso seria demais. Ficou deitada no chão frio de madeira olhando para sua cama, para o ventilador de teto imóvel. Com o resto das forças, puxou a bagunça de lençóis e cobertores sujos para cima do corpo.

Tossiu no edredom que já havia sido macio e que ela pegara no quarto da mãe, há muito tempo.

A coisa no ombro de Hunter não doía. Mas o distraía. E ele não podia se distrair enquanto estava caçando Leão Velho.

O leão da montanha nunca incomodava Hunter. O leão da montanha não queria comer Hunter. Ou talvez quisesse, mas nunca havia tentado.

No entanto Hunter precisava matar o leão porque Leão Velho tinha roubado boa parte da caça de Hunter. Leão Velho se esgueirava por trás de Hunter, depois de ele ter matado um cervo. Hunter saía atrás de outra presa, e Leão Velho chegava sorrateiro e arrastava o cervo de Hunter para longe.

Leão Velho só estava fazendo o que tinha de fazer. Não era nada pessoal. Hunter não o odiava. Mas ao mesmo tempo não podia deixar que ele fugisse com a comida das crianças.

Hunter caçava para as crianças. Era o que ele fazia. Quem ele era. Ele era Hunter, o caçador. Para as crianças.

Agora Leão Velho estava no mato, em cima do morro, onde o terreno seco começava e as pedras eram grandes. Estava indo para casa, passar a noite. Tinha comido bem. Agora ia voltando para o covil. Ia passar o dia deitado nas pedras cozidas pelo sol, tostando os ossos.

Hunter andava com cuidado, equilibrando o peso, pisando com suavidade, rápido, mas não com pressa. Era perigoso correr sem ter nada além da lua para mostrar o caminho.

Tinha aprendido muito sobre caçadas. O poder de morte das suas mãos não tinha grande alcance. Ele precisava chegar perto para que a coisa funcionasse. Isso significava que tinha de se concentrar de verdade, o que era difícil desde que seu cérebro fora ferido. Não conseguia se concentrar o suficiente para ler ou se lembrar de muitas palavras. E as palavras ainda saíam emboladas de sua boca. Mas ele conseguia se concentrar nisso: na caminhada rápida e silenciosa, em serpentear entre as rochas vermelhas enquanto mantinha os olhos atentos aos fracos rastros prateados pelas estrelas nos pequenos depósitos de areia.

E precisava estar atento à possibilidade de Leão Velho mudar de ideia e resolver que gostaria de um garoto suculento, afinal de contas. Leão Velho não só roubava comida, ele também matava. Hunter o tinha visto uma vez, com o rabo balançando, o maxilar com bigodes movendo-se em espasmos rápidos, tremendo de antecipação enquanto olhava um cachorro perdido.

Leão Velho havia explodido para fora do esconderijo e atravessado 30 metros em cerca de um segundo. Como uma bala saindo de uma arma. Suas patas grandes haviam acertado o cão antes que ele pudesse ao menos se encolher. Garras compridas e curvadas, pelo, sangue, um ganido desesperado do cachorro; e então, quase preguiçosamente, demorando-se, Leão Velho dera a mordida fatal na nuca do bicho.

Leão Velho já era caçador na época em que Hunter era só um garoto comum sentado numa sala de aula, erguendo a mão para responder às perguntas e lendo, entendendo e sendo inteligente.

Leão Velho sabia tudo sobre caçadas. Mas não sabia que Hunter ia atrás dele.

Hunter sentiu o cheiro do felino. Estava perto. Sentiu cheiro de carne morta. Sangue seco.

Hunter estava sob uma pedra alta. Imobilizou-se, percebendo de repente que Leão Velho estava logo acima. Quis correr, mas sabia que, se recuasse, o felino saltaria sobre ele. Estava mais seguro perto da pedra. Leão Velho não podia saltar direto para baixo.

Hunter pressionou as costas contra a rocha. Silenciou a respiração e, no lugar, ouviu a do felino. Mas LeãoVelho não foi enganado. Leão Velho provavelmente podia escutar o coração batendo no peito de Hunter.

A coisa no ombro de Hunter se remexeu. Estava crescendo. Movendo-se. Hunter olhou e pôde vê-la se mexer por baixo do tecido da camisa. Quase parecia que tentava mastigar a camisa para abrir um buraco.

Hunter não tinha palavra para a coisa. Ela havia crescido no dia anterior. Tinha começado igual a um calombo, um inchaço. Mas então a pele se partiu e mandíbulas de inseto se revelaram, abrindo e fechando. Como as de uma aranha. Ou de um percevejo. Como dos percevejos que se arrastavam sobre Hunter enquanto ele dormia.

Mas essa coisa em seu ombro não era um percevejo comum. Era grande demais. E tinha crescido exatamente onde a cobra voadora, a verdinha, havia soltado um pingo de gosma sobre ele.

Hunter se esforçou pensando numa palavra para a coisa. Era uma palavra que ele conhecia antigamente. Como vermes num animal morto. Qual era mesmo o nome? Inclinou-se para a frente, com as mãos na cabeça, furioso consigo mesmo por não conseguir encontrar a palavra.

Tinha perdido o foco só por alguns segundos, mas foi o suficiente para Leão Velho.

O felino saltou como mercúrio, líquido.

Hunter foi derrubado. Sua cabeça bateu na pedra. Mas Leão Velho não tinha conseguido agarrá-lo, e Hunter teve tempo de se arrastar para longe no espaço estreito. O felino girou, mostrou os dentes amarelos e saltou com as garras para fora.

Hunter desviou, mas não foi rápido o bastante. Uma pata grande o acertou no peito e o jogou de costas na pedra, tirando seu fôlego.

Leão Velho estava em cima dele, as garras nos ombros, o rosto rosnando a centímetros do pescoço vulnerável de Hunter.

Então, de repente, o leão da montanha sibilou e saltou para trás, como se tivesse pousado num fogão quente.

O leão sacudiu a pata e gotas de sangue voaram. Um dedo de sua pata havia sido mordido com força. Pendia por um fio.

A coisa no ombro de Hunter mordera Leão Velho.

Hunter não hesitou. Ergueu a mão e mirou.

Não houve luz. O calor que saía das mãos de Hunter era invisível. Mas instantaneamente a temperatura dentro da cabeça de Leão Velho duplicou, triplicou, e Leão Velho, com o cérebro cozido dentro do crânio, caiu morto.

Hunter afastou a camisa do ombro. As mandíbulas de inseto se moviam, mastigando um naco sangrento do leão.

TRÊS | 72 HORAS E 3 MINUTOS

ASTRID DERA DE comer ao Pequeno Pete.

Leu um pouco, sentada junto da janela, segurando o livro num ângulo desconfortável para tentar aproveitar a luz fraca da lua.

Era uma leitura lenta.

Não era um livro que teria lido nos velhos tempos. Não seria apanhada nem morta lendo um romance adolescente bobo. Na época estaria com um clássico ou alguma obra de grande mérito literário. Ou de história.

Agora precisava de fuga. Agora precisava não estar neste mundo, neste mundo terrível do LGAR. Os livros eram a única saída.

Depois de apenas alguns minutos, pôs o livro de lado. Suas mãos estavam tremendo. Tentativa de escapar para o livro: fracassada. Tentativa de esquecer o medo: fracassada. Tudo ainda estava ali, bem na frente de qualquer outro pensamento.

Lá fora uma brisa fez alguns galhos de árvore roçarem a lateral da casa. Um canto da mente de Astrid notou e se perguntou o que seria, mas pôs o pensamento de lado por causa de preocupações mais urgentes.

Imaginou onde Sam estaria. O que estaria fazendo. Se ansiava por ela como ela ansiava por ele.

Sim, sim, ela desejava Sam. Queria estar nos braços dele. Queria beijá-lo. E talvez mais. Talvez muito mais.

Tudo, todas as coisas que ele queria, ela queria também.

Idiota, será que ele não entendia isso? Será que era tão sem noção que não sabia que ela também queria tudo?

Mas ela não era Sam. Astrid não agia por impulso. Astrid pensava as coisas. Astrid Gênio, sempre no controle de modo tão irritante. Essa era a palavra que ele havia jogado contra ela: controle.

Como Sam não percebia que, se os dois cruzassem essa linha, seria mais um pecado? Mais um abandono de sua fé. Mais uma rendição à fraqueza.

Houve muitas dessas. Era como se a alma de Astrid estivesse se partindo em pedacinhos, caindo. Alguns pedaços não tão pequenos.

Seu autocontrole havia desmoronado tão depressa que era quase cômico. Depois de todas as tentações e provocações, a garota calma, civilizada, racional havia se evaporado como uma gota d'água numa frigideira quente, chiando, chiando e indo embora. E o que emergiu então foi pura violência.

Tinha tentado matar Nerezza. Numa fúria de berros, descontrolada. A lembrança a deixava enjoada.

E não era só isso. Tinha querido que Sam queimasse Drake até virar cinzas, mesmo que significasse assassinar Brittney também.

Astrid não podia ser essa pessoa. Precisava se consertar. Precisava dar um tempo para se reconstruir. Tinha medo de despedaçar. Como uma escultura de vidro: soltando lascas e lascas até se estilhaçar em mil caquinhos.

No entanto, uma parte fria e calculista sabia que não podia afastar Sam tanto assim. Porque era apenas questão de tempo até que todos os outros percebessem que havia um modo de sair do LGAR.

A porta de saída estava bem à frente deles. Deitada a pouco mais de 1 metro de Astrid.

Um simples assassinato...

Outros tinham visto o que Astrid vira naquele penhasco, quando a mente do Pequeno Pete havia apagado, dominada pela perda de seu joguinho idiota.

Um simples assassinato...

Sentou-se ao lado do irmão imóvel. Deveria escovar os dentes dele. Deveria trocar o pijama dele. Deveria...

A testa dele estava úmida.

Colocou a mão sobre a testa de Pete. Ele estivera quente a noite toda, mas isso era pior. Apertou o botão do termômetro que estava ao lado da cama, esperou que ele zerasse e enfiou embaixo da língua do irmão.

Sentiu uma brisa fresca no quarto. Seu olhar foi instantaneamente para a janela. Estava escancarada. Até em cima.

Não havia dúvida: antes a janela estava fechada. Astrid estava sentada bem do lado. Ela estivera fechada. E agora estava aberta.

E pela primeira vez desde a chegada do LGAR, uma brisa fresca soprou no quarto e passou sobre a testa úmida da pessoa mais poderosa desse pequeno universo.

Drake sentiu a Escuridão tocar sua mente. Estremeceu de prazer.

Ela ainda estava lá fora, Drake tinha certeza. Ainda o chamava, chamava Drake, o fiel, o que jamais se voltaria contra a Escuridão.

Drake estalou sua mão de chicote só para ouvir o som. E para que Orc também ouvisse.

— Ei, Orc! Venha cá para eu arrancar esse seu pedacinho de pele com uma chicotada! — ordenou.

Drake Merwin podia enxergar um pouquinho, com a luz do Samsol, minúsculo e fraco. Odiava aquela luz — sabia de onde tinha vindo e o que representava: o poder de Sam, aquela sua luz perigosa.

Drake se lembrava da dor daquela luz. Tinha ficado de costas, impotente. E Sam, com o rosto em uma máscara de fúria, glorificando-se em seu momento de vingança, havia queimado as pernas de Drake e estava subindo metodicamente pelo tronco.

Então aquela porquinha idiota da Brittney surgira.

Drake não sabia o que aconteceu em seguida, não podia enxergar nem ouvir quando Brittney estava no controle. Só sabia que Sam não o tinha vaporizado. E ali estava ele, preso. Trancado nesse porão ouvindo os passos pesados de Orc lá em cima.

Drake não sabia o que havia acontecido para transformá-lo nisso, para fazer com que ele compartilhasse um corpo com Brittney. Boa parte da vida recente era um mistério. Lembrava-se de Caine se virando contra ele. Lembrava-se da enorme haste de urânio voando bem na sua direção.

E a próxima coisa que soube é que estava num pesadelo que continuava eternamente. Havia uma garota no pesadelo, a porquinha, a imbecilzinha com aparelho dentário, Brittney.

Eles não a haviam matado? Muito tempo antes? Lembrava-se de uma forma caída, sangrando, num chão polido.

Brittney tinha morrido. Drake tinha morrido. E depois nenhum dos dois estava morto, e de algum modo os dois estavam conectados num mundo de pesadelo onde a terra enchia suas bocas e ouvidos e os mantinha presos.

Cavando feito minhocas. Essa era a realidade do pesadelo. Drake e a porquinha cavando num pesadelo, cavando terra, empurrando-a de lado, comprimindo-a para conseguir um centímetro de espaço livre.

Era escuro, aquele sonho. Absolutamente escuro. Sem nenhum Samsol. Sem luz.

Lembrava-se de pensar durante o pesadelo. O pensamento era: "Não tem ar."

Enterrado vivo, não poderia existir ar. Nem luz nem ar, nem água, nem comida, para sempre e sempre.

Havia demorado um tempo enorme antes que sua mente se clareasse o bastante para que ele percebesse a maravilhosa verdade: estava morto... mas vivo.

Impossível de ser morto. Enterrado na terra úmida e ao mesmo tempo vivo.

E então veio uma espécie de liberdade, do tipo que se conquista com dificuldade. O pesadelo não era mais estar enterrado, e sim andando pela terra. Ele estava num lugar e, de repente, em outro. Demorou um tempo até perceber o que havia acontecido. A porquinha era parte dele. Os dois estavam unidos, conectados. Fundidos numa criatura com duas mentes e dois corpos.

Às vezes Drake e às vezes Brittney Porca.

Às vezes ele, e outras vezes aquela idiotinha com as visões lunáticas de seu irmão morto.

Depois a luta com Sam, a queimadura, e no entanto ele havia sobrevivido.

Impossível de ser morto.

— Você é um monstro, Orc! Sabe disso, não sabe? — gritou, provocando. — As pessoas olham para você e vomitam. Você deixa todo mundo com vontade de vomitar.

Preso. Por enquanto. Nesse porão úmido e escuro. Sem nada a não ser uma bancada de madeira. Eles haviam tirado tudo, Sam, Edilio e os outros. Não ficou nem um prego no piso de concreto.

Uma sepultura mais espaçosa do que a que ele havia compartilhado com Brittney Porquinha antes. Ali havia ar. Mas Drake não precisava mais de ar.

Eles jogavam comida ali dentro, e Drake comia, mas não precisava.

Impossível de ser morto.

O que não podia ser morto não podia ser aprisionado para sempre. Era apenas questão de tempo. Orc era um bêbado idiota. Howard, um palhaço. Drake já teria cavado uma saída — havia afrouxado uma parte da parede de blocos de concreto, trabalhando na argamassa com um pedaço de vidro quebrado.

Mas precisava ser cuidadoso para não deixar nenhuma pista que Brittney pudesse encontrar quando viesse à tona.

Isso significava trabalhar lentamente. Colocando o pedaço de vidro de volta no lixo varrido, bem onde ela esperaria vê-lo.

Enquanto isso, à medida que trabalhava e esperava, uivava ameaças para Orc. Havia dois modos de sair dessa armadilha: trabalhando na parede e trabalhando na mente de Orc.

— Ei! — gritou. — Orc! Se eu arrancar esse último pedaço de pele seu com uma chicotada, o que você acha que vai acontecer? Seria melhor se livrar dela e ser todo de cascalho. Por que fingir que ainda é humano?

Orc bateu com o pé no chão, que era o teto de Drake. Porém não desceu para lutar.

Ainda não. Mas acabaria descendo. Orc iria estourar. Então Drake teria sua chance.

Através da parede ou através do Orc: de um modo ou de outro escaparia.

Então iria até a Escuridão. O gaiáfago saberia como matar Brittney Porca e deixar Drake viver livre.

— Vou matar você! — gritou.

Chicoteou as paredes, chicoteou o teto, gritou, chutou e chicoteou num frenesi lunático.

Até que por fim, exausto, com a mão de chicote sangrando, caiu de joelhos e virou Brittney.

— Brittney Porca — engrolou Drake, enquanto sua boca cruel se derretia, se retorcia e virava a boca com aparelho dentário de sua inimiga mais íntima.

Lana também sentiu a mente escura e distante do gaiáfago se estender em sua direção.

Acordou, os olhos abertos de repente. Patrick estava ao lado da cama, ofegando, preocupado, balançando o rabo, inseguro. Ele sabia, de algum modo.

— Tudo bem, garoto, volte a dormir — disse Lana.

Patrick choramingou, mas então voltou para sua cama, girando algumas vezes antes de se acomodar.

O gaiáfago não conseguia mais enganá-la fazendo-a acreditar que tinha uma voz. Aqueles dias haviam passado. Mas ainda podia tocá-la com um fiapo de consciência. Ainda podia lembrá-la de sua presença e da ligação com ele.

Ser vítima de algum crime medonho, sabendo que a pessoa que tinha feito aquilo com você ainda estava viva, procurando um modo de fazer de novo, devia ser assim.

O gaiáfago desejava o poder de Lana. Usando o poder dela poderia fazer coisas milagrosas. Como substituir um braço amputado por um chicote parecido com uma cobra.

Mas ela não era mais tão fraca.

— Está ansioso, é? — perguntou para o ar fresco da noite. — Aí embaixo do chão, mordiscando seu tira-gosto de urânio?

A Escuridão não respondeu. Mas Lana sentiu que seu instinto era correto: a criatura estava ansiosa.

Mas não com medo.

Lana franziu a testa, pensando na diferença. Ansiosa, mas não com medo. Antecipando? Esperando alguma coisa?

Estava dividida entre se levantar e fumar um cigarro (estava viciada, agora aceitava isso) e ficar ali deitada de olhos fechados sem conseguir dormir. O sono, mesmo que viesse, seria invadido por pesadelos.

Por isso sentou-se, procurou e achou o maço de Lucky Strike e o isqueiro. O isqueiro soltou fagulhas, o cigarro se acendeu, e o cheiro de fumaça encheu suas narinas.

— O que está aprontando? — perguntou. — O que você quer?

Mas, claro, não houve resposta. E ela pôde sentir a Escuridão voltando a atenção para outra coisa.

Levantou-se e foi até a sacada. A lua estava alta. Era muito tarde ou muito cedo.

A barreira ficava perto demais, sentia como se quase pudesse tocá-la.

Seria verdade que o mundo estava logo do outro lado da barreira? Estaria mesmo tão perto que ela poderia sentir o cheiro de batata frita na lanchonete Carl's Jr. que tinham construído para os curiosos que vinham ver a cúpula?

Ou isso seria apenas outra mentira nesse pequeno universo de enganos?

E se ela sumisse? Agora mesmo, se simplesmente desaparecesse: nada de barreira? Ou se a barreira se rachasse como um ovo gigante?

Sua mãe e seu pai...

Fechou os olhos e mordeu o lábio. A dor da memória havia se esgueirado sobre ela, acertando-a justo quando não estava preparada.

Lágrimas encheram seus olhos. Enxugou-as, impaciente.

De súbito, logo ali no penhasco acima da praia, houve uma erupção de luz branco-esverdeada e chamejante. Sam apareceu em silhueta criada por seu próprio espetáculo de luzes. Ela o ouviu gritando, rugindo de frustração.

Ele estava tentando sair do LGAR queimando uma abertura.

Aquilo continuou por um tempo e depois parou. A escuridão voltou. Agora Sam estava invisível para ela.

Lana se virou.

Então ela não era a única que fantasiava sobre rachar a concha e sair como um pinto recém-nascido.

Estranho, pensou enquanto apagava a guimba do cigarro, nunca tinha pensado na barreira como um ovo.

Uma brisa soprou a fumaça à sua frente.

QUATRO | 63 HORAS E 41 MINUTOS

SAM ACORDOU NO último lugar onde teria esperado: seu quarto.

Fazia séculos que não ia à casa antiga.

Odiava a casa quando morava ali com a mãe. Connie Temple. A enfermeira Temple.

Mal se lembrava dela. Ela era de outro mundo.

Sentou-se na cama e sentiu o cheiro do vômito. Tinha vomitado na cama.

— Legal — disse, com a língua grossa.

Sua cabeça explodiu em supernovas de dor.

Enxugou a mão no cobertor. Essa era uma casa que ninguém tinha vandalizado nem escolhido para morar. Ainda era dele, achou. Ainda poderia haver algum remédio no banheiro.

Cambaleou até lá. Encostou-se na pia e vomitou de novo. Não saiu muita coisa.

No armário de remédios não havia nada, a não ser uma caixinha de ibuprofeno genérico.

— Ah — gemeu. — Por que as pessoas bebem?

Então se lembrou. Taylor.

— Ah, não. Ah, não.

Não, não, ele não tinha dado em cima de Taylor, tinha? Não tinha beijado Taylor, não é? A lembrança era tão nebulosa que quase poderia ter sido um sonho. Mas algumas partes eram muito imediatas e reais. Especialmente a lembrança das pontas dos dedos dela em seu peito.

— Ah, não — gemeu.

Engoliu dois ibuprofenos a seco. Não desceram com facilidade.

Segurando a cabeça, foi para a cozinha. Sentou-se diante da mesa pequena. Antigamente comia ali com a mãe. Não em muitos dias, porque ela ficava na Coates, trabalhando.

E mantendo um olhar preocupado no outro filho.

Caine.

Caine Soren, e não Temple. Ela o dera para adoção. Os dois tinham nascido com apenas alguns minutos de diferença, gêmeos fraternos, ele e Caine. E sua mãe dera Caine e ficara com Sam.

Sem explicação. Ela não tinha contado a nenhum dos dois. Essa verdade só se revelou depois da chegada do LGAR.

E não havia explicação verdadeira para o que teria acontecido com o pai deles. Ele estava fora de cena antes de Sam e Caine nascerem.

Teria sido simplesmente demais para a mãe deles? Será que ela decidira que podia cuidar de um menino sem pai, mas não de dois? Tipo mamãe-mandou-bater-nesse-daqui?

Agora ele tinha uma nova família. Astrid e o Pequeno Pete. Só que também não tinha mais. E agora precisava perguntar a si mesmo o que tinha feito para merecer isso, o desaparecimento do pai, as mentiras da mãe, a rejeição de Astrid.

— É — murmurou. — Hora da autopiedade. Coitadinho de mim. Coitadinho do Sam.

Queria que fosse irônico, mas saiu amargo.

Caine provavelmente também tinha um belo ressentimento. Fora rejeitado pelos dois pais biológicos: dois por dois.

No entanto Caine ainda tinha Diana, não era?

Isso era justo? Caine era mentiroso, manipulador, assassino. E provavelmente estava deitado em lençóis de cetim, comendo comida de verdade e assistindo a um DVD. Lençóis limpos, barras de chocolate e uma garota linda e disponível.

Caine, que nunca tinha feito uma única coisa boa ou decente, vivia no luxo.

Sam, que havia tentado e feito tudo que podia, estava sentado em sua casa com uma dor de cabeça violenta, fedendo a vômito, com um par de ibuprofenos abrindo um buraco no forro do estômago.

Sozinho.

* * *

Sempre que conseguia alguma caça, Hunter a levava para o posto de gasolina. Hoje, bem cedo, com o sol apenas aquecendo os morros atrás dele, tinha descido de seu acampamento na encosta carregando quatro pássaros, um castor, dois guaxinins e um saco de esquilos. Não lembrava quantos esquilos eram. Mas o saco estava pesado.

Era muita coisa para carregar. Se somasse, era provavelmente o equivalente a carregar o peso de um garoto. Mas não tanto quanto um cervo — esses ele precisava cortar e carregar aos pedaços.

Hoje não tinha cervo. E ainda não havia cortado Leão Velho. Esse era um serviço grande. Queria manter a pele inteira, por isso precisava fazer devagar.

Usaria a pele quando estivesse seca. Seria quente e iria lembrá-lo de Leão Velho.

Carregava o saco de esquilos pendurado num ombro. Amarrou os outros animais juntos e passou a corda pelo outro ombro. Mas precisava ter cuidado, por causa da coisa que estava nele.

O garoto chamado Roscoe estava chegando. Empurrava um carrinho de mão. Não parecia muito feliz. Todo dia que Hunter vinha, era Roscoe ou aquela garota chamada Marcie. Marcie era legal. Mas Hunter sabia que ela sentia medo dele. Provavelmente porque ele não conseguia falar direito.

— Ei, Hunter — disse Roscoe. — Cara, você está legal?

— Estou.

— Você está todo cortado, cara. Puxa, isso aí deve doer.

Hunter acompanhou a direção do olhar de Roscoe. Sua camisa estava rasgada, expondo a barriga. Duas marcas de garras, fundas, sangrentas, começando a criar um pouco de casca, riscavam sua barriga.

Ele tocou o ferimento com cautela. Mas não doía. Na verdade, ele não sentia nada.

— Você é um cara durão, Hunter — disse Roscoe. — E parece que tem uma boa carga hoje.

— Tenho, Roscoe — respondeu Hunter. Ele falava com o máximo de cuidado possível. Mas as palavras ainda não soavam como antes. Parecia que sua língua estava coberta de cola.

Hunter levantou cuidadosamente a corda de cima do ombro. Teve cuidado para não raspar na coisa. Pôs os animais no carrinho de mão. Depois levantou o saco de esquilos e derramou-os em cima. Todos pareciam iguais. Cinza e com caudas peludas. Cada um cozinhado um pouquinho por dentro. Às vezes ele cozinhava as cabeças, às vezes os corpos. Não era tão fácil mirar a coisa invisível que irradiava de suas mãos.

Esqueceu-se de como a coisa se chamava. Astrid tinha um nome para aquilo. Mas era uma palavra comprida.

— Você está legal, Hunter? — perguntou Roscoe novamente.

— Estou. Tenho comida. E meu saco de dormir está seco depois que eu lavei num riacho.

— Você tem água doce para lavar, é? Que inveja. Sinta só essa camisa. — Ele convidou Hunter a sentir o algodão rígido lavado com água salgada.

— Parece legal — disse Hunter, cauteloso.

Roscoe fez um ruído grosseiro.

— Ah, claro. Água salgada. Sinta a sua camisa. — E Roscoe estendeu a mão para sentir a camisa de Hunter. Tocou o ombro da camisa de Hunter.

O ombro errado.

— Aaahh! — gritou Roscoe, de choque e dor. — Que diab...

— Eu não fiz de propósito! — gritou Hunter.

— Alguma coisa me mordeu! — Ele estendeu o dedo para Hunter examinar. Havia marcas de dentes. Sangue.

Roscoe olhou-o intensamente. E para o ombro dele.

— O que é que tem no seu ombro, cara? O que é isso? O que está aí embaixo? É algum tipo de animal?

Hunter engoliu em seco. Ninguém tinha visto seu ombro. Ele não sabia o que aconteceria se alguém visse.

— É, Roscoe, é um animal — disse Hunter, agradecido pela explicação.

— Bom, ele me mordeu!

— Desculpe.

Roscoe pegou os cabos do carrinho de mão e levantou-o.

— Não vou fazer mais esse serviço. Marcie pode fazer todo dia, não tenho que aguentar isso.

— Certo — disse Hunter. — Tchau.

Jennifer B saiu em algum momento do alvorecer.

Se ficasse em casa tinha certeza de que morreria. Havia dormido por um período de tempo desconhecido — horas? dias? — no chão, com os cobertores em volta.

Os arrepios vinham em ondas. Ela ficava quente demais e chutava os cobertores. Depois a febre começava a subir de novo, e ela sentia frio, frio até os ossos.

Jennifer H estava morta. Jennifer L não respondeu quando Jennifer B gemeu para que ela fosse junto.

— Jen... eu vou ao... hospital.

Não houve resposta.

— Você está viva?

Jennifer L tossiu, não estava morta, e tossiu normalmente, não eram os espasmos loucos que tinham matado Jennifer H. Mas não respondeu.

Assim Jennifer Boyles partiu sozinha. Escorregou de bunda pela escada, com os cobertores em volta. Tremendo, os dentes batendo.

Conseguiu ficar de pé por tempo suficiente para chegar à porta e abri-la. Mas sentou-se de novo muito inesperadamente na varanda. Bateu a bunda com força. Ficou sentada tremendo até que os arrepios passaram.

Tropeçou enquanto descia os degraus da varanda. A queda arranhou feio o joelho esquerdo. Isso destruiu o resto de sua vontade de ficar de pé. Mas não o resto da vontade de viver.

Começou a engatinhar. De quatro. Pela calçada. Atrapalhada pelos cobertores. Atrasada pelos ataques de tosse. Parando sempre que os arrepios a sacudiam com tanta força que ela só conseguia gemer, pigarrear e rolar para o lado.

— Continue — murmurou. — Tem de continuar.

Demorou duas horas para engatinhar até a Brace Road.

Ficou ali deitada, de rosto para baixo. A tosse arrasava seu peito. Mas ainda não eram as tosses sobre-humanas que tinham matado Jennifer H.

Ainda não.

CINCO | 62 HORAS E 18 MINUTOS

— LESLIE-ANN, TENTE fazer um trabalho um pouco melhor quando limpar meu penico, certo? — disse Albert à garota da faxina. — Sei que não é um serviço divertido, mas eu gosto dele limpo.

Leslie-Ann assentiu e manteve os olhos baixos. Tinha um pouco de medo dele, Albert sabia. Mas pelo menos não parecia odiá-lo.

— Não tem muita água — murmurou Leslie-Ann.

— Use areia — respondeu Albert, com paciência. Ele já havia dito isso. — Use areia para esfregar.

Ela assentiu e saiu correndo do quarto.

Nem todo mundo gostava de Albert. Nem todo mundo estava feliz por ele ter se tornado a pessoa mais importante dali. Muita gente sentia inveja porque Albert tinha uma garota para limpar sua casa e a bacia de louça onde ele fazia suas necessidades à noite quando não queria sair para o único banheiro externo de verdade que havia em Praia Perdida. E porque ele podia se dar ao luxo de mandar lavar suas roupas na água doce do lago que recebera ironicamente o nome de lago Evian.

E definitivamente havia pessoas que não gostavam de trabalhar para Albert, e tinham de fazer o que ele mandava ou passar fome.

Agora Albert andava com um guarda-costas. O nome dele era Jamal. Jamal carregava um fuzil automático no ombro. Tinha uma enorme faca de caça no cinto. E um porrete que era uma perna de cadeira, de carvalho, com espetos atravessando para formar uma espécie de clava.

Ao contrário de todo mundo, Albert não carregava arma. Jamal era arma suficiente.

— Vamos, Jamal.

Albert foi na frente, em direção à praia. Como sempre, Jamal andava alguns passos atrás, a cabeça girando para a esquerda e para a direita, com ar furioso, pronto para encrenca.

Albert não passou pela praça — sempre havia gente ali, que sempre queria alguma coisa dele: um emprego, um trabalho diferente, crédito, alguma coisa.

Não deu certo. Dois pequeninos, Harley e Janice, entraram bem na frente enquanto ele andava depressa.

— Seu Albert? Seu Albert? — disse Harley.

— É só Albert — respondeu Albert, tenso.

— Janice e eu estamos com sede.

— Desculpe, mas não tenho água agora. — Ele conseguiu dar um sorriso retesado e foi em frente. Mas agora Janice estava chorando, e Harley, implorando.

— A gente morava com Maria, e ela dava água. Mas agora a gente tem de morar com Summer e BeeBee e elas disseram que a gente precisa de dinheiro.

— Então acho melhor vocês ganharem algum dinheiro — disse Albert. Ele tentou suavizar a coisa, tentou não parecer grosseiro, mas tinha muita coisa na cabeça, e aquilo acabou soando cruel. Agora Harley também começou a chorar.

— Se está com sede, para de chorar — disse Albert, rispidamente. — De que você acha que as lágrimas são feitas?

Chegando à praia, Albert examinou o local de trabalho. Parecia um pátio de entulho. Um tanque de propano oval, de 2 mil litros, estava abandonado na areia. Com um buraco queimado num dos lados.

Um segundo tanque, ligeiramente menor, deveria estar em pé sobre pernas de aço à beira d'água. Em vez disso, estava tombado. Um tubo de cobre se projetava de cima. Esse tubo estava bem preso sobre outro tubo um pouco menor, que se curvava em direção ao chão. Um terceiro tubo, mais estreito ainda, estava preso com fita adesiva e chegava até a areia molhada.

Pelo menos em teoria essa geringonça grosseira, malmontada, era um destilador. O princípio era bastante simples: ferver água salgada, deixar o vapor subir para um tubo e esfriar o tubo. O que pingasse na ponta seria água potável.

Na teoria era fácil. Na prática era quase impossível. Especialmente agora que algum idiota havia derrubado tudo.

O coração de Albert se encolheu. Logo Harley e Janice não seriam as únicas crianças pedindo água. O suprimento de gasolina estava reduzido a poucos milhares de litros no posto. Sem combustível não haveria o caminhão de água. Sem caminhão de água, nada de água.

Pior ainda, o minúsculo lago Evian, no morro, estava secando. Não havia chovido desde o início do LGAR. As crianças sabiam que existia um plano para transferir todo mundo para o lago Evian quando o resto da gasolina acabasse; o que não sabiam era que as coisas estavam muito piores do que isso.

O primeiro tanque, o que estava queimado, tinha sido um esforço anterior para criar um destilador. Albert havia tentado convencer Sam a ferver a água usando seus poderes. Infelizmente, Sam não conseguiu reduzir o calor a ponto de esquentar sem destruir.

Esse novo esforço exigiria uma fogueira embaixo do tanque. O que significaria equipes de crianças para tirar madeira de casas que não fossem usadas. O que poderia tornar a coisa toda mais complicada do que valia a pena.

A equipe estava à toa. Jogando pedras no mar, tentando fazer com que elas pulassem.

Albert foi até eles, os mocassins se enchendo de areia.

— Ei — disse, rispidamente. — O que aconteceu aqui?

Os quatro garotos, nenhum com mais de 11 anos, pareceram culpados.

— Estava assim quando a gente chegou. Acho que o vento derrubou.

— Não tem vento no LGAR, seus... — Ele parou, para não dizer "imbecis". Albert tinha uma certa reputação de autocontrole. Era a coisa mais parecida com um adulto que eles possuíam.

— Contratei vocês para cavar um buraco, e não para brincar — disse.

— É difícil — disse um deles. — Fica enchendo de areia o tempo todo.

— Sei que é difícil. Não vai ficar mais fácil. E se querem comer, trabalhem.

— A gente só estava descansando um pouco.

— Acabou o descanso. Peguem as pás.

Albert se virou e foi andando com Jamal atrás.

— Esses moleques estão fazendo sinal com o dedo para você, chefe — informou Jamal.

— Estão cavando?

Jamal olhou para trás e informou que estavam.

— Enquanto estiverem trabalhando, podem fazer os sinais que quiserem.

Foi então que Roscoe veio informar a respeito da carga que tinha trazido de Hunter. E contar uma história maluca sobre o ombro de Hunter tê-la mordido.

— Olha — disse Roscoe, e estendeu a mão para Albert inspecionar.

Albert suspirou.

— Guarde suas histórias malucas, Roscoe.

— Está tipo... tipo... verde, mais ou menos — disse Roscoe.

— Eu não sou a Curadora, nem sou Dahra — respondeu Albert.

Mas enquanto se afastava, algo cutucou as ideias de Albert: o ferimento havia parecido mesmo meio verde.

Não era problema dele. Já estava com problemas suficientes.

Foi então que viu alguém caído na areia, só caído, como se estivesse morto. Lá longe na praia.

Procurou o mapa no bolso.

Seria a hora? Olhou de volta para o destilador. O destilador inútil.

Suas entranhas se remexeram um pouco com o que pretendia fazer. Entrar em pânico não seria bom. Todo mundo estava no limite, estranho, pirado desde o dramático suicídio de Maria e a tentativa de assassinato em massa.

As pessoas não suportariam outro desastre. Mas o desastre estava chegando. E quando acontecesse, haveria pânico, e então Sam seria necessário ali na cidade.

Mas não havia mais ninguém em quem Albert pudesse confiar para a missão que tinha em mente. Sam teria de ir. E Albert precisaria esperar que nenhum novo desastre surgisse enquanto ele estivesse longe.

* * *

Sam sentiu uma sombra.

Abriu um olho devagar. Havia alguém parado acima dele, o rosto ofuscado pelo sol atrás.

— É você, Albert? — perguntou.

— Sou eu.

— Reconheço os sapatos. Não estou me sentindo bem.

— Você se incomodaria em ficar sentado? Tenho uma coisa importante para falar.

— Se é importante, fale com Edilio. Ele é que está no comando.

Albert esperou, recusando-se a falar. Por fim, com um suspiro que virou um gemido, Sam rolou e sentou-se.

— Isso é só entre nós, Sam — disse Albert.

— É, a coisa sempre funciona muito bem quando eu guardo segredos do conselho — respondeu Sam, com sarcasmo. Em seguida esfregou o cabelo com força para tirar um pouco da areia.

— Você não é mais do conselho. E isso é sobre um trabalho. Quero contratá-lo.

Sam revirou os olhos.

— Todo mundo já trabalha para você, Albert. Qual é o problema? Está incomodado porque eu não trabalho?

— Você gostava mais quando ninguém trabalhava e todo mundo passava fome?

Sam encarou-o. Em seguida fez uma irônica saudação com dois dedos.

— Desculpe. Estou com um humor péssimo. Uma noite ruim seguida por uma manhã ruim. O que há, Albert?

— Temos um grande problema com o fornecimento de água.

Sam assentiu.

— Eu sei. Assim que a gasolina acabar teremos de levar a cidade inteira para o Evian.

Albert repuxou as calças, depois sentou-se com cuidado na areia.

— Não. Em primeiro lugar, o nível da água no lago Evian está baixando mais rápido do que nunca. Não tem chuva aqui. E é um lago pequeno. Dá para ver como ele baixou de, tipo, uns 3 metros até ficar na metade disso.

Albert pegou no bolso um mapa dobrado e abriu. Sam chegou mais perto para ver.

— Esse mapa não é bom. É grande demais para mostrar detalhes. Mas está vendo isto? — Ele apontou. — É o lago Tramonto. É umas cem vezes maior do que o Evian.

— Está dentro do LGAR?

— Eu desenhei esse círculo com um compasso. Acho que pelo menos parte do lago Tramonto está dentro da barreira.

Sam assentiu, pensativo.

— Cara, isso fica o quê, a uns 16 quilômetros daqui?

— Uns vinte e cinco.

— Mesmo que ele esteja lá e que a água seja potável, como vamos trazer para Praia Perdida? Quero dizer, olha. — Sam traçou linhas com o dedo. — O caminho fica direto na região dos coiotes. E essa viagem iria exigir muito mais gasolina. Quero dizer: muito mais.

— Acho que meu destilador de água salgada não vai funcionar — admitiu Albert. Ele olhou mal-humorado na direção de sua equipe de trabalho. — Mesmo que funcione, pode não produzir o suficiente.

Sam pegou o mapa e examinou-o com atenção.

— Sabe, é esquisito. Eu meio esqueci que existiam coisas tipo mapas de papel. Sempre usei os mapas do Google. Maps ponto Google ponto com. Lembra daqueles tempos? O que é isto?

Albert espiou por cima da borda do mapa.

— Ah, isso é a base da força aérea. Mas olha, ela está praticamente inteira do outro lado. A pista de pouso, os prédios e coisa e tal. Por quê? Você estava esperando achar um caça?

Sam sorriu.

— Poderia ser útil se viesse com um piloto. Uma coisa é Sanjit pousar um helicóptero despencando. É totalmente diferente pilotar um Mach 2 a jato dentro de um aquário de 35 quilômetros de diâmetro. Não. Não sei o que eu estava esperando. Talvez uma pistola de raios mágica que pudesse abrir buracos na barreira.

— Sabe — disse Albert, tentando parecer casual, mas em vez disso parecendo que estava fazendo um discurso bem-ensaiado. — Eu li num livro que nos velhos tempos, quero dizer, antigamente mesmo, empresários contratavam exploradores para descobrir novos territórios. Você sabe, para achar ouro, petróleo ou especiarias. Claro que esses exploradores teriam de ser fortes e capazes de enfrentar todo tipo de problema.

Sam não teve dificuldade para captar o que Albert queria dizer.

— Você quer me contratar para explorar esse lago.

— É.

Sam olhou a areia ao redor.

— Bom, como você pode ver, estou muito ocupado.

Albert não disse nada. Só esperou e observou Sam como um lagarto vigiando uma mosca.

— Você não quer que o conselho saiba disso. Por quê?

Albert deu de ombros.

— Qualquer coisa que o conselho fique sabendo, a cidade toda sabe dez segundos depois. Você quer pânico? De qualquer modo, isso não tem a ver com eles. Sou eu que estou fazendo. Eu e você. E uns dois outros caras para ajudar.

— Por que simplesmente não manda Brianna? Ela chegaria depressa.

— Não confio nela. Não para uma coisa dessas. Quero dizer, Sam, a gente pode ficar com problemas de água em pouco tempo. E estou falando pouco tempo mesmo. Tenho um caminhão que vai mais tarde. Depois disso, talvez mais meia dúzia de viagens.

Sam ficou em silêncio. Desenhou pequenas formas abstratas na areia, pensando.

— Eu faço — disse. — Não fico feliz em guardar segredo de Edilio.

Albert apertou os lábios. Como se estivesse pensando. Mas Sam podia ver que ele tinha uma resposta pronta.

— Olha, os segredos não duram muito neste lugar. Por exemplo, Taylor anda contando uma história interessante pela cidade inteira.

Sam gemeu. Tinha de ser Taylor, censurou-se. O que diria a Astrid? Não que isso fosse de fato da conta dela. Eles nunca disseram que não podiam ficar com mais ninguém, beijar mais ninguém. Na verdade uma vez, num clarão de raiva, Astrid havia dito para ele fazer exatamente isso. Só que ela não disse "beijar". Usou uma expressão que ele ficou meio chocado de ouvir da boca de Astrid.

— Sam, Edilio é um cara legal — disse Albert, interrompendo seus pensamentos sombrios. — Mas, como eu disse, ele vai contar aos outros. Assim que o conselho souber, todo mundo vai saber. Se todo mundo souber como as coisas estão desesperadoras, o que você acha que vai acontecer?

Sam sorriu sem humor.

— Cerca de metade das pessoas vai ficar numa boa. A outra metade vai pirar.

— E pessoas vão acabar sendo mortas. — Albert inclinou a cabeça para o lado, esforçando-se ao máximo para parecer que a ideia tinha acabado de lhe ocorrer. — E quem vai acabar chutando traseiros? Quem vai acabar bancando o papai e depois enfrentar ressentimentos, levar a culpa e finalmente ser mandado embora?

— Você adquiriu novas habilidades — disse Sam, com amargura. — Antigamente só ficava por aí trabalhando mais que todo mundo e sendo ambicioso. Agora está aprendendo a manipular as pessoas.

A boca de Albert se torceu, e seus olhos relampejaram com raiva.

— Você não é o único que anda por aí com uma grande carga de responsabilidade nos ombros, Sam. Você banca o paizão malvado que não deixa ninguém se divertir, e eu banco o empresário ganancioso que só pensa em si mesmo. Mas não seja idiota, talvez eu seja ganancioso, mas sem mim ninguém come. Nem bebe. Precisamos de água. Você está vendo mais alguém nesta cidade que vai fazer isso acontecer?

Sam riu baixinho.

— É, você ficou bom em usar pessoas, Albert. Quero dizer, você me oferece a chance de sair e salvar o rabo de todo mundo, certo? De ser importante e necessário de novo. Você me sacou direitinho.

— Nós precisamos de água, Sam — disse Albert simplesmente. — Se você encontrar água nesse tal lago Tramonto e voltar e disser às pessoas que elas precisam se mudar para lá, elas vão. Se você disser que tudo vai ficar bem, elas vão acreditar.

— Porque eu sou tão amado e admirado — respondeu Sam, sarcástico.

— Não é um concurso de popularidade, Sam. As pessoas adoram você quando precisam de você e dez minutos depois se cansam. Em pouco tempo vão perceber que estamos muito perto de morrermos todos de sede. E ali vai estar você, com a solução.

— E eles vão me adorar. Durante dez minutos, até terem bebido o suficiente.

— Exato — disse Albert. E se levantou. — Estamos combinados? — Ele estendeu a mão para Sam apertar.

Sam ficou de pé.

— E o lago? Quero dizer, se ele estiver lá?

— Se estiver, é meu — disse Albert com tranquilidade. — Vou vender a água e controlar o acesso. Talvez então a gente não acabe na mesma encrenca de novo.

Sam apertou a mão dele e gargalhou.

— Você é menos cheio de bosta do que qualquer pessoa aqui, Albert. Se ele estiver lá, vou encontrar. Vou sair esta noite.

Ele pegou o mapa.

— Quer que alguém vá com você?

— Dekka. — Sam pensou mais um pouco. — E Jack.

— Você quer Jack Computador? Por quê?

— É uma boa ideia ter por perto alguém mais inteligente do que a gente.

— Acho que sim. Você precisa de alguém para comunicar, também. Leve Taylor.

— Taylor, não. Vou levar Brianna.

Albert balançou a cabeça.

— Você deu um beijo nela, supere isso. Precisamos de alguém nesta cidade que possa lutar, se for necessário. Estou falando no nível de aberração, sem querer desfazer de Edilio. Taylor é inútil em qualquer tipo de batalha, e Brianna pode derrubar praticamente qualquer um.

Sam confirmou com a cabeça. Fazia sentido. Se quisesse levar Dekka teria de deixar Brianna para trás. Mas Taylor?

De repente a viagem, que ele tinha começado a querer um pouco, parecia muito menos divertida.

Lana não gostava de entrar na cidade. Na cidade, as pessoas pediam coisas a ela. Mas precisava de um galão de água para levar de volta ao Hotel do Penhasco, por isso achou que poderia também parar no que agora chamavam de hospital e liberar a cota usual de crianças com braços quebrados, mãos queimadas e, segundo boatos, pulsos cortados.

Não tinha tanta certeza de que devesse consertar alguém suficientemente idiota para tentar cortar o pulso. Afinal de contas, o LGAR mataria a pessoa em pouco tempo, então por que a pressa? E se você queria uma viagem rápida para fora do LGAR, sempre havia o caminho de Maria: o penhasco.

Dahra Baidoo estava lendo seu livro de medicina e dizendo a uma criança com dor de dente para ficar quieta.

— Só está mole, vai sair quando ele quiser sair — disse, irritada.

Ela levantou os olhos com um sorriso cansado quando notou Lana.

— Oi, Lana.

— Ei, DB. Como vai a faculdade de medicina?

Era uma velha piada das duas. Tinham trabalhado juntas em tempos de crise. Na gripe que havia circulado duas semanas antes, nas várias batalhas, incêndios, lutas, envenenamentos e acidentes.

Dahra segurava a mão das crianças feridas e dava Tylenol enquanto esperava que Lana aparecesse. O incêndio tinha sido a pior coisa. As duas ficaram ali embaixo durante dias, praticamente sem ver o sol.

Dias ruins, ruins mesmo.

Dahra riu e bateu no livro.

— Estou pronta para fazer transplantes de coração.

— Temos o quê? Ouvi dizer que você teve uma tentativa de suicídio.

— Nenhum suicídio. Costelas quebradas. E uma queimadura. Não muito ruim, e eu provavelmente deveria deixar que ela sofresse, já que se queimou tentando acender um saco de cocô e jogar longe.

Lana ouviu uma tosse forte vindo de uma garota que parecia muito doente.

— O que é aquilo?

Dahra deu um olhar carregado de significado.

— Acho que a nossa gripe voltou. Ou não foi embora. — Ela empurrou Lana para o lado, para onde os pacientes não pudessem ouvir. — Mas acho que essa pode ser pior. A garota está alucinando. O nome dela é Jennifer. Ela chegou aqui engatinhando hoje de manhã. Fica falando de outra garota chamada Jennifer, que tossiu tanto que saíram pedaços do pulmão. E depois ela teria tossido com tanta força que quebrou o pescoço.

— Às vezes a febre traz loucura — disse Lana.

— É. Mesmo assim eu queria ter alguém para dar uma olhada na casa dela. Para ver se tem alguma coisa acontecendo.

— Cadê Elwood?

Dahra suspirou.

— Já era.

Lana nunca havia gostado muito de Elwood e meio queria saber o que havia acontecido — Dahra e Elwood tinham ficado juntos um tempão. Mas Dahra não parecia interessada em se abrir.

Lana curou as costelas quebradas, depois verificou a garota com dedos queimados.

— Não faça coisas idiotas assim — disse, rispidamente. — Não quero desperdiçar meu tempo com idiotices. Na próxima vez, vou deixar você sofrer.

Mas curou a queimadura também e fez um serviço rápido com a garota que tossia.

— Posso encher uma jarra antes de sair? — perguntou Lana.

Dahra se encolheu. Tinha um velho bebedouro num canto com um garrafão de 18 litros em cima. Mas nem de longe havia 18 litros ali.

— Que tal uns 2 litros? — disse Dahra.

— Feito. Albert precisa manter você com um suprimento melhor. Para mim também, por falar nisso. Ele deveria mandar alguém dele com 5 litros por dia lá para cima. Já faz dois dias que não manda nada. Não é esperto um hipocondríaco como ele ficar me irritando.

Então, assentindo para Dahra, Lana saiu de novo, de volta para seu refúgio solitário.

Pegou um atalho que ia pelo morro até o Penhasco. Era uma trilha pelo mato baixo, um lugar onde poderia haver um coiote faminto. Mas Patrick iria alertar muito antes que ela encontrasse um coiote. E, de qualquer modo, Lana carregava uma pistola automática que não tinha pudor de usar.

De repente, Patrick rosnou, e Lana estava com a automática nas duas mãos, apontando numa fração de segundo.

— Saia para onde eu possa ver você — disse ela.

Não havia nenhum coiote. Em vez disso era Hunter. Espreitando. Parecendo com vergonha de estar ali. Ele fora banido da cidade, mas tinha permissão de vir vê-la quando quisesse. Mesmo assim, preferia ficar fora das vistas.

Lana gostava de Hunter. Em primeiro lugar porque ele costumava guardar alguma coisa gostosa para ela, um coelho ou umas duas rãs gordas. E trazia estômagos e tripas para Patrick comer.

Em segundo porque, mesmo com o cérebro danificado, ele pelo menos tinha o bom senso de não desperdiçar seu tempo. Se a estava procurando, tinha um motivo.

— O que há, Hunter? — perguntou ela. E guardou a arma de volta na cintura. — Epa. Estou vendo, uns arranhões feios aí.

— Não. É outra coisa.

Ele puxou a gola da camiseta.

Lana não respirou durante alguns segundos.

— É — disse ela. — Isso é mesmo outra coisa.

SEIS | 61 HORAS E 26 MINUTOS

NINGUÉM SABIA EXATAMENTE como lidar com Hunter. Ele não deveria entrar na cidade. Por isso o conselho precisou ir até ele.

Encontraram-se na estrada.

Ninguém nunca havia tirado os carros acidentados e abandonados da rodovia. Todos permaneciam onde estavam desde o início do LGAR.

O grande caminhão da FedEx continuava tombado. Fazia muito tempo que algumas crianças haviam invadido a traseira e remexido nos pacotes. As embalagens, o papel rasgado, os flocos de isopor e as notas de compra em sua maioria haviam parado num trecho de tapume de construção na lateral da estrada.

Engraçado, notou Lana, hoje parecia quase limpa. Como se alguém tivesse vindo com um soprador de folhas e jogado todo o lixo para fora da estrada.

Agora o conselho da cidade era formado por Dekka, Howard, Albert, Ellen e Edilio. Sam tinha o direito de comparecer, mas geralmente não ia. Astrid deixara claro que não queria mais fazer parte, mas Lana havia mandado Brianna para dizer que ela deveria ir. Queria o olhar de Astrid para aquilo.

Por isso Astrid estava lá. Mais ou menos. Lana tinha visto Astrid em várias situações e estados de espírito diferentes, mas essa era uma nova Astrid: retraída, preocupada. Como se estivesse num local totalmente diferente. Estava mordendo o lábio, torcendo os dedos, depois controlando-se e enxugando as mãos nos jeans.

Lana teve certeza de que viu Astrid levar um susto, culpada, quando notou o lixo soprado contra o tapume. Mas talvez só estivesse sensível por causa da história que corria, sobre Sam e Taylor.

Edilio era quem mandava. O que para Lana estava OK. Quase todos os outros haviam mostrado alguma fraqueza, algum pouquinho de loucura. Inclusive ela, como reconheceu ironicamente.

Edilio parecia a última pessoa sã e decente que restava no LGAR. O garoto de Honduras, sem documentos, era a pessoa mais confiável que existia. No entanto, se a barreira sumisse, Edilio e sua família — se ainda estivessem vivos lá fora — seriam chutados do país.

Claro, pensou Lana, se a barreira algum dia sumisse, metade das crianças seria mandada para reformatórios e o resto para instituições mentais ou de reabilitação. De modo que ser chutado do país talvez não fosse tão ruim.

Hunter parecia que ia se encontrar com o presidente da república. Estava empertigado e tentara alisar o cabelo — um esforço inútil. Lana escondeu um sorriso enquanto pegava um carrapato no braço dele e jogava-o longe com um peteleco.

— Oi, Hunter — disse Edilio. — Em primeiro lugar, cara, obrigado pelo bom trabalho que você faz, certo? Você está ajudando a manter todo mundo alimentado e saudável, então, obrigado.

Hunter procurou alguma coisa para dizer, os olhos se virando para a esquerda, para a direita e finalmente para baixo.

— Eu sou o caçador.

— Bom, você é um bom caçador — disse Edilio. — Lana disse que você está com um probleminha médico.

Hunter assentiu.

— Bocas.

— É. Bom, se incomoda se a gente olhar? Não queremos deixar você sem graça nem nada.

— Tire a camisa — disse Albert, meio abruptamente. Ele considerava Hunter um empregado. Mas, afinal de contas, Albert considerava quase todo mundo empregado.

— Ele pode tirar ou não, ele é que decide — disse Dekka, em sua voz grave e rosnada.

Hunter ficou confuso com a discussão. Por isso, Lana disse:

— Você se incomoda em tirar a camisa, Hunter, para a gente ver? Seria bom tirar a calça também.

Hunter tirou a camisa por cima da cabeça. E baixou a calça até os tornozelos.

Houve um som ofegante coletivo.

Lana chegou ao lado de Hunter. Apontou para as mandíbulas que se projetavam do ombro dele. Parecia exatamente uma cabeça de formiga muito grande, ou talvez de vespa, mas com mandíbulas enormes, movendo-se.

— Essa foi a primeira. Eu tentei curar. Vocês vão notar que não funcionou.

Ela apontou para uma boca menor, meio prateada, quase metálica, no tornozelo dele.

— Faça um favor e levante os braços, Hunter.

Ele levantou. Albert desviou o olhar.

Havia uma terceira boca movendo os dentes na axila de Hunter.

Lana viu Astrid olhando Hunter. Seus olhos azuis gelados se moviam rapidamente.

— Tem alguma pergunta, Astrid? — perguntou Lana.

Astrid franziu os lábios como se não tivesse, mas a curiosidade a dominou.

— Hunter, alguma coisa mordeu você?

— Pulgas me morderam. E carrapatos.

— E alguma vespa? — perguntou Astrid.

— Não — respondeu ele.

— Por que uma vespa? — perguntou Edilio a Astrid.

Ela deu de ombros.

— Só estou tentando conseguir informações. — Estava mentindo, pensou Lana. Aquele seu cérebro inteligente e assustador já estava sacando alguma coisa. Algo que ela não queria falar na frente de Hunter.

— Alguma outra coisa estranha aconteceu? — perguntou Edilio.

— Só a verdinha — respondeu Hunter.

— O quê?

— Elas não servem para caçar. Peguei uma e cozinhei, mas ela encolheu inteira e não tinha carne nenhuma.

— O que é uma verdinha? — perguntou Albert.

Hunter franziu a testa, procurando um modo de descrever.

— Ela voa. É que nem uma cobra que voa.

— Ah, bom — disse Howard. — Eu fiquei preocupado pensando que não tínhamos coisas esquisitas o bastante. Cobras voadoras. Fantástico.

— Elas espirram — explicou Hunter. Então seus olhos se arregalaram. — Ela espirrou em mim uma vez. Bem aqui. — Ele apontou para o ombro. Para a boca de inseto que rilhava os dentes devagar.

— Alguém tem alguma coisa afiada? — perguntou Astrid.

Três facas surgiram.

— Eu estava meio pensando num alfinete — disse Astrid. Mas pegou a faca de Howard. — Não se preocupe, Hunter. — Ela cutucou muito de leve com a ponta da faca, logo ao lado da boca maior. — Você sentiu isso?

Hunter balançou a cabeça.

Astrid cutucou de novo, mais longe do primeiro ponto. E de novo na parte superior do braço de Hunter.

— Acho que não sinto muito as coisas. — Hunter parecia perplexo.

— Tem alguma coisa anestesiando você — observou Astrid. Um espasmo, uma expressão de náusea, rapidamente suprimida, torceu seus lábios.

— Não dói — disse Hunter.

— Pode se vestir — disse Edilio, gentilmente. — Obrigado por mostrar.

Obediente, Hunter vestiu a roupa de novo.

— De volta ao trabalho, hein, Hunter? — disse Edilio, com um sorriso sem graça, forçado.

Hunter assentiu.

— É. Preciso levar carne para Albert, se não ele fica com raiva.

— Não fico, não — protestou Alfred, debilmente.

Hunter começou a se afastar. Albert chamou-o.

— Onde você viu essa tal cobra voadora?

Ansioso para responder à pergunta de Albert, Hunter sorriu porque sabia a resposta.

— Elas estão em todo o lado da manhã.

— Onde?

— É como eu chamo. Do outro lado dos morros. Tem uma caverna. Perto da estrada.

— A estrada para o lago Evian... o lago onde a gente pega água? — perguntou Albert, em voz baixa.

Hunter assentiu.

— É. Perto da estrada de terra que vai para lá.

— Obrigado — disse Edilio, dispensando Hunter, que pareceu aliviado e se afastou rapidamente sem olhar para trás. Edilio se virou para Astrid. — Certo, Astrid. O que você está pensando?

— Acho que o motivo para Lana não ter curado é que não é uma doença.

— Mas parece muito uma doença — disse Howard. — Uma doença que eu não quero pegar.

— É um parasita — explicou Astrid.

— Igual a quando um cachorro tem vermes? — perguntou Edilio.

— É.

— Mas estão saindo pela pele dele — disse Edilio.

Astrid confirmou com a cabeça.

— Ele deveria estar sentindo uma dor insuportável. Elas provavelmente estão secretando alguma coisa que anestesia.

— O que vai acontecer com ele? — perguntou Dekka.

— Existe um tipo de vespa — disse Astrid. — Foi por isso que eu perguntei sobre vespas. Ela põe os ovos dentro de uma lagarta. Os ovos chocam. Então as larvas comem a lagarta viva de dentro para fora.

Lana ficou enjoada. Fazia muito tempo que aprendera a se proteger fingindo uma certa indiferença com relação às dores e ferimentos que curava. Mas isso era medonho, ia além de qualquer coisa que já vira. E não podia ajudar.

— Mantenham isso em segredo até a gente descobrir o que é — disse Edilio. — Ninguém fale com Taylor, aquela garota não consegue ficar calada nem... — Ele deixou o resto no ar, notando um olhar pétreo de Astrid. — Reunião do conselho esta noite — terminou, sem jeito.

Lana chamou Patrick, que estava farejando o mato junto da estrada, e foi para casa.

Astrid a alcançou.

— Lana.

— O quê? — Lana jamais havia sido a maior fã de Astrid. Admirava a inteligência e a aparência de Astrid. Mas eram pessoas muito diferentes.

— É o Pequeno Pete. Ele...

— Ele o quê? — perguntou Lana, impaciente.

— Está com febre. Acho que é gripe ou alguma coisa assim.

Lana deu de ombros.

— É, uma das Jennifers está com gripe também. Acho que não é grande coisa. Leve-o para se consultar com Dahra, eu passo lá mais tarde.

Lana esperava que Astrid assentisse e fosse embora. Mas Astrid olhou pela estrada, para garantir que ninguém vinha na direção delas. Isso atraiu a atenção de Lana.

— Preciso que você venha à minha casa — disse Astrid, com firmeza.

— Olha, sei que você é mais importante do que, você sabe, as pessoas normais — reagiu Lana, sarcástica. — Mas eu cuido dele mais tarde, certo? Tchau.

Astrid agarrou o ombro dela. Lana se virou, agora com raiva. Não gostava de ser tocada, quanto mais agarrada.

— Não é por minha causa — disse Astrid. — Lana, preciso perguntar... O gaiáfago...

O rosto de Lana ficou sombrio.

— Ele consegue ver o que você vê? — perguntou Astrid, baixinho. — Ele pode saber o que você sabe?

Lana sentiu um arrepio.

— O que está acontecendo, Astrid?

— Talvez nada. Mas venha comigo. Venha ver o Petey. Me ajude, e eu vou ficar te devendo uma.

Lana deu um riso de desprezo. Ela era a Curadora: todo mundo lhe devia uma. Mas mesmo assim foi com Astrid.

SETE | 60 HORAS E 30 MINUTOS

CAINE HAVIA ENCONTRADO uma luneta na casa. Levou-a para o penhasco no lado leste da ilha. Era de tarde. A luz estava muito boa, baixa, raios inclinados que iluminavam a costa distante. A luz do sol se refletia em janelas e para-brisas de carros em Praia Perdida. Telhados vermelhos e palmeiras altas faziam com que tudo parecesse muito normal. Como se realmente fosse apenas mais uma cidade litorânea da Califórnia.

A usina nuclear estava mais perto. Ela também parecia normal. O buraco na torre de contenção ficava do lado oposto e não era visível dali. O buraco que ele havia feito.

Levou um susto com o som que veio de trás, mas não demonstrou. Muito.

— O que está olhando, Napoleão? — perguntou Diana.

— Napoleão?

— Você sabe, porque ele foi exilado numa ilha depois que quase dominou o mundo. Embora ele fosse baixinho. Você é muito mais alto.

Caine não sabia direito se ficava incomodado com a provocação de Diana. Era melhor do que o modo como ela estivera ultimamente, toda deprimida e desistindo da vida. Odiando-se.

Ele não se incomodava se ela o odiasse. Os dois nunca seriam um casal bonitinho e romântico como Sam e Astrid. Alinhado, honesto e coisa e tal. O casal perfeito. Ele e Diana eram o casal imperfeito.

— Como a coisa acabou para Napoleão? — perguntou.

Ele captou a ligeira hesitação enquanto ela procurava uma resposta fácil.

— Viveu feliz para sempre em sua ilha. Tinha uma namorada linda que era muito mais do que ele merecia.

— Pare de se preocupar — disse ele, com aspereza. — Não estou planejando sair da ilha. Como poderia, mesmo se quisesse?

— Você encontraria um jeito — respondeu Diana com ar soturno.

— É. Mas de qualquer modo estou aqui. — Caine apontou a luneta para a cidade. Podia ver as cascas enegrecidas das casas incendiadas logo a oeste do centro.

— Não faça isso — disse Diana.

Caine não perguntou o que ela queria dizer. Ele sabia.

— Deixe para lá — insistiu Diana. E pôs a mão no ombro dele. Acariciou o lado de seu pescoço, a bochecha.

Ele baixou a luneta e jogou-a no capim crescido. Virou-se, pegou Diana nos braços e beijou-a.

Fazia muito tempo que não agia assim.

Ela pareceu diferente em seus braços. Mais magra. Menor. Mais frágil. Mas o corpo dele reagiu ao dela como sempre.

Ela não se afastou.

A própria reação dele surpreendeu-o. Fazia muito tempo que isso também não acontecia. Fazia muito tempo que não sentia desejo. Garotos famintos sentem desejo de comida, e não de garotas.

E, agora que aquilo estava acontecendo, era avassalador. Um martelar no peito. Ele ansiava inteiramente.

No último segundo, o segundo em que perderia o resto do autocontrole, Diana empurrou-o com gentileza, mas firme.

— Aqui, não — disse ela.

— Onde? — ofegou ele. Odiava a necessidade aparente na própria voz. Odiava precisar tanto de alguém ou de alguma coisa. Necessidade era fraqueza.

Ela soltou as mãos dele do corpo. Deu um passo para trás. Estava usando um vestido de verdade. Um vestido, com as pernas aparecendo e os ombros nus, e era como se tivesse vindo de outro planeta.

Ele piscou, achando que talvez aquilo fosse um sonho. Ela estava limpa e usando um vestido de verão, amarelo. Seus dentes tinham sido escovados. O cabelo também estava escovado, ainda bagunçado por ter sido totalmente cortado e crescido enquanto ela sentia fome demais, porém era ao menos uma sombra da antiga sensualidade sombria que rolava pelos ombros.

Ela se abaixou, recatada, e pegou a luneta. Entregou-a a ele.

— A escolha é sua, Caine. Você pode ficar comigo. Ou pode tentar dominar o mundo. As duas coisas não. Porque não vou mais fazer parte disso. Não posso. Portanto é com você.

O queixo dele caiu. Literalmente.

— Sua bruxa — disse.

Diana gargalhou.

— Você sabe que eu tenho o poder... — ameaçou ele.

— Claro. Eu ficaria impotente. Mas não é isso que você quer.

Caine viu uma pedra, não muito longe. Impressionantemente grande. Levantou uma das mãos, com a palma para fora, e com um som raspado levantou a pedra no ar.

— Às vezes odeio você! — gritou ele, e com um movimento rápido do pulso mandou a pedra voando por cima do penhasco até cair na água lá embaixo.

— Só às vezes? — Diana levantou uma sobrancelha, com ceticismo. — Eu odeio você quase o tempo todo.

Os dois se olharam com uma expressão que era de ódio, mas também de outra coisa, uma coisa muito mais desamparada que o ódio.

— Somos pessoas danificadas — disse Diana, subitamente triste e séria. — Pessoas horríveis, estragadas, malignas. Mas eu quero mudar. Quero que nós dois mudemos.

— Mudar? Para ser o quê? — perguntou Caine, pasmo.

— Pessoas que não sonham mais em ser Napoleão.

Quando olhou-o devagar de cima a baixo, ela era de novo a de sempre, com o risinho de desprezo. Suficientemente devagar para ele ficar sem graça e ser obrigado a superar uma ânsia recatada de se cobrir.

— Não decida agora — disse ela. — Você não está em condições de pensar com clareza.

E ela se virou e voltou para a casa. Caine jogou outras pedras grandes no mar. Isso não ajudou.

* * *

Sam estava na esquina olhando Lana e Astrid entrarem na casa que ele havia dividido com Astrid. Lana estava carregando uma jarra d'água. Patrick parou e olhou na sua direção, mas as meninas não o notaram, e Patrick logo perdeu o interesse.

Ele tinha vindo dizer a Astrid que ia sair da cidade. Astrid guardaria o segredo. E ele queria que pelo menos mais uma pessoa além de Albert soubesse onde ele estava e o que ia fazer.

De qualquer modo, foi isso o que disse a si mesmo. Porque admitir que ainda — mesmo agora, mesmo depois de tudo que havia acontecido — não conseguia simplesmente se afastar de Astrid... seria uma admissão de fraqueza grande demais.

Não podia não dizer a ela que ia partir. Ela precisava saber que ele ainda era... o que quer que fosse. Chutou uma lata de refrigerante amassada e mandou-a quicando pela rua cheia de lixo.

Por que Lana estava indo à casa de Astrid? O Pequeno Pete não devia estar se sentindo bem. Mas como alguém saberia o que o Pequeno Pete estava sentindo?

Sam franziu a testa. Não queria ter uma cena com Astrid na frente de Lana.

O céu estava escurecendo. Ele partiria logo. Dekka, Taylor e Jack iriam encontrá-lo do outro lado da estrada. Cada um deveria manter a coisa toda em segredo.

Na realidade, claro, Jack contaria a Brianna. Taylor só ficaria quieta porque não sabia o que estava acontecendo e, quando soubesse, estaria fora da cidade. Dekka não contaria a ninguém. E Sam? Ele contaria a Astrid.

Sam bateu à porta de Astrid.

Ninguém atendeu.

Sentindo-se estranho e cometendo um erro, abriu a porta que até muito recentemente fora de sua casa e entrou.

Astrid e Lana estavam no andar de cima; ele podia ouvir o murmúrio de vozes.

Subiu a escada de dois em dois degraus e gritou:

— Astrid, sou eu.

Elas estavam no quarto do Pequeno Pete. Astrid e Lana de pé, a alguns centímetros uma da outra, de costas para Sam.

Uma mulher — uma mulher crescida, adulta — estava sentada na cama com a cabeça do Pequeno Pete no colo.

— Mamãe? — disse Astrid.

A mulher tinha pouco menos de 40 anos. Tinha cabelo louro com fios grisalhos e a pele translúcida de Astrid, um tanto envelhecida pelo sol. Seus olhos eram castanhos. Ela deu um sorriso triste e aninhou a cabeça do Pequeno Pete. Acariciou o cabelo dele.

— Mamãe? — repetiu Astrid, e dessa vez sua voz embargou.

A mulher não falou. Não olhou para Astrid. Manteve toda a atenção concentrada no Pequeno Pete.

— Ela não é real — disse Astrid, e deu um passo para trás.

Lana olhou irritada para Astrid. Depois notou Sam ali parado.

Os olhos de Lana se estreitaram.

— Você sabia sobre isso, não sabia? — acusou.

— Ela não é real — repetiu Astrid. — Essa não é a minha mãe. Isso é... uma ilusão. Ele está doente. Eu saí, por isso... por isso ele fez com que ela aparecesse. Para confortá-lo.

— Ele fez com que ela aparecesse. — Lana praticamente cuspiu as palavras. — Ele fez com que ela aparecesse. Porque isso é uma coisa que qualquer um pode fazer, qualquer um de nós pode fazer uma mamãe tridimensional, verdadeira, aparecer para pôr a gente no colo quando a gente se sente mal.

— Para com isso, Petey — disse Astrid.

A mulher — a ilusão de uma mulher — não reagiu, só ficou acariciando a cabeça do Pequeno Pete.

— Cure-o, Lana. Cure-o e isso vai parar. — Astrid estava implorando. — Ele está com febre. Está tossindo.

Como para demonstrar, o Pequeno Pete tossiu várias vezes.

Era esquisito. Ele não cobriu a boca nem mudou a expressão. Apenas tossiu.

— Tente, Lana — insistiu Sam. — Por favor.

Lana se virou bruscamente para ele.

— É um poder interessante para um autista ter, não é? — perguntou ela. — Especialmente quando a gente pensa em todas as histórias que correram, sobre como a cúpula sumiu durante alguns segundos quando o Pequeno Pete apagou.

— Há vários mutantes — disse Sam, o mais calmo que pôde.

— Ele não estava na usina nuclear quando o LGAR começou? — perguntou Lana.

Astrid e Sam trocaram olhares. Nenhum dos dois falou.

— Ele estava na usina — disse Lana. — A usina é o centro do LGAR. Exatamente o centro.

— Por favor, tente curá-lo — insistiu Astrid.

— Ele está com febre e tossindo, grande coisa — disse Lana. — Por que é tão urgente que seja curado?

De novo, Sam não tinha resposta.

Lana chegou mais perto. A mão da mulher ainda estava na testa de Pete. Mas ela não reagiu quando Lana pôs a mão no peito do Pequeno Pete.

— Então essa é a sua mãe — disse Lana, com mais calma.

— Não — respondeu Astrid.

— É estranho ver uma pessoa adulta, não é?

— É uma ilusão — disse Astrid, debilmente. — O Pequeno Pete tem o poder de... fazer com que as visões dele pareçam reais.

— É — reagiu Lana, secamente. — É só isso. A piscada, quando todo mundo viu o lado de fora, foi só uma ilusão. E sua mãe, aqui, é uma ilusão.

A mulher desapareceu de repente. A cabeça do Pequeno Pete tombou de volta no travesseiro.

— Você está ajudando — disse Sam. — Ele está ficando melhor.

— Sabe o que é interessante? — observou Lana, fingindo um papo casual. — O sol, a lua e as estrelas aqui também são ilusão. Ilusões demais. Coincidências demais. Segredos demais.

Sam não olhou para Astrid. Queria não ter vindo. Mais ainda, queria que Astrid não tivesse trazido Lana, mas entendia.

Depois de um tempo, Lana se afastou do Pequeno Pete.

— Não sei se isso consertou ele ou não.

— Obrigada — disse Astrid.

— Eu posso sentir a coisa, você sabe — disse Lana, baixinho.

— A cura?

Lana balançou a cabeça.

— Não. A coisa. Eu posso sentir. Ela toca o Pete. Vigia. Eu posso sentir. Ela vem até ele. — Sua testa se franziu, e ela parecia estar quase se encolhendo de dor. — Do mesmo modo como vem até mim.

Sem olhar para nenhum dos dois, Lana saiu correndo do quarto.

Eles ficaram em silêncio, sem saber o que dizer.

— Vou ficar fora alguns dias — disse Sam, finalmente. — A situação da água... Vou procurar outro lago.

Uma lágrima escorreu pelo rosto de Astrid.

— Deve ter sido difícil — disse Sam. — Mesmo sabendo que não era real.

Astrid usou um dedo para enxugar a lágrima.

— Lana é inteligente. Vai somar dois mais dois. — Ela suspirou. — Se as coisas ficarem ruins, eles virão atrás dele. As crianças vão vir atrás do Petey.

— Antes de ir, vou pedir a Brisa para ficar de olho em vocês.

Astrid olhou triste para o irmão. Ele tossiu duas vezes e depois ficou quieto.

— O negócio é que eu não sei o que aconteceria.

— Se ele ficasse doente?

— Se ele morresse. Não sei. Não sei.

PETE

A ESCURIDÃO O estava vigiando, tocando-o com seu tentáculo fino, atenta para ouvi-lo falar.

Ele não queria falar. A Escuridão não podia ajudá-lo. A Escuridão só queria brincar e ficava com tanto ciúme quando Pete brincava com outra pessoa.

Venha para mim, ficava repetindo.

As pernas de Pete estavam fracas. Ele estava parado em cima do vidro, mas suas pernas doíam, e os pés também, como se a placa de vidro o estivesse cortando.

Tinha se sentido melhor quando sua mãe estava ali. Ela ficou quieta, como ele gostava. Não tinha tentado tocá-lo, a não ser para deixá-lo se deitar sobre seu peito e sentir o suave movimento de subida e descida da respiração.

Mas então a respiração começou a incomodá-lo, distraindo-o. Se aquilo não parasse...

Mas então parou, quando ele a fez ir embora. Podia se lembrar da parte boa, antes que o som da respiração fosse demais, e de não ter de ouvi-la mais.

A irmã barulhenta estava falando, e depois outra. A outra tocou-o com a mão. Ele olhou para ela e ficou perplexo. Um leve fiapo verde subiu em espiral para tocá-la. Ela parecia estar dos dois lados do vidro ao mesmo tempo.

Ele sentiu o toque dela, e isso o deixou tenso. Suportou, mas por dentro estava ficando cada vez pior.

Quente. Como se houvesse fogo dentro dele.

Não queria ouvir mais nada do próprio corpo.

A outra saiu. Tirou a mão e saiu. Mas ele podia sentir um eco dela por dentro. Ela havia tocado a Escuridão, mas recusava os pedidos para ir brincar.

Ele se perguntou... mas agora seu corpo estava atraindo a atenção de novo. Quente e frio, com fome e sede.

Isso o incomodava.

OITO | 54 HORAS E 21 MINUTOS

— MATA ESSA coisa! Me mata!

Soava abafado, mas ainda dava para escutar. Eles tinham fechado os dutos do ar-condicionado — não havia mais ar condicionado —, mas mesmo assim o gemido de desespero vinha do porão.

Howard estava fora, em alguma reunião idiota. Alguma coisa importante. Howard sempre tinha coisas importantes.

Charles Merriman, que todo mundo chamava de Orc, remexeu na bagunça embaixo da cama. Tinha de haver alguma coisa numa garrafa daquelas. Não queria ter de ir ao armário do quarto dos fundos e pegar outra.

— É o único modo. Sam! Sam! Diga ao Sam para fazer isso!

Orc não estava bêbado. Não o suficiente para ignorar a voz daquela garota idiota. Para isso era preciso um bom porre, e nesse momento ele só estava bêbado a ponto de não querer levantar do sofá.

Seus dedos de pedra levantaram uma garrafa. Era de Wild Turkey. Só restava pouco mais de 1 centímetro de líquido marrom no fundo. Girou a tampa. O gargalo de vidro se despedaçou. Isso acontecia com frequência. Orc tinha dificuldade para medir a força quando estava meio bêbado.

Soprou os cacos de vidro. Levantou a garrafa bem alto, com cuidado para manter as pontas afiadas longe de sua boca ainda humana.

A única parte dele que podia ser cortada: a boca.

Bom, a boca e os olhos.

Derramou o líquido ardente na boca e engoliu. Ah, isso. Isso. Mas não era suficiente.

Orc se levantou. Era pesado, como seria de esperar de um garoto feito de cascalho. Como uma criatura ambulante feita de cimento molhado. Não cabia numa balança, embora Howard tivesse tentado pesá-lo uma vez.

Tinha esmagado a balança.

Foi andando, batendo os pés até o armário da birita, onde Howard mantinha o estoque. Com o cuidado exagerado de alguém que não controlava o próprio corpo, Orc abriu a porta do armário.

Algumas garrafas de birita transparente. Umas duas garrafas de Cabka, a bebida que Howard fazia destilando repolho e laranjas podres. Era um negócio horrível. Orc preferia a birita marrom.

Pegou uma garrafa e, depois de alguns segundos desajeitados, desistiu e torceu o gargalo de vidro, quebrando-o.

— É você aí, Orc? Escutei você andando. — Era Drake. A garota, Brittney, tinha ido embora, substituída por Drake.

— Ainda está vivo, sua pilha de pedra idiota e alcoólatra? — provocou Drake. — Ainda seguindo as ordens de Sam? Fazendo o que mandam, Orc?

Orc bateu o pé no chão com raiva.

— Cala a boca ou vou aí embaixo e esmago você que nem um inseto! — rugiu Orc.

Drake gargalhou.

— Claro que vem, Orc. Você é doido de pedra. Espera, isso foi engraçado! O monstro de pedra é doido de pedra.

Orc bateu o pé de novo. A casa inteira sacudiu.

Drake xingou-o de vários palavrões, mas agora Orc tinha quase um quarto da garrafa dentro do corpo. O calor se espalhou.

Gritou algo igualmente grosseiro para Drake. Depois cambaleou de volta para o sofá e se deixou afundar pesadamente.

Não se importava muito com Drake. Drake era um sacana.

Era a garota que fazia Orc sentir vontade de chorar.

Ela era um monstro. Como Orc. Implorando pela morte. Implorando que alguém a deixasse ir para Jesus.

Me mata, me mata, me mata, implorava dia e noite.

Orc tomou um longo gole.

Lágrimas escorreram de seus olhos humanos e caíram nas fendas pedregosas do rosto.

Alguém estava batendo na porta da frente. Normalmente Howard atenderia. Mas então Orc escutou a voz de Jamal gritando:

— Ei, Orc! Abre aí, cara.

Jamal era uma das poucas pessoas, além de Howard, que vinha ver Orc. Claro que era só para ganhar uma bebida. Mas, mesmo assim, qualquer companhia era melhor do que ouvir Drake ou Brittney.

— Quer um gole, Jamal?

— Você sabe. O Albert está pegando no meu pé o dia inteiro.

— É — disse Orc. Ele não se importava. Pegou uma garrafa e entregou a Jamal, que tomou um gole comprido.

Orc se deixou cair no colchão, com o chão gemendo embaixo. Jamal pegou uma cadeira e ficou com a garrafa.

— Quem está aí em cima? — Veio a voz de Drake. — É Jamal ou Turk? É pesado demais para ser Howard.

— É Jamal — gritou Jamal.

— Não fala com ele — disse Orc, mas sem muita convicção.

— Ei, Jamal, que tal me deixar sair daqui? — perguntou Drake, quase de brincadeira.

Orc gritou alguma coisa obscena de volta para ele.

— Só se você matar Albert primeiro — gritou Jamal, depois riu e tomou outro gole.

— Por que você trabalha para Albert, se odeia ele? — perguntou Orc.

Jamal deu de ombros.

— Sou durão, ele precisa de alguém durão.

— É — disse Orc.

— Mas ele me trata como se eu fosse bosta.

— É?

— Você deveria ver como ele vive, cara. Acha que é como o resto de nós? Saca só, à noite ele nem sai para dar uma mijada. Ele tem, tipo, uma jarra pra mijar.

— Eu tenho uma jarra pra mijar.

— É, bom, ele tem uma empregada para pegar a jarra e esvaziar para ele.

A cabeça de Orc estava zumbindo, não prestava atenção de verdade, mas Jamal estava ganhando pique, fazendo uma lista de reclamações sobre Albert, a começar com o fato de que Albert comia carne todo dia e que havia gente para limpar a sujeira dele.

— Vê só, cara, ele adora isso, saca? — disse Jamal, já enrolando as palavras. — No mundo, Albert era só um nadinha insignificante. Aqui ele é um figurão, e eu sou, tipo, o... você sabe...

— O empregado — disse Orc.

Os olhos de Jamal relampejaram com raiva.

— É. É. Igual a você, Orc, você é empregado do Sam.

— Não sou empregado de ninguém.

— Você está bancando a babá do Drake dia e noite, cara, o que você acha que é? Está fazendo o que o chefão Sam manda.

Orc não tinha uma resposta pronta. Queria que Howard estivesse em casa, porque Howard era mais esperto para falar.

Jamal pressionou:

— Caras como você, eu, Turk e Drake, tá sacando? A gente é que mandava. Porque a gente era forte e não tinha medo, e não aceitava bosta de ninguém, certo?

Orc deu de ombros. Estava muito desconfortável.

— Cadê Howard? — murmurou.

Jamal fez um som grosseiro.

— Não é Howard que tem de ficar aqui como carcereiro, é você, Orc. O guarda da prisão de Sam. Isso mantém você ocupado, certo? E preso aqui o tempo todo. É como Turk disse.

— O que Turk disse?

— Que Sam conseguiu trancar você e Drake ao mesmo tempo.

— Não é assim.

Jamal riu com desprezo.

— Cara, você só precisa ver quem está por cima e quem está por baixo. Saca só, foi aí que Zil errou: não tinha a ver com mutantes e normais, aberrações e não aberrações, tem a ver com quem está por cima e quem está por baixo. Você e eu, Orc, estamos por baixo. A gente devia estar por cima.

Nesse momento, a voz de Brittney veio lá de baixo.

— Sam está aí? Chama o Sam. Você precisa chamar o Sam!

Orc se levantou da cama e gritou:

— Ei, cala a boca. Já preciso ficar escutando Drake dia e noite.

Ele oscilou, tentou se equilibrar e não conseguiu. Escorregou e caiu de traseiro. Jamal explodiu numa gargalhada de desprezo.

Desta vez Orc saltou de pé.

— Para de rir!

— Orc, chama o Sam!

— Foi engraçado, cara — disse Jamal, em meio à própria gargalhada.

— Orc, Drake está tentando...

Orc xingou algo. Bateu com o pé no chão.

— Cala a boca, cala a boca!

E de repente, com um som estalado, de algo rasgando, o piso embaixo de Orc cedeu.

Ele despencou através de madeira e reboco. Pousou com força e ficou caído de costas, sem fôlego. Lascas de madeira e pó se assentaram em cima.

Piscou, atordoado demais para entender o que havia acontecido. Seu primeiro pensamento foi que Howard ficaria pê da vida. O segundo foi que Sam ficaria mais pê ainda.

Brittney estava parada ao lado dele, encarando-o.

Caído de costas. Bêbado e idiota. Um monstro. E de cima vinha o riso de jumento de Jamal.

Orc levantou a mão para tocar a pele que ainda se esticava sobre uma parte de seu rosto. Estava sangrando. Não muito, mas estava.

Numa fúria cega, ficou de pé. Deu um soco em Brittney com toda a força. A garota foi voando para a parede. Sua cabeça estalou contra o bloco de concreto, uma pancada que mataria qualquer garota de verdade, viva.

Mas Brittney não podia morrer.

E isso foi a última gota. Alguma coisa no cérebro de Orc se partiu. Ele saltou, tentando agarrar o piso acima e sair, mas escorregou e caiu de novo, e Jamal estava apontando e rindo, e Orc correu para a porta, a porta com barricada que mantinha a coisa Drake/Brittney trancada.

Seu corpo acertou a porta. Ela aguentou, mas por pouco. Ele recuou e chutou e chutou, e lascas voaram.

— Não! Não! — gritou Brittney. — Ele vai escapar!

Orc recuou, levantou os dois braços com pele de cascalho e correu direto para a porta.

Ela não voou, simplesmente cedeu. O portal se partiu soltando lascas. A porta rachou. E Orc passou.

— Quer rir de mim? — rugiu, enquanto subia a escada e saía na cozinha.

Jamal ainda estava parado perto do buraco, gargalhando.

— Quer rir? — berrou Orc.

Jamal girou, percebendo tarde demais o perigo. Orc tinha mais de 1,80 metro e quase a mesma largura, as pernas pareciam troncos de árvore, os braços pareciam cabos de ponte.

Jamal tentou pegar sua arma, mas Orc não permitiria. Agarrou Jamal pelo pescoço, levantou-o do chão e jogou-o pelo buraco.

Jamal atingiu o chão com força. A arma voou e saiu deslizando.

Orc estava ofegando, suando, o coração batendo forte no peito. Agora a realidade começava a penetrar na fúria alimentada pelo álcool, e ele viu o que tinha feito.

Howard. Ele deveria... Ou Sam... Alguém, ele deveria contar a alguém, chamar alguém...

Agora, para Charles Merriman, tudo estava acabado. Ele tinha se redimido, tinha recebido uma coisa importante para fazer. Mas agora tudo isso havia acabado. E ele era apenas o Orc de novo.

Queria chorar. Não podia enfrentar a situação. Não podia enfrentar a decepção e a pena de Howard. A raiva fria de Sam.

Lá embaixo, no porão escuro, um tentáculo comprido e avermelhado se estendeu para a arma.

Orc se virou e correu.

Sanjit Brattle-Chance não havia gostado de sua primeira semana em Praia Perdida. Virtude Brattle-Chance havia gostado menos ainda.

— É que nem um asilo de lunáticos gigante — disse Virtude.

— É. É parecido — respondeu Sanjit. Os dois haviam passado a tarde inspecionando o helicóptero. Edilio tinha dado a eles a tarefa de informar se ele estava totalmente quebrado ou apenas muito quebrado.

Até agora parecia totalmente quebrado. Os dois patins — os negócios parecidos com esquis com os quais ele pousava — estavam amassados. Parte da bolha de vidro estava despedaçada, simplesmente não existia mais, e o resto dela estava estilhaçado e cheio de rachaduras.

A noite havia caído, e isso foi o fim de qualquer inspeção. Virtude quis ir direto para casa. Sanjit ficou embromando.

— Vamos dar um tempo e conversar, Chu — disse ele. — Quero dizer, olha, a gente teve um tremendo estresse, não foi? Mas agora Bowie está ficando melhor...

Virtude fez um ruído grosseiro.

— Se você acreditar naquela suposta curadora.

— Acredito completamente.

A garota chamada Lana tinha vindo e posto a mão em Bowie. Mal havia falado, tinha respondido a perguntas educadas com sílabas únicas e grunhidos. Ou um silêncio cheio de irritação.

Mas Sanjit ficou fascinado. Tinha pensado em poucas outras coisas desde então. Afinal de contas, como não ficar atraído por uma garota que podia curar com um toque e ainda assim andava com uma enorme pistola automática enfiada no cinto?

Era o seu tipo de garota.

Ficara sabendo que ela morava ali em cima, no Penhasco. Na verdade, Edilio tinha alertado Sanjit, com cuidado e repetidas vezes, para não a irritar enquanto estivesse verificando o helicóptero.

Suas palavras exatas haviam sido:

— Pelo amor de Deus, não fique no caminho de Lana.

E Sanjit respondeu:

— Ela é perigosa?

Edilio lançou um olhar estranho.

— Bom, ela atirou em mim uma vez. Mas foi sob a influência da Escuridão. Que ela tentou matar sozinha com um caminhão cheio de gás. Depois ela me curou. Por isso não sei se ela é perigosa. Mas, se fosse você, eu definitivamente não ia querer irritá-la.

Assim, Sanjit e Virtude sentaram-se na grama e olharam o sol se pôr e as estrelas aparecerem. E Sanjit observou secretamente o hotel.

— Você ouviu falar dos coiotes falantes? — perguntou Virtude. Como se, caso existisse uma coisa assim, fosse culpa de Sanjit.

— É. Assustador, não é?

— E a coisa que eles chamam de Escuridão? — Virtude balançou a cabeça, com pesar. Ele sempre fora sombrio. Uma nuvem, comparado com o sol de Sanjit, um pessimista, diante do otimismo de Sanjit. Eram irmãos adotivos, vindos do Congo e da Tailândia, respectivamente. De um campo de refugiados em desespero e das violentas ruas de Bangcoc.

— É. O que será que ela é?

— O gaiáfago. É a outra palavra que eles usam. "Gaia", de mundo, "fago", de alguma coisa que come outra coisa. Vou me arriscar um bocado e dizer que não acho que uma coisa que se chama de "comedor do mundo" é uma coisa boa.

— Não? — Sanjit fez cara de inocente, deliberadamente provocando o irmão.

— Ótimo. — Virtude fez beicinho. — Mas você viu o cemitério que eles fizeram na praça? Tem, tipo, umas duas dúzias de túmulos.

Sanjit se torceu para olhar o helicóptero. Aquilo os havia salvado. Parecia uma pena deixá-lo ali, morto.

— Preciso de umas alavancas grandes. Uma escada. Uma marreta. E depois, você sabe, alguém que saiba o que fazer com tudo isso.

— Ótimo, você não quer mesmo conversar.

Eles haviam pousado o helicóptero — bom, batido o helicóptero, para dizer a verdade — atrás do hotel Penhasco. Em algumas árvores e arbustos mirrados, do outro lado do estacionamento.

A barreira ficava bem perto. De modo que, mesmo que o helicóptero pudesse funcionar — e Sanjit não conseguia imaginar de que isso adiantaria —, seria preciso muita sorte para não bater com ele direto na barreira.

A barreira era uma coisa enganadora. Ao nível do solo era opaca, ao mesmo tempo que sugeria uma translucidez.

Mais acima havia o céu. Mas, quando você estava lá, não dava para ver do outro lado da barreira. Se tentasse, ela ficava opaca de novo.

Um truque. Como uma prestidigitação de mágico, pensou Sanjit.

Percebeu que Virtude estava falando de novo.

— ... quando Bowie estiver completamente melhor. Talvez Caine não seja totalmente irracional. Quero dizer, ele estava morrendo de fome antes, e isso deixa qualquer um irracional.

— Chu — disse Sanjit. — Caine é a pura essência destilada do mal. O que você está falando?

— Certo, mesmo que ele seja mau, talvez a gente possa fazer algum tipo de acordo.

— Você nem acredita nisso.

Virtude desabou para trás, bufando.

— É.

— A gente não vai voltar para a ilha, irmão. A gente foi expulso. É aqui que a gente mora agora.

Virtude assentiu. Parecia um garoto que tinha acabado de receber a notícia de que seria executado a tiros no alvorecer.

— Anime-se, Chu. Tem um monte de coisas boas neste lugar.

— Você ouviu falar do zumbi, não ouviu? O que eles trancaram num porão? Metade do tempo ele é uma garota cristã, boazinha. E no resto do tempo é um psicopata com um chicote no lugar do braço.

Sanjit fez uma cara pensativa.

— Acho que ouvi alguma coisa sobre isso. Mas sério, Chu, não é como se um médico e o monstro morando num porão seja uma coisa tão incomum assim.

Mesmo contra a vontade, Virtude quase sorriu.

— Ótimo. Que seja, Sabedoria.

— Não use meu nome de escravo. — Era uma velha piada entre os dois. Sanjit havia nascido como Sanjit, um moleque hindu sem-teto na budista Bangcoc. Quando os atores Jennifer Brattle e Todd Chance o adotaram, deram-lhe um nome com sentido elevado: Sabedoria.

Nunca pegou. Sabedoria significava... bem, sabedoria.

— Você não está vendo o lado positivo, Chu. — Na verdade Sanjit tinha acabado de ver o lado positivo.

— Lado positivo? Não existe lado positivo. Que lado positivo?

— Garotas, Chu — respondeu Sanjit, dando um sorriso enorme. — Você vai entender daqui a uns anos.

Lana tinha dado a volta nos fundos do hotel e estava jogando uma bola de tênis para o cachorro. Estavam em silhueta diante do brilho leve do horizonte a oeste e iluminados pela lua que acabava de sair de trás dos morros.

— Vou me recusar a entrar na puberdade — resmungou Virtude. — Ela deixa a gente idiota.

Sanjit mal escutou. Estava andando na direção de Lana.

— Oi.

— O que você está fazendo aqui? — perguntou ela, irritada. — Ninguém vem ao Penhasco sem que eu mande.

— Você perdeu um lindo pôr do sol.

— É uma ilusão. Não é o sol de verdade. Nada disso é real. A lua, as estrelas, nada.

— Mas mesmo assim é lindo.

— É falso.

— Mas lindo.

Lana olhou-o com raiva. E Sanjit precisou admitir: ela sabia olhar com raiva. A pistola na cintura definitivamente aumentava o ar de garota durona. Porém, mais do que isso, era aquela expressão dolorida, mas desafiadora.

— Então se eu pedisse para você dar um passeio comigo ao luar não funcionaria nem um pouco?

— O quê? — Aquele olhar de novo. — Vá embora. Pare de ser idiota. Eu nem te conheço.

— Você está curando meu irmão, Bowie.

— É, mas isso não torna você meu amigo, garoto.

— Então nada de luar.

— Você é retardado?

— O nascer do sol? Eu posso acordar cedo.

— Vá embora.

— Pôr do sol amanhã?

— Qual é o seu problema, garoto? Sabe quem eu sou? Ninguém mexe comigo.

— Você sabe o meu nome?

— Que parte do "vá embora" você não entendeu? Eu posso atirar em você, e ninguém vai dizer nada.

— É Sanjit. Um nome hindu.

— Basta uma palavra para o Orc e ele vai jogar basquete com sua cabeça.

— Significa "invencível".

— Fantástico — disse Lana.

— Invencível. Não sou vencível.

— Isso nem é uma palavra. — Em seguida Lana trincou os dentes, obviamente chateada consigo mesma por ter engolido a isca.

— Vá em frente: tente me tornar vencível.

Nesse momento Patrick veio correndo. Largou a bola aos pés de Sanjit, dando seu delirante riso de cachorro, e esperou.

— Não brinca com o meu cachorro — disse Lana.

Sanjit pegou a bola e jogou. Patrick partiu atrás dela.

— Você não me amedronta — disse Sanjit. E levantou uma das mãos, interrompendo antes que Lana respondesse. — Não vou dizer que eu não deveria sentir medo. Ouvi algumas histórias sobre você. Sobre o que aconteceu. Você foi contra o tal gaiáfago sozinha. O que significa que é a segunda garota mais corajosa que eu já conheci. Por isso eu provavelmente deveria estar com medo. Só que não estou.

Ele viu-a tentando resistir para não perguntar. Ela perdeu.

— A segunda mais corajosa?

— Vou contar a história quando a gente for passear. — Sanjit apontou o polegar para o helicóptero. — É melhor eu voltar para a cidade. Edilio quer um relatório.

Ele se virou e foi andando.

NOVE | 54 HORAS E 9 MINUTOS

SAM ENCONTROU SUA pequena equipe onde deveria estar.

Dekka estava quase sorrindo. Quase sorrir era quase euforia quando se tratava de Dekka.

Taylor estava verificando as unhas, parecendo elaboradamente entediada. Sam imaginou se deveria dizer alguma coisa sobre o beijo. Algo tipo "desculpe eu ter dado em cima de você".

É, isso ajudaria de verdade.

Melhor fingir que não havia acontecido nada. Infelizmente, Taylor não era conhecida por deixar as coisas para lá.

Mais ainda, ela irritava Dekka. Dekka era amiga e aliada de Sam. As três pessoas em quem Sam sabia que sempre poderia confiar eram Edilio, Brianna e Dekka. Estranho, porque eles não andavam juntos. Sam passava o tempo sozinho ou com Astrid. Ultimamente mal via Edilio. Não tinha nada em comum com Brianna — ela era muito nova, muito maluca, muito... muito Brianna para ser alguém com quem Sam andaria.

Quinn fora seu melhor amigo antes. Mas Quinn tinha um emprego importante, um emprego que amava. Todos os amigos de Quinn eram de sua equipe de pesca. Os pescadores eram tão unidos quanto uma família muito íntima.

O quarto membro da expedição era Jack. Antes conhecido como Jack Computador — não havia mais nenhum computador funcionando. Jack gastava os dias lendo gibis e mal-humorado.

A força sobre-humana de Jack poderia ser útil, mas Jack nunca fora de muita utilidade. Se bem que, notou Sam pensativamente, Jack havia agido bem durante o incêndio. Talvez estivesse crescendo um pouco. Talvez afastar a cabeça do computador fosse uma coisa boa.

— Vocês estão prontos? — perguntou Sam.

— Eu preciso ir? — gemeu Jack.

Sam deu de ombros.

— Albert está pagando a você, certo? É melhor do que ser capanga dele o dia inteiro, não é?

Os olhos de Jack relampejaram. Albert tinha começado a usar a força física de Jack — para levar cargas ao mercado, para mudar móveis de lugar —, e Jack se ressentia disso. Na mente de Jack, ele ainda era o gênio tecnológico, o supernerd, e não a aberração forte.

— Por que a gente precisa fazer isso no meio da noite? — perguntou Taylor.

— Porque não queremos que a cidade toda saiba por que e aonde estamos indo.

— Como é que eu posso contar a alguém se nem eu sei? — Taylor fez beicinho com o lábio inferior.

— Água. Vamos procurar água — respondeu Sam.

Ele quase pôde ouvir as engrenagens da cabeça de Taylor girando. E depois:

— Ah, meu Deus, a gente está ficando sem água? — Ela mordeu o lábio, respirou dramaticamente umas duas vezes e uivou: — Quer dizer que vamos todos morrer?

— Esse seria um bom exemplo do motivo para a gente manter isso em segredo — disse Sam, secamente.

— Eu só preciso ir...

— Nã-não — reagiu Sam. — Não precisa, não, Taylor. Você não vai ricochetear para lugar nenhum, nem falar com ninguém sem que eu concorde. Está claro?

— Sabe, Sam, você é legal. E muito, muito gostoso. Mas realmente não é muito divertido.

— Vamos sair daqui enquanto podemos — disse Dekka. — Eu trouxe uma arma, aliás.

— Vamos correr perigo? — gritou Taylor.

— A arma é para o caso de você me dar nos nervos, Taylor — avisou Dekka.

— Ah, que engraçado! — disse Taylor.

Sam riu. Pela primeira vez, havia um bom tempo, estava ansioso por alguma coisa. Uma missão. E pelo menos uma fuga temporária de Praia Perdida.

— Dekka está certa. Vamos sair daqui antes que aconteça algo que eu tenha de resolver — disse Sam.

Bem nesse momento ouviu um som, algo grande se quebrando. Estava a certa distância. Um barulho como galhos se partindo. Provavelmente era algum idiota bêbado.

Optou por ignorar. Era problema do Edilio, não dele.

Foi na direção dos morros escuros acima da cidade.

Depois de um tempo, Dekka segurou seu braço e o fez diminuir a velocidade. Ela deixou que Jack e Taylor fossem na frente.

— Edilio ou Astrid contaram a você?

— Não falei com Edilio. Fiquei longe. Ele vai ficar tremendamente chateado quando souber que eu saí da cidade e não falei com ele.

Dekka esperou.

— Certo — disse Sam, com um suspiro. — Conte.

— É o Hunter. Ele está com uma espécie de... Bom, como se tivesse um monte de insetos dentro do corpo. Astrid disse que são parasitas.

— Astrid disse? — reagiu Sam, bruscamente.

— Então acho que você esteve com ela antes de sair. E ela não contou a você?

— Estávamos lidando com outros assuntos.

— Ah.

— Não — disse Sam. — Não era isso. Infelizmente. Fale de Hunter.

Dekka contou.

O rosto de Sam ficou sombrio enquanto ouvia. E pensar que queria sair da cidade antes que alguma coisa desse errado. Isso era a própria definição de "errado".

Parecia que Hunter não caçaria por muito mais tempo. O que significava que a cidade ficaria sem carne, além de água. Eles provavelmente poderiam sobreviver sem as habilidades de Hunter, mas sem dúvida isso aumentaria o pânico.

A missão tinha ficado mais importante, e não menos.

— Ele disse que as verdinhas estão do lado da manhã? Perto da estrada do lago? Foi isso que ele disse?

Dekka assentiu.

Sam chamou os outros dois, que estavam discutindo alguma coisa idiota.

— Taylor! Jack! Venham aqui. Vamos parar para dar uma olhada no Hunter.

Hunter acordou de repente. Um barulho.

Era um barulho diferente de tudo que ele já ouvira. Perto! Muito perto.

Como se estivesse nele. Como se estivesse...

Só num ouvido.

Girou a cabeça. Era noite alta. Negra como a escuridão na floresta longe da luz das estrelas.

Não conseguia enxergar nada.

Mas podia sentir com as mãos. A coisa em seu ombro.

Sua orelha... tinha sumido!

Um medo terrível provocou um grito de horror em Hunter.

Ele não conseguia sentir nem a orelha nem o ombro, não conseguia sentir com nada além dos dedos, e tateou, levou a mão para baixo da camisa, sentiu a carne da barriga pulsar e arfar.

Como se houvesse algo dentro dele.

Não, não, não, não era justo. Não era justo!

Ele era Hunter. O caçador. Estava se esforçando ao máximo.

Gritou. Lágrimas rolaram pelas bochechas.

Quem iria levar carne para todas as crianças?

Não era justo.

O som de mastigação recomeçou. Só em um ouvido.

Hunter só tinha uma arma: o poder de causar calor com as mãos. Tinha-o usado muitas, muitas vezes, para tirar a vida das presas.

Tinha alimentado as crianças com esse poder. E num momento de medo e fúria havia tirado acidentalmente a vida de seu amigo Harry.

Talvez pudesse matar a coisa que estava comendo seu ouvido.

Mas era tarde demais para que isso ajudasse.

Será que poderia se matar?

Viu a cabeça de Leão Velho, olhos fechados, pendurada onde ele o havia posto para ser esfolado. Se Leão Velho podia morrer, Hunter também podia.

Talvez eles se encontrassem de novo, no céu.

Encostou as palmas das duas mãos na cabeça.

Drake estava livre! Diante dele, a porta despedaçada. Acima, um teto desmoronado. Sua cela de prisão fora despedaçada pelo próprio carcereiro.

Agora Drake estava preocupado. A qualquer minuto Brittney Porca poderia emergir. Gritaria por socorro, correria para Sam, alguma coisa, qualquer coisa.

Drake tinha a arma de Jamal. Passou a mão de chicote sobre ela, adorando a sensação, adorando o peso. Com essa arma e o chicote ele era impossível de ser detido.

Só que ele não era só ele, também era Brittney.

Sua mente disparava, febril. O que poderia fazer?

Jamal gemeu. Começou a se levantar, mas se apoiou num braço, que cedeu com um estalo nauseante.

Ele berrou de dor. Seu braço direito pendia frouxo, com o ombro deslocado. Havia sangue escorrendo livremente pelo nariz. Sangue escorria dos ouvidos. Ah, é, pensou Drake, o garoto havia sofrido uma queda feia.

Drake montou em cima de Jamal. Enrolou seu braço de chicote no pescoço de Jamal, cortando seus gritos de dor. Apertou o cano da arma na testa do garoto.

— Você tem três segundos para tomar uma decisão — disse Drake, com a voz sedosa. — Está comigo ou contra mim?

Jamal não demorou três segundos.

— Vou ajudar você! Vou ajudar você! — disse, assim que Drake relaxou a pressão em seu pescoço.

— É? Bom, ouça muito bem, panaca, porque eu não dou uma segunda chance. Se me sacanear, se me desobedecer, se ao menos hesitar, eu não mato você.

A testa de Jamal se franziu, em confusão.

— É, veja bem, a morte é o fim da dor — disse Drake. — Não, não vou matar. Mas vou chicotear você.

Com uma ferocidade súbita e alegre, Drake recuou e acertou-o com a mão de chicote. Ela cortou a calça de Jamal e abriu uma tira na coxa.

Jamal berrou.

Drake acertou de novo, mais duas vezes, enquanto Jamal se retorcia e tentava se cobrir com o braço bom.

— Eu queria que você soubesse como será a sensação — disse. — Dói, não é?

Agora Jamal estava chorando, chorando e aterrorizado demais para responder.

— Eu perguntei: dói, não é?

— Dói! Dói! — soluçou Jamal.

— Não importa o que você fizer, Jamal, não importa o quanto você ache que é durão ou inteligente. Se me trair, se ao menos parecer que vai me trair, eu chicoteio você. E vou fazer com que demore. Horas. E vou deixar você num lugar onde a Curadora não possa encontrar. Acredita que vou fazer isso, Jamal?

Jamal assentiu freneticamente.

— Acredito! Acredito, sim!

— Eu não posso ser morto, Jamal.

— Eu sei!

Drake lhe entregou a arma. Olhou atentamente para ver se Jamal entendia. Pôde ver o momento em que Jamal pensou: "eu posso atirar nele e fugir".

Mas também viu as engrenagens rodando na cabeça de Jamal enquanto o garoto chegava à conclusão inevitável.

Viu a resistência dele evaporar.

— Garoto esperto — disse Drake. — Bom, você vai fazer o seguinte...

DEZ | 52 HORAS E 37 MINUTOS

— POR QUE a gente precisava sair de fininho da cidade à noite? — resmungou Jack. — Estou tropeçando em tudo.

Jack, Sam, Dekka e Taylor estavam do outro lado da estrada, depois do posto de gasolina, subindo o morro. O luar tingia de prata o capim alto e seco. Mas não revelava as pedras menores que se projetavam pelo terreno ressecado e poeirento, causando topadas ou tropeções, as pessoas caíam de quatro e pareciam idiotas.

Jack não estava interessado em uma caminhada longa e perigosa. Especialmente à noite. Ou de dia, por sinal. O que queria era ficar deitado na cama. Só ficar deitado na cama, lendo.

Tinha uma pilha de livros. Era a única coisa a fazer. Nada de internet. Nada de computadores. Nem mesmo eletricidade.

Claro que a culpa era dele. Era culpa dele por ter sido enganado por Caine e especialmente por aquela bruxa, Diana.

Tinha muita dificuldade de dizer não para as garotas. Especialmente Brianna, que parecia capaz de obrigá-lo a fazer o que ela quisesse.

Brianna meio que morava com ele. Os dois estavam tipo juntos, supunha ele. Mas na verdade não faziam nada. Tipo beijar ou qualquer coisa. Isso não acontecia.

Jack havia pensado seriamente em perguntar a Brianna se ela toparia namorar com ele. Ela era bonita. Ele gostava dela. Achava que ela gostava dele. Os dois haviam cuidado um do outro na época da gripe.

Mas... Jack percebeu que Sam não havia respondido.

— Por que estamos saindo de fininho à noite? — repetiu.

— Já expliquei — disse Sam, rispidamente. — Se você não escutou...

Taylor se intrometeu:

— Porque caso contrário Astrid arranjaria um modo de impedir que ele fosse. — Ela imitou a voz de Astrid, injetando firmeza e um tom tenso, condescendente: — Sam. Eu sou a garota mais inteligente e mais gostosa do mundo. Faça o que eu mandar. Muito bem. Senta, garoto. Senta!

Sam continuou em silêncio, andando alguns passos à frente.

Taylor continuou:

— Ah, Sam, se ao menos você pudesse ser tão inteligente, além de totalmente bonzinho como eu sou! Se ao menos pudesse perceber que nunca vai ser suficientemente bom para ficar comigo, a maravilhosa Astrid, a Gênio Loura.

— Sam, posso atirar nela agora? — perguntou Dekka. — Ou é cedo demais?

— Espere até a gente passar da crista do morro — respondeu Sam. — Ele vai abafar o som.

— Desculpe, Dekka — disse Taylor. — Sei que você não gosta de falar sobre coisas de garoto e garota.

— Taylor — alertou Sam.

— Sim, Sam?

— Talvez você queira pensar em como seria difícil andar se alguém tirasse a gravidade de baixo dos seus pés de vez em quando.

— E quem será que faria isso? — disse Dekka.

De repente Taylor caiu de cara no chão.

— Você me fez tropeçar! — disse ela, mais chocada do que com raiva.

— Eu? — Dekka abriu as mãos num gesto de inocência nem um pouco convincente. — Ei, eu estou aqui, longe.

— Só estou avisando: você pode ver como isso poderia transformar uma caminhada longa em uma ainda mais longa — falou Sam.

— Vocês dois não são nem um pouco divertidos — reclamou Taylor. E ricocheteou instantaneamente logo para trás de Sam. Agarrou a bunda dele. Ele gritou:

— Ei!

E ela ricocheteou para longe, inocentemente.

— Respondendo à sua pergunta, Jack — disse Sam —, nós estamos saindo de fininho à noite para que ninguém saiba aonde e por que a gente vai. Eles vão deduzir logo, mas Edilio terá de colocar mais gente dele na rua se eu não estiver lá para bancar o lobo mau. Vai ser mais estresse para todo mundo.

— Ah — disse Jack.

— O lobo mau. — Taylor riu. — Então, quando você tem essa fantasia na cabeça, Astrid é Chapeuzinho Vermelho ou um dos Três Porquinhos?

— Dekka — disse Sam.

— Rá! Lento demais! — exclamou Taylor. De repente ela estava 6 metros atrás de Dekka.

Tinham chegado ao topo. As árvores começavam no vale do outro lado e se espalhavam até o morro seguinte. O pequeno vale tendia a capturar as brisas úmidas do oceano — na época em que havia brisas. E um riacho corria pelo vale — agora quase seco, já que fora separado dos altos picos cobertos de neve do outro lado da barreira.

— Tentem não fazer barulho demais, pessoal. Hunter pode estar caçando. Não queremos fazer estardalhaço e espantar a caça.

— Então não caia mais de cara, Jack — provocou Taylor.

Um som, um gemido, subiu das árvores abaixo.

— O que foi isso? — perguntou Jack.

Aquilo veio de novo. Um grito de desespero total.

Jack esperou que Sam saísse correndo. Em vez disso ele inspirou fundo e disse em voz baixa:

— Acho que vocês não precisam ver isso.

— Ver o quê? — perguntou Taylor.

Sam começou a descer o morro. Não pediu que eles fossem junto. Mas não ordenou que não fossem. Por isso, eles foram.

Assim que estavam no breu sob as árvores, Sam usou seus poderes para transformar uma das mãos numa espécie de lanterna, de luz verde e opaca. Ela facilitava a visão entre as árvores, mas transformava tudo numa cena de pesadelo.

— Hunter? — gritou ele.

— Não venha aqui! — A voz de Hunter, desolada pela tristeza, estava mais perto do que Sam esperava.

Seguiram o som da voz. Chegaram mais perto e agora podiam ouvi-lo chorando. Não era um choro de um garoto grande, mais parecia de uma criança de 2 anos. Soluços pesados e arfantes.

Sam repetiu:

— Fiquem para trás, pessoal. Vocês não precisam ver isso.

Mas eles o ignoraram de novo. A princípio Jack não, mas Dekka, que foi porque era corajosa e queria ajudar, mesmo adivinhando o que encontraria; Taylor porque era curiosa e queria ver; Jack porque não queria ficar para trás, sozinho na escuridão completa.

Hunter estava sentado. No meio de um acampamento bem-organizado: brasas reluzentes de uma fogueira agonizante, uma barraca pequena, uma prateleira improvisada com gravetos e cipós, onde Hunter tinha uma panela, um pote e um prato. Um leão da montanha pendurado numa corda passada por um galho alto.

Todo o corpo de Hunter se retorcia.

O lado de sua cabeça havia sumido parcialmente. Uma criatura, parecendo uma fusão monstruosa de inseto e enguia, brotava do ombro de Hunter e, enquanto os outros ficaram grudados no chão, horrorizados, deu uma mordida maligna na carne de Hunter.

Taylor sumiu de repente.

O rosto de Dekka estava sério, os olhos, molhados.

— Eu tentei... — disse Hunter. Ele levantou as mãos, imitou um gesto de apertá-las na cabeça. — Não funcionou.

— Eu posso fazer — disse Sam, baixinho.

— Estou com medo — gemeu Hunter.

— Eu sei.

— É porque eu matei Harry. Deus precisa me castigar. Eu tentei ser bom, mas sou mau.

— Não, Hunter — disse Sam, gentilmente. — Você pagou o que devia. Você alimentou as crianças. Você é um cara bom.

— Sou um bom caçador.

— O melhor.

— Não sei o que está acontecendo. O que está acontecendo, Sam?

— É só o LGAR, Hunter.

— Os anjos podem me achar aqui para que eu possa ir para o céu?

Sam não respondeu. Foi Dekka que falou.

— Você ainda se lembra de alguma oração, Hunter?

A criatura que parecia um inseto havia emergido quase completamente do ombro de Hunter. Pernas se tornavam visíveis. Tinha asas dobradas contra o corpo. Parecia uma formiga gigante, ou vespa, mas era prateada e cor de latão, e estava coberta por uma camada de gosma.

Estava emergindo como um pinto saindo do ovo. Nascendo. E, enquanto nascia, a criatura se alimentava do corpo entorpecido de Hunter.

Movimentos espasmódicos embaixo da camisa dele testemunhavam mais larvas emergindo.

— Você se lembra de "agora eu me deito para dormir"? — perguntou Dekka.

— Agora eu me deito para dormir — disse Hunter — e rezo ao Senhor para minha alma guardar.

Sam levantou as mãos com as palmas voltadas para fora.

— Se eu morrer...

Dois raios de luz acertaram o peito e o rosto de Hunter. Sua camisa pegou fogo. A carne derreteu. Ele estava morto antes de sentir qualquer coisa.

Sam passou a luz pelo corpo de Hunter. O cheiro era enjoativo. Jack queria afastar os olhos, mas como poderia?

De repente, a escuridão, quando Sam apagou a luz.

Sam baixou as mãos ao lado do corpo.

Ficaram ali no escuro. Jack respirava pela boca, tentando não sentir o cheiro da carne queimada.

Então ouviram um som. Muitos sons.

Sam levantou as mãos, e a luz pálida brilhou.

Hunter havia praticamente sumido.

As coisas que estavam dentro dele continuavam ali.

* * *

A batida à porta foi fraca. Diana quase não ouviu.

Ela inspirou, trêmula. Ele tinha vindo. Ela imaginou que viria.

— Quem é? — perguntou.

— Sam — respondeu Caine.

Diana abriu a porta. Ele estava encostado no portal. A linguagem corporal e a expressão não eram de alguém feliz.

— Engraçado — disse Diana.

Caine passou por ela e entrou no quarto.

— Tranque a porta — ordenou. — Bug, se você estiver aqui e eu pegá-lo, vou matar você. Vou contar até dez.

Caine e Diana esperaram e olharam a porta. Ela não se abriu.

— Acho que ele não está aqui — disse Diana. — Geralmente eu posso sentir o cheiro.

Os dois ficaram separados, sem jeito. Como estranhos. Diana notou que Caine havia tomado banho e penteado o cabelo. Normalmente, ele andava o mais arrumado que as circunstâncias permitiam. Mas este era um esforço especial.

Diana havia decidido não usar nenhuma roupa fora do comum. Aquilo não tinha a ver com lingerie nem nada. Vestia jeans e uma blusa. Descalça. Tinha evitado maquiagem.

— Você quer que eu seja o Sam — disse Caine. — Não sou o Sam. Sou eu.

— Não quero que você seja o Sam.

— Você não quer que eu seja eu.

Diane avaliou-o. Bonito, sem dúvida. Cruel. Inteligente.

— Existe mais do que um de você, Caine.

Ele piscou.

— Como assim?

— Você não é Drake.

Caine descartou a sugestão, e seu rosto expressou nojo.

— Drake é um sacana doente. Eu só faço o que tenho de fazer. Não me gabo disso. Ele é um psicopata. Eu sou... — Ele procurou a palavra certa. — ... ambicioso.

Diana gargalhou. Não era um riso de escárnio, era um genuíno riso de perplexidade.

— O que foi? Eu *sou* ambicioso — disse Caine.

— Essa é uma das palavras para isso. Com sede de poder. Dominador. Tirânico.

— Não sou bom em receber ordens.

Diana riu.

— Não. Não é.

Os dois ficaram em silêncio. Diana o encarou. Ele olhou para o chão.

— Mas você recebeu ordens. Da Escuridão, Caine.

Caine ficou vermelho, com raiva. Virou para o outro lado. Voltou rapidamente à porta. Mas parou antes de tocar a maçaneta.

— As luzes estão apagadas em Praia Perdida porque você recebeu a ordem — disse Diana.

— Quem foi que enterrou aquela coisa no poço da mina? — perguntou Caine, com a voz áspera.

— Você.

— É. E com isso salvei Sam.

— É. E logo depois nós viramos canibais.

— Agora temos comida. Muita comida.

Ele voltou para perto de Diana, estendeu a mão para tocá-la, mas dessa vez ela se afastou. Ficou junto à janela. A lua falsa estava se pondo. Pintava de prata os morros distantes.

— Foi demais — disse Diana, quase para si mesma. — Todo o resto eu podia aceitar, de certa forma. A violência. As batalhas. O que fizemos com Andrew, e o que você fez com Chunk. E todo o resto. Quero dizer, tudo isso meio que deixou uma ferida em mim, sabe?

Caine não respondeu.

— Por dentro. No coração. Na alma. — Ela riu consigo mesma. — Na alma de Diana Ladris. Certo.

— Foi um momento ruim — admitiu Caine.

— Você acha? — reagiu Diana, rispidamente, olhando por cima do ombro com um traço da zombaria antiga. — Comer carne humana foi um momento ruim?

— Nós não tínhamos...

— Ah, cala a boca. — Diana deu as costas para a janela. Havia lágrimas em seus olhos, e ela não queria que ele visse. A última coisa que queria era parecer fraca.

Mas agora ele viu. O choque no rosto de Caine quase a fez rir de novo.

— Durante toda a vida eu fui uma garota durona. Curtia isso. As pessoas diziam: *Diana é uma vaca. Diana é uma vagabunda. Diana é má.* Tudo isso eu podia enfrentar porque acho que basicamente era verdade. Agora eles vão me olhar e dizer: *Diana é canibal?* Como vou viver com isso? — De repente, ela estava gritando.

— Quem são essas pessoas com quem você está preocupada? Penny? Bug?

— E se a gente sair? Pessoas! Pessoas! — Ela hesitou. — E Deus. — Baixou a voz até um sussurro. — E meus filhos. Um dia.

— Filhos? — A expressão confusa e consternada de Caine finalmente obrigou Diana a rir.

— É. Algum dia. Pode acontecer. Isso mesmo: pode chegar um dia em que eu tenha um neném. Talvez até mais de um.

— Ah... — Caine fez um gesto vago com as mãos. Fez várias tentativas de dizer alguma coisa. Nenhuma foi bem-sucedida.

— Você me ama? — perguntou Diana.

Os olhos de Caine se arregalaram. Ela pôde vê-lo estremecer. Como um animal espantado. Como um coelho que tivesse acabado de ouvir uma raposa.

— É uma pergunta do tipo sim ou não — disse Diana, acidamente. — Mas aceito um movimento de cabeça ou um grunhido incoerente.

— Eu... não sei o que você quer dizer com isso — respondeu Caine, com ar débil.

— Quando pulei do penhasco, você salvou minha vida, mesmo que isso significasse deixar Sanjit e os outros escaparem.

— Você não me deu muita opção — disse Caine, sem graça.

— Você tinha uma opção. Você queria destruí-los.

— Certo.

— Por que fez aquela escolha?

Caine engoliu em seco e pareceu descobrir que as palmas das mãos estavam suadas, porque esfregou-as do lado do corpo.

Diana foi até a porta. Destrancou-a e abriu-a.

— Vá embora. Volte quando souber a resposta.

— Mas...
— É, não vai acontecer. Esta noite, não.
Caine escapou para o corredor.
Diana se despiu e se arrastou para baixo dos lençóis. Depois socou os travesseiros até que as penas voaram.

ONZE | 50 HORAS E 21 MINUTOS

— EDILIO, ACORDA!

Edilio piscou. Esfregou os olhos. Viu Brianna parada perto da sua cama.

— O que foi? — murmurou ele.

— Albert mandou chamar você.

Brianna sempre parecia decidida, belicosa e durona. Simplesmente sentada, ela parecia tudo isso. Mas agora estava armada para a batalha.

Tinha uma pequena mochila transformada numa espécie de coldre. Havia cortado um buraco na parte de baixo para que o cano serrado de uma espingarda pudesse passar. O cabo estava no lugar onde ela poderia alcançar, passando a mão por cima do ombro.

Tinha uma faca comprida, uma faca de caça numa bainha pendurada num cinto camuflado. A bainha era amarrada à perna, para não balançar quando ela corresse. Uma dúzia de cartuchos de espingarda de plástico vermelho se aninhava encaixada no cinto.

Uma chamada no meio da noite era ruim. Uma chamada no meio da noite feita por uma Brianna totalmente armada era pior ainda.

Muito pior.

— O que aconteceu?

— Drake — respondeu Brianna. Depois riu. Porque Brianna era assim.

Edilio sentou-se.

— Certo. Você chamou Sam?

— Não consigo achá-lo.

Edilio sentiu um desejo avassalador de voltar a dormir. Drake à solta? E nada do Sam?

— Cadê Albert?

— Disse que ia encontrar você na prefeitura. Está juntando os outros. O conselho. — Ela disse a última palavra com um tom de zombaria.

Edilio apontou um dedo para ela.

— Não vá atrás de Drake sozinha.

— É? Quem mais você tem?

Edilio não tinha uma boa resposta para isso.

— Chame Dekka. E Astrid. Não me importo se você tiver de arrastá-la pelos cabelos, leve Astrid à prefeitura.

Brianna estava feliz demais com essa perspectiva. Girou, ficou turva e sumiu.

Edilio vestiu-se depressa, pegou suas armas e correu os poucos quarteirões até a prefeitura, esperando chegar sem trombar com Drake. Lutaria se precisasse, mas era difícil vencer uma luta contra alguém que não podia ser morto.

Foi o primeiro a chegar à prefeitura. Albert foi o próximo, vestido num impecável estilo executivo-casual, como sempre. Howard surgiu parecendo chocado.

— Não consigo achar ele. Não consigo achar ele. — Howard estava chorando. — Acho que ele caiu pelo piso, quero dizer, vocês sabem como Orc é grande. E aí Drake saiu e... provavelmente Orc está bêbado.

— Provavelmente — disse Edilio, ríspido. — Já que você garante que ele fique assim, Howard.

— A gente não pediu para cuidar de uma prisão de zumbis — contra-atacou Howard.

— Onde você estava quando isso aconteceu? — acusou Edilio.

— Eu fui... eu precisava ver um cara.

Entregar garrafas de birita, Edilio sabia. Quando o suprimento de álcool iria acabar? Todo o resto havia acabado. — Algum de vocês viu Sam? Brianna não consegue encontrá-lo.

Albert suspirou.

— Ele está fora da cidade.

Edilio sentiu o sangue sumir do rosto.

— O quê?

Astrid chegou numa fúria gelada.

— Não sou mais do conselho. Vocês não têm o direito...

— Cala a boca, Astrid — disse Edilio.

Todos, Astrid, Albert e Howard, olharam. Edilio ficou tão pasmo quanto qualquer um deles. Pensou em se desculpar; nunca havia falado assim com Astrid. Nunca havia falado assim com ninguém.

A verdade era que se sentia apavorado. Sam estava fora da cidade? Com Drake à solta?

— O que faz você achar que Sam está fora da cidade? — perguntou Edilio a Albert.

— Eu mandei — respondeu Albert. — Ele e Dekka. Taylor e Jack também. Foram procurar água.

— Foram o quê?

— Procurar água.

Edilio lançou um olhar para Astrid. Ela baixou os olhos. Então ela também sabia.

Edilio engoliu em seco. Estava achando difícil respirar. E, ao mesmo tempo, estava achando difícil não gritar com Albert e Astrid. Os dois eram tão inteligentes, tão superiores! E agora jogavam tudo em cima dele.

— Orc deve ter ido atrás de Drake — disse Howard. — Ah, cara, não sei se ele pode vencer Drake, não como Drake está agora. Ah, cara.

Edilio esperava que Howard estivesse certo e Orc tivesse ido atrás de Drake. Esperava com todas as suas forças, porque a alternativa era não ter um, e sim dois monstros andando pela cidade. Quando Orc estava bêbado, geralmente ficava sentado. Mas às vezes virava um bêbado raivoso, e aí as coisas saíam do controle.

Olhou para a porta. Um deles ou os dois podiam entrar ali a qualquer segundo.

Sua arma estava à cintura. Se bem que não serviria de grande coisa.

— Brianna está procurando Drake — disse Edilio, pensando em voz alta.

— Você mandou Brianna atrás de Drake? — perguntou Albert.

— Mandei? Quem manda Brianna entrar numa briga? Ela vai por conta própria. De qualquer modo, você não deixou a gente com mais ninguém.

Albert teve a decência de não responder.

— Sabe, vocês me colocaram no comando. Eu não pedi por isso. Não queria. Sam era o líder, e tudo que vocês faziam era pegar no pé dele — disse Edilio. — Especialmente vocês dois. — Ele apontou para Albert e Astrid. — Então, certo, Astrid assume. E aí Astrid descobre que não é muito divertido ficar no comando. Por isso foi tipo: certo, vamos deixar o cucaracha burro fazer o serviço.

— Ninguém nunca... — protestou Astrid.

— E eu, que nem um idiota, pensei: certo, isso deve significar que as pessoas confiam em mim. Elas pediram para eu comandar, ser o prefeito. E acabo descobrindo que não estou tomando decisões. Albert está tomando as decisões. Albert decide que precisamos achar mais água e manda nossos dois melhores lutadores para o interior. Agora eu devo consertar tudo? É como se dissessem: Vá lutar numa guerra. Mas mandam o meu exército numa busca inútil.

— A situação da água é pior do que você imagina — disse Albert.

— Escute o que você está falando, cara! — explodiu Edilio. — Por que eu não sei qual é a situação da água? Porque você controla tudo e não me conta. Você não me diz o que está acontecendo, aí manda Sam num belo passeio. Sabe, Albert, se quer tanto ser o figurão importante, o Donald Trump de Praia Perdida, por que não vai cuidar de Drake? Por que vem me procurar?

Ele estava começando a fantasiar sobre usar a arma contra Albert quando Taylor apareceu de repente na sala. Todo mundo pulou uns 15 centímetros.

— Meu Deus, pode parar com isso? — gritou Howard. — Me dá um ataque cardíaco!

— Hunter está morto — disse Taylor, sem preâmbulo. — Foram umas... umas coisas. Elas saíram se arrastando de dentro dele e estavam comendo ele. Ah, meu Deus, quero dizer, foi tipo... Quero dizer, ele estava chorando, e Dekka rezou com ele, e ele tentou fritar o próprio cérebro que nem fez com Harry, mas acho que não deu certo, acho que ele não conseguiu. Por isso Sam... — Ela engoliu em seco. — Alguém tem um pouco d'água?

— O que é que tem o Sam? — perguntou Astrid.

— Ele fez para ele. Sam. Quero dizer, ele... Hunter estava, você sabe... por isso Sam. — Ela fez mímica, levantando as mãos, como Sam fazia quando usava seu poder.

Astrid fechou os olhos e fez o sinal da cruz.

— Descanse em paz — disse Edilio, e também fez o sinal da cruz.

— Sam queimou o garoto? — perguntou Howard. Depois disse com sarcasmo: — É, rezem aí para Jesus. Porque Jesus está dando muita ajuda aqui. Parece que foi Sam que fez o que tinha de ser feito.

— Olha, eu preciso de um copo d'água ou alguma outra coisa — implorou Taylor. Ela sentou-se no chão, encostou-se na parede e começou a chorar.

Edilio abriu uma gaveta na mesa grande. Ele tinha uma garrafa d'água, mas só restavam uns 3 centímetros. Relutante, entregou-a a Astrid, que passou para Taylor.

Taylor bebeu toda a água.

— Não é só isso. Sam mandou eu dar uma mensagem a você, Edilio. Ele disse: diga ao Edilio que eu não pude matar os insetos.

— As coisas que saíram de Hunter? — perguntou Howard.

Taylor fechou os olhos. Lágrimas saíram e rolaram pelo rosto.

— É. As coisas que saíram de Hunter. Sam atirou nelas, você sabe, com a luz dele. Mas elas... tipo... refletem ou sei lá o quê. De qualquer modo, a luz não matou elas.

— Sam consegue abrir um buraco numa parede de tijolos — disse Howard. — Que tipo de coisa é essa que ele não consegue matar? — Então ele próprio respondeu: — Uma coisa muito ruim.

— Taylor, ricocheteie de volta e diga para Sam voltar à cidade — disse Albert.

— Eu não vou voltar lá! — gritou Taylor.

— Epa — disse Edilio, levantando as duas mãos. — Ei, você não decide isso, Albert. Você não dá ordens. Eu sou o prefeito, e há quatro membros do conselho aqui. Você, eu, Ellen e Howard.

Albert pareceu em vias de discutir, mas Astrid interveio:

— Taylor, o que Sam disse que ia fazer em seguida?

— Disse alguma coisa sobre ir à caverna onde as verdinhas viviam. Onde Hunter disse que elas ficam. É por isso que não vou voltar. Você não viu aquelas coisas se arrastando para fora de Hunter, comendo ele vivo.

De repente, Albert se sacudiu. Como se alguém o tivesse espetado com um alfinete.

— Eu esqueci. Estava ocupado... estava... — Seus olhos se encheram de medo. — Roscoe. Roscoe foi mordido por uma daquelas coisas do Hunter. Ele me contou, eu não pensei que... — Ele olhou para Astrid. — Quando Hunter estava entregando a caça. Roscoe disse que uma coisa embaixo da camisa de Hunter mordeu ele. Eu tinha esquecido.

De fora veio um rugido de angústia. Em seguida, o som de vidro quebrando.

— Orc — disse Howard.

— Veja se consegue encontrá-lo, falar com ele — disse Edilio. Mas Howard já estava saindo pela porta.

Ninguém falou durante alguns minutos. Ouviram outra pancada, dessa vez mais parecida com metal.

Edilio usou o silêncio para pensar. Orc bêbado e furioso. Bom, não era a primeira vez, mas era ruim. Ultimamente, Orc tinha virado um elemento positivo. Se voltasse a ser um perigo, a notícia era muito ruim. Provavelmente isso era apenas temporário, e Howard iria controlá-lo.

O negócio de Roscoe era ruim. Muito ruim. Edilio sabia o que deveria fazer. E não gostava.

Quanto a Drake, bom, esse era o verdadeiro problema, isso e a água.

Edilio tinha alguma ajuda, alguns soldados, alguns muito bons, outros bastante inúteis. Tinha Brianna.

Será que Brianna poderia cuidar de Drake?

— O que Drake vai fazer? — perguntou Edilio.

— Ele não é só Drake — disse Astrid. — Lembrem-se, ele também é Brittney. Isso torna a coisa difícil para ele. Se fizer algum plano, ela pode desfazer quando assumir o controle. Se tentar se esgueirar para cima de alguém, precisa se preocupar com a hipótese de ela emergir e estragar tudo.

— É — animou-se Albert. — É, isso mesmo. Não é Drake, é Drake barra Brittney.

— Se tivermos a chance de encontrar Brittney, podemos amarrá-la e trancá-la — disse Edilio. — É. Se Brianna o encontrar, vamos mandar ela ir atrás dele, vigiar e avisar quando Brittney sair.

— É um plano — concordou Albert, obviamente aliviado. — Então vamos deixar Sam continuar.

Edilio confirmou com a cabeça.

— Por enquanto. Mas, Taylor, talvez a gente ainda precise...

Taylor não estava mais na sala.

DOZE | 48 HORAS E 54 MINUTOS

ERA MUITO, MUITO agradável estar fora daquele porão. Respirando ar puro.

Drake permanecia junto às sombras de casas queimadas, de modo que o ar puro cheirava a cinza, carvão e plástico derretido. Mas era melhor do que o mofo e a poeira do porão.

Drake tinha uma lista na cabeça. Sam. Caine. Dekka. Brianna. Eles morreriam primeiro. O mais rapidamente que pudesse matá-los.

Esse havia sido seu grande erro com Sam na usina. Havia demorado, curtindo chicoteá-lo. Até agora, a lembrança lançava um tremor de puro prazer pelo seu corpo.

Mas havia demorado demais para matar Sam, e aí Brianna aparecera.

Dessa vez, não. Dessa vez, ele começaria matando Sam. Depois, se pudesse achá-lo, mataria Caine.

Esse era o problema das aberrações poderosas, você precisava matá-las depressa. Precisava acertar com velocidade e surpresa.

Sam. Caine. Dekka. Brianna. Orc e Taylor também.

E então, sem eles, poderia se demorar deliciosamente com Astrid. E mais ainda com Diana.

Drake gargalhou.

— O que é tão engraçado? — perguntou Jamal.

— Eu sou o Papai Noel, Jamal. Estou fazendo uma lista, verificando duas vezes.

Jamal ficava alguns passos atrás dele. Equilibrando o grande fuzil automático no braço bom. O outro estava numa tipoia improvisada. Morto de medo, sem dúvida. Ainda sentindo a queimação do chicote de Drake. Ah, sim, ele sentiria isso durante um bom tempo.

— Onde Sam está morando? — perguntou Drake a Jamal.

— Albert mandou ele procurar uma coisa no mato ou sei lá onde. Para lá. — Jamal fez um gesto vago. — Eu não deveria saber, mas ouvi.

Drake se virou para Jamal.

— O quê? Sam não está aqui? — Ele havia perdido muita coisa, preso feito um animal.

— Vai voltar daqui a uns dois dias, acho.

Drake xingou.

— Cadê o Caine, então?

— Numa ilha, tipo onde moravam uns caras ricos nos velhos tempos.

Cada vez pior.

Não. Não... Cada vez melhor.

Drake riu. Nenhum dos grandes poderosos estava por perto para impedi-lo.

Mudança de planos.

— Dekka?

Jamal deu de ombros.

— Não sei, cara, não fico andando atrás daquela sapatona apavorante.

— Ora, ora, — Drake fingiu repreender. — A gente não deve ter preconceito por causa do que as pessoas são. — Ele segurou o rosto de Jamal e apertou. — Vou matá-la, mas não pelo que ela é, certo? Vou assassiná-la porque ela tem de ser assassinada. Você aceita isso, Jamal?

Jamal estava tenso e rígido como uma tábua. Deu um grunhido afirmativo.

— Você concorda com o assassinato? — pressionou Drake, pondo o rosto junto do de Jamal. — Quero ouvir você dizer.

Viu uma cortina baixar atrás dos olhos de Jamal, que disse:

— É. Concordo, Drake.

— Então vamos assassinar umas pessoas — disse Drake, animado, e soltou o rosto de Jamal.

Drake andou meio quarteirão e parou.

— Agora não — gemeu. Xingou um palavrão extravagante, mas já estava mudando. O aparelho de metal se formou sobre os dentes. Seu corpo esguio ficou com a carne mais frouxa.

— Brittney está vindo — rosnou Drake. — Mas eu vou voltar, Jamal. Não es...

Sam, Dekka e Jack haviam parado para comer a 800 metros do acampamento de Hunter. Um pouco de peixe cozido que não cheirava a muito fresco, alcachofras cozidas e um pouco de carne seca de pombo.

Tinham pensado em dormir, mas ninguém queria. O horror era recente demais. Dormir só significaria pesadelos. E Sam não queria ver Hunter de novo.

No escuro só conseguiam prosseguir devagar, mas todo mundo queria alguma distância e acabar logo com a expedição. O ânimo havia sumido. O medo e a repulsa os acompanhavam no escuro.

Jack vinha bem atrás quando Sam e Dekka começaram a conversar, matando o tempo enquanto andavam lentamente, com cuidado, pelo arbusto que chegava à cintura. Falando, falando sobre qualquer coisa que não fosse os gritos tristes de Hunter.

O papo tinha começado com Sam admitindo que sim, dera em cima de Taylor, mas ressaltando que estava muito, muito bêbado. Daí tinha passado para seu relacionamento com Astrid, sobre o qual não queria falar. Qualquer pensamento sobre Astrid era temperado de dor e solidão. O que ele tinha feito com Hunter, o que tinha visto acontecendo com Hunter, enchia-o com um desejo enorme de estar com ela. Eles haviam passado por muita coisa. Quantas vezes não a tinha abraçado e garantido que tudo ficaria bem? Quantas vezes ela o havia beijado e abraçado quando sabia que ele estava caindo numa espiral de depressão?

Desde o início, desde o primeiro dia, um havia sido a força do outro.

Não que nunca tivessem brigado. Ambos eram voluntariosos e tinham brigado muitas vezes por coisas grandes e pequenas. Mas as brigas sempre resultaram em alguma coisa, tinham sido trabalhadas e resolvidas.

Mas agora essa distância fria entre eles. Alguma coisa dentro de Astrid havia se partido depois da morte de Maria. Aquele dia havia matado alguma parte de Astrid, e agora era como se ela nem se importasse o bastante para lutar.

Sam contou um pouco disso a Dekka, falando por pura solidão e necessidade. Mas isso o deixou desconfortável, como se estivesse traindo Astrid simplesmente por falar sobre ela.

E a verdade era que boa parte do problema entre ele e Astrid não tinha a ver com nada monumental, era apenas sexo. E Sam não conseguia falar de verdade sobre isso sem parecer mais sacana do que poderia suportar.

Por isso virou a conversa na direção de Dekka. O que a levou a falar sobre Brianna. E Sam se pegou rapidamente preso numa conversa que era tão desconfortável quanto falar sobre Astrid.

— Sei que você tem boa intenção, Sam — estava dizendo Dekka.

— O pior que pode acontecer é Brianna dizer: "De jeito nenhum, eu não sou gay." — Sam olhou para Jack, certificando-se de que ele não podia ouvir.

Dekka suspirou.

— Você não entende, Sam. Você acha que é só isso, que basta ser honesta. Mas veja bem, nesse momento eu tenho uma... uma florzinha minúscula de esperança, certo? Não é muito, mas é nisso que estou agarrada. Eu simplesmente... não posso admitir que ela olhe para mim e ria. Ou que faça uma careta de nojo. Porque aí não vou ter nada.

Era a fala mais longa que Sam já ouvira de Dekka.

— É — disse ele. — Entendo. — Desejava fervorosamente nunca ter aberto a boca.

Houve um barulho de um dos lados dos arbustos.

— É você, Jack? — gritou Sam.

— Estou aqui — disse Jack, na direção completamente oposta. — Estou... estou mijando.

Sam parou. Fez um gesto para Dekka, indicando que ela deveria proteger os olhos. Em seguida lançou uma bola de fogo no ar, um Samsol. Os arbustos viraram imediatamente um espaço fantasmagórico tingido de verde.

Perto da trilha um coiote se encolheu por causa da luz, mas não fugiu. Rosnou, mostrou os dentes e se agachou para saltar.

Dekka foi mais rápida do que Sam. O coiote se pegou flutuando a pouco mais de 1 metro do chão, incapaz de chutar, incapaz de pular.

Era uma visão bizarra, o coiote magro, amarelo-sujo, retorcendo-se e ganindo no ar. Mas, por fim, ele se permitiu amolecer.

— Por que está nos atacando? — perguntou Sam. — Líder da Matilha sabe que você está tentando matar humanos?

— Eu Líder da Matilha — disse o coiote, em sua voz estrangulada, estranha.

Sam chegou mais perto. Os humanos não eram as únicas criaturas que tinham evoluído no universo sem lei do LGAR. Uma das primeiras haviam sido os coiotes que serviam ao gaiáfago. Alguns haviam desenvolvido mutação de línguas mais curtas e focinhos achatados, que permitiam uma espécie de fala desajeitada.

— Olha — disse Jack. Ele estava chegando mais perto, apontando. — Ele também tem.

Sam andou cautelosamente em volta de Líder da Matilha para ver o outro lado. Ali estavam as mandíbulas de insetos se projetando do pelo embolado. Duas, talvez três.

— Eu vim para caçador me matar — disse Líder da Matilha.

Sam sabia que aquele não era o Líder da Matilha original. Lana havia matado aquele. Mas não sabia se esse era o segundo coiote a receber o título ou algum outro. Esse tinha poderes de fala ligeiramente melhores que o primeiro.

— Hunter está morto — disse Sam.

— Você mata.

— É.

— Mata eu, Mãos de Luz.

Sam não teve pena do coiote. Os coiotes haviam participado do massacre da praça. No cemitério havia corpos que tinham sido dilacerados por dentes de coiotes a ponto de ficarem irreconhecíveis.

— As cobras voadoras causam isto? — perguntou Sam, apontando para os parasitas medonhos.

— É.

— Onde elas estão?

Líder da Matilha deu um rosnado puramente de coiote, no fundo da garganta.

— Não tem palavras.

— Então mostre — disse Sam. — Leve a gente até lá.

— Aí você me queima?

— Aí eu queimo você.

A princípio, Brittney ficou confusa. Imaginou se estaria sonhando. Sonhando com ar puro, fresco e um céu lá em cima.

Mas não, não estava no porão.

Drake havia escapado!

Precisava fazer alguma coisa. Precisava alertar alguém. Mesmo que isso significasse ser mandada de volta para o porão. Se Drake estivesse solto no mundo, faria o mal.

Mas ser trancada de novo... Sem dúvida ela poderia aproveitar só um momento de liberdade. Só um momento...

Percebeu que não estava sozinha.

— Quem é você?

— Jamal. Eu... eu trabalho para Albert, mais ou menos. Tipo guarda-costas.

O garoto estava rígido, a mão segurando com força demais o cabo do fuzil. O outro braço tinha sido machucado.

— Por que você está aqui, Jamal? Veio pegar Drake? — Ela notou alguns metros de corda enrolados e pendurados no cinto de Jamal. — Acho que você não pode amarrá-lo. Ele é muito perigoso.

— Sei disso — respondeu Jamal. Ele estava soltando a corda.

De repente Brittney entendeu por que Jamal estava ali. Saiu correndo.

Jamal correu atrás dela.

— Não corra, se não vou ter de atirar em você — gritou Jamal.

Ele era mais rápido do que ela. Todo mundo era mais rápido do que Brittney. Mas ele estava tentando pegar a corda apenas com uma das mãos e precisava pendurar o fuzil no ombro. Brittney só precisava correr.

Chegou à praça da cidade. Sem saber o que estava procurando, pelo menos conscientemente. Mas pegou-se subindo os degraus de pedra da igreja arruinada.

Jamal pegou-a na escadaria, agarrou seu cabelo e puxou para trás. As pernas dela perderam o equilíbrio, e ela caiu de costas com força, batendo no granito com borda afiada.

Mas Brittney não sentia mais dor de verdade. Fazia muito tempo que estava além da dor.

Jamal tentou montar nela, mas tropeçou na corda, e ela se afastou.

— Para! — gritou Jamal.

Brittney rolou alguns degraus, levantou-se e partiu direto de volta para Jamal. Jogou-o de lado e passou correndo por ele.

O teto da igreja havia desmoronado muito tempo atrás. Mas um caminho fora aberto até o interior. A cruz tinha sido levantada outra vez, um pouquinho inclinada, mas ainda ali, prateada ao luar.

Brittney correu para a cruz, tropeçou no entulho e bateu com força num banco.

Num instante Jamal estava em cima dela, xingando, tentando agarrá-la, afastar suas mãos que desferiam socos, tentando passar a corda em volta dela.

— Não! Não! Não! — gritou Brittney.

Jamal deu-lhe um soco na lateral da cabeça.

Brittney piscou e revidou. Chutou, sacudiu-se e socou da melhor forma que podia, já que estava meio embaixo de um banco. E Jamal chutava de volta, violentamente.

Mas ele ainda podia sentir dor. Recuou subitamente, o olhar selvagem e pingando suor. Apontou o fuzil para ela.

— Não quero atirar em você — implorou Jamal.

— Você não pode me matar — disse Brittney, e se levantou pesadamente.

— Eu sei. Drake disse que você iria falar isso. Mas eu posso estourar sua cara e você não iria melhorar na mesma hora. Foi o que ele disse. Disse para eu atirar direto na sua cara e amarrar você.

— Eu gostaria que você pudesse me matar — respondeu Brittney. E depois, em voz alta, tentando gritar para o céu: — Jesus, estou na sua casa. Estou na casa do Senhor implorando pela morte!

— Deixe eu amarrar você — pediu Jamal. — Ele vai me chicotear se eu não fizer isso. — Havia lágrimas escorrendo pelo rosto dele, e Brittney sentiu pena. Os dois estavam atados a Drake, incapazes de fugir dele.

Jamal apontou a arma para o rosto dela.

— Não — disse Brittney. — Precisamos lutar contra Drake, precisamos conseguir ajuda. Sam. Ele precisa queimar Drake e espalhar as cinzas no oceano.

— Por favor, não me obrigue a fazer isso — implorou Jamal.

Brittney berrou:

— Socorro! Alg...

Orc havia corrido até cansar. Isso não demorou muito. Estava bêbado e desidratado. Mais fraco do que deveria. Cansava-se mais facilmente.

Mas o desespero continuava impelindo-o, cambaleando e chorando, e berrando de fúria pela noite.

— Nunca quis ser nenhum guarda — gritou para as casas fechadas e escuras. — Todo mundo ouviu isso? Eu não pedi para ser guarda de prisão!

Ficou parado, oscilando para a frente e para trás, os grandes punhos com dedos de pedra fechados.

— Ninguém quer falar comigo, não é?

Bateu com um dos braços no teto de um carro. A janela do lado do motorista havia sido quebrada muito antes, permitindo que a porta fosse aberta e o carro, revistado. O porta-malas também estava aberto, e a pancada de Orc fez a tampa balançar.

— Preciso de outra garrafa — murmurou. Depois mais alto, gritando para as janelas escuras e as portas trancadas. — Quero uma garrafa. Alguém me dá uma garrafa para eu não machucar ninguém.

Sem resposta. As ruas estavam silenciosas.

Começou a chorar de novo e limpou as lágrimas com raiva. Começou a correr outra vez, correu por um quarteirão e parou, chiando e ameaçando cair de cara.

Então viu o garoto. Um menino pequeno. Teria 8 anos, talvez 9 ou 10, era difícil dizer. O garoto estava andado curvado, segurando a barriga. Parava a intervalos de alguns metros para tossir e depois gemer por causa da dor da tosse.

— Ei, ei! — gritou Orc. — Você! Vá pegar uma garrafa para mim. — A palavra "garrafa" saiu como "arraf".

O garoto doente piscou e só então pareceu notar o monstro na rua à sua frente. Ele se agarrou numa placa de trânsito para não desmoronar.

— Ei. Você, garoto. Estou falando com você!

O garoto começou a responder, então começou a tossir. Tossiu, gemeu e sentou-se.

Orc foi batendo os pés até ele.

— Você tá me ig... é, ig... me ignorando?

O garoto balançou a cabeça debilmente. Fez um gesto para a garganta, tentou falar, não conseguiu.

— Eu não quero ter que... — começou Orc, mas perdeu o fio da fala. — Vai pegar uma arraf pra mim.

O garoto tossiu na cara de Orc.

Orc deu-lhe um tapa com as costas da mão.

O garoto bateu com tanta força na placa de trânsito que ela retiniu. Depois caiu de costas na calçada.

Orc ficou olhando idiotamente, esperando que o garoto começasse a chorar. Mas ele não estava se mexendo. Não estava tossindo.

Orc sentiu água gelada inundar as veias.

— Eu não... — começou a dizer.

Olhou em volta, sentindo uma vergonha súbita, avassaladora. Ninguém o tinha visto.

Tentou se abaixar e cutucar o garoto com o dedo, mas o sangue subiu à sua cabeça e ele quase desmaiou.

— Deixa pra lá — disse, carrancudo, e partiu de novo pela noite. Porém agora mais silencioso.

TREZE | 48 HORAS E 29 MINUTOS

BRIANNA RESPIROU FUNDO o ar gelado da noite. Isso era uma brisa? Excelente: uma brisa para Brisa.

— Aqui, Drakezinho, Drakezinho — disse.

Estava no meio da rua. Se Drake não tivesse encontrado uma arma, ela estaria em segurança. Drake era rápido com aquela sua mão de chicote, mas não se comparava à Brisa. Ninguém era tão rápido quanto a Brisa.

— Ô, Drakeee — cantarolou alto. — Ô, Drakeee. Venha, saia de onde você está.

Correu pelo Pacific Boulevard, virou na Brace e disparou subindo pela Golding.

Ouviu Orc berrando, bêbado, a distância. Seria fácil localizá-lo. Mas o problema não era ele.

Nenhum sinal de Drake. Parou na esquina. Poderia correr ao acaso ou ir metodicamente, rua por rua.

Ser metódica não era o barato de Brianna.

Melhor provocá-lo, instigá-lo a se mostrar.

— Aqui, Drakezinho, Drakezinho.

Disparou até a casa de Astrid. Nenhum sinal dele ali.

Disparou até o quartel dos bombeiros. À escola. Ao Penhasco e depois à praia, levantando, ao correr, uma cauda de areia atrás de si.

Aonde ele poderia ir? O que ele faria?

Então percebeu: Brittney. O que Drake faria com relação a Brittney?

Pelo que Brianna sabia, Drake não tinha poder de impedir que Brittney emergisse.

Aonde Brittney iria se estivesse livre?

Brianna virou o olhar para a igreja arruinada. E nesse momento escutou vozes lá dentro.

Disparou escada acima e entrou na igreja quando...

BLAM!

A explosão, uma pancada amarela, cegou-a. Parou o mais rápido que pôde, mas não o suficiente. Bateu num banco e voou de cabeça pelo ar, incapaz de enxergar.

Qualquer outra pessoa teria batido de cara no altar de mármore, mas Brianna não era qualquer pessoa. Enquanto voava, encolheu-se, girou e pousou de pé no altar. Como um gato.

A onda de dor do impacto no banco a fez ofegar. Mas ela lutou contra a ânsia de soltar um grito.

Então viu.

E aí gritou mesmo.

A explosão do fuzil havia acertado Brittney no rosto e no pescoço. Todo o lado esquerdo do rosto havia sumido. O pescoço estava rasgado. Ela deveria estar jorrando sangue. Mas, ainda que a carne despedaçada fosse vermelha e crua como um hambúrguer antes de cozinhar, nenhuma artéria espirrou.

E Brittney continuava de pé.

Jamal fez um som de um animal torturado, um uivo de medo. Apontou a arma para o peito de Brittney, mas, no meio segundo que demorou para encontrar o gatilho com o dedo, Brianna já tinha chegado nele.

Bateu no cano da arma e o empurrou para longe bem no instante em que *BLAM*!

Agarrou Jamal pelo pescoço, puxou-o para a frente tão rápido que a cabeça dele ficou para trás. Deu-lhe seis socos em menos de um segundo, e Jamal desmoronou, com sangue jorrando do nariz e dos lábios.

— Não me machuca! A culpa não é minha! — gemeu ele, enquanto caía e se enrolava numa bola, protegendo a arma e o rosto.

Brianna não queria olhar para Brittney, não queria mesmo.

— Você está bem? — perguntou por cima do ombro. Não houve resposta de Brittney. O que não era surpresa, já que sua boca estava toda espalhada pela nuca.

Brianna se esforçou e lançou um olhar para a menina, mas a mão de chicote já estava avançando, puxando o fuzil de Jamal.

Brianna sacou a faca e saltou para Drake.

Enterrou a faca no peito dele. Era uma lâmina enorme, uma faca de caça, grande como a de um *chef* de cozinha e muito mais grossa. A lâmina entrou inteira, até o cabo.

Drake riu.

— Isso vai ser divertido.

Brianna esperava que ele tentasse virar a arma para ela, mas, em vez disso, ele a jogou de lado. Depois, com a mão de verdade, tirou a faca do peito, lentamente, como se adorasse cada centímetro de aço.

Brianna ficou olhando, hipnotizada. E quase deixou de ver o movimento súbito do braço de tentáculo de Drake vindo por trás.

Quase deixou de ver.

Não totalmente.

Brianna se abaixou, e o chicote passou por cima de sua cabeça. Drake jogou a faca contra ela, mas nem passou perto. A faca se cravou no encosto de um banco.

Brianna tirou a espingarda de cano serrado de dentro da mochila, levantou-a, mirou e disparou.

O tiro acertou Drake na boca. Transformou seu risinho de lábios finos num buraco enorme, como um ralo de pia.

Drake levantou o tentáculo para sentir o buraco. Enfiou a ponta do chicote na própria boca destruída. A ponta rosa-avermelhada saiu pela nuca e acenou para Brianna.

Drake soltou um grunhido que poderia ser um riso se ele tivesse língua, dentes e lábios.

Brianna recuou alguns centímetros.

O rosto de Drake pareceu derreter e se reconstruir. Ela podia ver cada dente, pérolas brancas à luz das estrelas, movendo-se como insetos, arrastando-se para fora da carne despedaçada até encontrar lugares nas gengivas recém-formadas.

Brianna tateou à procura do fio pendurado no cinto. Era uma corda mi de um violoncelo que ela havia encontrado. Tinha enrolado as pontas em volta de pedaços de madeira para formar um garrote de 1 metro e pouco.

— Era isso que você ia fazer comigo na usina, lembra, Drake? — Brianna se encolheu enquanto a língua de Drake crescia dentro do buraco da boca, ainda escancarado.

— Ah, desculpe, você não consegue jogar conversa fora, não é? — provocou Brianna. — Bom, o negócio é que, se sou eu correndo para um fio a 300 quilômetros por hora ou se é o fio correndo para você a 300 quilômetros por hora, funciona do mesmo jeito.

Ela segurou o garrote e estava atrás de Drake antes que ele pudesse piscar. O fio passou em volta do pescoço dele enquanto ela ainda estava correndo. O fio mordeu e cortou, e ela sentiu uma resistência forte que arrancou um dos cabos de sua mão enquanto o fio cortava o osso do pescoço.

A cabeça de Drake caiu. Bateu com força no chão de pedras e rolou de lado, balançou algumas vezes e ficou imóvel.

Isso não bastava, pensou Brianna, em seguida se virou, correu de volta, jogou a ponta solta da corda em volta da cintura de Drake, segurou o cabo com toda força enquanto corria de costas em supervelocidade.

O fio cortou o tronco ainda imóvel de Drake logo abaixo das costelas. Parou na coluna.

Brianna puxou, mas o fio não cortava a coluna. Puxou e puxou, e a carne do corpo de Drake se torceu de lado, de modo que ela podia ver as entranhas, a carne crua cortada parecendo bife, o intestino claro, e tudo aquilo era clínico, como um desenho, como uma exposição medonha.

E de repente seus puxões frenéticos, as pernas batendo com força e tentando se firmar no piso de mármore, tiveram sucesso, e com um som raspado, nojento, a coluna se partiu, e Drake caiu em dois pedaços no chão.

Brianna teve consciência de gritos. Era Jamal, com a mão em cima do rosto, mas os olhos espiando cheios de horror. Berrando e berrando como se não fosse parar nunca.

Brianna também queria gritar. Mas não de horror. E sim com um triunfo puro, maligno. Queria dançar e se sujar com o sangue do inimigo derrotado. Queria saltar em cima dos pedaços do corpo e chutá-los com desprezo.

Virou a cabeça para trás e uivou para os caibros partidos e o céu mais além.

— Éééééé! Ééééé! É a Brisa!

Jamal parou de gritar. Estava balbuciando, fazendo sons que pareciam palavras, como um louco de rua. Estava engatinhando pelo chão.

Brianna gargalhou.

— Qual é o problema, fortão? Descobriu que tinha escolhido o lado errado?

O tentáculo estava em volta de suas pernas antes que ela soubesse o que havia acontecido.

Olhou para baixo e ficou parada, incapaz de acreditar no que via. A mão de chicote de Drake estava enrolada duas vezes em seus tornozelos, apertando, esmagando os ossos uns contra os outros.

Brianna tentou chutar, mas não conseguia nem se mexer.

A cabeça de Drake estava a 1,20 metro da parte superior do tronco, mas agora a boca cruel havia retornado e estava rindo. Os olhos frios espiavam.

Vivo!

A parte superior do tronco usou a mão boa para se arrastar na direção da cabeça enquanto o tentáculo segurava Brianna com a força de uma jiboia. A parte de baixo do tronco — barriga, quadris, pernas — chutava e se sacudia, tentando ir na direção da parte superior.

Drake estava se consertando de novo.

Brianna caiu de bunda. Estendeu a mão num reflexo em busca da faca, mas ela estava longe demais.

A espingarda de cano serrado. Brianna a tinha colocado de volta no coldre. Sua mão a encontrou e soltou-a. Ela mirou rapidamente o tentáculo que a segurava, mirou para a parte logo depois dos pés, e puxou o gatilho.

BLAM!

A explosão veio da arma de Jamal. Ele a havia encontrado. Ela viu fumaça saindo em novelos do cano.

Brianna tentou usar a espingarda, mas os dedos não funcionavam direito e os ouvidos estavam zumbindo, e de algum modo havia sangue em cima de todo o seu peito.

A cabeça de Drake deu um riso silencioso.

Brianna ficou deitada impotente, olhando enquanto as pernas, o terço inferior da criatura, começavam a mudar. Não eram as pernas de Drake. Eram os membros gorduchos de uma menina.

A cabeça de Drake gritou sem som.

O tentáculo já estava deslizando para longe.

Jamal andava como num sonho, segurando o fuzil enfumaçado junto ao corpo.

Brianna pôde ver os lábios de Drake formar as palavras: "Mata ela. Mata ela."

Mas, sem pulmões, nenhum som saiu.

As partes do corpo se moveram para perto. Os braços de uma menina procuraram e encontraram o que era agora a cabeça de Brittney, e a arrastaram para o lugar certo nos ombros.

As pernas chutaram e se sacudiram até que o terço inferior se fundiu de volta. Brianna viu tudo aquilo, incapaz de se mexer, incapaz de pensar com clareza.

A última coisa que viu foi Jamal usando a corda de Brianna para amarrar as mãos de Brittney com força às costas. Ele rasgou uma manga da própria camisa e fez uma mordaça, que enfiou na boca de Brittney.

Depois voltou a Brianna. Ela mal pôde ouvir suas palavras através do zumbido e mal conseguiu entender o que escutou.

— Eu poderia matar você — disse Jamal. E apontou o fuzil automático para ela, com o cano a 1 centímetro de seu rosto. — O mais provável é Drake se dar bem. Mas, se não, é bom você lembrar que eu podia ter matado você. — Ele pendurou a arma no ombro. — Mas não matei.

Passaram-se apenas alguns minutos antes que Edilio, acompanhado por Ellen, ambos armados com fuzis automáticos, chegassem correndo. Jamal e Brittney haviam saído bem antes.

Edilio se ajoelhou ao lado de Brianna. Ela viu preocupação e compaixão nos olhos escuros dele e, em seu delírio, realmente gostou dele por causa disso.

— Ellen, traga Lana. Agora! — ordenou Edilio.

Brianna, disse:

— Ele foi embora?

Achou difícil obrigar a voz a fazer o que queria. Mas depois de algumas tentativas conseguiu dizer:

— Preciso... pegar o Sam. Sam. Eu... não consigo vencer Drake.

Edilio ficou sério.

— É, é boa ideia — disse ele, enquanto examinava os ferimentos ensanguentados no ombro dela. — Infelizmente Taylor sumiu. E ninguém sabe exatamente como encontrar o Sam.

— Jamal... — sussurrou Brianna. Mas, antes que pudesse completar o pensamento, o piso de mármore pareceu se escancarar e arrastá-la num redemoinho para a escuridão.

Lance entrou correndo pela porta.

— Drake saiu! — gritou.

Turk — anteriormente o cara número um do Zil, pelo menos era o que pensava, e chefe do que restava da Galera Humana — disse:

— É, tá legal.

A Galera Humana havia sido um grupo formado para defender os direitos dos normais contra as aberrações. Pelo menos era isso o que diziam. Agora a maior parte das pessoas via a Galera Humana como um grupo que apenas pregava o ódio.

Lance agarrou o ombro de Turk e praticamente o arrancou do sofá onde ele estava deitado.

— Turk, escuta, cara, escuta: você não saca o que isso quer dizer?

Turk não via o que isso queria dizer ou pelo menos o que Lance achava que ele deveria ver. Turk não gostava muito de Lance. Eles eram amigos, mais ou menos, mas só porque os dois tinham estado com Zil e na época haviam ficado por cima. E agora eram reduzidos a fazer o pior serviço que Albert pôde encontrar para eles: cavar valas para as crianças usarem e depois cobrir quando estivessem cheias.

Cavadores de fossas. A Galera da Bosta, era como as crianças os chamavam.

E precisavam puxar o saco do Albert, porque caso contrário não comeriam. Tiveram sorte de não serem exilados. Turk havia convencido o conselho a não os mandar para viver no ermo. Tinha implorado, era a verdade. Tinha-os convencido de que era melhor encontrar um lugar para eles e os outros da Galera Humana.

Tinha posto a culpa do incêndio em todo mundo, menos neles. Ficava dizendo: "Não foi nossa culpa, pessoal, não foi minha, nem do Lance, nós fomos obrigados pelo Zil e pelo Hank. Hank era de dar medo, cara, vocês sabem. Vocês sabem que ele era maluco e teria atirado ou acabado com a gente."

Turk havia gemido como um bebê. E chorado. E no fim convenceu o presunçoso cucaracha Edilio, e especialmente Albert, de que não causariam mais encrenca, nunca mais, que tinham aprendido a lição, que agora sua vida estava mudada.

A Galera Humana virou a Galera da Bosta. E nomes ainda piores. Motivo de zombaria.

Turk odiava Albert com uma paixão ardente, inalterável. Albert tinha tudo e jogava as piores migalhas para Turk, Lance e a ex-Galera Humana.

Lance não queria ir embora. Seu rosto bonito estava iluminado de agitação.

— Malandro, não tá sacando? Se a gente acertar Albert agora, todo mundo vai pôr a culpa no Drake.

Isso atraiu a atenção de Turk.

— A gente tentou culpar Caine pelo incêndio, e ninguém acreditou.

— Isso é diferente. Olha, você gosta de viver assim? — Ele olhou loucamente ao redor, finalmente apontando para o fétido caldeirão que usavam como vaso sanitário interno. — Comendo a pior comida, fazendo o pior trabalho e morando neste lugar horrível?

— É, adoro — disse Turk, com um sarcasmo violento. — Adoro ser o pior fracassado da cidade.

— Então escuta. — Lance pôs as mãos nos ombros de Turk. Turk afastou-as. — Porque estou dizendo: Drake não pode ser morto nem impedido. Por isso todo mundo está apavorado. Talvez a gente arranje um modo de se juntar a Drake, certo? Ou talvez a gente só espere até todo mundo pirar por causa dele, e aí a gente age.

Turk não descartou isso imediatamente. Talvez Lance estivesse certo. Todo mundo sabia que Albert tinha toneladas de ouro, Bertos e todo tipo de comida — até latas de coisas de antes, comida boa.

— Não sei, cara — disse Turk. — A Galera Humana foi feita para defender alguma coisa. Quero dizer, nós somos os defensores dos humanos contra as aberrações, certo? Somos a favor das pessoas normais. A gente não rouba coisas. A gente não é, tipo, uma gangue.

Lance deu um riso de escárnio.

— Cara, às vezes você é totalmente sem noção. Você nem vê o que está acontecendo. — Ele se empoleirou no braço do sofá para olhar Turk de cima para baixo. — Não tem a ver só com as aberrações. Quero dizer, você é o cara que tem ideias e coisa e tal, mas não tá sacando. Você nem nota que todo o conselho é preto ou mexicano. Olha, o que tá acontecendo é o seguinte: um monte de minorias de braços dados com as aberrações.

As engrenagens na mente de Turk começaram a girar lentamente. Mas estavam ganhando velocidade.

— Jamal está com a gente, e ele é preto.

— E daí? A gente usa o Jamal. Ele põe a gente dentro da casa de Albert. A gente faz o que é preciso. Só estou dizendo que, você e eu, a gente é normal. A gente não é preto, bicha nem mexicano. E é a gente que está cavando banheiros. Como é que pode?

Turk sabia a resposta: porque tinham fracassado na tentativa de tomar o poder. Mas nunca havia pensado por esse novo ângulo.

— Astrid é uma pessoa normal, branca — argumentou, sem muito ânimo. — Sam também.

— Sam é uma aberração, e acho que ele até pode ser judeu. — Os olhos de Lance estavam brilhando. Estava mostrando os dentes, rindo enquanto falava. Não ficava bem nele. — E Astrid? Ela nem faz mais parte do conselho.

Turk estava engolindo. Sentia as novas ideias se acomodando nos lugares escuros de sua mente ressentida.

— Drake é branco. Orc também, você sabe, por baixo daquilo tudo. Mas eles são meio, tipo, aberrações. Só... só que não de verdade. Porque eles não... tipo... viraram aberrações, eles tiveram acidentes ou sei lá o quê, que os transformaram no que são.

— Exato — disse Lance.

É, pensou Turk. Isso poderia ser bom. Poderia ser muito bom. Tirar Albert de cena causaria mais problemas do que queimar umas casas. Albert era quem mandava de verdade. Ele tinha o dinheiro e a comida. Isso o tornava ainda mais importante do que Sam.

Lisa entrou com os repolhos que havia colhido na plantação e um rato gordo que tinha comprado. A boca de Turk se encheu de água: o jantar estava atrasado.

— Vamos comer — disse. — Depois a gente pensa no que vem em seguida.

QUATORZE | 37 HORAS E 48 MINUTOS

EDILIO ESPEROU ATÉ o sol nascer para procurar Roscoe.

Tudo estava muito em paz. Roscoe não era o tipo de cara que causava muito problema.

— Só temos de colocar você num lugar seguro — explicou Edilio.

— Para eu não passar isso para ninguém — deduziu Roscoe.

— É. Enquanto a gente pensa num jeito de curá-lo.

— Quero dizer tchau à Sinder — disse Roscoe, baixinho. E virou a cabeça bruscamente, indicando que ela estava na casa.

— Claro, cara. Mas escuta. Não deixa ela tocar em você, está bem? Só para garantir.

Então Roscoe lutou um pouco, não contra Edilio, mas contra ele próprio. Lutou para impedir um tremor no lábio. Lutou para impedir que as lágrimas enchessem os olhos.

Edilio levou-o para a prefeitura. Havia uma sala não utilizada, com uma cama. Edilio garantiu que houvesse livros para Roscoe ler. E uma panela com tampa para fazer as necessidades. Uma jarra d'água estava na prateleira ao lado da janela. Também havia um repolho e um coelho cozido.

O coelho era uma iguaria.

Roscoe agradeceu a Edilio por ser decente.

Edilio fechou a porta. Depois virou a chave.

Os pescadores de Quinn tinham tido um bom dia. Os barcos estavam razoavelmente cheios de peixe, lulas, polvos e as coisas esquisitas que eles chamavam de morcegos azuis. Esses eles usavam para alimentar as ezecas — os vermes das plantações — e conseguir passagem livre para os colhedores.

O grande prêmio do trabalho da manhã era um tubarão de 1,50 metro. Na verdade o barco estava apertado por causa do peixe. Quinn estava sentado na popa enquanto remava, o que era incômodo e mais tarde lhe daria uma dor nas costas. Mas ninguém no barco estava reclamando. Um tubarão era vantagem dupla: não somente era ótimo para comer, mas era um concorrente para o limitado suprimento de peixes.

— A gente deveria fazer o seguinte — dizia Charuto, enquanto puxava seu remo. — A gente deveria vender os dentes no shopping. Quero dizer, você viu aqueles dentes? O pessoal pagaria um Berto por... tipo... um colar de dentes.

— Ou poderia... tipo... colar os dentes num pedaço de pau e fazer uma arma sinistra — sugeriu Elise.

— Quanto vocês acham que ele pesa? — perguntou Ben.

— Ah, não muito — respondeu Quinn.

Isso provocou uma gargalhada. Foram necessárias oito pessoas para colocar o peixe no barco de Quinn, e haviam praticamente lotado o barco.

— Pesa mais do que Charuto — disse Ben.

Charuto puxou sua camiseta rasgada e revelou uma barriga dura, quase côncava.

— Hoje em dia tudo pesa mais do que eu. Quando tudo isso acabar e a gente sair, vou escrever um livro de dieta. A dieta do LGAR. Primeiro você come toda a comida porcaria que puder. Depois passa fome. Depois come alcachofras. Depois passa mais um pouco de fome. Depois come o hamster de alguém. Depois passa para a dieta só de peixe.

— Você não falou da parte em que frita umas formigas — disse Elise.

— Formigas? Eu comi besouros — alardeou Ben.

Continuaram assim durante um tempo, remando o barco pesado e contando vantagem sobre as coisas medonhas que tinham comido.

Quinn notou uma coisa que não via fazia muito tempo.

— Parem aí — disse.

— Epa, o capitão Ahab está cansado de remar?

— Você que tem olhos bons, Elise, olha lá. — Quinn apontou para a barreira, a uns 800 metros na água.

— O que é que tem? Ela ainda está lá.

— A barreira, não. A água. Olha a água.

Os quatro protegeram os olhos do sol e olharam.

— Olha — disse Quinn, finalmente. — Parece ou não parece que tem uma brisa soprando por lá? O mar está meio agitado.

— É — concordou Charuto. — Estranho, hein?

Quinn assentiu, pensativo. Era uma coisa nova. Uma coisa muito estranha. Ele contaria a Albert quando chegassem à cidade.

— Certo, chega disso. Vamos voltar aos remos. — Os outros barcos os estavam alcançando. Quinn podia ver cada um deles parar e olhar para a prova clara de vento.

— O que isso quer dizer? — perguntou Ben.

Quinn deu de ombros.

— Isso está acima do meu nível salarial, como dizia o meu pai. Vou deixar Albert e Astrid deduzirem. Eu sou só um pescador burro.

— Ah, olha — provocou Elise. — Estou vendo um remo sem ninguém puxando.

Quinn gargalhou. Sentou-se direito, firmou os pés e pegou o remo disponível. Suas costas, como as de todos da frota pesqueira, estavam cheias de músculos.

Ele estava feliz. Essa vida o deixava feliz. O sol, a água salgada, o cheiro de peixe. O trabalho capaz de rachar as costas. Tudo isso o deixava feliz.

Era simples. Era importante.

Quinn pensou na brisa soprando na água. Não havia nada sinistro numa bela brisa. No entanto ele tinha a sensação de que isso anunciava encrenca.

Dahra Baidoo tinha sete casos novos de gripe. Com isso eram treze, no total. O hospital improvisado ressoava com a percussão das tosses.

Ninguém havia morrido à noite.

Mas ninguém tinha ficado bom ainda. O toque de Lana não curava essa doença. O que significava que Dahra não estava trabalhando para manter as crianças confortáveis até que Lana chegasse e melhorasse tudo; agora estava trabalhando para tentar entender essa doença.

Media temperaturas. Mantinha gráficos mais ou menos cuidadosos mostrando a progressão da doença.

Tentava não pensar na história de Jennifer. A menina não voltava atrás no que havia contado: tinha visto a outra Jennifer tossir até a morte.

Dahra também tentou não pensar no que significava as doenças desenvolverem uma imunidade a Lana.

Um garoto chamado Pookie era o pior caso no momento. Ela olhou para o termômetro na mão, sem acreditar — 41 graus. Nunca tinha visto um número tão alto.

Pookie tremia como se estivesse morrendo de frio. Não conseguia mais dar respostas sensatas às perguntas. Tinha começado a falar com alguém que não estava exatamente ali, dizendo que não queria ir para a escola porque não tinha terminado o dever de casa.

E sua tosse estava ficando mais alta e mais violenta.

A gripe tinha rido do Tylenol que ela dava a Pookie. A febre dele continuava ardendo, mesmo com o remédio. Quer desenvolvesse algum tipo de tosse assassina ou não, morreria caso a febre subisse mais. Ela precisava baixá-la.

O livro sugeria um banho de gelo. As chances disso eram praticamente zero. Não havia água, quanto mais gelo. E se Albert não desse um jeito de entregar água logo, as crianças começariam a morrer de sede, sem ao menos esperar a febre ou a tosse.

Dahra tomou uma decisão. Ellen estava ali ajudando, junto com um dos garotos novos da ilha, Virtude. Queria ter tempo para conversar com Virtude: os pais de Dahra eram da África. Virtude também era.

— Temos de esfriá-lo — disse Dahra. — Virtude? Segure as pontas aqui, certo? Vamos à praia.

Ellen e Dahra manobraram Pookie para um carrinho de mão. Os três formaram um estranho grupo indo pela avenida San Pablo até a praia.

Atravessar a areia foi a parte difícil. Mas finalmente chegaram à água rendilhada de espuma e puseram o garoto no chão. A água rodeou-o.

Tudo bem, não era um banho de gelo, mas chegava perto. Ela achou que a água fria e salgada tiraria um pouco do calor de dentro do corpo de Pookie.

— Pronto — disse Ellen. — Espero que ele possa voltar andando.

Dahra deixou-se cair na areia ao lado de Ellen, que disse:

— Você ouviu falar sobre Drake, não ouviu?

— Que ele escapou? Ouvi. Não se preocupe. Sam vai pegá-lo.

Ellen balançou a cabeça.

— Sam está fora da cidade. Albert mandou ele procurar água. Ou algo assim.

— Sam está fora? — Dahra olhou nervosa por cima do ombro. Não havia motivo para Drake vir atrás dela. Mas Drake não precisava de motivo. — Tudo vai ficar bem. Dekka, Brianna e...

Pookie tossiu, tossiu, dobrou-se ao meio, engasgou com água do mar e depois tossiu com tanta força que provocou uma reentrância nítida na água.

— Epa! — disse Ellen.

Pookie sentou-se. Sua cabeça tombou para a frente e para trás como uma marionete com um fio solto.

Ele tossiu, e a força da tosse jogou-o para trás, na água, provocando um chafariz.

Dahra correu para levantá-lo, mas ele já tinha feito isso sozinho. Ficou de pé, cambaleando.

Tossiu, e foi como uma explosão. Caiu para trás. Como se tivesse sido acertado por um carro.

— Ah, meu Deus — gritou Dahra.

Pookie rolou, ficou de quatro e tossiu de novo com tanta força que a areia voou. Uma coisa rosada e crua espirrou na cratera de areia.

— Não, não, não — gemeu Dahra, e recuou.

Pookie tossiu de novo, e a força da tosse levantou-o nas pontas dos pés, curvou-o para trás como um C. Sangue espirrou da boca e escorreu dos ouvidos.

Com olhos vazios, sem entender, olhou Dahra. E caiu morto, de cara na água rasa.

Ninguém falou.

Dahra mal respirou.

Durante vários longos segundos, Dahra ficou paralisada.

Piscou.

— Ellen, depressa, entre na água. Molhe-se toda. Esfregue-se com as mãos! — Dahra seguiu seu próprio conselho. Mergulhou na água e afundou.

Quando subiu, gritou:

— Agora fique longe do corpo do Pookie. Fique um tempo no sol. Até secar. A luz do sol deve matar os vírus que estão na pele.

— Ah, meu Deus — disse Ellen, e seu rosto ficou pálido. — Ele pôs os bofes para fora.

— Faça o que eu disse! Fique de cara para o sol, eu preciso ir!

Correu de volta pela praia, com as entranhas borbulhando, devorada pelo pânico.

Viu Quinn e a frota pesqueira chegando cansados ao cais da marina. Correu o mais depressa que pôde, balançando as mãos sobre a cabeça para chamar atenção.

Quinn e alguns outros a viram, só não entenderam por que ela estava gritando. Dahra estava suando muito quando chegou ao cais.

— Não! Não! Não chegue mais perto! — gritou para Quinn.

— O que...

— Pookie acabou de morrer — ofegou Dahra. — Gripe. Talvez. Mas, ah, meu Deus. Não cheguem mais perto. Na verdade, não saiam dos barcos.

— Eu já tive a gripe — disse Charuto.

— Pookie também — respondeu Dahra. — Escutem, é contagiosa e muito ruim.

Quinn sinalizou para seu pessoal ficar no barco.

— O que a gente deve fazer, Dahra? Não podemos ficar na água para sempre.

Dahra suspirou.

— Deixe eu pensar.

— Eu preciso ver meu... — disse um dos pescadores.

— Cala a boca, estou pensando! — gritou Dahra. Ela havia adquirido uma quantidade razoável de conhecimento médico desde que havia se oferecido, estupidamente, para cuidar do que agora chamavam de hospital. Mas isso não a tornava uma médica.

No entanto, lembrava-se de ter lido sobre gripe. Nada se espalhava com mais rapidez. Nada sofria mutações e se adaptava mais depressa. Lavar as mãos removia o vírus, o álcool matava, a luz do sol matava pelo menos um pouco. Mas assim que chegava ao nariz e aos pulmões, podia avançar desvairadamente e matar a pessoa. Especialmente alguma nova variedade.

— Fiquem nos barcos — disse Dahra. — Ainda vamos precisar de comida. Joguem os peixes no cais. Vou pedir a Albert para mandar alguém aqui, pegar. Depois voltem para fora, remem costa acima e acampem.

— Acampem? — ecoou Quinn.

— É!

— Você está falando sério.

— Não, isso é uma piada, Quinn — disse Dahra, rispidamente. — Pookie acabou de tossir o pulmão e caiu morto. Entende o que estou dizendo? Estou dizendo que ele tossiu os pulmões pela boca, de verdade. Rá rá rá, que engraçado!

Quinn deu um passo atrás.

Dahra esperou que ele se decidisse. Não tinha o direito de dar ordens. Só que sabia o que estava acontecendo, e ninguém mais sabia.

— Certo — disse Quinn. — Tem um lugar logo adiante. Diga a Albert para mandar alguém agora pegar os peixes. Temos um grandão aqui. Um tubarão.

— É, tudo bem. — A mente de Dahra já estava indo para o próximo passo. O vírus era o inimigo; ela era o general da batalha. Mas apenas dois pensamentos estavam claros em sua mente: um, Jennifer B dissera a verdade. E dois, como Dahra podia evitar pegar a gripe?

QUINZE | 37 HORAS E 15 MINUTOS

— PERTO — disse Líder da Matilha.

— Onde? — perguntou Sam, exausto. Tinha sido uma noite longa, seguida por uma manhã longa, de pés cansados e tornozelos machucados.

Estavam do outro lado dos morros, descendo a encosta comprida na direção da estrada e do lago Evian. Teria sido mais fácil subir pela estrada; este era sem dúvida o caminho mais longo, mas Sam tinha precisado ver Hunter primeiro.

Para matá-lo.

E agora, se pudesse, estava decidido a encontrar o ninho de verdinhas e acabar com elas.

De novo viu a expressão sombria, perturbada, dos juízes que — ele receava — um dia avaliariam cada ação sua. Ouviu as perguntas deles. *Que direito você tinha de tirar a vida de Hunter, Sr. Temple? Sim, sabemos que ele não queria ser comido vivo, mas mesmo assim, Sr. Temple, não entende que toda vida é sagrada?*

A estrada estava abaixo deles, escondida por um grande afloramento rochoso. Ele já havia passado por ela algumas vezes, nas primeiras viagens para levar água. Vezes o bastante para conseguir visualizar o local.

— A pedra é toda arrebentada lá embaixo, cheia de pedregulhos e fendas — disse Sam. — É como uma caverna rasa, só que não vai muito longe, pelo menos eu acho.

— As cobras que voam estão lá — confirmou Líder da Matilha. — Agora mata eu, Mãos de Luz.

— Como vou saber que não está mentindo?

— Por que mentir? — rosnou Líder da Matilha.

— Porque você é um animal desgraçado e assassino que obedece à Escuridão. — Agora Sam estava cansado e sonolento demais para ser diplomático.

— A Escuridão está morta — disse Jack.

— Não — contrapôs Líder da Matilha.

— Não — concordou Sam, com um olhar significativo para Jack. Essa era a primeira confirmação externa de que o gaiáfago ainda vivia. Se é que poderia chamá-lo de algo vivo.

Uma nova boca de inseto brotou no flanco de Líder da Matilha. O animal olhou aquilo, abriu a boca e mordeu-o. Um líquido preto jorrou da cabeça do inseto.

— Isso tudo é coisa dela? — perguntou Sam. — Todas essas são criaturas da Escuridão?

— Líder da Matilha não sabe.

Sam assentiu.

— Como podemos matá-lo? Quero dizer, a Escuridão? Como a gente mata o gaiáfago?

— Líder da Matilha não sabe.

Sam suspirou.

— É, somos dois.

Sam podia ver as criaturas se retorcendo embaixo da pele de Líder da Matilha. Como se ele fosse um saco cheio de minhocas.

— Pronto?

— Eu sou Líder da Matilha — disse o coiote. Em seguida inclinou a cabeça para trás e uivou para o céu.

Sam virou as palmas das mãos para o animal no instante em que sua pele se abriu.

A luz mortal queimou e queimou. Líder da Matilha morreu instantaneamente. Sua pele fedia enquanto queimava. A carne fritou como bacon.

As criaturas, os insetos, o que quer que fossem, se arrastaram para fora das chamas e da gordura que estalava. Sem se abalar. Incólumes. Iluminados e ainda assim parecendo invulneráveis.

Sam havia usado seu poder para queimar concreto, rocha sólida e aço. Era impossível que não conseguisse matar essas coisas. Era como se elas tivessem algum poder mágico para descartar sua luz mortal. Como se tivessem desenvolvido imunidade a ele.

— Jack — disse Sam. — Pegue uma pedra. Uma grande.

Jack ficou imobilizado, até que Dekka lhe deu um tapa na nuca. Então ele saltou até uma pedra do tamanho de um carro pequeno. Estava meio enterrada no chão. Jack grunhiu com o esforço, mas a rocha se soltou da terra com uma ajudinha de Dekka, anulando a gravidade.

Jack levantou a pedra sobre a cabeça. Jogou-a com toda a força em cima de dois insetos que tentavam escapar retorcendo-se.

A pedra bateu com tanta força que sacudiu o chão, fazendo Sam quicar literalmente.

— Agora tire — ordenou Sam.

Jack tirou. A pedra rolou facilmente com seu empurrão.

Embaixo estavam dois insetos esmagados. Suas carapaças eram levemente reflexivas, como espelhos embaçados. Tinham asas curtas, esmagadas, encostadas nos corpos. As mandíbulas curvas, malignas, não tinham se partido. Ainda brilhavam como facas minúsculas.

— Igual a baratas — disse Sam. — É difícil matar. Não impossível.

— É. Baratas. Tem mais duas ali — disse Dekka, apontando. Enquanto apontava, suspendeu a gravidade e os dois insetos foram erguidos no ar. Ficaram sacudindo as patas, impotentes.

— É sua vez, Jack — disse Sam.

Dekka deixou a gravidade retornar, a pedra subiu e desceu, e matou mais dois insetos.

Mas outros estavam descendo rapidamente o morro.

Sam, Dekka e Jack correram atrás deles, empolgados com a descoberta de que as criaturas malignas podiam ser mortas.

Meia dúzia daqueles monstros corria por cima de rochas e do capim baixo.

Jack pegou uma pedra menor e jogou com uma das mãos. Ela acertou um inseto e errou os outros.

— Dekka!

— É — disse ela, e levantou as mãos. Terra, entulho e cascalho flutuaram no ar adiante. Outro inseto flutuou junto. Jack agarrou uma pedra, mas ela não queria se soltar. Era a parte de cima de algo grande demais até mesmo para a sua força.

Ele correu e encontrou uma pedra do tamanho de uma cabeça. Jogou-a com força e errou o inseto que flutuava.

— Os outros estão fugindo! — gritou Sam.

— Que barulho é esse? — gritou Dekka, e fez um gesto pedindo silêncio.

Os três se imobilizaram e prestaram atenção. Era um som parecido com um riacho correndo em cima de pedras.

Não, era um bater de asas.

— Verdinhas!

As cobras voadoras vinham numa nuvem, jorrando para fora do covil abaixo, como um bando de morcegos emergindo de uma caverna ao pôr do sol.

Como dragões minúsculos, a maioria com poucos centímetros de comprimento, outras com até trinta. Tinham asas coriáceas e sacudiam as caudas para a frente e para trás para manter uma capacidade aerodinâmica bastante precária.

Sam gritou um palavrão e disparou fogo. Tarde demais para pegá-las de surpresa. Um erro que seria fatal.

Raios de luz cortaram a nuvem que atacava. Verdinhas pegaram fogo e caíram queimando.

Não era suficiente. Nem de longe, e as verdinhas não recuaram.

Dekka cancelou a gravidade embaixo do primeiro grupo do enxame, mas isso teve apenas o efeito de desorientar algumas cobras, que reagiram voando de cabeça para baixo ou em círculos loucos.

Elas começaram a espirrar um líquido negro-esverdeado.

Sam lembrou-se de Hunter dizendo que fora acertado por uma secreção de uma verdinha.

— Não deixe que acertem em vocês! — gritou. — Corram!

Correr morro acima seria lento demais na encosta íngreme. Eles correram em ângulo reto com relação ao enxame, correram com tudo, com a velocidade do pânico, tropeçando e pulando de novo em pé, sem ligar para machucados e arranhões.

O enxame foi lento em reagir, mas reagiu e partiu atrás deles.

Sam chegou à estrada, cambaleou, recuperou o equilíbrio e girou. O enxame ainda estava saindo do covil na rocha acima. Sam apontou rapidamente e disparou.

Os arbustos no morro pegaram fogo instantaneamente. Pedras se aqueceram e racharam. Ele passou a luz pela caverna, iluminando-a, transformando-a numa boca brilhante, verde e em chamas.

Agora o enxame ficou perdido, em dúvida. Girou no ar, soltando gotas negro-esverdeadas como uma chuva maligna, mas não sobre Sam e os outros, pelo menos por enquanto.

Confiante em que havia queimado a caverna, Sam virou a luz para cima, para o próprio enxame.

Foi um erro. Atacar o covil tinha deixado as verdinhas confusas, mas um ataque direto ao enxame lhes deu um alvo.

Sam apontou de novo para a parede de pedra, esperando distraí-las. Tarde demais: o enxame estava vindo.

— Corram! Corram!

Dekka corria de costas, cancelando a gravidade atrás. Uma nuvem de cascalho e terra subia em direção ao enxame. Isso diminuiu a velocidade das verdinhas.

Dekka se virou e correu à toda velocidade atrás de Sam e Jack.

O enxame parecia estar perdendo o interesse em segui-los. Mas algumas verdinhas mais persistentes continuavam atrás deles.

Dekka tropeçou e caiu violentamente. Sam pôde ver que ela ficara sem fôlego. Correu de volta para ela, mas as verdinhas foram mais rápidas do que ele.

Dekka rolou e olhou para cima no instante em que uma verdinha disparou seu líquido. A gota escura bateu no ombro nu. Uma segunda gota acertou os jeans. Outras caíram em volta dela.

Sam disparou. As verdinhas acima pegaram fogo.

Dekka saltou de pé.

— Ela me acertou! Ela me acertou!

— Tire os jeans — ordenou Sam.

Ela obedeceu. Jack agarrou a roupa e inspecionou cuidadosamente o tecido.

— Não atravessou.

— Meu ombro — gemeu Dekka. — Ah, meu Deus, ela me acertou. Ah, meu Deus.

— Estenda o braço, Dekka — ordenou Sam. — Isso vai doer.

— Faça — concordou Dekka. — Faça logo!

Sam formou um facho de luz estreito. Com cuidado, com muito cuidado levou-o cada vez mais perto da mancha escura no ombro de Dekka.

Dekka trincou os dentes.

O facho de luz queimou, e ela gritou de dor, mas em seguida berrou:

— Não para, não para!

Mas Sam parou. Agarrou Dekka rapidamente enquanto ela chegava à beira de desmaiar.

— Deixe eu ver o braço — disse.

Havia uma marca queimada na pele de Dekka. Talvez com 1 centímetro de profundidade. Uns 2 de largura. A carne estava cauterizada, de modo que não havia sangue.

— Consegui — disse Sam.

— Você não sabe — respondeu Dekka, com os dentes trincados.

— Eu consegui. A coisa não foi a mais nenhum lugar. Eu queimei.

Dekka agarrou a gola da camisa de Sam.

— Não deixe acontecer, Sam.

— Não vai acontecer, Dekka.

— Escute o que estou falando, não deixe acontecer. Entendeu? Se vir acontecendo, cuide de mim. Como fez com Hunter.

— Dekka...

— Jure, Sam. Jure por Deus ou pela sua alma ou por qualquer coisa em que você acreditar, jure, Sam.

Sam soltou os dedos dela gentilmente.

— Não vou deixar acontecer, Dekka. Juro.

— Fiquem dentro de casa, a não ser que seja absolutamente necessário sair — gritou Edilio pelo megafone. Gastando pilhas preciosas.

Albert não quisera ceder as pilhas. Mas Edilio não se importava com o que Albert queria ou não.

Andou pela San Pablo, gritando pelo megafone:

— Há uma gripe correndo por aí, e é perigosa. Fiquem dentro de casa a não ser que seja absolutamente necessário sair. O trabalho hoje está cancelado. O shopping está fechado.

Gripe. É. Uma gripe que faz a pessoa tossir os próprios órgãos.

Era irreal, pensou Edilio enquanto andava até o meio da rua e repetia o aviso.

Epidemia. O suposto hospital estava cheio. Durante toda a manhã, crianças com febre e tossindo haviam se arrastado até lá. A doença se espalhava como fogo, e Lana era inútil.

Não havia como saber quantos morreriam.

Talvez todo mundo que pegasse.

Talvez todo mundo, ponto final.

— Quarentena — dissera Dahra, batendo com o punho na palma da mão. — Você precisa fechar tudo.

— O pessoal praticamente não tem comida nem água em casa — protestou Edilio.

— Acha que eu não sei? — gritou Dahra, com a voz aguda tingida de pânico. — Se não pararmos com essa epidemia, ninguém vai sentir sede, vão estar todos mortos. Como Pookie. Como a tal de Jennifer.

Crianças colocavam a cabeça para fora de janelas nas ruas que escureciam. O que era o oposto do que ele queria.

— Eu já tive a gripe — gritavam.

— É, mas ninguém está imune — gritava Edilio de volta.

— Como é que vou comer?

— Acho que vocês vão ficar com fome durante um dia. Deem tempo para a gente resolver a situação.

— É o negócio dos insetos que saem do corpo?

Como a notícia havia se espalhado tão depressa? Todo mundo sabia que Roscoe tinha sido trancado. Sem telefones, sem torpedos, sem e-mail, nada, e ainda assim o pessoal ouvia as coisas quase instantaneamente.

— Não, não, isso é só uma gripe — respondeu Edilio, estendendo a verdade quase até o ponto de ruptura. — Tosse e febre. Uma pessoa já morreu, por isso façam o que estou pedindo, certo?

Na verdade, três pessoas já haviam morrido. Pookie e uma garota chamada Melissa, além de Jennifer H. Três, e não uma. E talvez mais do que isso, não havia como saber o que estava acontecendo em cada casa dessa cidade fantasma. Não havia sentido em espalhar mais pânico do que o necessário.

Uma morte deveria bastar para atrair a atenção deles. Três mortes, além dos insetos que algumas pessoas estavam chamando de vermes, e outros, de baratas das tripas, já bastava para criar o pânico.

Edilio não tinha ideia se uma quarentena funcionaria. Mandaria seu pessoal implementá-la; pelo menos os xerifes estariam na rua. Mas o que deveriam fazer se as crianças decidissem ignorar a quarentena? Atirar nelas para salvá-las?

Ele não podia mandar que lavassem as mãos: ninguém tinha água em casa para isso. Ele não podia mandar que usassem álcool: não havia o bastante para todos, e o que tinham era somente para o hospital improvisado.

Não podiam fazer nada, a não ser pedir que as pessoas ficassem em casa.

Provavelmente era tarde demais.

Três mortos. Até agora.

Edilio pensou em Roscoe preso. Será que os insetos já o estavam comendo por dentro?

Pensou em Brianna — o toque curativo de Lana a havia curado, mas Brisa estava abalada. Apavorada.

Pensou na coisa monstruosa que era ao mesmo tempo Drake e Brittney.

Pensou em Orc. Ninguém o tinha visto. Muitos tinham ouvido, e havia alguns carros amassados testemunhando sua presença anterior.

Pensou em Howard andando pelas ruas à procura de Orc, recusando-se a parar, mesmo quando Edilio ordenou que arranjasse algum abrigo e ficasse lá dentro.

E pensou nas duas pessoas que tiveram esse cargo antes dele: Sam e Astrid. Ambos surrados até o desespero na tentativa de manter esse grupo de crianças unido diante de um desastre depois do outro. Ambos agora felizes em deixar que Edilio cuidasse disso.

— Imagino por quê — murmurou Edilio.

— Fiquem dentro de casa a não ser que seja absolutamente necessário sair — gritou, e não pela primeira ou última vez, desejou que ainda fosse apenas o fiel ajudante de Sam.

DEZESSEIS | 33 HORAS E 40 MINUTOS

A LUZ INTENSA do sol, diretamente acima, acordou Orc.

Ele demorou um tempo para descobrir onde estava. Havia carteiras. Do tipo que existiam na escola. Ele estava no chão, um piso de placas de linóleo frio, e as carteiras estavam jogadas e empilhadas ao redor. Como se alguém tivesse jogado todas de qualquer jeito, num ataque de fúria.

Alguém tinha feito isso.

Havia um quadro-negro. Uma coisa estava escrita, mas os olhos de Orc não focalizavam o suficiente para ler.

A coisa realmente confusa era o buraco no teto e parte da parede, que permitia que a luz do sol batesse direto em seu rosto, em seus olhos que piscavam. A parede havia sido parcialmente arrebentada, e, sem apoio, parte do teto havia desmoronado.

Sentiu algo na mão direita. Um pedaço de divisória de parede.

Ele tinha feito aquilo. Tinha atacado as carteiras, as janelas e as paredes.

As lembranças eram clarões de cor desbotada e movimento louco, espasmódico. Viu, como se estivesse fora do próprio corpo, um monstro bêbado com corpo de pedra atacando em fúria e finalmente batendo nas paredes com grandes punhos rochosos.

Gemeu. Sua cabeça estava latejando como se alguém estivesse batendo uma marreta contra ela. Estava com sede. Seu estômago parecia cheio de carvões.

Outras lembranças voltavam. Drake. Orc tinha deixado aquele psicopata se soltar.

Howard diria... bom, na verdade Howard não diria grande coisa. Ele sabia que nunca deveria atacar Orc de verdade.

Mas e Sam? E Astrid?

Medo súbito. Astrid. Drake iria atrás dela. Drake odiava Astrid.

Ele deveria fazer alguma coisa. Ir... encontrar Drake. Ou vigiar Astrid. Ou alguma coisa. Astrid sempre havia sido boa para ele. Sempre o havia tratado bem, como se ele não fosse um monstro. Mesmo na época da escola.

De repente, Orc reconheceu a sala. Era a sala que usavam para manter alunos depois das aulas. Às vezes, Astrid vinha ensinar a ele ali. A verdade é que sempre havia gostado mais de ficar de castigo na escola do que de ir para casa.

Fechou os olhos com força. Precisava de uma garrafa. Eram coisas demais entrando na cabeça. Imagens e sentimentos demais.

Notou um cheiro horrível e soube imediatamente a causa. Quando havia apagado, todos os músculos tinham ficado frouxos. Havia molhado as calças e coisa pior.

Estava deitado numa poça de urina e fezes.

Com um soluço, rolou, ficando de quatro. A calça de moletom de gordo que ele usava estava manchada e fedorenta.

Agora teria de ir até a praia para se limpar. Teria de andar até lá desse jeito, como um monstro depravado, nojento, bêbado e fétido.

E ele era isso. Sempre havia sido.

E então, mais uma lembrança. Um garotinho doente. Uma placa de trânsito.

Meu Deus, não. Meu Deus... não.

Cambaleou para fora da sala, enjoado, chorando e se odiando muito mais do que qualquer pessoa poderia odiá-lo.

Drake ficou consciente e ao mesmo tempo confuso com relação a onde estava e por quê.

Suas mãos estavam amarradas às costas, e o fio cortava desconfortavelmente a carne mole da mão de chicote.

— Me desamarre — disse rispidamente a Jamal, que estava cochilando encostado a uma palmeira, com o fuzil aninhado no peito como se fosse um bichinho de pelúcia. Parecia ter uns 6 anos quando dormia.

Drake notou uma corda ligando seu tornozelo ao de Jamal. Puxou-a, e o segurança acordou imediatamente.

— Me desamarre — repetiu Drake.

Jamal engatinhou até ele e lutou com o nó até que Drake ficou livre.

— Onde estamos? — perguntou Drake.

— Na estrada. Você sabe, depois do Ralph's?

— O que estamos fazendo aqui?

— Eu precisava tirar Brittney da cidade. Mal consegui tirar você da igreja antes que Edilio chegasse.

Drake se lembrou da luta com Brianna. Isso provocou um riso selvagem.

— Você acabou com aquela bruxa magra?

Jamal deu de ombros.

— Atirei nela.

— Você acabou com ela?

— Não, cara, acho que não.

Drake olhou-o com dureza.

— Eu mandei você acabar com ela.

— Mandou? — Jamal molhou os lábios. — Eu vi você dizendo alguma coisa, mas você estava, sabe como é, mudando e coisa e tal. Era difícil entender.

Drake soube que ele estava mentindo. Jamal havia desobedecido. Mas será que ele queria um Jamal durão a ponto de atirar na cara de uma pessoa desamparada?

Não, ele precisava que Jamal fosse um pouco fraco. Só um pouquinho. Mesmo assim...

Estalou a mão de chicote e acertou as costas de Jamal.

Jamal gritou e recuou alguns passos.

— Não me desobedeça — disse Drake. Depois sorriu de um modo que esperava ser amigável. — Não cortei muito fundo. Foi só uma lembrancinha.

— Queima que nem fogo!

— É, bom, seja homem, Jamal. E arranje um pouco d'água. Estou com sede.

— Não tenho água nenhuma.

— Bom, arranje um pouco!

— Onde?

Drake saltou de pé e olhou ao redor. Estavam perto de onde a estradinha descia da Coates para encontrar a via expressa. Tentou pensar se restava alguma coisa em sua antiga escola. Tinha de haver algum tipo de água lá em cima.

Ou poderia voltar para a cidade. Claro que agora estariam preparados para ele. E quando chegasse, talvez ele fosse Brittney Porca de novo.

Sentiu um jorro de frustração. Se fosse somente ele, entraria direto na cidade e acabaria com qualquer um que cruzasse seu caminho. Talvez não conseguisse derrubar Orc, mas poderia cansar aquele bêbado gordo e idiota. E Brianna? Ela podia vir com tudo.

Com Sam e Caine longe, não havia ninguém que pudesse vencê-lo numa luta. Mas se Brianna fosse apoiada por alguns caras de Edilio com fuzis, bom, eles poderiam pegar Jamal, e se pegassem Jamal poderiam agarrá-lo quando Brittney Porca emergisse. Iriam trancafiá-lo de novo. E dessa vez, quando Sam voltasse, acabaria com o serviço.

Tinha sido maneiro, de um modo sobrenatural, montar-se de volta depois de ter sido cortado em três pedaços. Mas ele não tinha certeza do que aconteceria se Sam o incinerasse, se o queimasse até virar cinzas.

E jogasse as cinzas no oceano.

Essa imagem deixou Drake nervoso.

Precisava arranjar um modo de se livrar de Brittney Porca. Caso contrário, teria de ficar dependendo de Jamal. Mas como faria isso? Não tinha jeito. Por um momento sentiu desespero. Ficaria preso assim para sempre.

Mas então veio uma leve esperança. Talvez houvesse alguém que poderia ajudar. Sentiu-o tocar sua mente. Ele nunca havia se esquecido de Drake.

— Levante-se. Vamos indo — disse Drake.

— Para onde? — perguntou Jamal.

— Vamos encontrar... — Ela já ia dizer "um amigo". Mas amigo não era a palavra certa. Não era um amigo. Era muito mais.

— Meu mestre — disse Drake, sem jeito por causa da palavra. Mas quando Jamal não riu, Drake repetiu-a, com mais confiança. A sensação era boa. — Vamos ver meu mestre.

Sanjit encontrou flores com facilidade. Muitas haviam sido colhidas para comer, mas ainda havia jardins abandonados atrás de casas vazias, onde era possível pegar uma rosa pequena, uma margarida ou qualquer outra coisa. Na verdade, ele não sabia que flores eram. Algumas provavelmente eram apenas ervas daninhas.

Quando tinha meia dúzia, parou para olhar Bowie, que estava sendo vigiado por Virtude. Hoje Bowie estava melhor. Talvez fosse uma melhora permanente, talvez não. Sanjit jamais contava com o ovo dentro da galinha.

Virtude encarou-o com suas flores. Olhava como se Sanjit estivesse maluco.

— O que é isso aí?

— Isso? — Sanjit olhou o buquê, fingindo surpresa. — Acho que talvez sejam flores.

— Eu sei que são flores. Por que você está segurando flores?

— Vou levar para uma pessoa.

— Aquela garota?

— É, Chu. São para aquela garota.

— Você deveria ficar longe dela. É uma garota que dá medo.

— Mas é muito gata, não acha?

Virtude o encarou.

— Você não sabe que está havendo uma quarentena? Por onde você anda? Ninguém deveria sair.

— Uma o quê?

— Quarentena. Por causa da tal gripe. Todo mundo deveria ficar dentro de casa.

— Já tive gripe antes, grande coisa — disse Sanjit, sem dar importância.

— Olha, se eles fizeram uma quarentena, devem ter motivo. Você não conhece essas pessoas, acho que a maioria é maluca. Não sabe o que eles podem fazer se o pegarem na rua.

— Eu volto — disse Sanjit, com uma piscadela marota. — A não ser que tenha sorte de verdade.

— Ou se ela atirar em você com aquela arma grandona.

— Essa é uma possibilidade, também — disse Sanjit, animado.

Deu um tapinha na cabeça de Virtude e verificou os outros. Depois saiu ao sol.

As ruas de Praia Perdida nunca tinham sido exatamente movimentadas. Não era Nova York ou Bangcoc. Mas agora estavam particularmente silenciosas. Não havia ninguém à vista.

Talvez Virtude estivesse dizendo a verdade sobre uma quarentena, afinal de contas. Mas ei, com quem seria melhor ficar, senão com Lana, a Curadora?

Chegou ao Hotel Penhasco sem ver ninguém.

Passou pela porta do saguão. Sabia que Lana tinha o melhor quarto do andar mais alto, um quarto com varanda que dava para o penhasco, a praia e o oceano.

Viu-se diante de um corredor confuso, cheio de portas, algumas fechadas, muitas mostrando sinais de terem sido arrombadas para que o pessoal atacasse os frigobares.

Achou a porta que pensava ser a certa. Ajeitou as roupas e as flores, e bateu. De dentro, Patrick irrompeu em latidos altos.

Ele viu o olho mágico escurecer quando alguém olhou para fora.

Sorriu e acenou.

Um palavrão baixinho, lá dentro. Depois:

— Tudo bem, Patrick, é só um idiota.

A porta se abriu. Lana estava com um cigarro pendurado no canto da boca. E a pistola na mão.

— O que foi? — disse rispidamente para Sanjit.

— Flores — respondeu ele, e estendeu-as.

Lana olhou as flores.

— Está brincando comigo?

— Eu teria trazido bombons, mas não achei nenhum.

— Você é retardado? Está havendo uma quarentena. Ninguém deveria sair.

Ele havia esperado um pequeno sorriso. Não detectou sorriso nenhum. Em vez disso, sentiu cheiro de álcool no hálito dela. Mas Lana não parecia bêbada, suas palavras não estavam engroladas e os olhos focalizavam com eficiência toda a intensidade de sua incredulidade.

— Posso entrar? — perguntou Sanjit.

— Entrar? — ecoou Lana. — Aqui?

— É. Posso entrar?

Ela piscou.

— Certo — disse, e suas sobrancelhas subiram como se estivesse espantada com a palavra que havia saído de sua boca. Ela recuou e Sanjit entrou.

Antigamente, o cômodo havia sido um quarto de hotel estéril, anônimo.

Ainda era. Lana não havia pendurado quadros, não tinha coletado posses preciosas. Nenhum bicho de pelúcia na cama. O quarto estava imundo, claro, mas todos os quartos de Praia Perdida estavam assim.

Cheirava a guimbas de cigarro, uísque e cachorro. Uma espingarda enorme estava encostada a uma parede. Patrick parecia quase tão agitado quanto a dona. Nem Lana nem Patrick estavam acostumados a receber visita.

Havia um pequeno Samsol no armário, de modo que quando a porta ficasse aberta haveria luz e, quando fosse fechada, menos luz.

Sanjit foi até a porta de vidro.

— Vista fantástica.

— O que você quer?

— Conhecer você.

— Por quê?

— Você é interessante.

— É — disse Lana. — Mas não de um modo que você vá gostar.

Sanjit sentou-se na cadeira junto à escrivaninha. Pôs as flores no recipiente que estava ao lado da TV. Notou um arranhão provocado por um espinho. Estava sangrando um pouco, não era grande coisa.

— Não — disse Lana. — Não vou curar seu arranhão.

— Isso é bom.

— Bom? Bom por quê?

— Porque, quando segurar minha mão, não quero que seja um trabalho.

— Segurar sua mão? — Lana gargalhou. — É isso que você quer? Segurar sua mão?

— Bom, a gente chegaria até lá. Se a gente gostasse um do outro.

— Não gostamos.

Sanjit sorriu.

— Você parece ter uma tremenda certeza.

— Eu me conheço e conheci você. — Lana suspirou. — Certo, olha, saquei. Você é uma daquelas pessoas que acham que precisam ajudar os ferrados. Ou talvez sinta-se atraído por pessoas perigosas e desequilibradas. Mas escute, eu não sou Edward, e você não é Bella.

— Não entendo o que isso quer dizer.

— Você não vai conseguir algum tipo de contato maneiro comigo, certo? Você é um cara normal, eu sou uma aberração maluca, essa não é a base para o amor verdadeiro.

— Ah. Você acha que eu sou normal.

— Sua mãe e seu pai são astros de cinema.

— Minha mãe era uma prostituta adolescente que morreu de pneumonia depois de uma crise de hepatite. Meu pai era qualquer um, ou talvez mil caras, se é que você me entende. — Sanjit deu um falso sorriso. — Até me adotarem, metade de tudo que eu comia era roubada, e a outra metade vinha de instituições de caridade. — Ele deixou isso se assentar por um momento. — Ah, e está vendo isso aqui? — Ele abriu a boca e apontou para um buraco onde deveriam estar dois molares. — Fui terrivelmente espancado por um cafetão que queria me vender para um velho da Alemanha.

Lana olhou-o com ar furioso. Sanjit enfrentou o olhar e se recusou a virar a cabeça.

Finalmente, ela disse:

— Certo. Se quer conversar, tudo bem. Eu converso, aí você entende tudo e vai embora. — Lana acendeu outro cigarro, deu uma baforada e encarou-o através da fumaça. — Eu fui lá em cima para matar a coisa. O gaiáfago. Levei um tanque de propano para lá, deixei o gás sair no poço da mina, e só precisaria acender um fósforo. Os coiotes foram atrás de mim. Eu atirei neles. Ainda poderia ter provocado a explosão, mas não provoquei. É essa a história que você quer?

— É essa a história que você quer contar?

— A coisa estava dentro da minha cabeça. Eu não podia matá-la. Em vez disso, ela fez com que eu me arrastasse até ela. De quatro. Que nem um verme. Eu me entreguei a ela. Virei parte dela.

Sanjit assentiu porque sentiu que deveria.

— Ela me fez atirar no Edilio. Bangue. — Lana fez mímica.

— Edilio sobreviveu.

— Sam e Caine machucaram bastante o gaiáfago. Eu fui libertada.

— E salvou Edilio. Mas não quer falar disso, certo?

— Sabe, não é uma coisa grande e maravilhosa quando você salva alguém em quem acabou de atirar.

— Você não atirou nele, foi esse tal monstro. Você curou ele. Isso foi você que fez.

Os olhos de Lana eram tão penetrantes que ele quase não conseguia encará-la. Mas ficou firme. Ela estava procurando fraquezas nele. Ou talvez esperasse nojo.

— Você foi lá em cima sozinha para matar a coisa — disse Sanjit.

— E fracassei.

— Mas tentou. Se você fosse um cara, eu diria que tem colhões de ferro.

Lana gargalhou, controlou-se, gargalhou de novo. Depois continuou rindo, parando, tentando não rir de novo, sem conseguir.

— Não sei por que estou rindo — disse, quase pedindo desculpas e definitivamente perplexa.

Sanjit sorriu.

— Não sei por que estou rindo — repetiu Lana.

— Provavelmente está um pouco estressada — disse Sanjit, secamente.

— Você acha?

Lana gargalhou de novo, e Sanjit percebeu que estava gostando mesmo do riso dela. Não era idiota nem histérico. Era como tudo nessa garota estranha: sábio, irônico. Profundo. Hipnotizante.

— Ah, cara — disse ela, soluçando. — Foi para isso que você veio aqui? Rir é o melhor remédio? É isso? Eu sou seu ato de caridade ou sei lá o quê? Cure a Curadora com a força do riso?

A força do cinismo dela estava de volta ao jogo.

— Não acho que eu queira curar você — disse Sanjit.

— Por quê? — reagiu ela, rispidamente. — Quero dizer, não vamos mentir, certo? Nenhuma garota pode ser mais ferrada do que eu. Sou um monumento à pessoa ferrada. Por que você não quer me curar? Sou uma porcaria de um lixo!

Sanjit deu de ombros.

— Não sei.

— Você acha que sou tão ferrada que vai ser fácil transar comigo, é? Que eu sou um alvo fácil?

— Lana, você anda com uma pistola e parece capaz de usá-la. Você tem um cachorro. Você tentou matar um monstro sozinha. Acredite quando eu digo que ninguém. Nin-guém. Ninguém olha para você e pensa: "Ela vai ser fácil."

Lana deu um suspiro cansado, mas Sanjit não acreditou no suspiro nem no cansaço. Não. Ela não estava cansada dele. Disse:

— Eu vi você. Ouvi sua voz. Eu me liguei. Não é muito complicado. Só tive uma sensação...

— Sensação?

Sanjit deu de ombros.

— É. Uma sensação. Como se todo o objetivo da minha vida, desde os becos de Bangcoc, até os iates e a ilha particular, até vir para cá feito um maluco tentando pilotar um helicóptero, como se tudo isso, desde o nascimento até aqui, do ponto A ao ponto Z, fosse um enorme truque cósmico para fazer com que eu conhecesse você.

— Tá legal — disse ela, sem dar importância.

Ele esperou.

— No outro dia você disse que eu era a segunda garota mais corajosa que já conheceu. Quem era a número um?

O sorriso de Sanjit sumiu. No espaço de um batimento cardíaco ele estava lá de volta, naquele beco imundo fedendo a peixe podre, curry e urina.

— Sabe o cafetão que arrancou meus dentes? Ele ia acabar comigo. Sabe? Para dar um recado: ninguém podia recusar o que ele mandava. E, cara, eu já estava meio morto. Nem podia me mexer. E tinha uma garota ali. Não faço ideia de onde ela veio. Nunca vi antes. Ela... é...

De repente, para sua própria perplexidade, ele não conseguiu falar. Lana esperou até que ele encontrasse a voz de novo.

— Ela foi até o cara e disse: "Não machuca mais ele."

— E ele deixou você ir embora? Assim?

— Não exatamente. Não exatamente. Ela era uma garota bonita, devia ter 11, 12 anos. De modo que, você sabe, um garoto bonito vale um pouco de dinheiro para um cafetão. Mas uma garota bonita, bem, vale mais.

— Ele levou a garota?

Sanjit assentiu.

— Fiquei doente uma semana, acho. Pensei que fosse morrer. Me arrastei até uma pilha de lixo e só... De qualquer modo, quando pude me mexer de novo, procurei por ela. Mas não achei.

Os dois ficaram sentados olhando-se. Isso pareceu durar um bom tempo.

— Preciso ir à cidade — disse Lana, finalmente. — Parece que não consigo curar a tal da gripe. Isso é que é ser a Curadora. Mas pelo menos posso lidar com os ossos quebrados e as queimaduras de sempre.

— Claro — respondeu Sanjit, e se levantou. — Vou deixá-la ir.

Lana praticamente rosnou:

— Eu não disse que você não podia ir comigo.

Sanjit reprimiu o sorriso que tanto queria se espalhar pelo rosto.

— Quando você estiver pronta.

DEZESSETE | 33 HORAS E 14 MINUTOS

— DEKKA. ACORDA.

Os olhos dela se abriram. Ela piscou para Sam. Estavam em plena luz do dia. Nem mesmo de manhã cedo; era mais tarde. Tinha dormido muito tempo.

Inspirou rapidamente. Pulou e começou a bater no próprio corpo, sondando, empurrando, tentando sentir qualquer coisa que não devesse estar ali.

A ferida no ombro ardia feito fogo.

Seu estômago roncava. Os pés doíam. Os tornozelos arranhados doíam. As costas também, por ter dormido numa pedra dura.

— Estou toda dolorida — disse.

Sam parecia preocupado.

— Quero dizer, isso é bom. Hunter não conseguia sentir quase nada, não era?

Sam assentiu.

— É. É, isso é bom. Então acho que queimar um buraco em você foi na verdade uma coisa boa, não é?

— Não estou totalmente pronta para achar isso engraçado, Sam. Cadê o Jack?

Sam apontou para o topo de um morro. Estavam num lugar muito seco e vazio. O morro não tinha muito mais de 60 metros de altura e estava mais para um monte de terra do que para uma montanha.

Jack estava em cima, abrigando os olhos e virado para o nordeste.

— O que você está vendo? — gritou Sam.

— Tem um lugar que parece todo queimado.

Sam assentiu.

— É. É a cabana do eremita. O que mais?

— Uns morros cheios de pedras e coisa e tal — gritou Jack. Em seguida começou a descer, mas a terra era solta, por isso ele escorregou e caiu. Depois se levantou de novo e pulou.

Pulou 10 metros e pousou muito perto de Sam.

— Cara — disse Sam.

— Ih. Eu nunca tinha reparado que podia fazer isso.

— Deve haver outros modos de você usar sua força também.

— Eu gostaria de usar para achar água.

— Dekka, o que você acha? Vamos subir aquelas montanhas ou passar pela área queimada?

— Odeio escalar.

— O poço da mina não fica muito longe da cabana — observou Sam.

— É. Eu me lembro de onde é — disse Dekka. — A gente simplesmente não vai lá.

Não era muito longe até a cabana. Ou, mais precisamente, até os poucos pedaços de pau queimados que marcavam o local da cabana de Jim eremita. Sam pegou o mapa de novo. Mediu com os dedos.

— Parece que são uns 8 ou 10 quilômetros até o lago. Acho que a gente pode beber quando chegar lá.

Agora as montanhas Santa Katrina estavam à esquerda. Eram de pedra e terra nua, e algumas formações rochosas pareciam ter brotado diretamente do chão, como se a terra ainda estivesse deslizando de cima. À direita ficavam a montanha mais alta e a fenda nessa montanha, que escondia a cidade fantasma e o poço da mina.

Nenhum deles falou sobre aquele lugar.

Foi uma hora de caminhada sedenta por uma terra muito estéril antes de chegarem a uma cerca alta de aramado. A terra era a mesma dos dois lados da cerca. Até onde podiam ver, não havia nada que precisasse ser cercado.

Havia uma placa de metal poeirenta e enferrujada.

— "Atenção, área restrita." — Leu Jack em voz alta.

— É — disse Sam. — Pode ser que precisem nos revistar.

— Não seria fantástico se alguém viesse prender a gente? — perguntou Dekka, melancolicamente.

— Jack. Arrebente a cerca.

— Sério?

— A barreira fica naquela direção. — Sam apontou. — A gente deve chegar à barreira e acompanhá-la até o lago. E, como Dekka falou, se houvesse alguém por aqui para prender a gente, seria fantástico. Eles teriam de nos dar comida e alguma coisa para beber.

Sam não tinha certeza do que esperava encontrar na Base Evanston, da Guarda Aérea Nacional. Não sabia bem o que estivera esperando. Talvez um alojamento cheio de soldados. Seria excelente. Mas, não havendo isso, talvez um tanque de água gigante. Também seria legal.

O que encontraram, em vez disso, foi uma série de bunkers subterrâneos. Por fora eram idênticos: rampas de concreto descendo até uma porta de aço. Jack abriu a primeira com um chute.

Sam forneceu iluminação. Dentro havia um cômodo comprido e baixo. Completamente vazio.

— Provavelmente guardavam bombas aqui, ou algo assim.

— Agora não tem nada — disse Jack.

Abriram mais quatro bunkers antes de admitir que não havia nada para se achar.

Caminhando pelo campo de bunkers, chegaram a um caminhão com as chaves na ignição. A bateria estava descarregada. Mas havia uma garrafa de 1 litro de água mineral, pela metade.

Os três descansaram na sombra do caminhão e dividiram a água.

— Bom, isso foi frustrante — admitiu Sam.

— Você queria achar bombas? — perguntou Dekka.

— Um suprimento gigante daquelas refeições de soldados, como é que se chamam?

— RPC — disse Jack. — Refeições Prontas para Comer.

— É. Um pouco disso. Tipo talvez um milhão de pacotes.

— Ou pelo menos o caminhão podia ter funcionado, para a gente ir nele, em vez de andar — resmungou Dekka.

Começaram a andar de novo. O meio litro d'água já parecia uma lembrança distante. Começaram a notar o vazio da barreira erguendo-se à frente. Ela subia direto da areia e do mato ralo.

— Certo, então viramos à esquerda. Vamos achar esse lago e voltar para a cidade — disse Sam.

Mantiveram a barreira à direita. O terreno estava ficando mais difícil, com ravinas fundas parecidas com leitos de rio secos, rachaduras no deserto liso.

Adiante, tremeluzindo como uma miragem, estava uma construção que fez Sam se lembrar do tipo de prédios "temporários" que as escolas às vezes usavam. Havia poucas janelas, que mostravam hastes horizontais de persianas antigas. Aparelhos de ar-condicionado se projetavam das paredes em vários lugares.

Num estacionamento havia mais caminhões camuflados, cor de areia. Dois carros civis. Todos bem posicionados entre linhas brancas pintadas no chão.

Uma antena alta cutucava o céu. E atrás do prédio uma confusão de enormes blocos cor de ferrugem e ocre.

— Ei, aquilo é um trem! — disse Jack.

Sam verificou o mapa. Só agora notou a linha com traços perpendiculares que indicavam um trilho de ferrovia. Não tinha entendido o que era.

Desejou ter pensado em trazer um binóculo. Havia alguma coisa estranha com relação ao prédio. Era isolado demais. Se bem que, lembrou, deveria haver um punhado de prédios logo do outro lado da parede do LGAR. De modo que esse talvez fosse apenas a ponta de um grande complexo.

Mas não dava essa sensação. Parecia que aquele lugar ficava deliberadamente longe de tudo. Duvidou que seria sequer perceptível numa foto de satélite. Tudo, a não ser os poucos carros, era pintado na mesma cor ocre do vazio ao redor.

— Vamos verificar o prédio primeiro.

A porta estava destrancada. Sam abriu-a cautelosamente. A terra e a poeira haviam assentado no piso de linóleo. Uma sala principal, dois corredores saindo dela e dois escritórios separados, atrás de divisórias de vidro. Havia meia dúzia de mesas de metal pintadas de cinza na sala principal e cadeiras de escritório de estilo antigo com rodinhas, algumas com almofadas que não combinavam. Os computadores nas mesas estavam desligados. As luzes, apagadas. O ar-condicionado obviamente também estava desligado; a sala era sufocante.

Sam olhou para fotos em molduras numa mesa: a família de alguém; duas crianças, uma esposa e uma mãe ou avó. Viu uma bola antiestresse em outra mesa. Havia fichários que pareciam ser oficiais e fileiras de disquetes antigos.

Tudo estava empoeirado. As flores num vaso minúsculo eram apenas gravetos. Papéis tinham voado das mesas para o chão.

Era uma coisa fantasmagórica. Mas todos eles tinham visto muitas coisas fantasmagóricas: carros abandonados, casas vazias, lojas desertas.

Havia algo que fazia muito tempo que eles não viam: um vidro de Nutella estava aberto numa mesa, sem tampa à vista, e com uma colher dentro.

Os três saltaram como se fossem um só.

— Ainda tem um pouco! — gritou Jack, com o tipo de prazer puro que deveria ter sinalizado a descoberta de alguma coisa muito mais importante.

Sam e Dekka riram. Era um vidro grande e estava cheio pelo menos até a metade.

Jack levantou a colher. A Nutella pingou languidamente.

Ele fechou os olhos e enfiou a colher na boca. Sem dizer uma palavra, entregou a colher a Dekka.

Foi como um ritual religioso, como a comunhão. Os três engolindo colheradas, um depois do outro, silenciosos, pasmos com a maravilha do sabor intenso, da doçura depois de tanto peixe e repolho.

— Faz, tipo... quanto tempo? — perguntou Dekka. — É doce.

— Doce, cremoso e com gosto de chocolate — disse Jack, sonhador.

— Por que ainda está cremoso? — perguntou Sam.

Jack estava com a colher. Imobilizou-se.

— Por que ainda está cremoso? — ecoou.

— O vidro deve ter sido aberto há meses, antes do LGAR — disse Sam. — Deveria estar totalmente seco. Cheio de crosta e rígido.

— Mesmo assim, eu comeria — desafiou Dekka.

— Isso não foi aberto meses atrás. Isso não foi aberto nem há alguns dias. — Sam pousou o vidro. — Tem alguém aqui.

Jack tinha começado a ler alguns papéis espalhados ao acaso.

— Isso era uma estação de pesquisa.

Dekka estava tensa, olhando ao redor em busca de intrusos, inimigos.

— Pesquisa de quê? Armas? Alienígenas?

— "Projeto Cassandra." — Leu Jack. — É o cabeçalho na maioria dos memorandos e coisa e tal. Eu gostaria de entrar nesses computadores.

— Tem alguém aqui — disse Sam, atendo-se ao fato mais importante. — Alguém capaz de abrir um vidro de Nutella e comer com colher. Portanto não é um coiote. Tem uma pessoa aqui.

— Alguém de Praia Perdida? — perguntou Dekka. — Talvez alguém tenha saído da cidade, achado esse lugar e não voltado mais. A gente não iria notar todo mundo que saísse.

— Ou alguém da Coates. — Sam fez um gesto com a mão, indicando em silêncio que iria pelo corredor à esquerda e que Jack e Dekka deveriam estar prontos para apoiá-lo.

Não era um corredor longo. Só quatro portas de cada lado. Uma luz leitosa vinha de uma janela de vidro reforçado na porta do fim do corredor.

Sam abriu as portas, uma de cada vez. As duas primeiras deram em escritórios vazios. A próxima deu numa salinha com uma mesa de metal e cadeiras frente a frente. Havia uma tela numa parede. Uma prancheta estava no chão.

Sam pegou-a.

— Projeto Cassandra. — Leu em voz alta. — Indivíduo 1-01. Teste número GV-788.

Colocou a prancheta na mesa e foi à sala seguinte.

Abriu-a e soube instantaneamente que havia alguém dentro. Mesmo antes de ver.

Esse cômodo tinha uma janela de vidro comum, e o sol jorrava para dentro. Havia uma cama, uma mesa, uma TV grande na parede. Videogames empoeirados embaixo da tela.

Livros empilhados numa mesa lateral.

E um livro estava nas mãos de um garoto sentado numa poltrona reclinável, com os pés na mesa. Devia ter uns 12 anos. O cabelo preto ia quase até a cintura. Provavelmente seria alto quando ficasse de pé. Magro. Vestia jeans, tênis e uma camiseta preta e branca do Hollywood Undead.

— Oi — disse Sam. E franziu a testa.

O garoto praticamente não reagiu.

— Eu não conheço você? — pressionou Sam.

O garoto o encarou com olhos estreitados. Sorriu um pouco. Parecia querer voltar ao livro.

— Cara — disse Sam. — Você não é o Totó?

As sobrancelhas do garoto subiram. Seu lábio estremeceu. Disse:

— Ele é real?

Estava falando com uma cabeça de isopor do Homem Aranha em tamanho real, completa, com máscara e tudo, numa prateleira.

— Eu sou real — disse Sam. Em seguida gritou: — Dekka! Jack!

— Por que ele está gritando? — perguntou Totó ao Homem Aranha. — Ele pode ser um Decepticon.

— Não sou um Decepticon — disse Sam, sentindo-se meio ridículo.

— É verdade — disse Totó ao super-herói. — Ele não é um Decepticon. Mas talvez trabalhe para os Dementadores, para Sauron, para o demônio.

— O que você está falando, Totó? — perguntou Sam.

Jack e Dekka chegaram correndo.

— Epa! — disse Dekka.

— Ele sabe o que eu estou falando — disse Totó ao Homem Aranha. — Ele adivinha, está testando. "O que você está falando, Totó?" É. Ele sabe. Ele conhece o demônio.

— Não trabalho para ninguém — disse Sam.

— Mentiroso, mentiroso. Alguém mandou você.

— O Albert, mas...

— Eles sempre tentam mentir, mas nunca dá certo, não é?

Sam se virou para Dekka.

— Acho que o nosso garoto aqui ficou sozinho tempo demais.

— Ele quer dizer que estou maluco. — Totó falou diretamente com Dekka, e não para o Homem Aranha, mas olhou de volta para a cabeça do Aranha e pareceu dividido entre Dekka e o lançador de teias. — O que diz a verdade. Totó, o que diz a verdade.

— Você é o Indivíduo 1-01? — perguntou Jack.

Totó pareceu não ouvir. Mas agora surgiam lágrimas em seus olhos.

— Um zero um. É. Um zero dois, o que aconteceu com ela, quer ouvir?

— Quero — respondeu Sam.

— A gente deveria contar, Aranha? — Totó mostrou os dentes e rosnou. — Ela morava do outro lado do corredor. Darla. Tinha 8 anos. Todas as coisas dela eram da Hello Kitty. Ela não queria ficar, queria ir para casa, por isso tentou atravessar a parede para o lado de fora e os guardas acertaram ela com um taser enquanto ela passava pela parede, e sabem o que aconteceu?

— Conte.

— Ele não quer saber, não quer saber de verdade, não é? — perguntou Totó ao Homem Aranha. — Ele viu muitas coisas ruins, não é? Mas vou contar mesmo assim, o taser fez ela parar bem no meio enquanto atravessava a parede. Ela morreu. Tiveram de arrebentar a parede inteira para tirar ela dali.

— O gato de Albert — disse Jack.

Sam assentiu. Todos tinham ouvido a história do gato que se teletransportava e calculou mal e se solidificou com um livro dentro.

— Eles não estão surpresos — disse Totó. Em seguida inclinou a cabeça e a sacudiu para a frente e para trás, divertindo-se tremendamente com alguma piada secreta. — Eles sabem, não é? — perguntou ao super-herói.

— É, a gente sabe — disse Sam. Em seguida levantou a mão com a palma para a frente e disparou um raio verde e brilhante contra a cabeça do Homem Aranha. O tecido da máscara pegou fogo e o isopor dentro derreteu.

O rosto pálido de Totó ficou mais pálido ainda. Ele engoliu em seco e olhou diretamente para Sam pela primeira vez.

— Desculpe, cara — disse Sam. — Mas, honestamente, já temos toda a loucura que dá para aguentar. E não temos o dia inteiro.

— É, ele está dizendo a verdade, está com pressa.

— Ele continua falando com o Homem Aranha — observou Dekka. — Ele é pirado.

— É, bem, todos nós somos meio pirados, Dekka — disse Sam.

— Não, ele não é pirado, o garoto Sam — disse Totó, e balançou a cabeça para a frente e para trás. Depois, astucioso, acrescentou: — Pelo menos ele não acha que é.

— Estamos procurando um lago grande. O lago Tramonto. Você sabe chegar lá?

— Não sabemos chegar a lugar nenhum — disse Totó. De repente pareceu a ponto de chorar. — Cadê o Aranha?

— Há quanto tempo você está aqui? — perguntou Sam, impaciente.

Foi Jack que respondeu:

— Pouco mais de um ano. A data inicial do Indivíduo 1-01 foi de vários meses antes do LGAR.

Sam pensou nisso durante alguns segundos. Imaginando o que fazer. Não podia simplesmente abandonar o garoto e ir embora. Podia? Em especial depois de queimar o Homem Aranha com impaciência.

Por outro lado, a última coisa que precisava era de mais uma pessoa para ficar vigiando. E não parecia que o garoto iria a lugar nenhum. Sam poderia pegá-lo mais tarde. E, de qualquer modo, se achassem o lago, a cidade inteira provavelmente iria se mudar, e eles teriam de passar por esse caminho de novo.

— Escuta, Totó, vou fingir que você não está completamente maluco. Vou deixar você decidir. Você vem com a gente e começa a agir pelo menos um pouquinho como normal ou fica aqui. A escolha é sua.

Totó ficava olhando de volta para o magma preto e marrom que tinha sido a cabeça de isopor. Mas às vezes olhava para Sam e Dekka, e até mesmo para Jack.

— O que vocês têm para comer? — perguntou Totó.

— Peixe seco. Repolho. Alcachofras.

Para espanto de Sam, Totó literalmente lambeu os lábios.

— Vocês têm outras coisas, também, mas não querem dividir. Tudo bem. Eu só tive Nutella. O tempo todo.

— Você deve ter um montão de Nutella — disse Dekka, incapaz de esconder a esperança cobiçosa.

— É.

— Mostre pra gente — pediu Sam. — Mostre o que você tem. E então vamos achar o tal lago.

Sam saiu à frente. Jack e Dekka chegaram ao seu lado.

— Eles sabiam, não é? — perguntou ele a Jack.

Jack ainda estava com um maço de papéis que apanhara numa mesa.

— Sabiam — respondeu Jack, ainda fascinado, lendo os dados impressos enquanto andava. — Acho que eles não sabiam o que era, nem o que estava provocando. Mas sabiam.

— Sabiam do que? — perguntou Dekka.

— Quem cuidava desse lugar — disse Sam, nervoso — sabia que estava acontecendo alguma coisa com as crianças de Praia Perdida.

Jack o alcançou, segurou seu ombro e entregou um pedaço de papel.

— Uma lista de nomes.

O olhar de Sam foi diretamente para seu nome, o terceiro numa lista de cinco.

— Totó, Darla, eu, Caine e Taylor. — Ele empurrou o papel de volta para Jack, com raiva. — Nem todas as aberrações, mas ainda assim alguns de nós.

Ele não sabia o que dizer nem o que pensar. Aquilo o deixava com raiva, mas nem sabia por que isso deveria acontecer. Claro que eles quereriam saber sobre crianças que de repente desenvolviam poderes sobrenaturais.

E, claro, manteriam em segredo.

Mas mesmo assim, ficou com raiva e inquieto.

— Isso significa que eles sabem. As pessoas do lado de fora puderam deduzir parte do que aconteceu.

— Os dados verdadeiros estão naqueles computadores — disse Jack. — Esse impresso é só um arquivo pequeno. Se a energia voltasse a funcionar...

Sam olhou para a barreira, tão perto. E se perguntou, não pela primeira vez, que tipo de recepção eles teriam se a barreira algum dia sumisse.

DEZOITO | 32 HORAS E 36 MINUTOS

TOTÓ LEVOU-OS DA construção para o trem.

Estava mais longe do que Sam havia pensado. Uma ilusão de perspectiva no vazio do deserto tinha feito o trem parecer ao lado do prédio. Na verdade, estava a dez minutos de caminhada.

Havia duas locomotivas a diesel pretas e amarelas da Union Pacific. Ambas continuavam de pé nos trilhos.

Atrás das locomotivas vinha um vagão de carga fechado, cor de ferrugem, ainda nos trilhos.

Atrás deles havia uma confusão amontoada. Sete vagões de transporte de contêineres. Cada um tinha deixado cair dois contêineres — enormes retângulos de aço — na terra e nos arbustos mirrados.

Na extremidade mais distante, a barreira havia cortado ao meio um vagão fechado. A barreira havia surgido partindo o vagão laranja, e a mudança súbita devia ter descarrilado os outros.

Mas Sam, Dekka e Jack não estavam muito interessados nessas especulações. Dezenas de paletes enrolados em plástico tinham sido jogados nos trilhos e no chão, caídos do vagão partido.

Cada palete tinha pilhas de Nutella.

— São tipo... centenas e centenas de vidros — disse Sam.

— Milhares — corrigiu Jack. — Milhares. Nós... estamos ricos.

Se cada vidro fosse um diamante gigantesco, Sam ainda preferiria a Nutella.

— É a maior descoberta da história do LGAR — disse Dekka, parecendo que testemunhava um milagre.

— Que lugar? O que eles querem dizer com lugar? — perguntou Totó.

— LGAR. Lugar da Galera da Área Radioativa — disse Sam, distraidamente. — Era para ser engraçado. Cara, o que tem no resto desses contêineres?

Totó pareceu desconfortável. Contorceu-se tanto que parecia dançar.

— Não sei.

— Como assim, não sabe? Você está mentindo? — perguntou Dekka, enfaticamente.

— Sem mentiras — disse Totó, com os olhos relampejando. — Eu sou Totó, que diz as verdades, indivíduo 1-01. E não Totó, o mentiroso.

— Então o que você está dizendo? Nunca olhou em nenhum desses contêineres? São quatorze. Além do primeiro vagão fechado. Como assim, não sabe? — Dekka achava aquilo ultrajante.

Totó fez sua dançazinha, se contorcendo de novo.

— Não consegui abrir. Estão trancados. E são de aço. Eu bati neles com cadeiras, mas não quiseram abrir.

Sam, Dekka e Jack olharam o garoto estranho.

Depois olharam para os contêineres.

Então se entreolharam.

— Bom — disse Sam. — Acho que podemos abri-los.

Aproximadamente oito segundos depois Sam havia queimado a fechadura do primeiro contêiner. Então, Jack abriu a porta.

O conteúdo do contêiner estava enrolado em plástico, mas mesmo assim era inconfundível.

— Vasos sanitários? — perguntou Dekka.

Muitos dos vasos de louça estavam rachados por causa do descarrilamento, e os cacos eram mantidos no lugar pela embalagem.

Um segundo contêiner revelou mais vasos.

O terceiro tinha o que deviam ser milhares de caixas de tamanho médio. As caixas continham bonés de beisebol. Do time dos Dodgers.

— Tamanho único — disse Dekka, com nojo. — Mas eu sou fã dos Angels.

— A gente vai demorar um tempo para examinar tudo — disse Sam. — Mas acho que provavelmente vai valer a pena.

O quarto tinha móveis de jardim, de vime.

— Ou não — disse Sam, enojado.

O quinto contêiner tinha vasos de plantas de vime e de cerâmica, além de dois paletes com enfeites de jardim feitos de gesso: querubins, anões e a Virgem Maria.

O sexto era de tinta de parede e verniz para madeira.

O sétimo era melhor, tinha uma carga mista: paletes de macarrão instantâneo de copo sabor camarão, miojo sabor frango, filtros de café, cafeteiras e caixas de chás variados.

— Eu gostaria de ter tido um pouco desse macarrão — disse Totó, desejoso. — Seria bom ter macarrão.

— Macarrão é legal — concordou Sam.

— Eu não recusaria um macarrão — disse Jack.

— Verdade, uma declaração verdadeira! Ele não recusaria um macarrão — arengou Totó.

O oitavo contêiner estava vazio. Não tinha nada.

O nono tinha duas máquinas industriais.

— Como é mesmo o nome? — disse Jack. E procurou as palavras. — Vocês sabem. Tipo tornos industriais ou um troço assim.

— É, fantástico — reagiu Dekka. — Só precisamos de 220 volts e podemos montar uma oficina.

Sam estava começando a ficar ansioso. Achar Nutella e macarrão era uma coisa boa. Na verdade, fantástica. Milagrosa. Mas ele estivera esperando mais comida, mais água, mais remédios, alguma coisa. Era absurdamente parecido com a manhã de Natal quando ele era pequeno, esperando uma coisa que nem podia dizer o que era. Algo que mudasse o jogo. Alguma coisa... incrível.

Quando Jack abriu o décimo contêiner, ficou parado, olhando.

— Certo, o que é? — perguntou Sam.

Não houve resposta.

Sam se inclinou por cima do ombro de Jack. Paletes e mais paletes de caixas pesadas. Cada caixa tinha o logotipo da Apple.

— Computadores? — perguntou Sam. — Ou iPods? — Nenhum dos dois teria utilidade.

Por fim Jack se mexeu. Correu para o palete mais próximo, depois hesitou. Enxugou com cuidado as mãos na calça. Depois rasgou o plástico e cuidadosamente, cautelosamente, abriu a primeira caixa.

Foi com dedos trêmulos que levantou uma caixa branca. Na caixa havia a foto de um laptop.

— Seria fantástico se a gente tivesse internet — disse Sam. — Ou eletricidade.

— Eles despacham os computadores totalmente carregados — reagiu Jack, com raiva pela interrupção de Sam. Como se Sam tivesse falado alto na igreja. — Faz muito tempo, mas... mas talvez ainda tenham um pouco de carga.

— Certo — disse Sam. — Depois você pode brincar com uns jogos. Vamos para o próximo...

— Não! — gritou Jack, com a voz em algum nível entre a angústia e o êxtase. — Não. Eu preciso... eu preciso ver.

Passou cinco minutos abrindo cuidadosamente a caixa, levantando os pedaços de isopor da embalagem como se fossem frágeis obras de arte.

Era como assistir a um ritual religioso desconhecido, mas profundo. Sam achou quase comovente. Nunca tinha visto Jack num estado tão emocional.

Ele tirou com paciência o pedacinho de fita adesiva que prendia o fino envelope de espuma do laptop.

E finalmente levantou o laptop prateado como se segurasse um bebê nas mãos trêmulas.

Virou-o. Mas agora o suspense estava dominando até mesmo Sam.

Jack fechou os olhos, respirou para se firmar, virou o laptop e apertou a luz de indicação de bateria. Duas minúsculas luzes verdes se acenderam.

— Duas! — exultou Jack. — Duas! Eu estava com medo de que fosse uma luz piscando. — Depois, num sussurro: — Duas. Isso é talvez uma hora e meia. Talvez até duas.

— Cara. Você está chorando?

Jack enxugou os olhos.

— Não. Nossa!

— Ele está mentindo. Está chorando — gritou Totó, atrapalhando.

— Você precisa de algum tempo? — perguntou Sam. Duvidava que qualquer força na terra pudesse convencer Jack a se mexer.

Jack assentiu.

— Certo. Dekka e eu vamos ver o próximo.

O décimo primeiro contêiner tinha mais móveis de jardim.

O décimo segundo estava cheio do chão ao teto com a visão mais incrível que Sam e Dekka haviam tido na vida.

Dessa vez foram eles que ficaram parados, pasmos. Dominados pela emoção.

Não havia como se confundir com aquele logotipo.

— Dá para colocar uma Pepsi num copo de macarrão instantâneo?

Saltaram para os paletes enrolados com plástico e arrancaram várias latas.

Crac psst!

Crac psst!

Crac psst!

O som que não era ouvido no LGAR havia meses foi escutado outra vez. Lacres foram abertos, e Sam, Dekka e Totó beberam com goles compridos.

— Ah — disse Dekka.

— Que bom — disse Totó.

— É... é como se a vida estivesse consertada. Como se o universo finalmente tivesse decidido sorrir para nós — disse Sam com um sorriso enorme.

Arroto.

— Ah, é — disse Dekka. — Arroto de refrigerante.

Os três estavam rindo.

— Jack! — gritou Sam.

— Estou ocupado! — gritou ele de volta.

— Venha cá. Agora!

Jack veio correndo como se esperasse encrenca. Sam, sorridente, estendeu uma lata para ele.

— Isso é...?

— É — garantiu Sam.

Crac psst!

Arroto.

Então Jack começou a chorar, soluçando, bebendo, arrotando e rindo.

— Pirou de vez, Jack? — perguntou Dekka.

— É só... — Ele não conseguia encontrar as palavras.

Sam passou o braço pelos ombros de Jack.

— É, cara. É demais, não é? Quero dizer, parece muito com o mundo de antes.

— Eu como ratos — disse Jack, entre as lágrimas.

— Todos nós comemos ratos — concordou Dekka. — E fico feliz quando pego um bem suculento.

— Verdade — murmurou Totó, com alguma preocupação. — Eles comem ratos. Eles não tinham mencionado ratos antes, Aranha.

O sol já havia passado bastante do meio-dia.

— Temos de verificar os últimos contêineres — disse Sam. — Depois vamos andando. Só porque estamos na vida boa não quer dizer que o pessoal em casa também está.

— Não precisamos achar água, temos Pepsi! — disse Jack.

— O que é fantástico — respondeu Sam. — Deve durar alguns dias. Se a gente puder levar para a cidade.

Isso fez Jack parar. Ele assentiu rapidamente e disse:

— É, está certo. Desculpe. Eu só... não sei. Durante uns minutos pareceu que tudo talvez tivesse acabado.

Só para fazer alguma coisa diferente, foram até o vagão fechado. No instante em que abriram a porta, foram atacados por um cheiro doce e enjoativo.

O vagão estivera cheio de laranjas. Mas isso só era óbvio por causa dos rótulos nas caixas. As laranjas tinham apodrecido muito antes, no calor. Um líquido pegajoso cobria o piso do vagão. Alguns caixotes tinham volumes fantásticos de mofo peludo.

— É meio tarde para esse aí — lamentou Sam.

— Seria bom ter laranja — disse Totó.

O último contêiner era variado: chaves de fenda, serras e várias ferramentas marca Stanley e vários tipos de equipamentos de ginástica.

Mas nesse ponto ninguém se importava, porque era o penúltimo contêiner que pesava nas mentes.

O décimo terceiro contêiner estivera carregado com mísseis para serem disparados do ombro.

O barulho no suposto hospital tinha sido pior ainda depois do incêndio. Porque as crianças gritavam. Gritavam o nome de Lana.

Dessa vez não havia gritos, notou Lana. Tosses. Muitas tosses profundas, ásperas. Como se as crianças quisessem pôr os pulmões para fora.

Dahra estava junto de uma cama, pondo um pano molhado na cabeça de uma criança. Não tinha notado Lana entrar com Sanjit.

Lana fez uma contagem rápida. Vinte? Vinte e uma? Algumas estavam em camas, algumas, em colchões cobertos com pilhas de cobertores de uma dúzia de casas, uma dúzia de camas. Algumas estavam deitadas com pouquíssima roupa, no chão de ladrilho frio.

E a maioria estava tossindo, tossindo, tossindo.

Dahra levantou os olhos ao escutar as vozes deles.

— Lana. Graças a Deus. Quer tentar de novo?

Lana abriu as mãos, impotente.

— Vou fazer o que for preciso. Mas a magia não está funcionando nessa coisa.

Dahra enxugou o suor da testa. Parecia não ter dormido. Talvez nunca.

— Olha, infecções secundárias, é como se chamam. Alguém pega um vírus, e então outra coisa entra, também. Muitas vezes é isso que mata as pessoas.

— Você é a chefe — disse Lana. Falando sério, e só falava isso a sério com Dahra.

— Ela. — Dahra apontou. — Comece com ela. Febre de 41 graus. Foi como Pookie estava antes de...

Lana foi até a garota. Ela parecia familiar; Lana achou que o nome podia ser Judith, mas era difícil reconhecer alguém cujo rosto estava vermelho de tanto tossir, encharcado de suor, o cabelo grudado na pele, olhos apavorados, remelentos e derrotados.

Lana encostou a mão na cabeça da menina e quase tirou-a de volta. Ela estava quente ao toque. Era como tocar um prato que acabou de sair da lavadora de louças.

Lana não tinha um ritual específico para curar. Apenas tocava a pessoa e tentava ficar concentrada.

— Quem é você? — perguntou Dahra rispidamente a Sanjit.

— Namorado de Lana — respondeu Sanjit.

— Não é, não — reagiu Lana.

— Você não deveria estar aqui — disse Dahra a Sanjit. — Já temos três mortos, pelo que sabemos. Vá se lavar no oceano e vá para casa.

— Obrigado, mas vou ficar. Quero ajudar.

Dahra ficou olhando, com os olhos apertados, tentando deduzir se ele era maluco.

— Quer ajudar mesmo? Porque preciso de alguém para esvaziar o balde. Se você quer ajudar de verdade.

— Quero. Que balde?

Dahra apontou para a lixeira de plástico, com tampa. Ao redor havia uma pilha fedorenta de vasilhas Tupperware usadas como penicos. Sanjit pegou os penicos e os equilibrou em cima do balde de urina e fezes. O fedor encheu o cômodo.

— Tem uma fossa na praça. Depois, se você estiver motivado, poderia lavar tudo na praia.

— Volto logo — disse Sanjit.

Quando ele saiu, Dahra disse:

— Gosto do seu namorado. Não são muitos caras que se ofereceriam para levar dez galões de diarreia e vômito.

Lana gargalhou.

— Ele não é meu namorado.

— É, bom, ele pode ser meu, se quiser. É bonitinho. E carrega merda.

Lana sentiu a garota estremecer e se sacudir sob sua mão.

Dahra estava andando automaticamente de cama em cama, de catre em catre, de pilha em pilha de cobertores no chão. Suspirou enquanto anotava outra temperatura. Estava mantendo registros. Provavelmente não tão bem quanto um médico faria, mas melhor do que se poderia esperar de uma garota comum de 14 anos com 21 pacientes tossindo e tremendo.

— Por que não consigo fazer isso? — perguntou Lana em voz alta. — Na primeira gripe deu certo para a maioria.

— Imunidade, certo? — disse Dahra. — O vírus entra na pessoa, e o corpo luta de volta. O vírus aprende, volta pronto para uma nova luta. Assim, em vez de se reprogramar para vencer os anticorpos, ele se reprogramou para vencer você.

— Não sou um anticorpo.

— É, e esse não é o mundo antigo, é? É um show de aberrações onde nada funciona exatamente como deveria.

O show de aberrações dele, pensou Lana. Bastaria um fósforo e ela poderia tê-lo queimado, matado. Quantas mortes haviam acontecido porque Lana havia fracassado?

Um garoto que Lana conhecia, um menino da primeira série chamado Dorian, levantou-se de repente e começou a correr para a porta. Era uma corrida oscilante, insegura.

Dahra xingou e tentou pegá-lo.

O garoto passou pela porta num segundo.

Um instante depois Sanjit reapareceu com Dorian embaixo de um dos braços e o balde meio limpo e as vasilhas na outra mão.

— Venha, homenzinho — disse ele. — De volta à cama.

Mas Dorian não queria. Começou a gritar e se sacudir.

O pandemônio explodiu. Duas crianças começaram a chorar alto, uma terceira rolou da cama para o chão e uma quarta estava gritando:

— Quero minha mãe, quero minha mãe.

Então houve uma tosse tão alta que atraiu todos os olhares. Era o menininho, Dorian.

Ele estava se levantando. Parecia espantado com o que tinha acabado de sair da sua boca.

Inclinou-se para trás e tossiu de novo.

— Não — ofegou Dahra.

Lana saltou para perto do menino e apertou a mão contra a lateral da cabeça dele.

Dorian tossiu com tanta força que caiu de costas.

Sanjit montou em cima dele, segurando-o, enquanto Lana punha uma das mãos em cima do peito, que arfava, e a outra na lateral da garganta.

Dorian tossiu, um espasmo tão violento que Sanjit caiu para trás e a cabeça do menino bateu no chão com um estalo nauseante. Lana continuou segurando-o.

— Ele está tão quente que mal consigo... — disse Lana enquanto Dorian se convulsionava, curvado num C, e explodia numa tosse que espirrou pedaços sangrentos no rosto de Sanjit.

Lana não se alterou, não recuou, mas Dorian tossiu de novo, e agora o sangue escorreu dos ouvidos e brotou, pulsando, dos lábios.

Lana se levantou de repente e recuou.

— Não pare — implorou Dahra.

— Não posso curar a morte — sussurrou Lana.

Nesse momento apareceram duas crianças na porta, carregando uma terceira. Lana podia ver, do outro lado, que a menina que eles estavam lutando para carregar já havia morrido.

Dahra também viu.

— Coloquem ela no chão — disse a eles. — Coloquem ela no chão e saiam daqui, lavem-se na praia e depois vão para casa.

— Ela vai ficar bem? Ela mora com a gente.

— Faremos tudo que pudermos — disse Dahra, lacônica. E, quando eles se retiraram rapidamente, acrescentou baixinho: — Ou seja, porcaria nenhuma.

Lana fechou os olhos e pôde sentir a Escuridão se estendendo para ela, procurando, um leve tentáculo se estendendo para tocar sua mente.

Então é assim que você nos destrói, pensou. É assim que você nos mata. À moda antiga: com a praga.

DEZENOVE | 28 HORAS E 11 MINUTOS

ORC FEZ UM pequeno desvio na direção da praia para revirar sua velha casa à procura de uma garrafa. Encontrou duas.

Com uma em cada mão, foi em direção à água. Estava bebendo das duas garrafas, um gole da esquerda, um gole da direita, e em pouco tempo começou a achar quase engraçado o peso das fezes nas calças.

— Orc. Cara, onde você estava?

Howard. Bem ali à sua frente.

— Vai embora — disse Orc. Não com raiva, agora feliz demais para sentir raiva.

— Orc, cara, o que está acontecendo? Procurei você em tudo que é canto.

Orc espiou Howard com olhos opacos. Tomou um gole comprido, inclinando a garrafa tanto que quase perdeu o equilíbrio.

— Certo, já chega — disse Howard. Deu um passo, estendeu a mão para a garrafa e agarrou-a com os dedos.

O tapa com as costas da mão o fez voar. Orc teve uma ânsia súbita e violenta de chutar Howard. Howard o olhava como se já tivesse sido chutado, e não só levado um tapa. Um olhar de traição. De mágoa.

Orc fechou os olhos e virou a cabeça. Não estava a fim daquilo. Tinha cocô na calça, a cabeça doía, lembranças ruins borbulhavam dentro do cérebro e ele não precisava daquilo.

— Cara, qual é, malandro, isso não está certo. Eu vou cuidar de você, cara.

Howard se levantou e fez cara de gente boa. Sua voz era tranquilizadora, como se estivesse falando com um neném. Ou com algum animal idiota ou algo assim.

— Eu tenho o que preciso — disse Orc. Agora segurava as duas garrafas como troféus.

Howard ficou cauteloso, pronto para saltar para trás. Havia sangue escorrendo de seu nariz.

— Sei que você está se sentindo mal por causa do Drake. Sei porque você e eu somos melhores amigos, certo? Por isso sei como está se sentindo. Mas isso acabou. De qualquer modo, era só questão de tempo, cedo ou tarde ia acontecer.

Orc gostou dessa linha de raciocínio. Mas achou que talvez houvesse alguma coisa escondida ali dentro também.

— Porque ninguém podia confiar em mim, não é?

— Não, cara, não é isso. É só que nenhuma cadeia iria segurar Drake para sempre. É tudo culpa do Sam. Se ele tivesse feito o que deveria...

— Acho que eu machuquei um garotinho — disse Orc.

Assim. A coisa saiu. Sem ser planejada. Como se precisasse escapar. Como Drake: iria sair cedo ou tarde.

A comparação fez Orc rir. Ele gargalhou alto e por um tempo enorme, tomou outro gole e estava se sentindo quase alegre até que seus olhos remelentos se fixaram de novo no rosto de Howard. Howard estava sério. Preocupado.

— Orc, cara, como assim? Como assim, machucou um garotinho?

— Eu só quero me lavar.

— Esse garoto que você machucou. Onde foi?

— Não sei — resmungou Orc. Olhou em volta como se pudesse estar no lugar certo. Não, não era ali. Foi... Ele viu uma placa de trânsito na extremidade do quarteirão.

Havia uma pilha de trapos embaixo da placa.

Sentiu gelo encher seu corpo. Howard ainda estava falando, mas a voz era apenas um zumbido distante.

Orc ficou olhando, incapaz de falar, incapaz de se mexer, incapaz de desviar os olhos, incapaz de respirar. Olhou a pequena pilha de trapos que era tão claramente, tão terrivelmente nítido, um corpo.

Memória. Orc estava de volta em seu corpo antigo, o de antes, feito de carne e não de pedra. Estava levantando seu bastão de beisebol, pretendia dar uma lição em Bette. Só uma pancadinha. Só um peteleco para mostrar a ela quem mandava.

Ele também nunca havia querido matá-la.

— Vou me livrar daquilo. — Estava dizendo Howard, a distância. — Vou esconder. Ou sei lá o quê.

Aquilo. Como se a pilha de trapos não fosse um menininho.

Orc se afastou, entorpecido, indiferente às súplicas de Howard.

Era uma pequena área arenosa, não exatamente uma enseada, não tinha tamanho suficiente para ser uma praia propriamente dita. Era só um espaço de areia entre rochas amontoadas de um lado e um grupo de palmeiras de aparência doentia e capim do outro.

Os cinco barcos de pesca — a frota — estavam encalhados, puxados para a areia. Era como um daqueles cartões-postais pitorescos, de antigas aldeias de pescadores na Europa, pensou Quinn. Não que os barcos fossem muito bonitos, na verdade. De fato eram bem feinhos, e Deus sabia que eles fediam.

Mesmo assim, era meio perfeito.

Quinn e seus pescadores haviam montado um acampamento razoavelmente agradável. Nunca havia chuva, por isso o fato de não terem barracas ou outro tipo de cobertura não importava.

— Vamos acampar ao estilo antigo — anunciara Quinn, como se tudo fosse uma diversão.

Eram 19 no total, e logo descobriram que a praia estava cheia de pulgas, minúsculos siris de areia e vários outros animais que tornavam o sono muito desagradável.

Seria uma noite longa.

Então alguém teve a ideia brilhante de queimar um trecho de capim, com a teoria de que a área limpa ficaria ligeiramente livre de insetos e siris.

Isso, claro, deu lugar a uma fogueira feita com madeira trazida pelo mar. Soltava fumaça demais e era difícil de manter acesa, mas melhorou o humor de todo mundo, e logo estavam preparando um jantar à base de peixe, inclusive alguns excelentes filés do tubarão.

A conversa no jantar foi sobre o que estava acontecendo na cidade. Quinn esperava que alguém pensasse em atualizá-los. Em vez de simplesmente esquecê-los. Fez questão de tranquilizar sua equipe dizendo que Sam e Edilio cuidariam dos seus irmãos e amigos.

— Isso é só para a gente não adoecer e continuar trabalhando — explicou.

— Ah, que bom, trabalhar — disse Charuto, e todo mundo riu.

Nenhum pescador parecia doente. Ninguém havia reclamado. Talvez o fato de que eram um grupo meio isolado, que ficava principalmente junto e passava a maior parte do tempo no oceano, os tivesse mantido em segurança. Talvez eles ficassem bem.

Quinn viu o sol mergulhar em direção ao horizonte. Andou sozinho até uma ponta de rocha e areia que se estendia alguns metros a partir da costa. Era estranho o quanto havia passado a amar seu trabalho e ficar na água. Sempre tinha adorado surfar, e agora isso havia acabado, mas a água continuava ali. Calma demais, pacífica demais, muito parecida com um lago, mas mesmo assim era um resquício do oceano de verdade, e ele adorava estar perto do oceano, em cima e dentro dele.

Se algum dia a barreira sumisse, o que iria fazer? Esperar até ter idade suficiente e se mudar para o Alasca ou o Maine e se tornar pescador profissional? Riu. Essa não era uma carreira que lhe teria ocorrido nos velhos tempos.

Mas agora nem conseguia fingir que se importava com faculdade ou em ser advogado, empresário ou o que quer que seus pais achassem que ele deveria ser.

Tinha ultrapassado um limite. Sabia, e isso o deixava meio triste. Nenhum deles jamais seria um jovem normal. Especialmente os que tinham encontrado maneiras de ser felizes no LGAR.

Uma luz. Na direção das ilhas. Nunca teria sido notada nos tempos em que Praia Perdida era iluminada.

Quinn tinha ouvido a história de que Caine e Diana estavam ocupando uma das ilhas. Era estranho pensar que a luz podia vir do quarto de Caine. E que Caine poderia estar olhando para a noite escura.

A vida nunca seria totalmente pacífica enquanto aquele cara estivesse vivo.

Quinn virou o olhar para o sul. Os Samsóis nas casas das pessoas não eram fortes o bastante para iluminar a cidade. Mas a claridade vermelha do sol poente pintava a silhueta nua do Hotel Penhasco, aninhado contra o arco mais próximo da barreira.

Lana. Quinn havia gostado dela. Tinha até pensado que ela talvez gostasse dele. Mas alguma coisa havia mudado em Lana. Em certo sentido, ela era uma pessoa grande e poderosa demais para Quinn.

Como Sam, que tinha sido seu amigo mais íntimo. Os dois eram parte de alguma classe diferente de pessoa.

Sam, um herói. Um líder.

Lana? Era grandiosa e trágica. Como alguém saído de uma peça de teatro ou de um livro.

E Quinn era um pescador.

Mas, diferentemente deles, era feliz. Virou as costas para olhar suas tripulações, seus pescadores. Estavam limpando as redes, cuidando dos carretéis, cortando capim para fazer camas, reclamando, brincando, contando histórias que todo mundo já ouvira, rindo.

Quinn sentia falta dos pais. Sentia falta de Sam e de Lana. Mas agora esta era sua família.

Roscoe havia caído no sono, de pura exaustão. Acordou e encontrou uma coceira persistente na barriga. Coçou por cima da camiseta.

Voltou a dormir. Mas os sonhos o impediam de dormir profundamente. Isso e a coceira.

Acordou de novo e examinou o ponto que coçava. Havia um calombo ali. Como um inchaço. E quando ficou imóvel e apertou os dedos contra o local pôde sentir algo se movendo embaixo da pele.

De repente o quartinho ficou muito frio. Roscoe tremeu.

Foi até a janela, esperando encontrar luz. Havia uma lua, mas era fraca. Puxou a camisa pela cabeça. Olhou o lugar na barriga.

Estava se mexendo. A carne. Podia sentir embaixo das pontas dos dedos. Como algo cutucando-o de volta. Mas não conseguia sentir por dentro, não conseguia sentir a coisa dentro da barriga. E percebeu que todo o corpo estava entorpecido. Podia sentir com as pontas dos dedos, mas não com a pele da barriga...

A pele se partiu!

— Ahhhh!

Estava tocando-a quando ela se partiu, e berrou aterrorizado, e alguma coisa abriu caminho por um buraco sem sangue.

— Ah, meu Deus, ah, meu Deus, ah, não não não não!

Gritou e saltou na direção da porta. Sua mão agarrou a maçaneta enquanto ele balbuciava e chorava, e a porta estava trancada, trancada, ah, meu Deus, não, eles o tinham trancado ali dentro.

Bateu na porta, mas era no meio da noite. Quem iria ouvi-lo na prefeitura vazia?

— Ei! Ei! Tem alguém aí? Me ajuda. Me ajuda. Por favor, por favor, alguém me ajuda!

Bateu na porta, e a coisa na sua barriga se projetou 1 centímetro para fora. Ele estava com medo de olhar. Mas olhou e gritou de novo, porque agora era uma boca, uma boca de inseto se movendo, cheia de partes que não pareciam com uma boca normal. Mandíbulas, malignas, em forma de gancho estalavam. Estava dentro dele, abrindo caminho a mordidas.

Avançando para fora dele.

— Socorro, socorro, não me deixem aqui assim!

Mas quem iria ouvi-lo? Sinder? Não. Não mais. Isso havia acabado. Tudo acabado. E ele estava sozinho e sem amigos. Ninguém para ouvir enquanto gritava e implorava.

A janela. Agarrou o travesseiro da cama e empurrou contra o vidro, depois bateu com força. O vidro despedaçou. Tirou o sapato e bateu nos cacos até que a maior parte caiu tilintando na rua embaixo.

Depois gritou por socorro. Gritou para o ar noturno de Praia Perdida.

Não houve resposta.

— Socorro! Por favor, por favor, ah, meu Deus, por favor me ajudem! Vocês não podem me deixar aqui trancado!

Mas continuou sem resposta.

O medo tomou conta dele, um medo profundo, enlouquecedor.

Não. Não. Não não não não, isso não podia estar acontecendo. Ele não tinha feito nada para prejudicar ninguém, não tinha feito nada de ruim. Por quê? Por que isso estava acontecendo com ele?

Caiu de joelhos e implorou a Deus. Deus, por favor, não, não, não, eu não fiz nada errado. Não fui corajoso nem forte, mas também não fui ruim. Assim, não, por favor, Deus, não não não, assim não.

Sentiu uma coceira no meio das costas.

Sentou-se e chorou.

VINTE | 25 HORAS E 37 MINUTOS

DIANA DEU COMIDA a Penny um pouco tarde. Mas Penny não reclamou. Estava em algum sonho que a fazia sorrir sozinha, sorrir para suas próprias ilusões.

O banheiro fedia a dejetos humanos. Penny estava sentada no chão de ladrilhos, as pernas cruzadas à frente do corpo, simplesmente sentada num colchonete de ginástica.

— Ei, quer tomar uma ducha? — perguntou Diana.

Penny não respondeu, só riu de algo que Diana não podia ver.

Diana se abaixou e deu um tapinha no ombro dela. Precisou fazer isso várias vezes antes que os olhos distantes de Penny a focalizassem.

Penny gargalhou.

— Ah, essa é você de verdade, não é?

— Mais real, impossível — respondeu Diana.

— Veio alimentar o animal do zoológico?

— Aqui está a sua comida. Mas achei que talvez você quisesse tomar um banho de chuveiro ou de banheira. Eu poderia ajudar.

— É porque estou fedendo que nem um esgoto? É isso?

— É — respondeu Diana, na bucha. Sem esperar resposta, foi até a banheira; uma enorme banheira oval, toda de mármore rosa.

Diana não sabia quanto tempo duraria, mas por enquanto havia água e estava até quente. Havia uma variedade de pedras de banho Bulgari, sais e xampus. Ela jogou dois cubos de banho na água.

Penny não estava usando muita coisa, só uma miniblusa amarela suja e um short cor-de-rosa manchado. Tinha dois pares de meias cobrindo os tornozelos quebrados.

— Como está a dor? — perguntou Diana.

— Dolorida. Parece que alguém quebrou minhas pernas, meus tornozelos e meus pés. Vou mostrar a sensação a você.

De repente uma matilha de cães hidrófobos, malignos, estava no banheiro. Seus olhos eram vermelhos, a respiração soltava fumaça, eles latiram para Diana, prontos para pular sobre ela e dilacerá-la.

Então sumiram.

— Assim — disse Penny, sentindo um prazer malicioso com o modo como Diana havia saltado para trás, tentando bater loucamente na ilusão.

Diana se acalmou. Ficar chateada só daria mais sentimento de poder a Penny.

— Desculpe — disse Diana, por falta de outra coisa para falar. — Coma alguma coisa enquanto a banheira enche.

— Não precisa ficar aqui. Eu posso me puxar para a banheira. — Ela colocou um pouco do macarrão com molho de carne na boca, usando a mão.

— Você poderia se afogar.

— É, isso seria terrível, não é?

Diana não respondeu. Não havia nada além de dor no futuro de Penny. Não havia como consertar suas pernas, não sem Lana, e nada para tratar a dor além de Tylenol e Motrin. Era como tentar apagar um incêndio de floresta com uma pistola de água.

— É bom você ter seu poder — disse Diana.

— É. É ótimo. Fantástico mesmo. É que nem ter meu próprio cinema fajuto. Quer saber o que eu estava vendo quando você chegou?

Diana tinha quase certeza de que não queria.

— Eu estava criando monstros com dentes de agulha. Tipo vampiros, acho, mas mais parecidos com lobos, como morcegos hidrófobos, como nas fotos de cada coisa apavorante que existe no fundo do oceano. E sabe o que eles estavam fazendo?

— Deixe-me ajudar a tirar seu short.

Diana se ajoelhou e baixou o short de Penny pelas coxas. Com cuidado, com o máximo de gentileza que pôde. Mas mesmo assim Penny soltou um grito de dor crescente, trêmulo.

— Eles estavam despedaçando você, Diana — ofegou Penny, com os dentes trincados. — Estavam em cima de você, fazendo cada coisa horrível que eu podia pensar.

— Levante os braços.

Diana tirou a blusa, sem muita gentileza, pela cabeça de Penny.

— Assistir a você gritando na minha cabeça me ajuda a não gritar — disse Penny.

— Qualquer coisa que funcione está bom.

Diana passou o braço embaixo do de Penny, abaixou-se e levantou-a. A garota não era pesada. A comida não tinha curado sua magreza de modelo de passarela.

— Ah, ah, ahhhhh — soluçou Penny, enquanto Diana a levantava.

Diana pousou Penny na borda da banheira e estendeu a mão desajeitadamente para fechar a água.

— Caine poderia fazer isso com mais facilidade — disse Penny. — Mas não vai, não é? Ele não quer vir aqui e ver o resultado do que fez. Não o poderoso Caine.

Diana manobrou para suportar a maior parte do peso de Penny e baixou-a de traseiro na água quente. Suas pernas tortas e finas foram arrastadas, depois seguiram a dona para dentro da banheira.

Penny gritou.

— Desculpe — disse Diana.

— Ah, meu Deus, dói, dói, dói!

Diana se levantou. Penny estava suando, ainda mais pálida do que antes. Mas parou de gritar. Ficou deitada na banheira, com água e bolhas até o peito.

— Tem um chuveirinho. Vou lavar seu cabelo. — Diana virou o bico do chuveirinho, testou a temperatura da água e jogou-a sobre o cabelo escorrido de Penny.

Usou o xampu até espumar.

— Igual ao salão de cabeleireiro — disse Penny.

— É. Provavelmente é onde vou acabar trabalhando um dia.

— Não, você não. Você é inteligente demais. — Penny havia fechado os olhos. Diana enxaguou o xampu fazendo-o escorrer pelo rosto e pelo pescoço de Penny. — É linda e inteligente, e agora tem Caine só para você, não é?

Diana suspirou.

— Eu sou uma fracassada, Penny. Igual a você.

Caine surgiu de repente. Parecia espantado.

— Ouvi gritos.

— Ah, desculpe — rosnou Penny. — Espero não ter acordado você, seu poço de...

— Você está bem? — perguntou Caine a Diana.

— Ela está perfeita — disse Penny. — Cabelo perfeito, dentes perfeitos, pele perfeita. Além disso tem pernas que funcionam, o que é bem maneiro.

— Vou sair daqui — disse Caine.

— Não — reagiu Diana. — Me ajude a tirá-la de volta.

— É, Caine, você não quer me ver nua? Ainda sou meio gostosa. Se você não se importar com as pernas. Só não olhe para elas. Porque vão deixar você meio enjoado.

Para surpresa de Diana, Caine disse:

— Quando você estiver pronta.

Diana puxou a tampa do ralo.

— Por que não me mata logo? — perguntou Penny. — Você sabe que vai fazer isso cedo ou tarde, Caine. Sabe que não pode cuidar de mim para sempre. Você quer fazer isso, não quer?

Diana tentou ler a resposta nos olhos de Caine. Nada. Havia ocasiões em que tinha certeza de ver alguma decência humana ali. E outras ocasiões em que os olhos dele eram implacáveis como os de um tubarão.

— Certo, levante ela — disse Diana.

Caine chegou mais perto e ergueu as mãos. Penny subiu da água como uma paródia medonha de um golfinho chegando à superfície. Subiu, a água caiu, e bolhas escorreram dela.

Diana pegou o chuveirinho e borrifou em Penny enquanto ela flutuava quase 1 metro no ar. Até mesmo o toque da água fez Penny se encolher e trincar os dentes.

Diana abriu uma toalha limpa sobre o colchonete, e Caine sentou Penny lenta e gentilmente.

— Eu poderia encher sua cabeça com pesadelos vivos — disse Penny a Caine. — Poderia fazer você gritar como eu grito.

— Mas aí eu te mataria, Penny — disse Caine, com frieza. — E não acho que você esteja totalmente pronta para morrer.

Albert olhou para o livro-caixa como se ele pudesse responder às suas preocupações. Mas ele era a fonte das preocupações. As colunas onde normalmente anotava a quantidade de produtos que vinham das plantações, o número de pombos ou gaivotas apanhados por Brianna, o número de ratos vendidos a ele, a quantidade de pássaros, guaxinins, gambás, esquilos ou cervos trazidos por Hunter, estavam vazias nesse dia.

Lembrou-se de mandar alguém ao cais para pegar os peixes. Deveria ter feito isso antes, mas o dia tinha sido agitado. Talvez pudesse mandar Jamal. Falando nisso, onde estava Jamal? Ele deveria voltar ao pôr do sol, e já havia passado disso há muito tempo.

Fez uma anotação mental: dar alguma coisa boa a Dahra por seu raciocínio rápido. Se Quinn e o pessoal dele fossem derrubados por essa gripe, a situação ficaria ainda mais desesperadora.

Albert tinha uma página somente para a água. Água de garrafa, encontrada em casas ou carros: nada durante dias. Água trazida de caminhão: nada em um dia.

Assim, num piscar de olhos, Praia Perdida tinha passado de autossuficiente num nível muito, muito básico, para o desastre.

Olhou ao redor. Ultimamente sua cautela natural havia se tornado algo parecido com paranoia. A casa estava vazia — até a empregada havia saído. Mas o que ele ia fazer seria perturbador, caso fosse observado: abriu a escrivaninha e pegou uma garrafa d'água.

A garrafa de água mineral fez um som estalado quando ele rompeu o lacre. Bebeu um gole comprido, depois a fechou com cuidado e a escondeu de novo.

Fechou o livro-caixa. Nada para acrescentar nas colunas de entrada.

Então ouviu um barulho inconfundível: vidro quebrando.

Imobilizou-se. O som vinha de perto. Da cozinha?

Hesitou apenas um momento, repassando as opções. Então enfiou a mão embaixo da mesa, remexeu e encontrou a pistola presa com fita adesiva embaixo do tampo.

Uma porta se abriu. Ele ouviu o som e sentiu a pressão do ar mudando; empurrou a cadeira para trás e tentou soltar a fita adesiva para segurar a arma direito, como Edilio havia mostrado, mas foi muito lento, era tarde demais, eles estavam na sala e em cima dele.

Turk, Lance, Watcher e Raul. Todos armados.

Foi Watcher — um garoto quieto de 11 anos que fora apanhado roubando — que acertou seu joelho com um pé de cabra.

— Ahhhh! — Não tinha sido uma pancada tão forte, mas a dor subiu pela perna e por um segundo ele não conseguiu pensar em mais nada. Nunca havia sentido uma dor assim. Seu tornozelo e o pé estavam pinicando como se ele tivesse pisado num fio elétrico.

— Pega ele!

— É!

— Acerta ele de novo!

— Não! — gritou Albert, mas o golpe seguinte veio de Turk, que deu uma coronhada de fuzil em seu rosto. O nariz jorrou sangue. Isso era mais entorpecedor do que dolorido. Seus pensamentos estavam espalhados, rasgados em fragmentos.

— O qu...? — disse ele.

Sua pistola havia sumido. Para onde? Apertou a mão, abobado por alguns segundos, incapaz de deduzir...

Turk o agarrou pela nuca e bateu sua cabeça de frente no livro-caixa. Uma parte distante da mente de Albert se preocupou, pensando que o sangue escorreria nas páginas e dificultaria a leitura.

Gemeu quando alguém deu-lhe socos nas costas e na lateral da cintura e apertou seu rosto violentamente contra o livro.

Turk puxou-o para trás e o empurrou contra a parede. Suas pernas cederam, e ele caiu de traseiro.

Os quatro se curvaram sobre ele. Albert soube que estava chorando, além de sangrando. E soube que as lágrimas e o sangue deixariam os sacanas felizes.

— O que vocês querem? — perguntou, engrolando as palavras, percebendo que um dente quebrado estava preso na língua.

— O que a gente quer? — zombou Turk. — Tudo, Albert. A gente quer tudo.

Depois de limpar Penny, Diana sentiu necessidade de tomar banho também.

Usou xampu. Condicionador. Raspou as pernas e as axilas. Muito normal. Muito parecido com estar em casa. Só que ali os namorados repulsivos de sua mãe não se esgueiravam para olhá-la e fingir que tinham vindo procurar aspirina ou alguma outra coisa.

Fechou o chuveiro com grande relutância. Poderia ficar embaixo d'água para sempre. Mas no fundo da mente havia o conhecimento de que todos tinham desperdiçado comida até passarem fome. Tinha aprendido uma lição profunda sobre desperdício.

Enrolou uma toalha macia no corpo e escovou os dentes.

Foi para a cama e encontrou Caine esperando-a ali. Ele estava de pé, sem jeito, roendo a unha do polegar.

— Napoleão? — perguntou ela.

— Não — disse ele, e olhou para o piso.

— Ah-hã.

— Eu ajudei com Penny.

— É, ajudou. E só ameaçou matá-la uma vez.

Um vislumbre de sorriso.

— Até Sam teria ameaçado Penny.

Diana foi até ele. Não se tocaram. Mas ficaram a centímetros de distância. Suficientemente perto para ela sentir o hálito dele no rosto.

— Por que você me salvou? — perguntou Diana.

Caine sugou o ar profundamente, firmando-se, como se estivesse se preparando para mergulhar numa piscina.

— Porque eu... — Ele fez uma pausa, piscou, parecendo surpreso com as palavras que saíam de sua boca. — Porque o que eu poderia fazer sem você? Como eu viveria sem você? Por quê.

— Por quê?

— Porque você é o único ser humano de quem eu preciso.

Diana olhou-o com ceticismo. Será que ele estava mudado? Ao menos um pouquinho? Ou seria tudo apenas manipulação?

Talvez nunca soubesse. Mas nesse instante também sabia que isso era tudo que teria dele. E sabia que bastava. Porque não iria mandá-lo embora.

Segurou a cabeça dele com as duas mãos e puxou-o. Beijou-o com força. Era um beijo faminto, necessitado, louco. Sem tempo para respirar, sem tempo para ser gentil, sem tempo para nenhuma outra pergunta ou dúvida idiota.

Diana recuou um passo, desenrolou a toalha e deixou-a cair.

Caine fez um som que parecia um animal estrangulado.

Ela o empurrou com força. Ele caiu de costas na cama.

Ele começou a mexer na camisa, tentando tirá-la.

— Não, eu faço isso — disse Diana. — Eu faço tudo.

PETE | I

ALGUMA COISA NÃO estava certa. Ele não conseguia mais se equilibrar em cima da placa de vidro. Tinha caído. Ainda estava caindo.

Havia um zumbido em seus ouvidos. Um fogo ardia dentro do seu corpo, e esse corpo era quase tudo que ele via agora. A irmã era um eco fraco. A Escuridão estava longe. Ele estava dentro de si mesmo, queimando, retorcendo-se e caindo para sempre e sempre.

Tentou fazer sua mãe aparecer, mas ela oscilou e foi para longe.

A brisa fria não chegava dentro dele, cortava a pele mas não apagava o fogo.

Sentiu o corpo se esvaziar. Errado. Era errado até mesmo ver a si mesmo, era errado seu corpo ser uma parte tão grande da mente, empurrando todo o resto para longe.

Dor. Uma explosão, uma de muitas, irrompeu dele e disparou lanças incandescentes para dentro, uma vez, e depois outra, e outra.

Sua irmã estava perturbada, os olhos agitados, brilhantes demais, azuis demais, nadavam como peixes num aquário.

O tentáculo claro se estendeu, sondou, mas não pôde encontrá-lo porque ele não estava mais lá em cima de tudo, empoleirado e equilibrado, estava caindo, girando para baixo, para a sede, a queimação e a dor.

Precisava fazer com que aquilo parasse.

Mas como?

VINTE E UM | 24 HORAS E 10 MINUTOS

O PEQUENO PETE lambeu os lábios. Estavam secos e rachados.

Astrid também estava com sede. Tinha saído duas vezes, desafiando a quarentena, para procurar água.

Agora seu plano era esperar o amanhecer, quando o orvalho se assentaria nas folhas das árvores, na parede externa da casa.

Tinha um rodo, um balde e alguns panos razoavelmente limpos. Precisava conseguir água. Precisava arranjar alguma coisa para Pete beber.

Não tinha a quem pedir ajuda. Sam estava fora. Ela havia procurado Edilio, mas não encontrou. Quem poderia conseguir alguma coisa? Quem poderia ajudá-la?

O Pequeno Pete tossiu asperamente e lambeu os lábios enquanto pairava no ar, girando lentamente, um frango num forno de padaria, pairando na brisa que soprava forte pela janela.

Depois, Diana estava deitada sozinha na cama. Tinha expulsado Caine, e ele ficou aliviado em ir.

Diana não se importaria se ele ficasse. Mas sentiu que Caine precisava sair e pensar, avaliar em que havia se metido e lamentar qualquer implicação de melhorar seu comportamento e aceitar os termos dela.

Era tudo fantasia, claro, a ideia de que ele iria mudar. Talvez um dia. Talvez quando fosse mais velho. Talvez quando tivesse uma carreira, uma casa, uma mulher e todas as outras coisas que fazem os garotos desajustados virarem homens.

Não que os homens sempre se comportassem melhor do que os garotos.

Diana ficou de seu lado da cama, como se Caine ainda estivesse ali. Aquele havia se tornado o lado dele da cama. Pertencia a ele.

Claro que era verdade que ela teria de encontrar algumas camisinhas. Pelas duas vezes, apenas, o risco de gravidez não era grande, em especial porque seu corpo estava meio devastado. Mas mesmo assim. A última coisa que qualquer pessoa queria era um bebê.

Que chance alguma criança teria com Caine como pai e Diana como mãe? Diana riu baixinho. E não pôde lembrar exatamente o momento ou o motivo exato para seu riso se transformar em lágrimas amargas.

Edilio estava completamente imóvel no corredor do lado de fora do quarto de Roscoe.

Mal conseguia respirar.

O que poderia dizer? O que você diz a um garoto que vai morrer? A verdade terrível era que não podia fazer nada por ele. Era bom que Roscoe estivesse chamando Deus, porque só Deus podia salvá-lo. Edilio não podia.

E o que Edilio precisava fazer em seguida destruiria a última esperança de Roscoe.

Olhou para o compensado. Três meias folhas, cada uma com 1,20 metro por 1,20 metro. Um martelo e pregos. Caibros.

Isso precisava ser feito. Precisava. Roscoe — as coisas dentro dele — não podia escapar.

Edilio arrastou a primeira folha de compensado pelo corredor escuro e encostou-a na porta.

— Ouvi alguém aí fora! — gritou Roscoe.

— Sou eu, Roscoe. Edilio.

— Edilio! Por favor, você pode me ajudar?

Edilio abriu a caixa de pregos, pegou o martelo, alinhou o prego de modo a atravessar o compensado e penetrar no portal.

— Roscoe, eu não posso fazer nada, meu irmão. Eu preciso... Você vai ouvir umas marteladas.

— O quê?

Edilio bateu o martelo no prego. Precisava ter cuidado; estava escuro, e agir somente pelo tato era um modo ruim de pregar.

Isso iria demorar um bocado.

— Roscoe, eu preciso fazer isso, cara.

— Você vai me trancar aqui e me deixar morrer?

Edilio hesitou.

— Vou.

— De jeito nenhum. De jeito nenhum. Não!

— E preciso fazer a mesma coisa com a janela, cara.

— Edilio, não. Não, cara. Você não quer fazer isso.

— É, eu não quero fazer isso.

Roscoe ficou quieto enquanto Edilio pregava o resto do compensado. Em seguida, o líder encostou o caibro no compensado e pregou-o. Prendeu a outra ponta no piso, com pregos enormes que demoraram uma eternidade para se cravar.

Do lado de fora, ao ar livre, Edilio se concentrou para o que viria em seguida. Encostou a escada no prédio e, com alguma dificuldade, levou a folha de compensado para cima. Iria cair e morrer, pensou, e seria justiça, não seria?

Roscoe estava junto à janela. O rosto fantasmagórico ao luar pálido.

— Não tem nada que...? — implorou Roscoe.

— Nem Sam consegue matar essas coisas. Ele tentou, mas não conseguiu. Eu não posso deixar que machuquem mais pessoas.

— É — disse Roscoe. E assentiu, com o queixo tão rígido que os dentes estalavam audivelmente.

— Desculpe, cara. — Edilio pôs a madeira no lugar, encostada na janela, apoiando-a precariamente no parapeito fino.

— Diga a todo mundo para quem eu fui mau que sinto muito — pediu Roscoe, agora com a voz baixa.

— Você nunca foi mau com ninguém, cara. Você era um cara legal. — Edilio se encolheu, percebendo tarde demais que estava usando o verbo no passado. Cravou rapidamente o primeiro prego. Acertou o polegar com o martelo. A dor foi atordoante.

Ele gostou.

* * *

Orc acordou com dor de cabeça e tremores.

Estava com o rosto virado para baixo. Na areia. As ondas pequenas batiam nas suas pernas, subindo suavemente e passando por cima dos tornozelos.

A cabeça era uma gigantesca bola de dor.

Havia areia em sua boca. Areia nos espaços entre as pedrinhas que formavam a pele.

Podia ver as garrafas. A alguns centímetros de sua cabeça, vazias. Não restava nem uma gotinha.

Ainda estava bêbado, não tinha dormido tempo suficiente para ficar sóbrio. Mas não estava mais apagado, bêbado a ponto de desligar o cérebro.

Estava nu. Isso o surpreendeu um pouco. Mas tinha vagas lembranças de ter rasgado as roupas manchadas e imundas e corrido pela água feito um animal. Berrando.

Não havia ninguém para vê-lo, de qualquer modo. Ninguém por perto. Ninguém iria ficar por perto quando Orc estivesse maluco.

Com medo de mim, pensou ele. Grande surpresa. Orc, o monstro, todo coberto com a própria merda e cambaleando pela água até a cintura, tentando se limpar, amedrontava as pessoas.

Decidiu procurar outra garrafa, depressa, antes que tudo voltasse num jorro, mas era tarde demais, porque tudo estava voltando agora.

Ajoelhou-se. Podia ser um bêbado imundo, nojento, mas ainda era forte.

Teria de andar nu pelas ruas escuras. E daí? Ele não era um garoto, era um monstro. Um Orc nu era só uma curiosidade para as pessoas rirem. Mais uma coisa para as pessoas acharem nojenta.

Tentou se levantar, mas, de algum modo, terminou rolando de costas. Vomitou. O vômito pingou pela lateral do rosto, em cima do último pedaço de pele humana.

Havia estrelas no céu. Elas meio que nadavam em volta e às vezes ficavam duplas e turvas.

Ali estava ele: Charles Merriman.

Odiava-se. Odiava-se demais. Tinha o que merecia: areia fria, água mais fria ainda e dor.

Por que não podia simplesmente morrer? Merecia morrer. Precisava morrer. Se houvesse algum tipo de Deus lá em cima, olhando-o, estava com vontade de vomitar.

Claro que Deus provavelmente gostava de fazer coisas assim. Charles Merriman provavelmente era, tipo... seu saco de pancadas favorito. É, era tipo: *vou dar a esse moleque um pai bêbado violento e uma mãe idiota e desmazelada, e tornarei difícil para ele até mesmo aprender a ler, e depois, quando ele finalmente começar a ganhar um pouco de respeito, vou transformá-lo num monstro.*

Ninguém jamais tratava Charles Merriman como se ele fosse um garoto. Como se pudesse não ser totalmente inútil. A não ser Howard, e isso era só para poder usá-lo.

A única outra pessoa que tinha sido legal com ele era Astrid. Não que ela gostasse dele, mas não achava que ele era um lixo. Como se ele não fosse só um nada.

Orc havia salvado a vida dela uma vez. Mas mesmo antes disso ela era legal com ele. Uma pessoa. Só.

Com esforço supremo, Orc se levantou.

No fim, Sam decidiu que passariam a noite acampados junto ao trem. Tinham caixotes para queimar, e uma fogueira tranquilizadora rugiu, lançando chamas no céu noturno.

Fizeram um acampamento com móveis de jardim. Comeram Nutella e beberam Pepsi, nem de longe cansados da doçura.

Olharam para as chamas e as fagulhas subindo.

— Se a gente trouxer o pessoal para cá, eles vão descobrir os mísseis — disse Dekka.

— É — concordou Sam. Ele fez um gesto pedindo para falar baixo e deu um olhar significativo para Totó, que estava cochilando intermitentemente numa espreguiçadeira de vime.

— Não podemos levar tudo isso para a cidade. Eles terão de vir aqui.

— É — disse Sam.

— O que precisamos agora é de um punhado de... como se chama mesmo?

— SAMA M3 — disse Jack. — É um Sistema de Armamento Multifunção Antiblindagem. — Ele estava lendo o manual de instruções à luz da fogueira.

Sam revirou os olhos.

— M3. É, seria tipo a última coisa que eu quereria ver nas mãos de uma criança.

— Nós podemos esconder? — sugeriu Dekka.

— Eu não vou contar a ninguém — disse Jack, distraidamente. — Não quero que a garotada venha aqui e roube meus computadores.

— Temos um novo membro no nosso pequeno bando — disse Sam. — Totó, o contador de verdades. Acho que ele não é fantástico em guardar segredos.

Levantou-se para jogar mais um caixote na fogueira. O fogo manteria os coiotes a distância. Bocejou e se deixou cair na cadeira de balanço, de vime, e colocou os pés machucados na mesinha.

— Sabem de uma coisa? — perguntou. — Eu vivo esquecendo, não sou o cara que está no comando. — E riu contente. — Vou contar a Albert. Vou entregar Totó a Edílio. Depois? O problema não é meu.

— É, isso vai funcionar totalmente, Sam — disse Dekka.

Sam notou que ela estava passando a mão na barriga, apertando, franzindo a testa.

— Algum problema? — perguntou ele.

Dekka balançou a cabeça.

— Acho que vou dormir um pouco.

Sam cochilou. Em algum momento na noite acordou e viu que o fogo havia se reduzido a carvões em brasa. Viu Dekka a alguma distância, fora do círculo de luz. Estava de costas para ele, a camisa levantada para expor a barriga, que ela cutucava e sondava.

Sam voltou a dormir e despertou completamente, com a impressão de que haviam se passado apenas alguns segundos, mas o fogo estava quase totalmente apagado e Dekka estava em sua cadeira, roncando.

Alguma coisa. Alguma coisa lá, no escuro.

Coiotes? Ele não queria uma luta com coiotes — se ele ou um dos outros se machucasse muito, não haveria um modo fácil de voltar até Lana.

Levantou a mão e jogou um Samsol no ar. Ele pairou a 10 metros de altura, lançando uma luz doentia no acampamento. Jack e Totó estavam dormindo. Dekka não estava mais.

— O que foi? — sussurrou ela.

— Não sei. — Ele apontou na direção de onde pensava que o som tinha vindo. Então, numa voz alta o bastante para ser ouvida mas não para acordar os companheiros adormecidos, disse: — Se tem alguém aí, eu sou Mãos de Luz. Vou queimar vocês, se me incomodarem.

Não houve resposta.

Um farfalhar leve mas nítido. Talvez um estalo. Talvez não. Depois silêncio.

— O sono já era — murmurou Sam.

— Vou ficar de vigia — disse Dekka.

— Dekka, tem alguma coisa que você queira me contar?

Ele a ouviu dar um suspiro.

— Só estou sendo paranoica, Sam. Só estou, você sabe, tentando ter certeza. Meu estômago estava roncando, e eu pensei que talvez... você sabe.

— Dekka, a última vez que comeu alguma coisa um pouquinho doce foi há meses. Não é surpresa se seu estômago estiver meio esquisito.

— É. Eu sei. E o seu?

— Claro. Um pouco — mentiu Sam.

Jack acordou fungando alto e provocando um estrondo quando bateu com o braço esmagando uma mesa.

— O que foi? — gritou ele. Sentou-se. Esfregou o rosto. Encontrou os óculos. — Por que estamos acordados? Ainda é noite.

— Verdade, é noite — disse Totó.

— Bom, já que estamos todos acordados, podemos ir andando. Quanto mais cedo, melhor — disse Sam, com um suspiro. — Vamos achar o tal lago.

Sanjit era magro. Mas era forte. Assim, quando Lana desmoronou, ele pôde pegá-la e segurá-la.

Dahra viu isso acontecer.

— Ela precisa dormir — disse a Sanjit. — Tire-a daqui.

— E você? — perguntou ele.

— Eu fiquei muito boa em tirar cochilos rápidos. Além disso, Virtude é quase tão útil aqui quanto você.

— Quase? — resmungou Virtude.

Ele tinha vindo ao hospital improvisado com a notícia de que Bowie estava ficando bem melhor. Havia posto o resto dos irmãos na cama com muito pouca água e pouquíssima comida. E agora estava ajudando Dahra.

Dahra pôs a mão no ombro dele e disse:

— Você é um salva-vidas, Virtude. Meu irmãozinho africano, aqui.

Isso provocou um dos raros sorrisos de Virtude. Os pais de Dahra vinham de Gana, e Virtude era do Congo, portanto não eram exatamente da mesma área, mas isso lhes dava algo em comum, percebeu Sanjit. Além de serem pessoas incrivelmente decentes.

— Não posso carregar Lana até o Penhasco — disse Sanjit. — Mas posso arranjar um local para ela deitar.

Lana acordou o suficiente para dizer:

— Arrhh. O q...? — E então seus olhos rolaram para trás, e Sanjit levantou-a nos braços. Virtude lhe trouxe dois cobertores e pôs em cima dos ombros dele.

Sanjit carregou-a para fora do porão, seguiu pelo corredor apinhado de crianças que tossiam, arrasadas, e saiu à praça.

Cinco corpos estavam ali, lado a lado. Cobertores diferentes cobriam cada um, com os cantos enfiados embaixo, os rostos cobertos por chenile, cetim ou lã.

Tinham dado um nome à praga, um apelido implacável. Chamavam de TSM: Tosse Sobrenatural Mortal.

Mas em algum momento do dia tinham começado a notar que algumas crianças estavam melhorando também. A gripe era medonha. Mas não era uma sentença de morte para todos que a contraíam.

Não tinham conseguido manter registros completos, mas, segundo as anotações apressadas e a memória esgarçada de Dahra, cerca de um em cada dez progredia até a TSM total.

Sanjit estava lutando um pouco para carregar Lana, mas não queria deixá-la perto dos mortos ou ao alcance do som das tosses.

Ela não estava simplesmente sem dormir. Estava sem amor e sem esperança. Estava vivendo com a culpa por ter fracassado em ser a Supermulher, por ter fracassado em matar o mal no poço da mina, por ter fracassado em ver o que estava acontecendo com Maria.

Levou-a à praia e colocou-a num dos cobertores que ele abriu na areia macia e seca. Lana estava deitada sobre a arma, na cintura, por isso ele tirou-a e pôs em cima da barriga dela. Depois cobriu-a com o outro cobertor.

O fiel cão tinha ido atrás deles por todo o caminho, e agora Patrick se aninhou junto dela. Olhou para Sanjit, interrogativamente.

Ela quase com certeza estaria segura ali, sozinha. Ninguém quereria fazer mal à Curadora. E Patrick latiria se alguém chegasse perto.

Mas Sanjit não poderia deixá-la sozinha. Por isso se acomodou numa espécie de postura de ioga, suspirou e decidiu esperar o nascer do sol.

Albert não resistiu. Talvez, pensou, um garoto mais corajoso resistisse. Mas ele não era esse garoto. Quando Turk exigiu saber onde estava seu depósito secreto, Albert contou.

Simples assim.

Albert tinha molhado as calças. Tinha chorado. Ainda estava chorando.

Ia morrer. Sabia disso. Eles deduziriam logo que não havia um modo seguro de soltá-lo.

Eles saberiam disso. Ele sabia, então como eles podiam não saber?

Mas talvez ele pudesse negociar. Talvez agora que tinham todas as suas coisas, o depósito de comida enlatada e de água em garrafas.

Não parecia muita coisa. Não era, apesar de ser uma riqueza sem tamanho no LGAR. Eles tinham enchido duas caixas pequenas e os bolsos dos agasalhos com as coisas dele.

— Vocês pegaram o que queriam — disse Albert, tentando desesperadamente, sem conseguir, não soluçar. — Vão embora. Não vou contar a ninguém.

— Cara, você estava escondendo latas de macarrão com carne — disse Raul. Ele estava incrédulo. — Você tinha três latas!

— Levem — implorou Albert. — Levem tudo.

Turk olhou para Lance. Mesmo naquela situação desesperada, despedaçada, Albert sabia que eles ainda não tinham toda a certeza. A esperança cresceu como uma chama minúscula dentro dele. Talvez eles não soubessem.

— Olha, vocês querem comida e água, não é? — implorou Albert.

— Você tem mais? — perguntou Lance, com raiva.

— Não-não-não aqui.

— Não-não-não — imitou Lance.

— N-n-n-n-não a-a-a-aqui — disse Watcher, e gargalhou.

— Então onde estão essas outras coisas? — perguntou Turk, e chutou-o, quase hesitante. Mas foi o suficiente para lançar uma pontada de dor a partir do joelho quebrado de Albert, deixando-o sem fôlego. O joelho já estava inchando, o dobro do tamanho normal. Era a pior das muitas agonias em seu corpo.

— Não tenho mais nada aqui — disse Albert. — Mas escutem, eu faço mais, certo? Eu compro mais. Controlo o que é feito e colhido e coisa e tal.

— É — disse Turk, fingindo seriedade. — Você é um cara importante, Albert. Uma pena ter se mijado.

Isso provocou outra onda de gargalhadas.

— Acha que a gente é idiota? — perguntou Lance. — Acha que a gente não passa de uns moleques idiotas que não sabem que você pode estalar os dedos e mandar Sam, Brianna ou uma daquelas aberrações atrás da gente?

— Eu não faria isso. — O queixo de Albert estava tremendo tanto que ele quase não conseguia falar. — Eu não faria. Porque, se fizesse, vocês, vocês, vocês contariam às pessoas que eu chorei.

— E que molhou as calças. — Watcher parecia o que tinha mais probabilidade de deixá-lo ir, mas Albert sabia que as decisões eram tomadas por Turk e Lance.

Não havia pena no rosto de nenhum dos dois. Lance estava reluzindo de ódio. Turk estava menos emotivo.

— Sabem o que deveríamos fazer? — sugeriu Turk, já rindo do desfecho. — Deveríamos jogá-lo numa das fossas que cavamos para ele.

— Não, não, não façam isso — implorou Albert. Um mergulho no excremento era infinitamente melhor do que ser morto. — Não, não, eu estou implorando.

Lance se agachou, levou seu rosto bonito, cinzelado, ao nível do de Albert.

— Você acha que tem tudo, não é? É, seria legal ver você chafurdar na merda, como nos obrigou a fazer. Mas aí você ia sair de lá, e na próxima vez que um de nós se virasse ia ver Sam Temple. Um clarão de luz e zap, a gente estaria morto.

— Eu não vou... Isso não é... Por favor. Por favor, não me matem.

Turk pareceu ofendido.

— Nós dissemos que íamos te matar? — Ele se virou para Lance. — Onde ele arranjou essa ideia?

Lance entrou no jogo.

— Não faço ideia, Turk.

— Talvez por causa disso — disse Turk. E apontou o fuzil para o rosto de Albert.

Alguma coisa explodiu.

Albert não escutou som algum.

Estava caído de lado.

Sangue cobria seu olho direito, cegando-o. Ou talvez seu olho não estivesse mais ali, ele não sabia.

Tentou respirar e ouviu um gorgolejo nos pulmões. Ouviu o coração ficar mais lento...

Turk parecia ao mesmo tempo alarmado e em êxtase. O rosto de Lance ficou carrancudo. Os dois garotos mais novos recuaram, tropeçando um no outro, e correram.

Lance deu um soco no ombro de Turk, parabenizando-o.

O olho bom de Albert ficou escuro.

VINTE E DOIS | 12 HORAS E 48 MINUTOS

— ISSO É um lago — disse Sam. — É definitivamente um lago.

— Não acredito que a gente nem sabia que ele estava aqui — observou Dekka.

O sol ainda não havia nascido, mas uma luz cinza perolada mostrava uma longa encosta que descia até um grande lençol d'água. Maior do que qualquer coisa que Sam já tivesse visto, a não ser o oceano.

Capim seco crescia em tufos. Pinheiros espantosamente descarnados, atrofiados, surgiam aqui e ali, mas a margem propriamente dita era formada por uma linha de grandes pedras amontoadas, interrompidas por pequenas e estreitas praias de areia.

Nos limites da visão havia uma pequena marina, com cerca de duas dúzias de barcos.

A barreira atravessava o lago diretamente, mas a parte interna tinha mais água do que as crianças de Praia Perdida poderiam necessitar.

— Você acha que é potável? — perguntou Dekka.

— Vamos descobrir — respondeu Sam. Em seguida correu morro abaixo em direção à margem, com cuidado para não tropeçar, mas ansioso para ver e provar. Seria cruel demais chegar lá e descobrir que a água era salgada. Seria mais um truque sujo, mais uma frustração. Para não mencionar o fato de que isso poderia condenar todos eles.

Chegou à margem, os outros logo atrás. As pedras claras eram soltas e instáveis, por isso ele sondou o caminho cautelosamente.

Tirou os sapatos e depois mergulhou impulsivamente, num arco baixo.

A água era rasa perto da margem, e ele raspou o peito nas pedras submersas, mas com duas braçadas estava com água acima da cabeça.

Tomou um gole grande. Boiando, olhou de volta e viu Jack, Dekka e Totó parados nas pedras, inseguros.

— Senhoras e senhores — disse Sam, com o rosto aberto por um riso enorme. — Temos água doce.

Em menos de cinco segundos os três pularam atrás dele.

— É água! — gritou Jack.

— É totalmente água — concordou Dekka.

— Ela está dizendo a verdade, Aranha! — disse Totó.

Sam deu uma cambalhota alegre. O lago era frio, mas não gelado. A parte surfista de seu cérebro calculou que ficaria bem quente com uma roupa de neoprene 3/2.

Bebeu mais um pouco d'água e nadou até os amigos.

— Água doce — disse Dekka. — Água doce e fria. Brrr.

Sam examinou a margem.

— Este não é um ótimo lugar para estabelecer uma nova cidade, na verdade. Precisamos de uma coisa mais plana. E depois temos de tomar cuidado para que o esgoto de ninguém acabe entrando na água de beber. Acho que nós... — Ele parou. Albert e Edilio podiam pensar nos detalhes. Ele tinha feito o que era preciso.

— Eu vi barcos — observou Jack. — Será que tem peixe aí?

Totó disse:

— Peixe, é, peixe.

— Você sabe de alguma coisa? — perguntou Sam.

— Meu pai me levava para pescar. — Depois, como se perplexo com as próprias palavras, procurou a cabeça do Aranha que não estava ali e disse: — Esse não é aquele lago, é? Não, aquele era o lago Isabella.

— OK — disse Dekka, com paciência. — Havia peixes naquele lago?

— Truta — respondeu Totó. — Perca. *Prateada* também. Peixe.

— Se a gente achar varas e material de pesca nos barcos, significa que existem peixes — observou Jack.

— É só tipo 800 metros. A gente poderia nadar — disse Sam.

— Você poderia nadar 800 metros — respondeu Dekka. — Eu vou andar.

Saíram. Sam com grande relutância. Aquele corpo d'água novo e inexplorado era revigorante. Quem sabia o que poderia ser encontrado ao redor?

Mas ele entendia que Dekka e os outros talvez não se empolgassem com uma longa e fria nadada.

A margem era uma série de curvas, como a beira de uma toalha de renda, feita de pequenas praias de areia e promontórios de pedra. Logo chegaram a uma trilha e estavam rindo e conversando animados.

Sam sabia logicamente que, sem gasolina — e muita —, eles nunca levariam água suficiente para...

Parou.

— Marinas — disse. Sentiu um arrepio que não tinha nada a ver com a temperatura. — Marinas. Sabem o que tem nelas?

— Barcos? — sugeriu Jack, como se estivesse com medo de dar a resposta errada.

— Barcos — riu Sam. — Veleiros, talvez. Mas sabe o que mais? Lanchas. Jet skis.

— Você quer andar de jet ski?

— Os jet skis são movidos a quê, meus amigos?

— Quero responder "pelo motor" — disse Dekka.

— Gasolina! — gritou Jack.

Sam deu-lhe um tapa no ombro.

— É! Uma marina não é uma marina se não tiver combustível.

Ele riu e começou a correr para lá. Uma voz incômoda em sua cabeça alertava para não ter esperança, para não esperar uma resposta boa. É o LGAR, dizia a voz.

Ainda é o LGAR.

Mas, depois de tanta dor, de tantas frustrações e de tantos horrores, certamente eles mereciam alguma notícia boa, não é?

Certamente.

* * *

Lana abriu os olhos.

Patrick lambeu seu rosto. Provavelmente fora por isso que ela abrira os olhos.

Havia algo pesado em seu peito. Uma cabeça. Cabelos compridos, escuros.

Empurrou-a para longe, e a cabeça gemeu e disse:

— Estou acordado.

Sanjit sentou-se, olhou para ela e enxugou baba do canto da boca.

Lana estava na praia. O sol havia nascido, mas ainda não tinha se afastado das montanhas. Ela não sabia como havia chegado ali. Instintivamente procurou a arma. Não estava na cintura. Tinha se embolado no cobertor.

— Como cheguei aqui?

— Eu trouxe.

Lana absorveu isso.

— Por quê? — perguntou, cheia de suspeitas.

— Você apagou.

Lana passou as mãos pelos cabelos embolados. Enxugou a boca e fez uma careta, sentindo o gosto dentro da boca.

— Você tem alguma água?

— Infelizmente não — respondeu Sanjit.

Ela suspirou e o espiou com olhos cansados.

— Qual é a sua? Você nem tem um cobertor — disse.

— Eu não ia dormir.

— Diga que você não estava me olhando dormir, porque aí eu teria de vomitar.

Sanjit riu.

— Eu estava. Olhei você dormir. E ouvi você dormir, também.

— Como assim?

— Bom, você peidou uma vez. Mas na maior parte do tempo falou durante o sono. Gemeu enquanto dormia.

— O que eu falei?

Sanjit fingiu teatralmente que estava tentando lembrar.

— Bom, na maior parte foi, urrgh, mmmm, uhn, não tente... urggh. E o peido foi muito... é... suave. Tipo: put-put! Quase musical.

Lana o encarou.

Ele estremeceu.

— Está com frio? — perguntou ela.

— Só um pouquinho. Sabe, por ter acabado de acordar. — Ele tremeu de novo e envolveu as pernas dobradas com os braços.

Ela tirou o cobertor de si mesma, fez uma bola com ele, a areia voando, e empurrou-o. Sanjit pendurou-o nos ombros.

— Quantos mortos mais? — perguntou ela.

— Eram cinco no total quando nós saímos.

Lana baixou a cabeça um momento, e Sanjit continuou em silêncio. Depois ela se levantou. Foi até a beira d'água. Tirou a roupa, ficando só de calcinha e sutiã.

Depois, trincando os dentes, correu para o mar, e assim que a água estava na altura dos joelhos, mergulhou de cabeça. Estava gelada. Mas limpa. Lavou o sangue e a sujeira.

Lavou a boca com água salgada.

Depois, tremendo, saiu da água e correu de volta até Sanjit.

— Você está olhando — disse.

— É. Estou. Sou adolescente. Garotas lindas com roupa de baixo molhada têm uma tendência a fazer os adolescentes olharem.

Ela se abaixou, pegou o cobertor, sacudiu a areia e enrolou-o em volta do corpo. Sanjit se levantou.

Ela o beijou na boca.

Um beijo de verdade.

Ele segurou sua cabeça molhada e beijou-a também.

— Não foi tão ruim quanto eu pensei que seria — disse Lana.

Pela primeira vez, ela notou com satisfação, Sanjit não parecia ter uma resposta pronta. Na verdade ele pareceu só um pouquinho enjoado, e muito como se quisesse beijá-la de novo.

— De volta ao hospital — disse ela.

Brittney voltou à consciência numa trilha de terra. Um barranco de mais de 2 metros e muros de pedra a continham, bem acima. E empoleirados em cima dos muros, coiotes olhavam para baixo, de boca aberta, línguas para fora.

Jamal estava atrás dela, verificando o fio que prendia seus pulsos e cotovelos.

Os tornozelos também estavam amarrados, mas com uma corda frouxa, de modo que ela podia dar passos curtos, mas não correr.

— Onde estamos? — perguntou.

Jamal encolheu o único ombro bom.

— Em algum lugar aonde Drake quer que a gente vá. — Ele bocejou, olhou nervoso para os coiotes e bocejou de novo.

— Você deveria descansar um pouco. Está com dor e cansado.

— Aqui? — Ele deu um riso amargo. — Este parece um bom lugar para tirar um cochilo?

Não, reconheceu Brittney em silêncio. Havia algo sombrio ali, mesmo com o sol lá no céu. Era algo no ar. Algo na expressão dos olhos dos coiotes. Uma escuridão que tentava penetrar em seu coração que não batia.

— Quero voltar — disse.

— É? Eu também — respondeu Jamal. — Mas se eu voltar, o velho Drake vai arrancar minha pele a chicotadas.

Empurrou-a para a frente. Ela tropeçou quando a corda se esticou nos tornozelos e quase caiu. Mas controlou-se e continuou arrastando os pés, sem saber o que mais poderia ou deveria fazer.

O que devo fazer, Senhor, para merecer minha morte verdadeira e meu lugar em vosso céu?

— Este é um lugar ruim, Jamal — disse Brittney. — Posso sentir.

— É. Drake é um garoto ruim e vai a lugares ruins. Mas é melhor estar com ele do que contra ele, acho.

Saíram da vala diante de um buraco meio arruinado em uma rocha íngreme. Só havia uma pálida luz rosada, suficiente para ver que o túnel da mina estava bloqueado por toneladas de pedras caídas. As enormes peças de madeira que emolduravam o buraco estavam rachadas e pareciam a ponto de quebrar.

Todo o mal que Brittney sentia vinha dali, daquele buraco, daquela pilha de pedras.

— Onde a gente está?

— Na mina — respondeu Jamal. — Não ouviu tudo sobre aquilo? Que está aí dentro? É a coisa que deu o chicote a Drake.

— Aí dentro, onde? Está tudo desmoronado. Lacrado.

— Isso provavelmente é bom, não é? Porque, se essa coisa dá uma sensação tão ruim aqui fora, não quero saber como é a sensação de perto. — Ele mordeu o lábio e disse em voz baixa: — É igual a uma garra comprida segurando o coração da gente. Igual a pingentes de gelo dentro do cérebro.

— Jamal, se você fugisse...

Ele balançou a cabeça.

— Drake iria atrás de mim. Olha, você não pode ser morta, certo? E ele não pode ser morto, certo? O que significa que, se eu trair Drake, cedo ou tarde ele me pega.

— Talvez fogo — disse Brittney baixinho. — Talvez o fogo santo de Deus possa destruir nós dois.

— É, bem, por acaso eu não tenho nada disso.

— Só Sam pode acabar com isso.

Jamal levantou as mãos num gesto do tipo "quem, eu?" e disse:

— Por mim, tudo bem. Se o grande Sam quiser acabar com Drake, não vou dizer nada para impedir. Mas escuta, tudo que você está tentando fazer é atrasar Drake, garota. Ele e Sam vão acabar se enfrentando, certo? Então talvez você devesse tentar acelerá-lo, entende?

Brittney encarou Jamal. Seria um truque?

Será que o diabo está me tentando?

— O que o demônio Drake pediu para você fazer?

Jamal assentiu para a caverna.

— Só disse para ficar aqui. Ele pôs na cabeça que consegue falar com a coisa lá dentro. Ou pelo menos ouvir o que ela diz.

Brittney podia acreditar nisso. Como não acreditaria em coisas que pareciam sobrenaturais? Às vezes seu irmão falava com ela como se fosse um anjo. E Deus estava sempre com ela. Não estava?

E ela própria, esse resquício abominável da garota que ela já havia sido, também era algo fora do comum.

Será que Sam era servo do Senhor? A ferramenta que Deus havia escolhido para libertar Brittney? Ela frequentemente havia implorado a Sam pela libertação. Mas os caminhos de Deus não eram sondáveis. O tempo Dele não era o seu tempo. Que fosse feita a Sua vontade.

— O que Drake quer de mim? — perguntou.

— Só, você sabe, que não tente fugir o tempo todo, para eu não ter de ficar amarrando suas pernas, obrigando a gente a andar devagar e coisa e tal.

— Ele vai atrás de Sam? Esse é o plano dele, ir atrás de Sam?

Ela pensou ter captado uma pequeníssima falsidade nos olhos de Jamal quando ele disse:

— É exatamente o plano dele. Ir direto para Sam, assim que tiver feito contato com... você sabe.

— Pode dormir, Jamal. Durma até Drake voltar. Não vou fugir.

— Como vou confiar em você?

— Eu juro. Pelo sangue do Cordeiro, eu juro.

Jamal acordou com a dor dos chutes de Drake.

— O quê?

Drake estava sorrindo. A expressão não ficava bem nele.

— Você dormiu. E eu ainda estou aqui.

Jamal pulou, ficando de pé, e desamarrou Drake rapidamente.

— É, fiz o que você disse, Drake. O que você disse. Contei a ela que você iria imediatamente atrás de Sam. Então Sam iria queimar vocês dois e...

Ele engoliu em seco, percebendo que podia estar indo longe demais.

Mas Drake estava num humor caridoso, expansivo. Deu um tapinha de leve na bochecha de Jamal com a ponta do chicote.

— Você fez bem. E eu vou pegar Sam Temple. Cedo ou tarde.

Drake olhou para a mina. O que sentia pela Escuridão lá dentro era algo muito parecido com amor. Medo, sim, mas a Escuridão merecia seu medo. Seu medo e sua devoção.

Nem que tivesse de tirar as pedras uma a uma, nem que isso levasse semanas, ele chegaria à Escuridão e iria libertá-la.

— Meu corpo antigo está lá embaixo — disse, percebendo pela primeira vez. — Meu corpo antigo está lá embaixo com ele.

Sentiu uma súbita pontada de saudade. Queria encostar o corpo nas pedras da boca da mina. Isso iria levá-lo mais perto. Talvez a Escuridão se estendesse até ele, tocasse sua mente, dissesse o que fazer em seguida.

Mas não poderia fazer isso na frente de Jamal.

— Comece a carregar pedras — disse. — Você tem de empilhar elas... tipo... lá adiante. — Apontou para um espaço relativamente plano. — Não sei até onde vão as pedras caídas. A gente pode demorar um tempo. Ponha a Brittney Porca para trabalhar quando ela voltar.

Durante duas horas ou mais eles levantaram e carregaram pedras. Teria ajudado se tivessem um carrinho de mão. Teria ajudado se o braço de Jamal não estivesse quebrado. Precisavam levantar cada pedra, cada pedaço de madeira partido. Alguns eram tão grandes que cada um tinha de pegar uma ponta. Alguns eram tão grandes que eles nem conseguiam mexê-los, e precisavam simplesmente dar a volta.

No fim de duas horas não tinham penetrado mais de 50 centímetros no poço.

Brittney havia reaparecido uma vez durante esse tempo e engoliu a ideia de ajudar com a escavação. Mas Drake não podia se iludir: eles não estavam indo a lugar nenhum. Aquilo poderia durar meses. Anos. A eternidade.

Os coiotes iam e vinham, vigiando, sem dúvida pensando em comer Jamal. Assim, quando Drake escutou movimento vindo da curva na estrada, presumiu que fossem coiotes.

Só que não era o passo silencioso dos coiotes. Era um som com estalos e corridas súbitas.

Drake enxugou a testa e se virou, cansado, na direção do som.

Parecia algo saído de um filme de ficção científica. Como um alienígena, um robô ou algo assim, porque era grande demais para ser apenas um inseto.

Era prateado e bronze, ligeiramente reflexivo. Tinha cabeça de inseto, com peças bucais proeminentes e móveis que fizeram Drake pensar num chefe de cozinha do Benihana girando facas de modo cerimonial. As mandíbulas malignamente curvas feitas de chifre ou osso preto se projetavam dos lados da boca.

Tinham cheiro de curry e amônia. Amargo, com um leve tom de doçura coalhada.

Outros chegaram, correndo atrás do primeiro. Tinham olhos e antenas. Os olhos eram fascinantes: íris de um azul real que quase podiam parecer humanas. Mas sem qualquer consciência humana, sem qualquer vulnerabilidade ou emoção humana. Como lascas de gelo.

Corriam sobre seis patas, parando, recomeçando, depois correndo adiante numa velocidade alarmante. Suas asas de prata azinhavrada se dobravam para trás contra carapaças de bronze, como se fossem besouros ou baratas. Às vezes as asas se abriam ligeiramente e se fechavam enquanto eles corriam.

Insetos. Talvez. Mas cada um tinha pelo menos 1,50 metro de comprimento e 90 centímetros de altura, com as antenas acrescentando mais 30 centímetros.

Drake olhou nos olhos azuis sem alma do primeiro inseto.

Estava preparado com sua mão de chicote, e Jamal estava preparado com o fuzil, mas Drake não gostou muito de suas chances, se eles quisessem brigar. Havia uma dúzia daquelas criaturas, empurrando umas às outras, como formigas saindo de um formigueiro ou marimbondos saltando furiosos de um ninho perturbado.

Drake sentiu uma pontada de medo: será que sobreviveria se fosse comido? Partido em pedaços por aquelas bocas móveis e engolido?

Um coiote, mantendo distância curiosa, saltou ao topo do morrinho e disse com a fala estrangulada que sua espécie havia adquirido:

— Ver a Escuridão.

— Eles? — perguntou Drake. Os coiotes e aquelas monstruosidades podiam se comunicar? — Eles querem ver a Escuridão? Ótimo — disse Drake. Em seguida apontou para a mina, por cima do ombro. — Vão fundo.

— Eles com fome — disse o coiote.

Drake não precisou perguntar o que deveria fazer em relação a isso. Porque agora a mesma voz imunda, insinuante, que vinha falando através do coiote, chegou diretamente a ele, tocou sua mente disposta, submissa, e inundou-a com um júbilo profundo e medonho.

Drake fechou os olhos e se balançou suavemente para a frente e para trás, sentindo o toque de seu senhor.

Logo Drake estaria com a Escuridão. A Escuridão lhe daria tudo de que ele precisasse. E Jamal havia servido ao seu propósito.

— Então diga para eles comerem alguma coisa — disse Drake. — Desculpe, Jamal.

— O quê? — Jamal esperou que Drake risse, como se fosse uma piada. Mas Drake apenas sorriu, piscou e disse: — Cara, cedo ou tarde eu ia matar você mesmo.

— Não, não! — ofegou Jamal. E recuou. Virou-se e correu.

O inseto mais próximo, com os olhos azul-gelo focalizados com terrível intensidade, fez disparar uma coisa que poderia ser uma língua. Era preta, grossa como uma corda, com a ponta farpada como um amontoado de anzóis. A língua pegou a perna de Jamal, que caiu de cara no chão.

— Drake! Drake! — gritou Jamal. — Por favor!

Drake gargalhou. Deu um leve aceno enquanto a corda puxava Jamal para seu destino.

Jamal disparou seu fuzil. *BLAM BLAM BLAM*. De perto, depois de mais perto, depois a centímetros da cara hedionda do inseto.

A língua soltou-o e se encolheu de volta. Então mandíbulas de cimitarra cortaram Jamal ao meio e não houve mais disparos, só um uivo de desespero.

Os insetos enormes avançaram, e em segundos não restava nada de Jamal.

Então, sem pausa, os monstros de olhos azuis foram trabalhar tirando pedras numa velocidade ofuscante, empurrando com as mandíbulas, levantando-se nas patas traseiras e agarrando com as duas da frente.

Drake sentiu Brittney voltando. Mas tudo bem, porque agora seu Senhor e seu Mestre, a Escuridão, o único Deus verdadeiro de Drake, estava com ele, enchendo seu coração e sua alma.

E ele não seria atrapalhado.

VINTE E TRÊS | 9 HORAS E 14 MINUTOS

ASTRID ESTAVA NO quintal dos fundos, usando a fossa, quando a coisa aconteceu. Tinha ficado sentada junto à cama do Pequeno Pete durante dois dias, esperando, temendo.

Mas, mesmo desidratada, acabaria tendo de ir. Esperava que fosse seguro. Esperava ver o pessoal do Albert entregando água e comida, e que a epidemia tivesse passado.

Mas as ruas estavam abandonadas. Não ouvia sons distantes de motor de caminhão, nem mesmo as rodas dos carros de mão guinchando.

Por isso fez o que tinha de fazer na fossa do quintal e continuou rezando como fazia quase constantemente.

Uuuush-craaac!

Todo o andar de cima da casa explodiu.

Não havia fogo. Nem chamas.

O andar de cima — o telhado, as laterais, as paredes, madeira e divisórias, tudo — se despedaçou quase em silêncio. Um grande pedaço do telhado girou acima da sua cabeça, lançando telhas vermelhas enquanto girava, e bateu com um estrondo enorme na parede da casa ao lado.

Astrid viu uma janela, com o vidro ainda no lugar, sair girando para cima como um foguete. Acompanhou-a com os olhos, esperando que voltasse espiralando para cair em cima dela. Bateu nos galhos de uma árvore, e finalmente o vidro se despedaçou.

A cama de seu quarto estava no telhado da segunda casa mais adiante. Os lençóis e as roupas caíram lentamente, como confete. Era uma coisa quase festiva, como se alguém tivesse soltado fogos de artifício, e agora ela podia fazer uuuh e ahhh enquanto as fagulhas caíam.

Mas não houve fogo. Nem explosão alta. Num segundo era uma casa de dois andares e agora era uma casa de um andar.

Uma meia três-quartos de Astrid, que estava em sua penteadeira, caiu na grama, pendurada na borda da fossa.

Astrid lembrou que podia se mexer. Correu para a casa gritando:

— Petey! Petey!

A porta dos fundos estava parcialmente bloqueada por um pequeno pedaço de parede. Ela jogou-o de lado e correu pela cozinha, subindo a escada cheia de entulho.

Então toda a estranheza atingiu-a. O corrimão da escada parava ao chegar ao nível do andar de cima. Os próprios degraus terminavam na metade de uma tábua partida.

Astrid pisou no que agora era uma plataforma, e não mais o segundo andar de uma casa. Tudo havia sumido. Tudo. Era como se um gigante tivesse vindo com uma faca e simplesmente seccionado o topo, cortando paredes, encanamento e conduítes elétricos.

Tudo que restava era a cama do Pequeno Pete. E o próprio Pequeno Pete.

Ele tossiu duas vezes. Molhou os lábios. Seus olhos espiavam, vazios, o céu aberto.

Astrid seguiu a direção do olhar dele. E ali, no céu azul da manhã, viu um sopro de algodão cinza. Diretamente acima da casa.

Brianna estava fumegando. Ela costumava fumegar na maior parte das vezes, mas ainda estava ardendo em fogo baixo por causa da briga com Drake e do fato de Jack ter saído da cidade sem ao menos avisar, de modo que ela teve de ficar sabendo através de Taylor.

Não gostava muito de Taylor. Uma vez havia sugerido que Taylor adotasse um nome maneiro, como Brianna tinha feito com "Brisa". "A Teletransportadora", talvez. Taylor tinha rido dela.

Brianna não deveria estar na rua. A quarentena continuava em vigor. Mas ela estava com sede, com fome, humilhada e furiosa, e procurando encrenca.

Ou pelo menos um gole d'água.

Enrolaria por mais alguns minutos e depois correria até o lago Evian para tomar um gole. Taylor disse que a estrada era perigosa, que as verdinhas estavam lá. Mas Brianna não tinha medo de cobras voadoras. Nem mesmo de cobras voadoras que mijavam ovos de insetos verdes ou o que quer que fosse. Era rápida demais para uma cobra idiota, voando ou se arrastando.

Alguém havia pregado um compensado em cima de uma janela da prefeitura.

— Que negócio é esse? — pensou em voz alta.

Deu de ombros e já ia se preparando para disparar quando escutou um som que parecia de mastigação. Como um monte de mastigações ficando rapidamente mais barulhentas. E vindo da janela que tinha o...

Lascas atravessaram a parte de baixo do compensado. Eram empurradas por alguma coisa prateada que se movia com velocidade respeitável.

Olhou para aquilo alguns segundos, e então, de repente, insetos de aparência metálica, cada um do tamanho de um cachorro pequeno, começaram a abrir caminho pelo compensado.

O primeiro a sair abriu asas que pareciam de morcego e flutuou até o chão.

Brianna teve tempo suficiente para observar a boca móvel e as antenas, e para ficar absolutamente arrepiada com os olhos cor de rubi.

Podia adivinhar o que eram. Eram as coisas que tinham deixado Taylor tão pirada. As coisas que supostamente haviam saído das entranhas de Hunter. Só que agora estavam ali mesmo, descendo pela parede do segundo andar da prefeitura.

No instante em que pousou, o primeiro inseto se lançou contra Brianna. Ela se desviou como um toureiro.

— Você é rápido, tenho de admitir — disse. — Mas não é a Brisa.

O enxame correu para ela como se fossem um só, com mandíbulas de adagas cortando, peças bucais mordendo, e olhos vermelhos chamejando.

Isso era mais interessante. Ela poderia simplesmente zunir para longe, claro, mas estava gostando do jogo.

Até que Edilio veio correndo, pegando o fuzil automático e gritando a plenos pulmões.

— Ah, bom — disse Brianna. — Acho que é hora de acabar com isso.

Desembainhou sua faca grande e cortou as antenas do inseto mais próximo. Então, só para se mostrar, porque era um movimento maneiro, deu um salto mortal e pousou quase em cima de outro inseto. Golpeou-o, mirando o espaço entre as asas que pareciam duras. Mas, em vez dele, a lâmina atingiu a asa e não penetrou.

O inseto girou, rápido, muito rápido. Não o suficiente. Brianna golpeou direto os olhos vermelho-sangue, e a lâmina penetrou fundo em um deles.

O inseto parou de se mexer.

— É por isso que ninguém chateia a Brisa — disse Brianna.

Edilio estava quase chegando, e Brianna tinha quase certeza de que ele estragaria sua diversão. Por isso esperou o ataque de outro inseto, abaixou-se, girou a faca e cortou as duas patas dianteiras. O bicho caiu para a frente, sobre sua própria cara de filme de terror.

BLAM! BLAM!

Edilio disparou contra um inseto que evidentemente já tinha testemunhado o suficiente e estava correndo para longe da Brisa.

Brianna viu as balas acertarem. E viu-as ricochetear nas asas duras.

— Atira na cabeça! — gritou para Edilio. — Precisa acertar na cabeça!

Brianna quis apontar para o que ela havia matado, como exemplo. Mas o bicho morto continuava se mexendo.

Assim como o inseto cujas patas dianteiras havia cortado.

Franzindo a testa, pegou sua espingarda. Foi até o inseto ferido, encostou o cano bem nos olhos fantasmagóricos e puxou o gatilho.

A cabeça do inseto explodiu quase inteira. Uma gosma cerebral preto-esverdeada espirrou.

O inseto se sacudiu como um cachorro molhado. Depois continuou se mexendo.

— Não, não, não — disse Brianna. — Posso perder para Drake, mas não vou perder para um punhado de baratas de olho vermelho.

BLAM! BLAM!

Edilio atirou em seu inseto mais duas vezes. Depois, vendo Brianna hesitar, gritou:

— Tente esmagá-los!

— Com o quê?

Edilio olhou em volta, desamparado.

— Não sei.

— Eles estão indo embora!

Os insetos, meia dúzia deles, estavam ignorando Brianna e Edilio e correndo pela rua, para longe da cidade.

— Eles são rápidos demais para você — disse Brianna.

Edilio parecia à beira de um ataque cardíaco. Olhou para a janela acima, para os insetos fugindo, e Brianna poderia jurar que o movimento seguinte dele seria levantar as mãos e dizer: "Esquece, vou cair fora!"

Mas ele trincou os dentes, respirou fundo e firmou-se visivelmente para uma decisão que sabia que poderia ser errada. Poderia até ser fatalmente errada.

— Brisa — disse, sério. — Escute antes de sair correndo. Quero que vá atrás deles, veja aonde eles vão. Mas isso deixa a gente... tipo... sem ninguém na defesa. Orc está bêbado por aí, Sam, Dekka e Jack estão fora da cidade, tem gente caindo doente em todo canto, e Drake ainda pode estar de olho... — E apontou o dedo para ela. — Não se arrisque, não seja imprudente e idiota como sempre, volte assim que puder, assim que vir para onde eles estão indo.

Brianna prestou uma continência zombeteira — não se importava de ser chamada de idiota, desde que ele estivesse reconhecendo sua coragem — e partiu numa corrida fácil a 100 quilômetros por hora para alcançar o enxame.

— Não esquenta a cabeça, Edilio — gritou por cima do ombro. — A Brisa já está em cima dos insetos.

Orc estava ficando sem nada. Olhou triste para a garrafa na mão. Já não deveria estar morto? Quanta birita era necessária para que a pessoa simplesmente morresse?

Sua mente trabalhava para bolar soluções para o problema. Provavelmente ainda havia umas duas garrafas na casa, se a garotada não tivesse saqueado. Caso contrário, ele tinha outra opção, mas era uma longa caminhada e não estava no clima para andar muito. Uma longa caminhada o deixaria sóbrio.

Estava indo para casa afogar o cérebro em birita de novo quando, sem pensar, passou pela placa de trânsito.

Não havia nenhum corpo caído ali.

Por um momento, pensou que estava no lugar errado. Ou que talvez tivesse se enganado com relação ao corpo. Mas então se lembrou vagamente de ter trombado com Howard e que Howard tinha prometido consertar as coisas.

Então agora o corpo do garotinho estaria apodrecendo numa casa sem uso. Provavelmente não era o único corpo largado. Provavelmente.

Tomou um gole. Sentia o corpo e a mente trêmulos. Estava acostumado com birita, mas, até para seus padrões, havia castigado o organismo no último dia. Seu estômago estava ardendo. A cabeça latejava. Agora precisava lutar contra a ânsia de correr, correr e correr até...

Até o quê?

Correr para onde?

Eles descobririam, cedo ou tarde. Que ele havia batido no garotinho, aquele garotinho que nunca fez mal a Orc e provavelmente a mais ninguém. Era só um garoto doente.

Alguém devia ter visto aquilo acontecer, ou um dos inteligentes — Astrid, Albert ou Edilio — deduziria. E ele nem teria chance de explicar. Eles iriam mandá-lo embora, para viver fora da cidade, como tinham feito com Hunter.

Mas ele não era Hunter. Não podia viver lá fora. Lá fora era onde estavam os coiotes.

Orc se lembrava dos coiotes. Lembrava-se de como eles haviam enfiado os focinhos em suas entranhas vivas e rasgado suas tripas.

Foi então que a coisa havia começado. Foi então que a carne rasgada se transformou em cascalho e a pele pedregosa de monstro havia crescido, tomando conta de todo o seu corpo.

Não. Não podiam obrigá-lo a viver lá fora.

Mas Astrid tinha regras; ela criou as regras, e era isso que eles fariam, iriam empurrá-lo: *Vá embora, Orc, vá embora e morra, sua aberração.*

É, bem, Charles Merriman estava dentro desse monstro. Ele não era um orc. Era Charles Merriman.

Precisava falar com Astrid. Ela sempre havia sido boa com ele. A única pessoa que tinha sido boa com ele. As regras idiotas eram dela, por isso ela iria bolar alguma coisa. Afinal de contas, ela era inteligente. E legal.

Com esse vago pensamento chacoalhando no cérebro, foi andando para a casa de Astrid.

A dois quarteirões, notou uma coisa muito estranha. Tão estranha que ele pensou que estava imaginando. Porque aquilo não estava certo, com certeza.

Havia uma nuvem. No céu. Enquanto ele olhava, o sol começou a se esconder atrás dela.

Nuvem. Uma nuvem escura, cinza.

Continuou andando. Continuou bebendo. Continuou olhando aquela nuvem maluca no céu.

Chegou à rua de Astrid. A meio quarteirão de distância viu os destroços espalhados nas ruas, nos quintais, e pendurados em cercas.

Depois a casa. Isso o fez parar. A parte de cima da casa havia sumido.

E lá estava Astrid, em cima, bem na parte aberta, porque todas as paredes tinham sumido, e ali estava o irmão retardado dela, só que ele estava tipo... flutuando no ar acima de uma cama.

Orc olhou para Astrid, boquiaberto, mas ela não o notou. Estava olhando para o céu, para a nuvem. As mãos estavam dos lados do corpo. Numa das mãos segurava uma pistola que parecia enorme.

Um clarão brilhante iluminou tudo.

Uma árvore a menos de 3 metros de distância se partiu com uma explosão.

CRRR-ACCC!

BRUUUUM!

Raio. Trovão.

Lascas e folhas da árvore choveram ao redor de Orc.

E de repente a nuvem pareceu cair do céu, só que não era a nuvem propriamente dita, era chuva. Jorros cinzentos de água, derramando-se.

Era como entrar num chuveiro frio. A chuva caiu no rosto maravilhado de Orc, virado para cima. Empoçou em seus olhos, correu em riachos por seu corpo-pedreira.

Astrid gritou palavras irrelevantes. Orc ouviu o desespero, o medo. Ela estava encharcada, imóvel com sua arma grande, gritando para o irmão, soluçando.

Orc abriu a boca, e a água jorrou para dentro. Água limpa, fresca, gelada.

VINTE E QUATRO | 9 HORAS E 6 MINUTOS

BRITTNEY VIU OS enormes insetos de olhos azuis. Viu a caverna. E não entendeu nada.

Então viu a arma de Jamal. Pedaços das roupas dele. O sangue que encharcava o pano.

Não restava nada dele, além das roupas, dos sapatos e da arma.

Os insetos passavam loucamente por ela carregando pedras que eram oito, nove, vezes maiores do que eles. Como formigas ocupadas. Mas eram formigas do tamanho de lobos ou pôneis.

Coiotes observavam. Estavam ansiosos, agitados, com medo dos insetos enormes.

Ela desejou que pudesse perguntar a Jamal o que estava acontecendo. Mas Jamal não responderia a mais nenhuma pergunta.

Imaginou se poderia fugir. Imaginou se deveria fugir. Mas que diferença faria?

Os insetos haviam empilhado uma pequena montanha de pedras. Pedras cada vez maiores estavam sendo carregadas para fora.

Parou na frente de um inseto. Ele estava carregando uma pedra que poderia esmagá-la facilmente. Não seria problema nenhum para eles atacá-la, despedaçá-la como aparentemente haviam feito com o pobre e apavorado Jamal.

Mas o inseto simplesmente desviou e passou por ela.

Por quê? Por que haviam comido Jamal e não ela? Porque só comiam carne viva de verdade? Ou porque sabiam que ela era Drake e Drake era ela, e não podiam fazer mal a Drake?

O que os estava impedindo?

Quem os estava impedindo?

Mas Brittney já sabia a resposta. Sabia que alguma coisa, alguém, alguma mente estava tocando a dela. Era como se sempre tivesse sabido. Como se aquela consciência fria tivesse estado sempre ali ao fundo, olhando-a ao mesmo tempo em que ela desviava o olhar e se virava para o céu.

Quando ainda estava na sepultura, agarrando a terra, tinha sentido.

Quando olhava no fundo dos olhos de seu irmão, Tanner, às vezes captava vislumbres daquilo, em camadas por baixo do disfarce de anjo dele.

Ela soubera, mas não quisera saber, que Drake era criação daquilo, criação desse demônio, assim como ela era criação de Deus.

Olhou para o túnel da mina, ficou parada enquanto os insetos tiravam as pedras. Como se ela fosse uma pedra no meio de água corrente.

Estavam libertando o maligno. Ela não podia fazer nada para impedir. Não faria nada para impedir que Drake fosse se encontrar com a coisa. O diabo venceria essa batalha.

A mente escura provocou-a nos limites dos pensamentos confusos. Em sussurros leves, sem palavras, fazia promessas.

— O que você quer comigo? — perguntou ela.

Dar o que você quer.

— Eu quero morrer — disse Brittney. — Ir para o céu.

Quando fechou os olhos sentiu, mais do que viu, algo muito parecido com um sorriso reluzente saindo de um profundo poço de escuridão.

Ela havia implorado que Deus a libertasse. Talvez esse fosse o modo Dele. Talvez não fosse Sam que iria libertá-la, e sim aquele demônio dentro da montanha.

Brittney entrou no túnel da mina, levantou uma pedra pequena e levou-a para fora.

— Você consegue entender alguma coisa disso? — perguntou Sam a Jack.

Estavam no escritório da marina. Havia duas dúzias de barcos plácidos na água. Outras dúzias a mais estavam fora da água numa casa de barcos comprida. Havia papéis numa mesa, livros em estantes de aço cinza, duas cadeiras com rodinhas, quebradas. Os calendários desatualizados eram lembrança de que ninguém estivera ali havia muito tempo.

Sem eletricidade os computadores eram inúteis, claro. Mas Jack havia insistido em trazer do trem três laptops com bateria pela metade. E uma busca havia revelado um pendrive.

— É algum tipo de software proprietário. Eu tive de abrir em Preview, e é difícil entender o que é.

Totó estava remexendo nos armários, sem encontrar muita coisa. Dekka estava sentada numa cadeira com os pés para cima, olhando com ar sombrio para o lago. De vez em quando passava as mãos disfarçadamente na barriga, nos ombros, nas coxas, procurando algum sinal de infestação.

E de vez em quando puxava a camisa para olhar o ferimento cauterizado pelo fogo de Sam.

— Rá! — disse Jack. — Acho que consegui. Um caminhão que entregou combustível de barcos uma semana antes do LGAR. Quatro mil litros, em números redondos. E têm diesel também. Só não consigo achar os...

Ele deixou no ar, perdido de novo nos números.

Foi por isso que eu trouxe Jack, pensou Sam.

Sam estava incrivelmente contente. Tinha recebido um súbito banho de boas notícias. Tinham achado comida. Tinham achado refrigerante. Sem dúvida achariam cerveja e mais refrigerante, e talvez alguns sacos de batata frita antiga, quando revistassem os barcos, era o tipo de coisa que as pessoas levavam para passar um dia no lago.

Melhor de tudo, o lago era enorme e cheio de água doce. Mais água doce do que eles poderiam usar em mil anos.

Também tinham achado uma prancheta com números rabiscados, indicando que recentemente o lago fora repovoado com trutas e percas.

Era como tropeçar no Jardim do Éden. Poderiam trazer toda a população para cá. Usar os barcos como moradia. Pescar no lago. Beber a água. Usar a gasolina para trazer as colheitas.

Não era perfeito. Mas, para o LGAR, era o céu.

Se ao menos Astrid estivesse ali...

Tentou afastar esse pensamento. Estava furioso com Astrid. Estava enjoado de Astrid. No entanto, só conseguia pensar no rosto dela quando lhe entregasse um vidro de Nutella e uma lata de Pepsi.

— Por que eles não fizeram alguma coisa? — pensou Dekka em voz alta.

— Quem? — perguntou Sam.

— As pessoas que estavam estudando esse garoto maluco aí. — Ela apontou para Totó.

— O que iriam fazer? — perguntou Sam, dando de ombros.

— Que tal avisar às pessoas sobre o que estava acontecendo? Tipo, "Ei, pessoal de Praia Perdida, tem uma coisa muito estranha acontecendo"?

— Eles eram cientistas — murmurou Jack, não mais decifrando documentos tediosos mas procurando no disco rígido do laptop, adorando o puro prazer visceral de abrir aplicativos.

— Então eles eram cientistas — disse Dekka, rispidamente. — E daí?

— Eles estavam estudando, certo? — respondeu Jack. — Eles precisavam entender primeiro. Não podiam simplesmente sair... Ei, olha esse *Easter Egg* maneiro aqui. Se você apertar...

— Isso significa que tem gente lá fora que sabe o que está acontecendo — disse Dekka.

— O que você acha que vai acontecer quando a barreira sumir? — pensou Sam em voz alta. — Quero dizer, com todos nós?

— Provavelmente nossos poderes vão sumir — disse Jack.

— Provavelmente — concordou Sam.

— Mas não com certeza — disse Jack.

— É.

— Eles nem deixam a gente levar um canivete suíço para a escola — disse Dekka. — O que vão fazer com você, Sam? Você é que nem um cara andando com dois lasers enormes.

— Como Jack disse, provavelmente nossos poderes vão sumir. Vai ser um alívio.

— Não é verdade — disse Totó. — Ele diz que vai ser um alívio, mas não é nisso que acredita.

Sam olhou irritado para Totó.

— Certo. Eu provavelmente sentiria falta.

— Verdade — disse Totó. Depois, comunicando-se de novo com sua cabeça imaginária do Homem Aranha, acrescentou: — É a verdade.

— Olha o que eles fizeram com Totó e o indivíduo número dois — disse Dekka.

— Trancaram a gente — observou Totó. — Sem família. Roubaram a gente e trancaram.

— Isso não vai acontecer — disse Sam. — Todo mundo no mundo provavelmente sabe sobre nós. Vamos ser conhecidos demais.

— Ele acredita nisso — disse Totó.

— Mas não tem certeza — contrapôs Dekka, secamente. — Sam, você nunca foi uma aberração no mundo real. Já eu? Para muita gente eu era uma aberração antes de chegar aqui. Se meus pais me mandaram para a Coates só porque sou lésbica, imagine como ficariam felizes em saber que também consigo anular a gravidade.

Ela riu para tirar a tensão daquilo. Mas Sam não a acompanhou.

— Ainda quero que a barreira suma — disse ele.

— Não é verdade — observou Totó.

— É, sim — protestou Sam. — Você acha que eu gosto das coisas como estão?

Totó começou a responder, mas Dekka o interrompeu.

— Sam, talvez você não tenha passado muito tempo pensando nisso, mas eu pensei. E acredite em mim, muita gente pensou, e não só as aberrações com poderes. Quero dizer, você acha que Albert quer que isso tudo acabe para ele voltar para a escola e ser um nerdzinho?

— Astrid quer que isso acabe — disse Sam.

Dekka assentiu.

— Sem dúvida. E Jack aqui quer que isso acabe para que ele possa voltar para os computadores e coisa e tal porque na metade do tempo ele nem lembra que tem superforça. Edilio também quer que acabe, acho, a não ser que ele comece a pensar que vai ser deportado para

Honduras. Mas você acha honestamente que Brianna quer parar de ser a Brisa?

— Brianna odiaria — admitiu Sam.

— Tem crianças que rezam toda noite para isso tudo acabar. Tem outras que rezam toda noite para a barreira ficar bem onde está. E agora que vamos mostrar toda essa linda água doce, esse lugar lindo aqui...

— Você acredita nisso — confirmou Totó.

— Obrigada — respondeu Dekka, sarcástica.

Sam olhou para o lago com uma sensação muito diferente. Se tinham água, se tinham comida, se pudesse ser mantida a paz entre ele e Caine, e especialmente se pudessem conseguir eletricidade, quanta gente pararia de esperar o fim do LGAR?

— Você precisa pensar em tudo isso, Sam — disse Dekka. — Você é o líder, afinal de contas.

— Não mais.

Dekka gargalhou. Levantou-se e se espreguiçou.

— Sam, você ainda é o líder. Sempre vai ser o líder. Não é uma coisa que você escolhe, é uma coisa que você é.

Ela segurou seu braço e guiou-o para fora do prédio, saindo para o cais.

Agora o humor dela estava diferente. Sam ficou chocado com a mudança súbita. Dekka estivera fingindo. Mas agora seus olhos ficaram opacos e os cantos da boca se curvaram para baixo. Chegou perto dele, segurou sua mão e apertou a blusa acima do abdômen.

— Está sentindo? Esse calombo?

Ele assentiu.

— Minha mãe teve um cisto benigno uma vez, de modo que talvez seja só isso — disse Dekka, séria.

— Você acha que é...

— Talvez eu só tenha notado porque estou procurando, mas talvez seja um deles.

— Não tire conclu...

— Não estou tirando. Mas se for isso, se for uma coisa daquelas, vou pedir para você cuidar de mim.

— Nós já falamos disso — respondeu Sam, afastando a mão.

— Se eu disser que é hora, você faz, está bem, Sam?

Ele não podia responder.

— Não tenho medo de morrer — disse Dekka.

Sam ficou feliz porque Totó não estava ali para escutar.

— E você tem de me prometer uma coisa — continuou ela.

— O quê?

— Nunca conte a Brianna o que você sabe sobre meus sentimentos. Isso só provocaria dor nela. Eu amo Brianna e não iria querer que ela ficasse magoada.

— Dekka...

— Não — disse ela, rapidamente. — Não discuta, certo? Talvez eu esteja errada e isso não seja nada demais. Então não vamos discutir.

— É. — Os dois ficaram parados sem jeito durante um tempo, depois Sam disse: — Não quero parecer esquisito, mas você sabe que eu adoro você, não sabe?

— Eu também adoro você, Sam.

Sam fez um gesto como se fosse abraçá-la, mas se conteve.

Ela sorriu.

— É, nós não somos chegados a um abraço, não é?

— Vamos ver o que achamos nos barcos.

VINTE E CINCO | 9 HORAS E 5 MINUTOS

UMA COISA ERA totalmente clara para Astrid enquanto ela ficava parada na chuva torrencial: o segredo que havia guardado por tanto tempo não era mais segredo.

Olhou para a rua e viu Orc. Ele a estava olhando, com o queixo de pedra e carne caído, frouxo.

E vindo pela rua atrás dele havia outros quatro garotos. Ela reconheceu Lance e Turk. Os outros dois Astrid mal conhecia.

Todos os quatro estavam armados. Orc não precisava de arma.

Olhou em todas as direções, frenética, procurando alguma fonte de apoio. Talvez Sam tivesse voltado. Talvez Brianna. Talvez Edilio e algum dos seus soldados.

Mas não, as ruas estavam abandonadas, a não ser por uma garota de aparência doente, encolhida e cansada, indo na direção da praça, parando para tossir, cambaleando.

Orc já havia defendido Astrid uma vez, salvando-a de Zil e seus capangas da Galera Humana. Agora quatro daqueles capangas estavam apontando para ela, para a incrível nuvem de chuva, depois começando a correr, todos ansiosos com uma energia maliciosa.

A nuvem estava crescendo. A chuva se espalhava.

Orc estava parado embaixo dela, um monte de cascalho vivo sob um dilúvio.

Os outros diminuíram a velocidade, entraram cautelosamente na chuva e, como Orc, inclinaram a cabeça e beberam a maravilhosa água doce.

Ela estava com uma arma. Será que a usaria?

— É o retardado — gritou Turk. O rosto dele se abriu num riso. Ele estava parado sob uma árvore enfeitada com montes de roupas e pedaços de brinquedos quebrados. — É aquele irmão idiota dela, o Petardado!

Turk se desviou de Orc e pulou a cerca do quintal de Astrid. Seus amigos o seguiram com cautela, o olhar saltando de Astrid para Orc. Orc não fez nada.

Então, numa corrida súbita, Turk havia subido a escada e estava na plataforma. Os outros se apinharam em volta.

Turk riu alto, cheio de alegria.

— É o retardado! É ele que está fazendo chover.

— Orc! — gritou Astrid.

— Aquele garotinho deve ter uns poderes irados — observou Lance.

— Vão embora — disse Astrid.

Tinha consciência de que sua camisola encharcada estava muito grudada no corpo. A arma em sua mão pesava uma tonelada.

— Peguem o garoto — disse Lance. — Se a gente ficar com ele, a gente controla a chuva, certo?

Havia sangue na camisa de Turk. Muito sangue.

— O que você fez? — perguntou Astrid.

Turk olhou para o sangue. Pareceu surpreso.

— Ah, isso? — Ele riu violentamente. — Não é grande coisa. Só quer dizer que agora a gente manda neste lugar, Astrid. Sem Sam por perto, não é? Cadê o senhor mãos de luz?

— Orc! — gritou Astrid. Não queria revelar a profundidade de seu medo. Mas sabia o que Turk faria. E não queria usar a arma. Nem mesmo agora, nem pelo Petey.

— Que outros truques o retardado sabe fazer? — perguntou Lance. — Flutuar no ar, fazer chuva. O que mais?

— Ele não sabe o que está fazendo — disse Astrid. Agora estava gelada e começando a tremer. — Ele só estava com sede. Está doente, com a gripe, e estava com sede.

Na rua embaixo, outras crianças saíam correndo das casas, carregando tigelas e baldes. Avançavam com olhos maravilhados, indo devagar para a cortina de chuva que se esgueirava para elas.

— O retardado deve ter um barato sinistro, para fazer isso — disse Lance. — Explodir o topo da casa? Chamar uma nuvem de chuva? É tipo um poder pelo menos três barras. Talvez quatro.

— Se vocês o incomodarem, ele pode parar. — A ameaça foi uma inspiração súbita e deu certo. Os olhos de Lance se estreitaram mais ainda, e Turk ficou imóvel de repente. Água potável era importante, mesmo para subgênios como Turk e Lance.

Então Turk balançou a cabeça e disse:

— Bela tentativa, Astrid. Mas se o retardado abominação faz chuva sempre que sentir sede, a gente só precisa manter ele com sede e vamos ser donos do fazedor de chuva.

— Imagine o que ele faz quando fica com fome! — disse Watcher.

A chuva batia no carpete, já estava empoçando em volta dos pés deles. Poças rasas no carpete sujo.

Turk tomou a decisão.

— Acho que vamos levar o velho Petardado. — E sinalizou para os dois garotos mais novos. — Peguem ele.

A pistola subiu de repente, quase como se tivesse tomado a decisão sozinha. Astrid apontou para Turk.

Apesar da chuva, sua boca estava seca como pergaminho. A garganta não conseguia emitir sons. Seu dedo estava no gatilho, acariciando as ranhuras, sentindo-as. O polegar na trava.

Ela soltou a trava.

Agora tudo que via era o rosto de Turk e a mira da pistola.

— Você não vai puxar esse gatilho, Astrid — disse Turk.

Um som nos degraus. Pés correndo.

Edilio emergiu. Tinha um fuzil automático apontado para Turk.

— Acabou, Turk — disse Edilio.

Astrid baixou a pistola ao lado do corpo. Soltou um gigantesco suspiro de alívio.

— Você vai deixar Astrid ser dona dessa aberração? — perguntou Turk a Edilio.

Os dois garotos mais novos olharam Turk, procurando se orientar.

Foi Lance que se moveu. Levantou sua pistola e apontou para o Pequeno Pete.

— Se alguém atirar em alguém, o retardado leva um na cabeça.

— Cara, você não vai querer fazer isso — alertou Edilio.

— É? Bom, escuta, Edilio, o Albert está morto.

Os olhos de Edilio se arregalaram.

— Veja só, a situação mudou rapidamente — disse Lance, numa paródia de locutor de noticiário. — Portanto agora, senhoras e senhores, o que temos aqui é um impasse mexicano. Se você der um tiro, Edilio, as chances são de que eu ainda acerte o garoto. Pou.

— Você deve saber o que é um impasse mexicano — zombou Turk. Em seguida levantou sua arma e apontou para Astrid. — Está vendo? Agora é mais complicado ainda. Lance está certo, Albert está... é... não se sentindo bem. Para sempre. De modo que ninguém nem está pagando a você, cucaracha. Você precisa ir embora. Fuja antes que a polícia da imigração chegue.

Um pensamento terrível se formou no cérebro de Astrid: se o Pequeno Pete fosse morto, tudo poderia acabar.

Um assassinato simples...

Que tipo de vida ele tinha? A vida do Pequeno Pete valia tudo isso? Valia a morte de Edilio? Valia as muitas outras mortes que certamente aconteceriam? Valia todos eles morrerem nesse LGAR violento, imundo, esquecido por Deus?

— Vá em frente — disse Astrid em voz chapada. Em seguida largou a pistola no carpete encharcado. A água espirrou. — Ande. Atire nele. Mate o Pequeno Pete.

Diana e Caine tinham feito amor várias outras vezes. Na cama dela. Na cama dele. No quarto grande com a parede do ego repleta de fotos dos pais astros de cinema rindo em poses tiradas com Leo DiCaprio, Natalie Portman, aquela atriz que fez *Mamma Mia!*, Steven Spielberg, Heath Ledger e um punhado de pessoas que provavelmente eram famosas mas pareciam mais empresários.

Diana estava na cozinha, usando um roupão e chinelos e esquentando comida para Penny. Sopa de marisco da Nova Inglaterra. Uma *quesadilla*. A refeição não combinava, pensou, mas Penny não iria reclamar. Todos ainda estavam muito, muito longe de reclamar de comida.

Diana não havia pretendido que as coisas fossem assim com Caine. De algum modo, tinha imaginado uma única vez, mas não uma série interminável. Porém o apetite de Caine não tinha sido saciado. Ele havia retornado à cama dela à noite. E depois, nesta manhã, antes mesmo de o sol nascer.

Alguma coisa estava acontecendo com ela. Estava começando a gostar de Caine. Amar? Nem sabia direito o que isso significava. Talvez o amasse. Seria estranho. Ele não era exatamente alguém para ser amado. E, quando você conhecia Caine de verdade, ele nem era alguém de quem gostar.

Diana sempre achara Caine fascinante. E sempre o achara atraente. Um gato, diria quando era mais nova. Um gato frio, se é que isso fazia sentido.

Mas isso era diferente. Não o estava usando agora. Usar havia sido sua atitude normal com Caine, pelo menos era o que sempre dizia a si mesma: ele era útil. Uma garota como Diana, uma garota que gostava de correr riscos, que gostava de cravar uma faca de sarcasmo e crueldade nas outras meninas da escola, que gostava de provocar os garotos ofegantes e cheios de hormônios e os velhos de olhares maliciosos, uma garota assim gostaria de ter um protetor forte.

E Caine era definitivamente um protetor forte. Só um suicida ficaria no caminho dele. Mesmo antes de Caine ter começado a desenvolver poderes, era o tipo de garoto de quem os outros mantinham distância. Nem sempre era o maior ou o de aparência mais forte, mas era sempre o mais decidido. O mais implacável. Você sabia que, se mexesse com Caine, iria sofrer.

Se fosse falar sério, ela supunha que havia desenvolvido emoções genuínas por ele muito tempo antes. Algum tipo. Não amor. Nem mesmo afeição. Mas alguma coisa. Alguma coisa que as pessoas normais considerariam doentia, de certa forma.

Emoções. Mas não o que sentia agora — o que quer que fosse.

Pôs a *quesadilla* num prato e a sopa numa tigela. Colocou tudo numa bandeja e levou para o andar de cima. Bateu, abriu a porta e pôs a bandeja diante de uma Penny adormecida. Era como dar comida a um cachorro.

Encontrou Caine no que já havia sido um gramado perfeito, que cobria o terreno, desde a casa até o penhasco. Agora estava cheio de ervas daninhas, algumas até a altura da cabeça. Ele estava olhando a cidade distante através de sua luneta.

Ouviu-a se aproximar. Sem olhar para trás, disse:

— Tem alguma coisa acontecendo na cidade.

— Não me importo.

— Uma nuvem. Tipo uma nuvem de chuva, acho que está chovendo. É só uma nuvem pequena. Mas bem baixa, não é uma ilusão na barreira.

— Provavelmente você está vendo um reflexo. Ou uma ilusão.

Caine lhe entregou a luneta. Ela quis recusá-la, mas estava curiosa. Olhou. A cidade saltou para perto. Não o suficiente para ver pessoas, mas o bastante para ver que de fato havia uma nuvem, só uma, baixa demais, parada num lugar. A mancha cinzenta embaixo devia ser chuva caindo.

— E daí? — perguntou ela. — Alguma aberração desenvolveu o poder de fazer uma nuvem.

— Você não fica imaginando quem? Esse é um poder bem grande.

Diana deu um suspiro teatral.

— Por que você se importa?

— Não gosto da ideia de haver outro quatro barras. Dois já é demais.

— Isso não quer dizer que é um quatro barras. Brianna, Dekka e Taylor são só três barras. E têm poder maior do que esse.

— Mas é pelo menos três barras. — Ele pegou a luneta de volta. — Você não acha que eles podem arranjar um modo de vir atrás da gente, não é? Se Sanjit chegou lá vivo, Sam sabe que estamos aqui. Você acha que ele viria atrás?

— Não — respondeu ela, honestamente. — Acho que ele não vai procurar briga com você. Ele não é tão inseguro quanto você.

Caine soltou um riso fungado.

— É, esse é o meu problema, insegurança.

— Mas não importa. A gente não tem como voltar, nem se quisesse.

— Sempre há um jeito, Diana. Sempre há um jeito.

— Não. Não encontre um jeito.

VINTE E SEIS | 9 HORAS

— VOCÊ QUER que a gente atire no seu irmão? — Turk ficou incrédulo.

— Nem pense nisso — disse Edilio. Ele estava segurando o fuzil com força, o dedo no gatilho. A mira estava centrada no rosto ansioso de Turk. Mas seus olhos estavam remelentos, e ele tentava conter a necessidade de tossir. — Ela não falou a sério.

— É muita gente morta — disse Astrid, cansada. — Não pode haver mais crianças mortas. É hora de acabar com isso.

Edilio sentiu o pânico subindo por dentro. O que deveria fazer? Astrid estava perdendo a sanidade mental, como Maria Terrafino?

— Sei quantas crianças morreram — reagiu Edilio. — Eu enterrei a maioria.

— É tudo por causa do Pequeno Pete — disse Astrid.

— Não. Você não sabe disso. — Edilio lançou-lhe um olhar furioso.

Ela piscou. Balançou a cabeça ligeiramente. Seu cabelo comprido, encharcado, pendia como serpentes douradas.

— Não é você que está cuidando dele, Edilio. Você não é o responsável.

Edilio tossiu, lutou contra a tosse, tossiu de novo. Tentou firmar o pensamento e se acalmar. Precisava manter o foco.

— O que vocês dois estão falando? — perguntou Turk. Estava obviamente confuso.

Edilio sentiu a casa ribombar. Passos pesados. Orc. Tinha de ser Orc. Orc estaria do lado de quem? Essa era a questão.

O garoto-monstro emergiu na plataforma. Fazia um chiado estranho enquanto se mexia, como alguém arrastando os pés em cascalho molhado.

Passou por Edilio. Sua cabeça estava frouxa contra o peito, e por um momento o hondurenho teve o incrível pensamento de que Orc podia ter caído no sono.

Não, estava só chapado, percebeu ele.

— Larguem as armas.

— Não, não, não. Do que vocês dois estão falando? Essa é a primeira questão. — Quis saber Turk, sentindo uma vantagem que não conseguia exatamente identificar. Sua arma continuava apontada para Astrid.

— Cala a boca, Turk, e larga sua arma. Se você assassinou Albert, vai para o exílio.

— O que acontece se eu atirar no retardado? — Quis saber Lance.

— Você conhece a lei. Se matar alguém, nós fazemos um julgamento. E se for culpado, sai da cidade e não volta nunca mais.

— Não é isso que estou perguntando, e você sabe, Edilio — rosnou Lance. — Diga, Astrid. Diga a todos nós. O que acontece se eu atirar no retardado?

Pânico. O pânico estava devorando a mente de Edilio. O que ele deveria fazer? Precisava controlar a situação. Precisava ficar no comando. Mas o que deveria fazer?

Edilio olhou para Turk, do outro lado do cano de seu fuzil. Sua cabeça estava nadando. O rosto e o pescoço estavam quentes.

Mudou o alvo, virou a arma apenas 2 centímetros de arco para colocar Lance na mira.

O primeiro a decidir venceria.

— Se... — disse Astrid.

BLAM!

O fuzil deu um coice no ombro de Edilio. O lado do rosto bonito de Lance irrompeu num chafariz de sangue.

— Lance! — gritou Turk.

Lance girou sua arma, agora não apontando para o Pequeno Pete, e sim para Edilio.

BLAM!

A pontaria de Lance passou longe. Nem chegou perto de Edilio. Em vez disso, a bala acertou a coxa de Orc e ricocheteou.

Turk, com o rosto que era uma máscara de fúria, apontou para Edilio. Mas Edilio já havia mudado a pontaria, e sua mira estava de volta em Turk.

— Não! — avisou Edilio.

Turk hesitou. Mas Edilio não viu a hesitação, viu a arma de Turk, e só a arma, o buraco preto e redondo do cano, e sem pensar apertou o gatilho.

Outro estrondo alto.

Outro coice no ombro.

Turk estava de costas. Sua arma fora do alcance, ainda que ele lutasse para chegar até ela.

— Eu disse: não! — gritou Edilio de novo.

Turk segurou a barriga com uma das mãos e estendeu a outra para a arma. O dedo de Edilio estava escorregadio no gatilho. Ele podia sentir uma coisa medonha por dentro, um maremoto de algo repulsivo, malcontrolado enquanto ele apontava para a cabeça de Turk.

Orc esmagou a arma de Turk com o pé.

Edilio respirou. Soluçou à procura de ar. Tossiu.

Baixou sua arma.

Lance deu um berro. Era um som feito de medo, choque e dor. A bala havia acertado seu molar e saído pela orelha. A carne vermelha e trêmula pendia solta.

Turk gemia mais baixinho. Sua garganta estava convulsionada. Como um peixe fora d'água, estava engolindo, tentando respirar. A mão continuava estendida para a arma agora inútil.

Nenhum dos dois estava morto.

Edilio formou o pensamento que iria envergonhá-lo mais tarde: deveria acabar com eles. Deveria fazer isso agora. Simplesmente chegar perto e *pou*! Se não fizesse isso, talvez eles sobrevivessem com os cuidados de Lana. E se vivessem, voltariam para se vingar.

Orc e Astrid estavam olhando para ele.

Parecia terrivelmente injusto que mesmo agora estivessem olhando para ele em busca de algum tipo de resposta.

— Vou pegar Lana — disse Edilio.

Virou-se e correu, e caiu pelos degraus. Arfando com soluços, cego pela chuva e pelas lágrimas, correu para o Penhasco.

Sam e Jack precisaram trabalhar juntos para ligar uma das lanchas. Quase todas estavam com as baterias descarregadas. Mas um dos barcos ainda tinha energia suficiente para dar partida nos motores.

Eles rugiram com um rosnado profundo, úmido.

— Sabe, essa lancha tem força suficiente para puxar esquis aquáticos — observou Sam.

Dekka sorriu com carinho para ele.

— Você quer esquiar?

— Agora, não. Só estou dizendo...

— É mentira. Ele quer ir agora — disse Totó.

— É, bem, eu nem sempre digo o que quero — resmungou Sam. — Precisamos explorar o resto do lago, depois podemos voltar à cidade e ser recebidos como heróis.

Ele tinha pretendido que a última parte parecesse autodepreciação, mas parte dele queria mesmo chegar à cidade anunciando que tinham encontrado toda a água de que eles poderiam precisar, e além disso uma boa quantidade de coisas doces.

Então ele iria ver Astrid.

E depois o que aconteceria?

Depois nada aconteceria. Eles ainda estariam no mesmo lugar de sempre.

— Zarpar — gritou para Jack. Depois, com as cordas a bordo, apontou o barco para o oeste e partiram rugindo da marina.

Os borrifos da água no rosto e um motor latejando embaixo dos pés eram inebriantes.

Mais tarde ficariam sem combustível, e mais tarde toda a Pepsi teria sido bebida, e todo o macarrão, comido. Mas ainda não era mais tarde.

Poderiam construir uma vida melhor ali no lago. Deixar para trás todo o esgoto fedorento, o lixo e as lembranças de Praia Perdida. Deixar para trás a igreja destruída e as casas queimadas. Deixar para trás o cemitério medonho.

Dessa vez fariam direito. Iriam se organizar antes mesmo de começarem a trazer alguém para cá. Formar pequenas famílias que poderiam viver a bordo dos barcos ou usar a casa de barcos ou o escritório da marina. Franziu a testa, tentando contar na cabeça quantos barcos tinham algum tipo de superestrutura. Talvez meia dúzia dos pequenos veleiros, uma dúzia das lanchas. E havia quatro ou cinco barcos-casa.

Isso não bastava, obviamente, mas eles poderiam montar barracas e talvez construir pequenos abrigos. Afinal, jamais faria frio no LGAR, ninguém precisava de isolamento térmico. Só um telhado para proteger do sol.

Examinou a margem, esperando achar uma área de acampamento. Logicamente teria de haver, sempre havia áreas de acampamento nos lagos. Era lógico.

Claro que elas poderiam estar do outro lado da barreira...

Não importava, tudo estava bom. Tinham gasolina suficiente para trazer os vários trailers de Praia Perdida até ali — havia pelo menos uma dúzia parados em entradas de veículos, se bem que muitos tinham sido queimados no grande incêndio.

Sam teria um barco. De tamanho suficiente para ele, Astrid e o Pequeno Pete. Talvez pedisse a Dekka para morar com eles também. Presumindo que pudesse ficar com um dos barcos-casa. E por que não ficaria?

Num daqueles de 46 pés dormiriam provavelmente seis pessoas. Ele e Astrid... Ocorreu-lhe que os dois dividiriam a cabine principal. O que não tinha probabilidade de acontecer.

Tinha?

Talvez. Talvez, se eles saíssem de Praia Perdida, talvez... Um novo pensamento lhe ocorreu. Empurrou-o de lado. Mas ele voltou.

E se eles se casassem?

Então seriam uma família. Ele, Astrid e o Pequeno Pete.

Não havia como saber quanto tempo o LGAR duraria. Talvez para sempre. Talvez eles nunca saíssem. Nesse caso, o que iriam fazer? Ele estava com 15 anos, Astrid estava com 15 anos, os dois tinham sobrevivido ao puf. Isso era ser novo no mundo lá fora, mas velho no LGAR.

— É, mas quem pode casar a gente? — Fez a pergunta em voz alta, sem querer. Olhou nervoso por cima do ombro para ver se alguém tinha ouvido. Claro que não, com os motores rugindo e o bush-bush-bush da proa batendo nas ondulações.

Dekka estava sentada num dos bancos estofados na proa, olhando pensativa para a terra. Jack estava curvado sobre os laptops, os dedos voando sobre as teclas, rindo. Totó conversava com alguém que não estava ali.

— Nau dos loucos — disse Sam consigo mesmo, e riu.

Água e gasolina, macarrão, Pepsi e Nutella, um garoto abominação maluco que dizia a verdade; e, apesar do medo de Dekka, havia esperança.

Quinn. Ele seria um bom juiz de paz. Era só isso o necessário para fazer um casamento, não era? Era como sua mãe havia se casado com seu padrasto. Se eles podiam eleger alguém como prefeito, por que não podiam eleger alguém como juiz de paz?

— Case comigo e vamos viver num barco-casa — disse.

— Gosto de você, Sam, mas não desse jeito — respondeu Dekka.

Sam teve um espasmo e virou o volante. Firmou-se e tentou ignorar o rubor que se espalhava do pescoço para as bochechas. Ela estava parada junto dele.

— Como está o ombro? — perguntou Sam.

— Olha, é por isso que é bom Taylor não estar mais com a gente. Se ela tivesse escutado, a notícia iria se espalhar mais depressa do que a velocidade da luz.

Sam suspirou.

— Eu estava tendo um momento de otimismo.

Dekka deu-lhe um tapinha nas costas.

— Você deveria ter mesmo, Sam. O LGAR deve notícias boas a você.

Orc ficou parado olhando.

O garoto, o Petardado, ainda estava flutuando ali na chuva, como se aquilo não fosse nada.

Astrid parecia um zumbi ou algo do tipo.

Os dois garotos que tinham levado tiros gritavam e se sacudiam. Dando nos últimos nervos de Orc. Ele não se importava com eles. Eles não eram melhores do que ele. Deixe que gritem, mas não agora, com sua cabeça batendo que nem um tambor, com o eco dos tiros ainda ricocheteando no crânio.

Edilio tinha falado de sair da cidade. Era isso que chacoalhava no seu cérebro. Os assassinos tinham de sair da cidade.

Leis de Astrid. Ela havia feito as leis.

— É verdade, não é? — perguntou a ela, sem preâmbulo.

— O quê?

— Se alguém matar alguém, tem de ir embora de vez.

— Você vai matar os dois? — Ela estava falando dos dois garotos. Ele demorou um tempo para perceber.

— E se... e se você não queria matar algum garoto?

— Preciso tirá-lo daqui — disse Astrid. Mas Orc não achou que ela estivesse falando com ele.

— Quero dizer, se você nem queria. Como se fosse só um acidente?

— Não sei o que você está perguntando.

Orc ficou sem palavras. Sentia-se cansado demais. Sofria demais.

— Você pode pegá-lo? Pode carregá-lo? — Astrid estava perguntando alguma coisa a ele. De modo que talvez não se importasse com o que ele tinha feito.

— O retardado?

— O Pequeno Pete. Você pode carregá-lo, Charles?

— Para onde?

— Para longe. Essa é a lei. Os assassinos precisam ir embora. É isso que ele é, você sabe. Ele é o pior de todos nós. Cada morte dentro do LGAR... Todas aquelas crianças...

Orc agarrou uma ideia que penetrou em seu cérebro lento. Perdeu o foco quando Lance começou a uivar mais alto do que antes.

— Cala a boca ou eu faço você calar — gritou. Lutou para recuperar o pensamento. Pequeno Pete. Matando. — É, mas ele não sabe o que está fazendo, não é? As pessoas que não sabem o que estão fazendo... a culpa não é delas.

— Por favor, Charles. Pegue-o. Edilio vai voltar logo com Lana. Até lá, precisamos ter ido embora.

Orc passou por cima de Turk. Agora o garoto estava tremendo incontrolavelmente, as pernas esticadas, os pés contorcidos, tremendo enquanto segurava a barriga.

Lance continuava gritando, não tinha parado, mas agora estava misturando palavrões, furioso com todo mundo, cuspindo cada palavra de ódio em que podia pensar.

Orc olhou para o Pequeno Pete. Astrid disse que ele tinha matado gente. Orc não entendia como isso era possível. Ele nem conseguia mexer direito, pelo menos não parecia.

O Pequeno Pete tossiu três vezes, depressa. Não cobriu a boca nem nada. Foi como se nem soubesse que tinha tossido.

Orc pegou o Pequeno Pete no ar. Ele não pesava muito. Orc era forte.

Astrid olhou aquilo tudo como se estivesse a 1 milhão de quilômetros dali. Como se estivesse enxergando tudo através de um telescópio.

— Para onde? — perguntou Orc.

Astrid se ajoelhou e pegou a arma que tinha deixado cair.

— Para longe.

Orc deu de ombros, desceu a escada e caminhou para o norte, em direção às montanhas e para longe dos gritos.

VINTE E SETE | 6 HORAS E 11 MINUTOS

DRAKE EMERGIU.

Estava segurando uma pedra. O que significava que Brittney estivera segurando a mesma pedra.

Devia ser pesada para ela, mas seu tentáculo se enrolou em volta e segurou-a sem muito esforço.

Ao redor, os insetos pareciam cada vez menos com insetos. Não pareciam sequer insetos grandes demais. O menor era do tamanho de um dálmata. O maior era do tamanho de um pônei. Eles lembravam mais veículos militares ou tanques.

Pareciam mais frágeis desse tamanho, como se a mesma massa de exoesqueleto polido tivesse se esticado para formar uma criatura muito maior. Somente metade ainda carregava entulho. O resto, os maiores, tinha ficado de lado e agora esperava, dando a impressão de impaciência. Como jatos esperando para decolar.

Era isso que eles lembravam: caças a jato. Tinham um ar predatório, perigoso. Como se só precisassem de uma ordem para disparar, levando morte e destruição.

Quem daria a ordem? Ele?

Os coiotes tinham desaparecido. Teriam decidido ir embora? Ou será que os insetos os haviam comido finalmente? Drake notou uma mancha de sangue numa pedra e achou que sabia a resposta.

Será que a Escuridão tinha feito os coiotes se sacrificarem para alimentar seus novos serviçais?

Drake jogou sua pedra na pilha. Depois se virou de novo para o túnel da mina. De volta para a receptiva sombra daquele buraco no chão. Seu passo era leve. Seu coração batia rápido, mas de alegria, e não de medo.

Sentiu a mente da Escuridão tocando a sua. Sentiu aquela vontade poderosa. Ela o queria. E agora ele tinha certeza do que a Escuridão lhe pediria, e de que armas ela lhe daria.

O túnel da mina estava livre, mas ainda era um lugar perigoso. As traves de sustentação não tinham sido substituídas, e agora o teto de pedra era todo irregular, pendendo precariamente em alguns lugares, enquanto em outros fora esburacado, formando escuras cúpulas de catedral devido ao desmoronamento.

— Estou indo — sussurrou Drake. Mas por que sussurrar? — Estou indo! — gritou.

Deixou o que ainda restava de luz para trás. Agora era escuridão total. Sentiu seu caminho, passo a passo, mão e mão de chicote estendidas. Raspou em pedras que se projetavam, deu dúzias de topadas. O ar tinha cheiro rançoso. Estava mais quente do que deveria no túnel, mais quente do que lá fora. Ele estava suando no breu, ofegando para captar o oxigênio escasso.

— Estou indo! — gritou de novo, mas agora sua voz era metálica e chapada, e não chegava longe. Tropeçou e caiu de joelhos. Quando se levantou, bateu com a cabeça.

Estava descendo uma rampa muito comprida. Que distância teria percorrido? Não sabia. Ouviu o farfalhar dos insetos vindo atrás. Em lugares apertados eles precisavam se espremer, como baratas enormes, achatando-se para passar embaixo de lajes baixas, apertando-se de lado para passar por colunas de rocha sólida.

Estavam seguindo-o. Seu exército. É. Ele tinha certeza. Seriam seus, para ele comandar, para usar.

Seu exército!

Não conseguia mais respirar o ar. Mas não era a sua primeira vez sem oxigênio. Ainda podia visualizar, em clarões vívidos, a longa foice cravada na lama de sua sepultura.

Não, Drake não precisava de ar. O ar era para os vivos, e Drake era algo muito melhor do que vivo.

Impossível de ser morto.

Imortal.

O soldado imortal do gaiáfago. Sua cabeça nadava com o júbilo.

De repente o chão terminou, e ele tombou de cara para a frente. Caiu por vários longos segundos. Bateu numa rocha sólida, ricocheteou, rolou e deu uma gargalhada sem som.

Tateou ao redor com as mãos e soube que estava numa laje estreita na lateral de um profundo poço vertical.

Levantou-se, levou os dedos dos pés até a borda e olhou para baixo. Lá longe, brilhava uma luz verde e fraca, a única luz nesse poço de negrume. Poderia estar a uns 30 metros, a 1 quilômetro, a 100 quilômetros. Não havia como saber.

Caiu e caiu, como Alice na toca do coelho. Isso pareceu continuar para sempre. Não durante segundos, e sim minutos. Uma eternidade.

PUF!

Bateu com tanta força que deveria ter quebrado os tornozelos e os ossos da coxa, explodido os joelhos, esmagado a coluna e aberto a cabeça como um ovo quebrado.

Em vez disso, depois de ficar caído embolado por um momento, desenrolou os membros torcidos e se levantou de novo.

Todas as paredes ao redor reluziam. Com os olhos totalmente ajustados ao breu, agora podia enxergar bem o bastante, apenas com o brilho tóxico radiativo.

Tinha chegado? Estava no fim da viagem?

Venha.

Mais longe ainda, descendo uma rampa. Percebeu que aquele era um tipo de túnel diferente, não mais um poço de mina feito pelo homem, e sim uma caverna natural profunda, nas entranhas da terra sufocante.

Entrou numa caverna que se erguia por dezenas de metros. Estalactites tingidas de verde encontravam calombos de estalagmites. Era como entrar nas mandíbulas de um tubarão gigante.

Seguiu pela caverna e continuou descendo, seguindo a leve trilha de verde. As criaturas continuavam a acompanhá-lo. Tinham vindo atrás dele, uma a uma, diminuindo a velocidade de descida com as asas, espiralando como sementes-helicóptero.

Um exército! Seu exército!

O quanto ele havia caído? Não tinha como saber. A que profundidade estava agora? Quilômetros.

Cada vez mais perto.

E então, enquanto sentia que sua jornada chegava ao fim, que seu objetivo urgente se aproximava, Drake notou a perturbação familiar e a súbita sensação de falta de controle que acompanhavam a transformação.

— Não! — gemeu ele. — Agora, não!

Mas não tinha poder para impedir.

Não foi Drake, e sim Brittney que finalmente chegou ao lugar onde ficava o gaiáfago. Era como uma areia verde e viva. Bilhões de partículas, cada uma quase invisível ao olho nu, mas juntas formando uma coisa única e viva, uma colmeia.

A caverna era vasta, impossivelmente gigantesca. Como se alguém tivesse afundado no solo um estádio desportivo. A massa verde e reluzente do gaiáfago cobria estalactites e estalagmites, paredes de granito e arranha-céus de arenito.

Mas abaixo dos pés de Brittney, o chão estava estranhamente plano e liso. O gaiáfago havia deixado um espaço descoberto para ela ver e entender.

Ela se ajoelhou e apertou a mão num trecho limpo de cinza translúcido e perolado. A dor lancinante que uma pessoa viva sentiria era apenas uma coceira interessante para Brittney.

Ela sabia o que era aquilo e onde estava. Era o fundo da parede do LGAR, o fundo da bolha gigante. Estava 16 quilômetros abaixo, nas profundezas do universo fechado do LGAR.

Levantou-se e olhou à esquerda e à direita, em todas as direções, virando-se lentamente para ver. Tudo estava apoiado na barreira, percebeu. As paredes de rocha, as estalagmites que se projetavam, tudo aquilo repousava na própria barreira.

E em todo lugar, menos nesse trecho, o gaiáfago cobria a barreira. Tocava a barreira e não sentia dor.

Então, quando Brittney olhou para baixo, viu a cor da barreira mudar. O eterno cinza vazio estava riscado por dedos de verde-escuro, cor das folhas no fim do verão.

Entendeu: o gaiáfago podia tocar e alterar a própria barreira.

Soube que ele era consciente. Soube porque sentia agora o toque pavoroso daquela mente medonha. Não poderia haver a menor dúvida.

Brittney caiu de joelhos.

Cruzou os dedos e apertou os olhos com força. Mas não conseguia bloquear a claridade verde. Não conseguia deixar de ver. Não conseguia manter a mente a salvo daquele toque terrível.

Sentiu cada pensamento se abrir, como arquivos de um computador, cada um deles aberto, observado, entendido.

Ela não era nada. Agora via. Não era nada.

Nada.

Tentou chamar seu Deus. Mas as orações não se formavam no cérebro, não sussurravam em seus lábios entorpecidos, trêmulos.

Viu tudo com clareza, a coisa toda. Uma raça de criaturas que cultuava a vida. Um vírus destinado a espalhar a vida aonde quer que chegasse. Um planeta infectado primeiro, depois deliberadamente explodido para que as sementes da vida se espalhassem pelo universo em um bilhão de meteoros.

A escuridão interminável do espaço, de milênios, em que uma daquelas rochas girava num caminho que talvez nunca chegasse a um fim.

Foi apanhada no poço gravitacional de uma pequena estrela.

E depois de um pequeno planeta.

O impacto feroz, esmagador.

Uma morte. Um homem obliterado.

E a absorção por aquele vírus alienígena de algo novo e incrível: DNA humano.

Uma nova forma de vida. A consequência imprevista de um plano nobre.

Nenhum Deus em Seu Céu havia criado o gaiáfago. E ali, agora, no poço sem ar, nenhum Deus poderia salvá-la.

Foi então, em seu desespero, que Brittney rezou, não como sempre havia feito, mas para um novo Senhor. Um salvador que esperava para nascer, para se libertar.

Brittney baixou a cabeça e rezou ao gaiáfago.

Tanner apareceu para ela enquanto rezava.

Seu irmão morto era um anjo. Não com asas e coisa e tal, mas ela sabia que ele era um anjo. E agora apareceu para ela e falou em uma voz suave, tranquilizadora:

— Não tenha medo.

— Me deixe morrer — sussurrou Brittney.

— A quem está rezando? — perguntou Tanner.

— A você — respondeu ela. Porque não tinha dúvida de que Tanner estava falando pelo gaiáfago.

— Não posso lhe dar a morte. Você é dois em um. Sua imortalidade é a dele. E ele é necessário para mim.

— Mas quem me fez assim? Por quê? Por quê?

Tanner gargalhou.

— "Por que" é uma pergunta de criança.

— Eu sou criança.

Havia um magma de brilho suave pingando da boca cruel de Tanner. Ele se abaixou e tocou-a com dedos de gelo.

— Eu preciso nascer — disse Tanner. — E depois, no fim do meu começo, você vai morrer.

— Não entendo. — Com olhos dignos de pena, espiou o anjo transformado em demônio. — O que você precisa que eu faça?

— Nêmesis deve ser meu. Nêmesis deve me servir, e somente a mim. Todos que o defenderem e protegerem devem ser destruídos. Ele precisa viver para me servir.

— Eu... não entendo. — Ela se ajoelhou de cabeça baixa, incapaz de olhar para Tanner, sabendo agora que ele nunca fora um anjo, que nunca fora servo de Deus, que ele não era nada real, só a voz do maligno.

— Nêmesis — disse Tanner, sibilando a palavra. — Nós somos dois em um, como você e o mão de chicote. Dois em um, esperando para nascer. Só quando estiver sozinho, absolutamente sozinho, ele vai me servir. E então serei lançado para fora deste casulo.

— Não conheço ninguém chamado Nêmesis — sussurrou Brittney.

Ela podia sentir a consciência se esvaindo. Seus dedos já se fundiam para formar um chicote.

No momento antes de perder a visão e a audição, enquanto descia numa espiral para o breu e Drake subia, a mente torturada de Brittney viu a imagem de Nêmesis.

Sabia o nome dele.

Peter Michael Ellison. Que todo mundo chamava de Pequeno Pete.

PETE I

FLUTUAVA SOBRE O chão nos braços de um monstro. Sua bochecha estava encostada num ombro de pedra. A chuva não caía mais. Cores loucas — verde e amarelo, marrom e vermelho, bordas serrilhadas de cor raspavam nele, ferindo os ouvidos.

A irmã caminhava atrás. Tinha o rosto tão pétreo quanto o do monstro. Lábios vermelhos demais, olhos azuis demais, o som da respiração alto demais.

A cada passo a pele de pedregulhos do monstro roçava na carne crua de Pete, como lixa, como mil lâminas de serra passando lentamente sobre cascas de ferida recente.

Queria gritar, mas se gritasse as cores loucas ficariam mais barulhentas.

Não estava mais em cima da placa de vidro. Tinha caído, caído, no mundo de barulho e luz ofuscante. Agora a Escuridão era apenas um eco distante. Agora era agora, absolutamente agora, e aqui, e como agulhas embaixo da pele, facas nos ouvidos. Seus olhos doíam e latejavam.

Tossiu e foi um canhão disparando do peito, subindo pela garganta, pela boca, queimando como lava incandescente.

Por que estava aqui? Por que no colo de um monstro? O que estava acontecendo com ele? Depois de uma fuga longa e pacífica, havia sido recapturado pelo mundo insuportável, de atividade furiosa e imagens desconjuntadas.

Seu corpo, seu corpo, que era tudo que ele podia ver ou sentir, a dor e o tremor que davam a sensação de que partes dele poderiam se soltar e cair, seu corpo, forçando a atenção para longe do límpido penhasco de vidro. Obrigando-o a sentir cada tremor, encolher-se com cada tosse, sentir, sentir de verdade a doença que estava suplantando suas defesas.

VINTE E OITO | 5 HORAS E 1 MINUTO

DRAKE NÃO VIU Tanner.

O gaiáfago não precisava de ilusões angelicais para penetrar na mente febril de Drake. Drake sabia tudo que precisava saber. Os insetos, as criaturas, iriam servi-lo. Ele tinha seu exército.

E na cabeça tinha uma lista de nomes. Primeiro as aberrações. Depois os normais. Todos.

Todos menos um, disse o gaiáfago. Mate até não restar ninguém para matar. Mas não faça mal a Nêmesis.

Drake estava cheio de um prazer puro que jamais havia conhecido. Sentia uma energia desvairada. Durante toda a vida tinha esperado um momento como esse. Era como se cada coisa que já tivesse feito — as surras que levara, as ainda mais numerosas surras que dera, o prazer que havia sentido em queimar sapos, colocar um cachorrinho no micro-ondas e desenhar todas aquelas imagens adoráveis de armas, lanças, facas, instrumentos de tortura, tudo aquilo, todos os ódios, toda a luxúria ardente, toda a loucura e a fúria, tinham se juntado para formar esse momento perfeito, definitivo, de júbilo cristalino.

Pensou que podia morrer de tanto prazer, de tanta emoção, uma enchente, uma tempestade, um choque de planetas! Morte! Ele era a morte, finalmente liberada.

Estalou o chicote, virou a cabeça para trás e uivou até a garganta ficar em carne viva.

Depois correu, pulou, saltitou pelos redemoinhos de insetos, correndo e escalando, indiferente às pedras afiadas que laceravam sua carne morta-viva.

Matar todos!

Ficou furioso ao chegar a alturas que não pôde escalar, mas então as criaturas se apressaram para levantá-lo e correr com ele cada vez mais para cima, numa velocidade estonteante pelas cavernas intermináveis.

Um exército!

Seu exército!

Jorraram para fora do túnel da mina, e Drake saltou sobre o monte de pedras. Um único coiote esperava ali.

— Onde ele está, Líder da Matilha? — perguntou Drake.

— Não Líder da Matilha. Líder morto.

— Não me importa como você se chama, onde ele está?

— Quem? — perguntou o coiote.

Drake riu.

— O das mãos que matam, cachorro idiota. Quem você acha? Sam!

— Mãos de Luz está longe. Perto da água grande. — Ele deu um riso tímido, deu uma volta e depois apontou para o oeste com o focinho.

— Excelente — ronronou Drake.

Nesse momento uma nuvem de insetos, uma nova coluna de criaturas, passou por cima da crista do morro e se derramou na massa do exército de Drake. Diferentes. Esses tinham olhos vermelho-sangue.

Não estavam sozinhos.

Brianna parou, com os braços nos quadris, olhando-o.

— Você! — disse Drake.

— Eu — respondeu Brianna.

Às criaturas, ele disse:

— Olhos vermelhos, me obedeçam! Para a cidade. Matem todo mundo, menos Nêmesis!

— Agora você está falando com esses insetos? — perguntou Brianna. — Preciso contar, acho que eles não falam psicopatês.

— Olhos azuis, comigo! — disse Drake. — Duas colunas, dois exércitos, azuis comigo, vermelhos de volta para a cidade e matem. Matem!

— O que exatamente você acha que está fazendo? — perguntou Brianna.

— Eu? — Drake gargalhou. — Partindo numa farra assassina épica.

— Vai ter que passar por mim.

— Eu não faria de outro modo.

Saíram da chuva. Astrid, Orc e o Pequeno Pete. A nuvem não os seguiu. Nenhuma nuvem nova apareceu. A nuvem permaneceu, não mais se expandindo, mas ainda derramando chuva na rua e na casa arruinada.

O Pequeno Pete tossiu diretamente contra o lado do rosto de Orc. Aquilo estava piorando, a tosse; lentamente, mas cada vez pior.

Talvez o matasse.

Vão em frente. Atirem nele. Matem o Pequeno Pete.

Astrid disse a si mesma que não tinha falado sério. Era só uma tática. Afinal de contas, se alguém estava usando uma ameaça, era preciso desvalorizar a importância da ameaça, fingir que ela não importava.

O rosto de Lance explodindo. Uma parte havia acertado nela.

Turk gemendo de dor, retorcendo-se no carpete molhado.

Aquilo precisava parar. Precisava acabar. Uma morte para salvar dezenas, talvez centenas de crianças?

Um simples assassinato...

Astrid se viu sufocando Nerezza. Sentiu de novo o modo como seus dedos apertaram o pescoço macio, as pontas encontrando os espaços entre tendão e artéria.

Nunca antes havia sentido aquela fúria rubra. Tinha odiado antes — havia odiado Drake. Tinha sentido medo antes — muitas, muitas vezes. Mas jamais se acreditaria capaz daquela fúria assassina.

A verdadeira revelação foi o prazer que sentiu naquele momento. O prazer puro, maligno, descomplicado de sentir o sangue latejando para passar pelas artérias bloqueadas pelas mãos de Astrid. Sentindo os espasmos na traqueia de Nerezza.

Astrid soltou um gemido. Isso precisava acabar.

— Você está bem? — perguntou Orc.

Será que algum dia seria ela mesma de novo? Ou será que Astrid, a antiga Astrid, havia morrido e fora substituída por essa criatura nova, essa bruxa raivosa, amedrontada?

Não pela primeira vez percebeu que essa havia sido a vida de Sam desde a chegada do LGAR. Quanta fúria e medo ele havia suportado? Quanta vergonha amarga pelos fracassos? Quanta culpa roía sua alma como agora roía a dela?

Desejou que ele estivesse ali. Talvez ela pudesse perguntar como ele conseguia viver com aquilo.

Não, disse a si mesma, não é de Sam que você precisa. É de um padre. Precisa confessar, pagar penitência e ser perdoada. Mas como poderia ser perdoada quando agora mesmo estava vendo Orc se esforçar morro acima, vendo a cabeça frouxa de Petey e se perguntando repetidamente se tinha falado sério?

Vá em frente. Atire nele.

Deus ouve orações, mesmo de quem não se arrependeu, disse a si mesma. Queria rezar. Mas quando tentou, não pôde ver o rosto de um Cristo paciente como no passado. Podia ver lembranças de crucifixos, pinturas, estátuas. Mas o Deus em que acreditava não estava mais ali.

Estaria perdendo a fé?

Será que já havia perdido?

Um simples assassinato...

Leslie-Ann sabia sobre a quarentena. Mas também sabia que não aguentava mais sentir sede e fome, e que seus dois irmãos também não aguentavam mais.

A única coisa boa em ser empregada de Albert era que Albert garantia que ela tivesse o suficiente para comer. Ele sempre tinha comida e água. Não a deixava passar fome.

Assim Leslie-Ann foi da casa que dividia com os irmãos para a casa muito mais chique de Albert.

Notou uma coisa estranha a oeste: uma nuvem. Franziu a testa, imaginando por que isso parecia tão estranho.

Mas não tinha tempo para pensar: o LGAR era cheio de coisas esquisitas. Se você tivesse visto Sam disparar luz das mãos — e ela havia visto —, parava de se espantar com coisas estranhas.

A porta da frente de Albert estava aberta. Isso, de certa forma, parecia mais esquisito do que a nuvem. Albert nunca deixava a porta destrancada. Nunca. Quanto mais aberta.

Leslie-Ann se aproximou cautelosamente. Tateou procurando o cabo da faca que carregava. Tinha 9 anos e não era exatamente grande nem assustadora. Mas uma vez havia balançado a faca para um garoto que queria roubar seu melão, e ele fugira.

— Albert? — chamou.

Escancarou a porta até o fim. Sacou a faca e segurou-a à frente do corpo.

— Albert?

Pensou ter ouvido alguma coisa vindo da sala de estar. Seu pé escorregou no ladrilho espanhol. Olhou para baixo: uma mancha vermelha.

Sangue. Era sangue.

Virou-se e correu de volta para a porta. Correu para fora, balançando a faca em volta do corpo.

Olhou ao redor, querendo que Edilio ou alguém aparecesse. Mas se aparecessem ela estaria encrencada, por sair durante a quarentena. Seus irmãos continuariam com sede e fome, como ela estava.

Leslie-Ann se recompôs e entrou novamente, a faca à frente. Passou por cima da mancha de sangue.

Seu pé chutou uma lata. Ela rolou fazendo barulho. Uma lata no chão de Albert? Quem teria feito aquela bagunça? Ela teria de limpar, caso contrário Albert iria despedi-la.

Abaixou-se e pegou a lata com a mão livre. Tinha cheiro de comida. Sua boca se encheu de água. Segurou a faca desajeitadamente enquanto passava o dedo dentro, procurando algo que pudesse ter sobrado. Voltou com cerca de uma colher de sopa de molho de tomate e lambeu cobiçosamente o dedo.

O gosto era celestial.

Levou a lata para a sala. E ali ficou clara toda a extensão da bagunça: latas e embalagens por toda parte. E molho de tomate no tapete branco.

Só que não era molho de tomate, e Leslie-Ann sabia.

Então viu Albert. Estava sentado com as costas apoiadas na parede suja de sangue.

Os olhos estavam fechados. Ele não se mexia.

— Albert?

Ela lutou contra a vontade de correr, correr e continuar correndo. Só que ainda estava com sede e fome. E ali estava uma garrafa d'água com alguns goles preciosos dentro. Bebeu. Não era o suficiente, mas era alguma coisa.

Foi à cozinha e, com dedos trêmulos, pegou os sacos plásticos para lixo. Depois, depressa, depressa, antes que alguém impedisse, pegou todas as latas e garrafas e enfiou no saco. Não era muita coisa, mas seus irmãos poderiam encontrar alguns gramas de comida.

Olhou para Albert, sentindo pena dele, um pouco de culpa e...

Os olhos dele. Estavam abertos.

— Albert?

Chegou mais perto. Será que os olhos a estavam seguindo?

— Você está vivo?

Ele não respondeu. Mas lentamente, bem lentamente, seus olhos se fecharam. Depois abriram de novo.

Leslie-Ann correu da sala e da casa. Mas não largou o saco.

VINTE E NOVE | 4 HORAS E 8 MINUTOS

BRIANNA TIROU A faca de caça da bainha.

— Cortar você em três pedaços não adiantou — disse a Drake. — Então dessa vez vou picá-lo que nem uma cebola.

Ela ficou turva, e Drake se abriu na cintura. Não foi uma secção completa, mas ela terminaria na próxima passagem.

— Peguem ela! — gritou Drake.

Brianna girou no ar, chutou as costas de um inseto e baixou a faca enorme de novo, decepando a mão de chicote de Drake e deixando-a como uma jiboia vermelha, contorcendo-se, mas não mais ligada a Drake.

Golpeou. De novo! De novo! Num piscar de olhos.

Mas agora as criaturas estavam reagindo, uma massa de criaturas, correndo para ela. Lentas, lentas demais, porém Brianna ainda precisava se desviar delas, e isso lhe custou um segundo precioso.

E Drake ainda estava vivo. Ou algo parecido com vivo.

Ela passou por peças bucais móveis e mandíbulas como cimitarras, e enterrou a faca no crânio de Drake. A lâmina afundou dentro do osso, cravou-se.

Ela puxou, mas a parte superior do corpo de Drake veio junto. A lâmina não queria se soltar.

Spiiiiut!

Algo bateu em seu tornozelo. Ela girou para olhar e viu uma corda comprida, farpada, estendendo-se da boca do inseto mais próximo.

Sacudiu a perna, mas aquilo não se soltou.

— Nojento!

Outro inseto tentou fazer a mesma coisa, e ela deu um salto mortal, saindo do caminho. Aquela primeira língua continuava presa a ela, e Brianna sentia ganchos se enterrando na pele.

Precisava da faca de caça. Mas agora ela estava fora do alcance enquanto Drake se arrastava para longe usando o único braço.

Viu uma pedra com borda achatada. Bateu-a contra a língua com toda a força que sua velocidade permitia. A língua sangrou, mas não se partiu. Olhos azuis de inseto se fixaram nela com algo que parecia triunfo.

— Ah, não, nada disso.

Bateu na língua depressa, vinte vezes num segundo com sua pedra, e ela recuou, rápida como a mão de chicote de Drake.

Shuuuup!

Mas agora os insetos estavam ao redor dela, tentando acertá-la com suas assustadoras línguas de sapo, e as línguas eram rápidas, rápidas até mesmo para os padrões de Brianna.

Os insetos a haviam enganado. Tinham escondido essa arma do arsenal, e ela ficara presunçosa.

Spiiiiut!

Brianna chutou e se contorceu, mas duas línguas estavam em cima dela. Usou a pedra na que enrolava sua barriga e soltou-a, mas ela foi instantaneamente substituída por outras três.

Spiiiiut! Spiiiiut!

As coisas tinham agarrado Brianna! Ela estava presa numa teia, gritando, xingando, batendo.

Drake estava se recompondo, mas a mão de chicote continuava se contorcendo sozinha, como uma cobra num calçamento quente.

Brianna estava presa por meia dúzia daquelas línguas, e agora o resto dos insetos se aproximava para mastigá-la, com as mandíbulas cortando o ar como cimitarras.

Brianna sentiu uma onda súbita de medo. Seria possível que perderia essa luta?

— Não matem ela — disse Drake. — Segurem! Ela é minha!

Ele estava de pé, procurando o braço de chicote naquela confusão.

De repente, o coiote estava no meio da briga. Saltou para ela, mandíbulas abertas, dentes relampejando amarelos.

— É sério? — gritou Brianna.

Empurrou de volta o focinho cobiçoso, com toda a força. O movimento retesou uma das línguas. A mandíbula poderosa do coiote, errando o braço de Brianna, se apertou com força na língua, que saltou para trás como um cabo de alta tensão partido.

Ela estava presa, mas ainda tinha velocidade.

Agarrou os pelos do pescoço do coiote e girou-o para fazê-lo morder outra língua.

Agora somente quatro línguas a prendiam. Ela não tinha força para ficar segurando o coiote. A criatura, talvez temendo que os insetos retaliassem, partiu para longe, ganindo como se tivesse levado um chute.

Quatro cabos seguravam Brisa, todos mais ou menos do lado esquerdo, por isso ela partiu correndo, empurrando na direção dos insetos. As línguas se afrouxaram. Brianna deu um salto mortal. Foi uma manobra imperfeita, mal-executada, e ela pousou de costas com força, mas as quatro línguas tinham se enrolado, e agora, como se fossem uma só, a soltaram.

Ao mesmo tempo em que elas se soltavam, outras golpearam. Ela podia vê-las voando em sua direção como víboras dando o bote.

Chutou um inseto na cara, chutou com força uma mandíbula que tentava cortá-la, depois *bum bum bum*, três chutes fortes e estava fora dali.

Recuperou o fôlego em uma subida de uns 30 metros dali. Seu corpo estava empolado onde as línguas a haviam tocado. Mas ela estava viva.

Olhou, arquejando, ofegante, o tentáculo de Drake se fundir no ombro sem deixar emenda visível.

— Venha, Brisa — provocou Drake. — Venha me pegar. Estou aqui!

Brianna jamais fora de ignorar provocações. Nunca tinha fugido de uma briga. Mas escapara por centímetros. Por milímetros.

— É o fim, Brisa — grasnou Drake. — Vou matar todos vocês. Até o último! — Ele dançou em círculo, girando numa alegria louca. —

Corra, Brisa, Cooooorra! Porque, quando eu te pegar, vou fazer você sofrer!

Brianna correu.

Leslie-Ann deu os restos que havia nas latas para os irmãos e deixou que bebessem a água.

Certo, disse a si mesma: você fez o que podia.

Mas não tinha feito tudo que podia. Ainda não.

Nunca havia gostado muito de Albert. Ele era meio sacana com ela. Nunca dizia nada legal, tipo "Bom trabalho, Leslie-Ann".

Mas não merecia morrer daquele jeito. Talvez ainda estivesse vivo.

— Sou só uma criança — disse em voz alta para ninguém.

Mas sabia o que sentia, e o que sentia era que não tinha feito a coisa certa.

Foi para a rua, sem saber exatamente quem procurar, ou a quem contar, mas sabia que precisava dizer a alguém.

De onde estava podia ver mais claramente a grande nuvem esquisita. Parecia que estava chovendo. E nesse momento dois garotos passaram. Estavam andando juntos, carregando uma grande banheira de plástico. A água caía pelas bordas, e eles estavam encharcados.

Um deles a notou e riu.

— Está chovendo!

— Ninguém deveria sair — disse ela.

O garoto fungou.

— Ninguém está dizendo a ninguém o que fazer agora, e tem água. Se eu fosse você, ia pegar um pouco, depressa.

Leslie-Ann voltou correndo para dentro e achou um balde na garagem. Depois foi o mais rápido que pôde na direção da nuvem de chuva. Se todo mundo estava lá, talvez ela encontrasse alguém com quem falar sobre Albert.

À medida que chegava mais perto notou algo que, de certa forma, era tão estranho quanto a nuvem que agora estava quase em cima dela: havia água correndo na sarjeta. Água de verdade. Simplesmente correndo pela sarjeta.

Começou a correr e viu uma multidão de crianças dançando, saltitando à frente dela. Baldes estavam embaixo do aguaceiro. Crianças estavam de boca aberta ou tentavam tomar banho ou apenas se empurravam, brincavam e espadanavam.

Um som muito incomum para o LGAR: o riso agudo de crianças.

Leslie-Ann pousou seu balde e olhou, maravilhada, enquanto meio centímetro de água cobria o fundo.

Quando desviou o olhar, viu um garoto mais novo. Ela o tinha visto por ali. Mas geralmente estava com Orc, e ela sentia medo demais de Orc para sequer chegar perto dele.

Puxou a manga molhada de Howard. Ele não parecia compartilhar a alegria geral. Seu rosto estava severo e triste.

— O quê? — perguntou ele, cansado.

— Eu sei uma coisa.

— Bom para você.

— É sobre Albert.

Howard suspirou.

— Ouvi dizer. Ele está morto. Orc foi embora, e Albert está morto, e esses idiotas estão festejando como se fosse o carnaval ou algo assim.

— Acho que talvez ele não esteja morto — disse Leslie-Ann.

Howard balançou a cabeça, bravo por ser distraído. Foi andando. Mas então parou, virou-se e voltou até ela.

— Eu conheço você. Você faz faxina na casa de Albert.

— É. Sou a Leslie-Ann.

— O que você disse sobre Albert?

— Eu vi os olhos dele abrirem. E ele me olhou.

Albert morto.

Sam longe, sem dizer quando voltaria.

Astrid indo embora com o Pequeno Pete e Orc.

Dekka longe com Sam e Jack.

E agora Edilio, entorpecido com o tamanho do desastre, estava sentado, exausto, na escada do hospital improvisado. Não precisava do termômetro de Dahra para dizer o que já sabia: estava quente, vermelho, fraco.

Tossiu. E lançou um olhar vago para Brianna, que zumbiu e vibrou até parar diante dele.

— Insetos! — gritou ela. — Passei por eles vindo para cá. Drake e muitos outros insetos ainda estão perto da mina. Eu vi quando eles foram para o oeste, mas acho que é para enganar; ele provavelmente está vindo para cá também.

— Como podemos pará-los? — perguntou Edilio, e tossiu na mão.

— Precisamos de Sam.

— Nós... — Ele tossiu de novo e lutou contra uma tontura que lhe deu uma vontade desesperada de deitar. — Eu não sei onde ele está.

— Vou achá-lo — prometeu Brianna.

— Você é tudo que tenho. É a única aberração com algum poder de verdade. Acho que Sereia não seria de muita ajuda contra — ele tossiu — essas criaturas.

— Mas ela pode funcionar com Drake — disse Brianna, e riu como se não percebesse o que estava acontecendo em volta. Na verdade, quando Edilio tossiu de novo, ela piscou, franziu a testa e disse: — Esse pessoal todo está doente?

— Quando a Sereia canta, afeta todo mundo; ela é só um botão de pausa. — Edilio tossiu com força. Isso fez seu peito doer.

Estava doente. Doente no corpo e no coração.

Tinha visto e feito tantas coisas terríveis desde o início do LGAR. Mas nada tão medonho e a sangue-frio quanto apontar a arma para a cabeça de Lance e apertar o gatilho.

Era a coisa certa. Provavelmente. Fora a jogada da vitória, parecia, já que Astrid e o Pequeno Pete haviam sobrevivido.

Fora a jogada implacável. A jogada do tipo "dos males, o menor". Era o que Sam teria feito no seu lugar.

Mas era veneno no coração de Edilio.

— Eu não posso salvar a gente — disse Edilio. — Nem você, Brianna. E Sam... também não sei se ele pode. De modo que talvez esse seja o fim. Talvez seja isso, e nós perdemos.

Brianna deu um tapa no próprio peito.

— Eu não perco!

— Você não pode vencê-los sozinha, Brisa. — Veio um ataque de tosse, o pior até então. Passaram-se vários minutos antes que ele pudesse continuar. — Estou acabado. Não sei se isso vai me matar, mas nem consigo ficar de pé.

— Ei, a gente não pode simplesmente desistir. Aquelas coisas estão do tamanho de pôneis, algumas. E estão crescendo! Você não pode desistir, Edilio. É você que está no comando.

Edilio virou os olhos para ela, mas eles estavam perdidos. Ela era um rosto raivoso, desfocado.

— Me dá um pedaço e papel e um lápis — disse Edilio.

Ela voltou em menos de um minuto.

Os dedos dele estavam tremendo enquanto um ataque de arrepios sacudia seu corpo. Teve dificuldade para firmar o bloco e segurar o lápis. Mas com esforço supremo escreveu alguma coisa, dobrou o papel e entregou a Brianna.

— Quinn — disse.

Ela leu a mensagem e ficou intensamente vermelha. Jogou o papel para ele. O bilhete bateu no rosto de Edílio.

— Pirou de vez? Não vou fazer isso.

— Eu estou no comando — sussurrou ele. Curvou-se com os dedos trêmulos e pegou o bilhete. — A decisão é minha. É o único modo. Faça, Brisa, faça.

— Não, não. De jeito nenhum.

Edilio agarrou o braço dela e apertou com o resto das forças.

— Ao menos uma vez na vida, pense. Você pode impedir essas coisas? Pode impedir que esses insetos cheguem à cidade e matem todo mundo? Sim ou não?

— Eu posso tentar.

— Sim ou não?

Ela conteve um soluço súbito. Balançou a cabeça.

— Não.

— Certo, então — disse Edilio, rouco. — Quer ser responsável pela vida de todo mundo que vai morrer só para você poder bancar a durona?

Ela não tinha resposta. Olhou em volta como se visse pela primeira vez os doentes e os mortos, a igreja arrebentada e o triste cemitério.

— Não — respondeu.

— Então vá, Brisa. Vá.

TRINTA | 3 HORAS E 50 MINUTOS

SAM HAVIA LEVADO a lancha por toda a extensão do lago e de volta. Tinham encontrado dois campings pequenos, mas não os exploraram com cuidado. Talvez uma dúzia de trailers grandes, algumas barracas em vários estados de ruína. Sem dúvida um pouco de comida de acampamento, refrigerante, cerveja, café, todas as coisas que as pessoas levavam para acampar.

E gasolina em alguns daqueles tanques. Gasolina linda, linda.

Já estava imaginando os passos que teriam de dar. Levariam os trailers para a área da marina e colocariam num círculo ou talvez dois círculos concêntricos. Teriam de cavar boas fossas sépticas bem longe do lago, de modo que o esgoto não escorresse para a água potável.

Precisariam racionar a gasolina com cuidado, guardando para transportar comida dos campos e peixe do oceano. Ainda precisariam do suprimento de morcegos azuis de Quinn para pacificar as ezecas. Além disso, precisariam ser cautelosos para não pescar demais no lago.

Chega de erros idiotas. Dessa vez, teriam de fazer a coisa certa.

Esse era um trabalho para Albert, Sam precisava admitir. Sem dúvida Albert ficaria mais rico ainda, mas ele era o único com capacidade de organização para o serviço.

É, daria certo. Eles construiriam, organizariam, e dessa vez fariam do modo certo.

De sua parte, precisava encontrar um modo de destruir as verdinhas voadoras. Mas sem dúvida, com a força de Jack e os poderes de Dekka, e talvez de Brianna — que provavelmente poderia correr no meio de uma nuvem de verdinhas sem ser acertada —, poderiam lacrar aquela caverna e esmagar ou queimar as que sobrevivessem.

Agora estavam retornando à marina, lentamente, à vontade. Estava ficando tarde, e Sam tentava decidir se deveriam tentar ligar um dos veículos parados na marina e voltar esta noite ou planejar com mais cuidado e ir de manhã.

A última coisa de que alguém precisava eram trezentas crianças partindo numa busca louca por coisas doces. Metade acabaria perdida no deserto ou nos morros, virando comida de coiote.

A notícia precisaria ser dada do modo certo. Edilio e o resto do conselho precisariam planejar um pouco.

Para Dekka, disse:

— Acho que talvez a gente devesse colocar o máximo de água possível num jipe e voltar esta noite.

— Acho que você notou que não existe nenhuma estrada que vá direto para lá.

— Segundo o mapa, a estrada que segue o lago se curva ao redor e bate na barreira. Certo? Mas tem de haver uma estrada que passe pelo Stefano Rey e chegue à via expressa, não é?

Dekka deu de ombros. Sua mente estava em outro lugar.

Ele não podia culpá-la. Mas tinha se convencido de que ela estava preocupada sem motivo.

Permitiu-se um momento de fantasia. Eles seriam heróis, aparecendo na cidade com água, mesmo que não fosse muita. Essa seria uma visão muito bem-vinda. Um jipe cheio de garrafas d'água. Talvez alguns vidros de Nutella, também, se fossem para o leste até o trem, antes de virar para o sul.

Depois, uma reunião com o conselho. Eles poderiam começar a transportar água em caminhões imediatamente. Isso manteria todo mundo calmo até que houvesse um plano.

— Nós vamos entrar... — Suas palavras morreram enquanto seu olhar ia até a marina. — Dekka. Jack. Olhem.

Olharam.

Criaturas, parecendo enormes baratas prateadas, baratas do tamanho de minivans, se agrupavam na margem. Cerca de uma dúzia.

Tinha de ser ilusão. Um truque. Era uma coisa impossível. Como um pesadelo saído de algum filme antigo de ficção científica.

Sam pegou o binóculo que havia encontrado na mala fechada de um barco. Levantou-o e focalizou.

— São os insetos do Hunter — disse. Não conseguia manter o espanto longe da voz. — Mas estão enormes.

Virou o binóculo e então viu um humano em cima de uma das criaturas. Não podia ver o rosto bem o bastante para identificá-lo. Mas não havia como se enganar com o enorme tentáculo balançando presunçosamente.

Drake. Não mais trancado em sua prisão no porão.

O Jardim do Éden de Sam tinha sua própria serpente.

O primeiro impulso de Howard tinha sido ir ao hospital improvisado e encontrar Lana. Mas o que ganharia com isso?

Orc estava em algum lugar, pirando, de porre, doidão, chumbado. Voltaria quando ficasse sem álcool, mas por enquanto estava longe, e a fuga de Drake era uma espécie de olho roxo para Howard.

No fundo de sua mente calculista, Howard se perguntou se Orc estaria simplesmente a fim de imitar Maria e dar o fora de vez. Ele ainda estava longe dos 15 anos mortais, mas um dia desses poderia arranjar uma briga que o matasse.

Ou poderia simplesmente beber até morrer. E aí? O que Howard tinha sem Orc?

Num nível ainda mais profundo, havia uma tristeza genuína ao pensar que Orc iria abandoná-lo. Afinal de contas eles eram amigos. Tinham passado por tudo juntos. Orc não era somente o principal bem de Howard, era seu único amigo.

Ele gostava de Orc. Gostava genuinamente. Obviamente, Orc não gostava muito dele.

Howard demorou para tomar a decisão. Demorou e aproveitou para tomar um banho de chuva totalmente vestido. Mas por fim tomou a decisão e se afastou da nuvem, encharcado, mas moderadamente limpo, sem ser notado pelas crianças saltitantes.

A casa de Albert não ficava longe. Ele encontrou a porta aberta e localizou o jovem magnata rapidamente. Seus olhos estavam fechados. Parecia definitivamente morto. Muito definitivamente morto.

Avançou com cautela, como se Albert pudesse se levantar de repente e começar a gritar com ele por ter invadido a casa. Apertou dois dedos contra o pescoço de Albert. Não sentiu pulsação.

Mas sentiu calor. O corpo deveria estar mais frio.

Agachou-se diante de Albert e, com o dedo, levantou uma pálpebra. A íris escura se contraiu.

— Uááá! — disse Howard, e caiu para trás. — Você está vivo, cara?

Não houve resposta. Nada.

Howard ficou frustrado, porque havia esperado fazer um acordo — se Albert ainda estivesse vivo. Afinal de contas, se salvasse a vida dele, seria razoável que ele devesse alguma coisinha a Howard.

Howard hesitou. Podia não fazer nada, e cedo ou tarde Albert estaria cem por cento morto da silva. Ou poderia tentar encontrar Lana. E talvez houvesse alguma recompensa. Albert era mão-fechada, mas se Howard salvasse a vida dele...

— Certo, não sei se você consegue ouvir ou não, Donald Trump, mas se eu salvar o seu rabo, você me deve uma. — Ele franziu a testa e decidiu que era melhor acrescentar: — Ah, por sinal, é Howard que está falando. Portanto é a Howard que você vai dever.

Chegou ao suposto hospital e encontrou uma visão muito perturbadora: Edilio, tremendo e murmurando nos degraus de pedra, ignorado. Era só um dentre as dezenas de crianças em vários graus de doença. Tossindo, escarrando, tremendo.

A última coisa que Howard queria era chegar mais perto.

— Ei! — gritou para cima dos degraus.

Ninguém respondeu. Ele se encolheu, virou-se de costas, virou-se de volta, fazendo uma pequena dança de indecisão. Sem ao menos saber qual seria a recompensa, era difícil decidir arriscar a vida. Afinal de contas, a pessoa precisava saber como seria paga.

Ccccrrraaalff!

Uma criança no topo da escada tossiu de repente com uma força que Howard nunca tinha visto nem imaginado. A tosse jogou o garoto para trás. Ele caiu com força, a cabeça batendo no granito com som de um melão derrubado no chão.

O garoto rolou, ajoelhou-se, depois tossiu um jato de sangue em cima de uma garota ali perto.

— Impossível — disse Howard. — Não dá pra acreditar.

O garoto novo, Sanjit Helicóptero, apareceu no topo da escada. Desceu correndo até o garoto que tossia e segurou os ombros dele por trás.

Viu Howard parado ali.

— Me dá uma mão, preciso tirar ele da escada.

— Não vou encostar nesse carinha — disse Howard.

Sanjit lançou-lhe um olhar raivoso. Mas que depois se suavizou, como se ele entendesse.

Tentou fazer o garoto subir a escada de volta, mas então o menino começou a tossir de novo com tamanha violência que jogou Sanjit longe e foi lançado para trás de novo.

Dessa vez, ele rolou escada abaixo e parou aos pés de Howard. Ficou ali, tremendo e gemendo. Uma fonte de sangue brotou ao mesmo tempo dos ouvidos, do nariz e da boca.

Sanjit veio e parou junto dele.

— Saia do caminho — disse a Howard. — Preciso arrastá-lo para o outro lado da rua.

— Ele está morto?

— Não, está em perfeita forma — respondeu Sanjit, rispidamente. Em seguida agarrou os dois pulsos do garoto e começou a puxá-lo para a praça.

— Você viu Edilio ali? — perguntou Howard.

— Vi, vi Edilio ali.

— Você não deveria... — Howard fez um gesto vago.

— É, eu deveria pedir uma maca e levá-lo direto para a UTI — respondeu Sanjit, com fúria contida. — Vou colocá-lo numa máquina de oxigênio e enchê-lo de antibióticos. Ou talvez só fique olhando se ele vive ou morre, porque é só isso que posso fazer. Está bem?

Howard deu um passo para trás, diante da raiva do garoto magro.

— Eu não quis... — disse, e acompanhou a uma distância segura enquanto Sanjit arrastava o garoto para fora do meio-fio, por cima do asfalto.

Sanjit parou na metade e olhou para o céu.

— O que é aquilo? Uma nuvem?

— Ah, aquilo? É, está chovendo. Mais uma esquisitice — disse Howard.

— O quê? Está chovendo? Tipo água?

— É, água. Foi um choque para mim também. Sendo o LGAR, a gente esperaria que chovesse fogo, cocô de cachorro ou algo assim.

— Chuuuu! — gritou Sanjit a plenos pulmões. — Chuuuu!

Alguns segundos depois, seu gorducho irmão africano desceu a escada correndo, parecendo alarmado.

— Água! — disse Sanjit.

— Onde? — perguntou Virtude.

Sanjit apontou com o queixo.

— Pegue um balde. Pegue todos os baldes que puder achar.

Virtude ficou boquiaberto, depois correu.

Sanjit voltou a arrastar o cadáver.

— Escuta, cara — disse Howard. — Eu preciso da Lana. Sabe quem é? A Curadora.

— Você está com um machucadinho, é? — zombou Sanjit. — Ela está meio ocupada tentando salvar dois sacanas em quem Edilio atirou.

— Onde?

— Na casa de Astrid. Não sei onde é. Que tal você me ajudar ou dar o fora daqui?

— Escolho a opção B.

Na casa de Astrid. Certo. Deve ser... digamos, diretamente embaixo da nuvem.

Ora, ora, pensou Howard enquanto a verdade o atingia.

— O Pequeno Pete — disse. — Então é lá. Bom, vamos indo, Howard, vamos indo.

* * *

Quinn e sua equipe estavam remando para a praia, muito mais tarde do que o usual. Tiveram um dia difícil. Depois de uma noite péssima no acampamento, enfrentaram problemas para fazer um dos barcos flutuar de novo. Sem perceber, o haviam raspado numa pedra escondida ao puxá-lo para a praia. Foi aberto um rombo no fundo, o que significou horas arranjando um modo de remendar.

Felizmente, era um dos cascos de madeira, e não de metal ou fibra de vidro; esses seriam impossíveis de remendar sem voltar à cidade em busca de equipamento.

Mesmo assim, tiveram de usar apenas os canivetes suíços para transformar pedaços de madeira largada na praia em tábuas razoavelmente lisas. Depois descobriram que não tinham parafusos, por isso precisaram tirar cavilhas dos outros barcos, furar o remendo e o casco e usar as cavilhas para prender o remendo. Tinham raspado e depois derretido um pouco de tinta para usar como selante.

Quando terminaram, o barco estava surpreendentemente estanque. Todos haviam ficado muito satisfeitos com o trabalho, mas ainda restava um dia de pesca.

Pescar mais tarde era mais difícil. À medida que o sol esquentava a camada superior da água do mar, alguns dos peixes com que mais contavam iam para o fundo ou paravam de comer.

De modo que não fizeram as brincadeiras, risos e canções que costumavam acompanhar a volta para casa.

— Eles ainda não apanharam os peixes de ontem! — gritou Quinn quando chegaram perto o suficiente para ver.

E, de fato, a maior parte dos peixes que eles tinham trabalhado tanto para trazer no dia anterior ainda estava no cais, apodrecendo no calor.

A revelação provocou uma rodada de gritos furiosos das tripulações, seguidos por uma preocupação mais inquietante. Era difícil imaginar como Albert deixaria isso acontecer.

— Tem alguma coisa muitíssimo errada — disse Quinn. — Quero dizer, ainda mais errada do que a gente sabia.

Ainda estavam a 200 metros da praia quando Quinn viu um borrão que se imobilizou e virou Brianna. Ela estava no fim do cais.

Havia algo na mão dela.

— Vocês, fiquem para trás — gritou Quinn para os outros barcos. — Vamos até lá, ver o que há.

O barco de Quinn encostou no cais, e ele jogou um laço por cima de um cunho

— Já não era sem tempo — disse Brianna.

— Ei, desculpa, a gente andou meio ocupado — reagiu Quinn, rispidamente. — E eu não sabia exatamente que tinha de cumprir horário.

— Não gosto do que preciso fazer aqui — disse Brianna. E entregou o bilhete a Quinn.

Ele leu. Leu de novo.

— Isso é alguma piada? — perguntou.

— Albert está morto — respondeu Brianna. — Assassinado.

— O quê?

— Está morto. Sam e Dekka estão em algum lugar, longe. Edilio pegou a gripe, pode morrer, um monte de gente já morreu. Um monte. E tem uns... uns monstros... umas espécies de insetos... ninguém sabe como chamar eles... vindo para a cidade. — O rosto dela se contorceu numa mistura de raiva, tristeza e medo. Disse bruscamente: — E eu não consigo impedi-los!

Quinn a encarou. Depois olhou de novo o bilhete.

Sentiu seu universozinho de contentamento se vergar e escorrer para longe.

Havia apenas duas palavras no papel.

— Traga Caine.

TRINTA E UM | 3 HORAS E 49 MINUTOS

SAM LEVOU O barco até 30 metros da margem.

— Acho que você está desejando ter me queimado inteiro, não é? — gritou Drake.

— Eu estou — rosnou Dekka.

— É verdade — disse Totó. — Ela está mesmo.

Sam precisou controlar uma raiva furiosa que ardia dentro dele. Como Drake havia escapado? Teria arranjado um modo de subornar Howard?

— Ele não estaria ali provocando a gente a não ser que achasse que poderia nos vencer — disse Sam, baixinho. — Aqueles insetos... eu não pude matá-los quando estavam muito menores. — Ele olhou para Totó. — Tudo que você tem é essa coisa de dizer a verdade, certo? Você não tem algum outro poder?

Totó deu a resposta à cabeça desaparecida do Aranha.

— Nenhuma arma.

— Será que aquelas coisas podem nadar? — perguntou Jack.

— Se pudessem, já estariam atrás da gente — respondeu Sam.

— Você acha que Drake pode controlar aquelas coisas, mandar que façam o que ele quer? — perguntou Jack.

— Acho que vamos descobrir mais cedo ou mais tarde — disse Sam.

Todos ficaram em silêncio, olhando-o cheios de expectativa.

Por enquanto provavelmente estavam em segurança, pensou Sam. Caso contrário, Drake teria vindo atrás deles. Se fossem para a margem, isso significaria luta. E Drake estava bastante presunçoso, exibindo-se e provocando-os.

Sam podia levar o barco de volta lago acima. Poderia desembarcar e passar ao largo do exército de insetos de Drake. Eles poderiam chegar a algum local onde pudessem lutar sem destruir a marina.

— Precisamos sair daqui — disse.

— Ei, Sam — gritou Drake. — Achei que você gostaria de saber que esse não é meu exército inteiro.

Sam não duvidou.

— Sua garota Brianna tentou impedir a gente. — Drake balançou uma faca de caça. — Tirei isso dela. Eu chicoteei ela, Sam. — Ele estalou a mão de chicote. O estalo foi como um tiro de pistola. — Quebrei as pernas dela para que não pudesse correr. Depois...

Dekka estava com metade do corpo para fora do barco, pronta para nadar até a margem. Jack a agarrou.

— Me solta! — gritou Dekka.

— Segure-a — ordenou Sam a Jack. — Não seja idiota, Dekka. Ele quer que a gente vá correndo até lá.

— Eu posso vencê-lo — disse Jack. — Dekka e eu podemos matá-lo.

Sam registrou o fato de que Jack estava fazendo uma ameaça física. Não se lembrava de ter ouvido esse tipo de coisa da parte dele. Mas Dekka era sua maior preocupação.

— Eu vou matá-lo — disse Dekka numa voz tão profunda, gutural, que parecia um animal. — Eu vou matá-lo. Vou matá-lo. — Depois gritou: — Vou matar você, Drake. Vou matar você!

Drake riu.

— Acho que ela gostou. Ela estava gritando, mas gostou.

— Ele está mentindo — disse Totó.

— Quem? — perguntou Sam, rispidamente.

— Ele. — Totó apontou para Drake. — Ele não matou a tal garota, nem machucou ela.

Dekka relaxou, e Sam e Jack a soltaram.

— Totó da Verdade — sussurrou Sam. — Ele sabe quando as pessoas estão mentindo.

— Acabei de decidir que gosto de você — disse Dekka a Totó. — Você pode ser útil.

Totó franziu a testa.

— É verdade, você acaba de decidir que gosta de mim.

— Continue ouvindo, Totó — disse Sam. E pensou por um minuto. Depois gritou: — Brianna pode estar morta, mas ainda temos força mais do que suficiente para lidar com você.

Drake inclinou a cabeça para trás e gargalhou.

— É, o resto do meu exército está acabando com o pessoal que resta em Praia Perdida. Foi um massacre lindo, Sam, você tinha que estar lá.

Sam fez um gesto para Dekka não reagir. Quanto mais Drake falasse, melhor.

— Mas ainda tenho Astrid viva, Sam — gritou Drake. — Estou com ela num lugar seguro. Quero demorar um tempo com ela.

Sam esperou, prendeu o fôlego.

— É tudo mentira — disse Totó.

— Tudo?

— Tudo.

Sam respirou.

— Bom, Drake — gritou Sam por cima da água. — Lamento saber disso. Acho que não resta nada a não ser você vir me pegar.

Seu tom era tão casual que deixou Drake boquiaberto. O psicopata levou alguns instantes para se recuperar.

— Qual é o problema, Sammy? Está com medo? Amarelou?

— Não, na verdade a gente estava pensando em pegar uns peixes. Ouvi dizer que a truta desse lago é deliciosa. Quer se juntar a nós? Você consegue nadar com uma mão de chicote, não é?

Drake ficou olhando. Olhou a faca em sua mão como se ela o tivesse traído, de algum modo. Depois, com os olhos estreitados, encarou Totó.

— Qual é, Drake. Não seja um bebezão. Venha pegar a gente.

O tempo todo, Sam estivera deixando o barco chegar mais perto, mais perto, mas sem encalhar. Ele estava a 10 metros de Drake. Não precisava levantar a voz para ser ouvido.

Sem se virar para ela, e falando num sussurro, disse:

— Dekka, você pode alcançá-lo daqui?

— Por pouco — respondeu ela. — Quanto mais agudo o ângulo, menos posso fazer. Mas posso.

— No um — disse Sam. — Três... dois...

Dekka levantou as mãos, e Drake subiu debilmente do chão. Ele sentiu isso imediatamente, soube o que estava acontecendo e chutou o ar como uma marionete.

Sam levantou as mãos. Dois fachos de luz verde dispararam. Acertaram uma das criaturas, meio metro à esquerda, mas Sam girou para a direita e acertou a perna de Drake.

A perna ficou brilhante e soltou fumaça.

Drake usou o chicote para pegar uma das criaturas. Puxou-se para fora do campo de Dekka e rolou no meio delas, que bloquearam os raios de Sam.

— Ele vai morrer? — perguntou Totó.

— Infelizmente não — respondeu Dekka.

Na margem ouviram Drake berrando ultrajado, e depois:

— Peguem eles! Vão!

As criaturas reagiram imediatamente. Correram para a beira d'água. Era quase impossível para Sam vê-las como criaturas vivas. Mais pareciam robôs. Insetos simplesmente não eram tão grandes. Não podiam ser tão grandes.

Correram num enxame para a água. E continuaram correndo direto.

— Eles flutuam — disse Jack. — Isso é ruim.

— É, mas não conseguem nadar muito bem — observou Sam. Em seguida pôs o motor em marcha a ré e foi lentamente para uma distância mais segura. As criaturas tinham parado de correr para dentro d'água. As que conseguiam encostar no fundo voltaram ignominiosamente para a terra seca. Duas flutuavam como embarcações desatracadas ou como trailers apanhados numa enchente, girando devagar, impotentes.

Então uma das criaturas em terra abriu as asas. Por baixo da carapaça dura havia asas iguais às de uma libélula.

— Elas não podem voar de verdade, podem? — perguntou Dekka.

A criatura decolou. Era uma coisa desajeitada e lenta, mas voou.

Voou na direção do barco.

* * *

— Voltem para o acampamento depois de descarregarem os peixes — instruiu Quinn aos tripulantes. — Alcanço vocês mais tarde. E se não... bom, continuem com a rotina.

Ele sentiu olhos preocupados acompanhando-o enquanto caminhava pelo cais. Havia uma lancha que ainda tinha alguns galões de combustível. Fora separada apenas para emergências. Ele achou que a situação atual era emergência suficiente.

— Você vem? — perguntou Quinn a Brianna.

Ela balançou a cabeça.

— Não posso vencer essas coisas, mas ao menos posso lutar com elas.

— E se ele não vier? — perguntou Quinn.

— Vai vir. Vai ser o grande momento dele.

— Ele vai conseguir parar essas criaturas?

— Como vou saber? A ideia não foi minha. Não sou eu que digo que a gente deveria trazê-lo de volta. Talvez ele e Drake voltem a ser melhores amigos. Como é que vou saber?

— Bom, acho que Edilio pensa que Caine pode salvar a gente.

Nenhum dos dois falou durante um tempo, ambos pensando em Edilio, imaginando se ele sobreviveria. Desde o início, Edilio tinha sido um dos mocinhos. Provavelmente o melhor deles.

Ele e Maria: duas pessoas altruístas, leais, decentes. Uma, morta depois de trair tudo e todos. O outro, talvez morrendo agora, ignorado e sozinho.

— Mais uma pergunta, Brianna. É sério. Então não venha com sua resposta automática de garota durona, certo? Porque quero saber a verdade.

— É?

— Você pode vencer Caine? Se ele começar a agir como sempre, se começar a sacanear as pessoas... Pode acabar com ele?

Quinn viu o início de um sorriso presunçoso. Mas depois ela abandonou o fingimento, suspirou e disse:

— Não sei, Quinn.

Mesmo assim, ele hesitou. Não queria ir. E sabia por quê.

— Todo mundo meio que gosta de mim agora porque eu pesco. Eu tenho essa coisa que eu faço, certo? E ela é necessária, por isso as pessoas me respeitam. — Ele suspirou e desenrolou a corda da lancha. — Agora vou ser o cara que trouxe Caine de volta.

Brianna assentiu.

— É um saco ser você. É um saco ainda maior ser eu.

Impulsivamente, Quinn abraçou-a. Como um irmão. Ela não devolveu o gesto, mas também não sumiu num borrão.

— Aguenta as pontas, Brisa.

— Você também, Pescador.

Quinn entrou na lancha. Brianna estava fora das vistas antes que ele pudesse ligar o motor.

Saiu devagar da marina. Depois acelerou até a velocidade máxima e apontou a proa para a ilha distante.

Astrid olhou em volta, imaginando onde estavam e para onde iam. Orc parecia ter algum lugar em mente. Mas também parecia confuso. Estavam numa área de mato emaranhado e vales íngremes, súbitos, sufocados de arbustos.

— Você esta levando a gente à Coates? — perguntou ela.

— É

— Por quê?

— Você queria ir para longe, não é?

— Quero meu irmão num lugar seguro — respondeu Astrid, consciente da hipocrisia.

— Lá é seguro.

— Como você sabe?

— É segredo — resmungou Orc. — Quero dizer, não tem ninguém lá. Pelo menos nenhum daqueles garotos. Caine e o pessoal.

— E se Drake for para lá?

Orc deu de ombros, o que fez a cabeça do Pequeno Pete cair de seu ombro e tombar para trás.

— Se Drake estiver lá, eu cuido dele.

Astrid acelerou o passo para alcançar Orc. Pôs a mão no ombro dele. Ele diminuiu a velocidade e ficou de lado, para ela poder andar junto.

— Você está procurando Drake? — perguntou Astrid. — Porque não acho uma boa ideia.

— Não me importo com Drake — disse Orc, com raiva. — Estou cheio dele. Mas preciso ficar longe da cidade. Aonde mais posso ir?

Astrid teve certeza de que isso era parte da verdade. Mas não toda.

— Obrigada por ajudar a gente. Mas você não precisa ficar longe da cidade. Não é culpa sua Drake ter escapado.

— Eu não disse que era.

— Então por quê?

Orc não disse nada, só continuou andando pesadamente, os pés de pedra batendo no mato baixo como um Godzila em miniatura. Depois:

— Um garoto — disse ele.

— Que garoto?

— Um garoto, um garotinho, estava todo doente ou sei lá o quê, e eu estava... acho que eu estava bêbado.

— O que aconteceu com o garoto?

— Ficou no meu caminho.

Era difícil decifrar a expressão de Orc. Mas ela escutou angústia em sua voz.

— Ah — disse Astrid.

— Preciso sair da cidade. Igual a Hunter. É a lei. Você deve saber, já que você criou.

— Eu não inventei o "não matarás" — disse Astrid, defensivamente. A hipocrisia em sua voz a deixou nauseada. A mesma Bíblia que dizia "não matarás" também dizia "aquele que odeia o irmão é um assassino".

Ela não odiava o irmão? Não havia pensado no assassinato? Não tinha desafiado Turk e Lance a fazer isso por ela? Se Orc precisava se exilar, ela também não precisava?

Queria ver o irmão morto e viveria com esse pecado mortal, no entanto estabelecia um limite quanto a dormir com Sam? Isso não era absurdo? Assassinato, claro, mas relação sexual? De jeito nenhum.

Nunca havia se sentido tão por baixo. Ficou para trás, para que Orc não visse as lágrimas em seus olhos. Ah, Deus, como ela havia se tornado essa pessoa? Como havia fracassado de modo tão absoluto?

Hipócrita. Assassina no coração. Uma bruxa fria e manipuladora. É o que ela era. Astrid Gênio? Astrid Fraude.

E agora andava com dificuldade pela floresta que ia escurecendo, para encontrar um abrigo frio com um assassino bêbado e seu irmão. Um que havia matado por fúria e estupidez; outro que matava por quê? Ignorância? Indiferença? Pelo simples fato de ter um poder demasiado para qualquer pessoa dominar, quanto mais uma criança autista? Ela gargalhou, mas não foi um som feliz.

— O que há de engraçado? — perguntou Orc, desconfiado.

— Eu.

Viram os escuros tetos íngremes da Coates por entre as árvores e depois chegaram à estrada que levava ao portão principal.

Era um lugar sombrio, assombrado. Pedras caiadas de branco que mostravam provas de violência. Um buraco enorme na fachada parecia um ferimento de bala, fatal. A porta tinha sido quebrada, despedaçada.

Orc continuou andando, subiu a escada e gritou:

— Tem alguém aí?

Sua voz ecoou na entrada em arco.

— Tem camas lá em cima. É preciso ir pela escada dos fundos.

Foi na frente, sem dúvida familiarizado com o lugar. Astrid se perguntou como ele teria passado a conhecê-lo tão bem. Orc não tinha sido aluno da Coates.

Encontraram um dormitório que não tinha sido queimado, despedaçado nem usado como banheiro.

Orc jogou o Pequeno Pete negligentemente num colchão nu. Astrid procurou e encontrou um cobertor velho, que abriu sobre ele.

Sentiu a testa do irmão. Ainda estava com febre, mas talvez não fosse pior do que antes. Ela não tinha termômetro. Ele estava tossindo em espasmos. Nem pior nem melhor.

— O que vem agora, Petey? — perguntou.

Se Lance tivesse apertado o gatilho, será que a bala teria matado o Pequeno Pete? Será que ele teria o poder de pará-la? Sem dúvida. Mas será que saberia o que estava acontecendo?

— Até que ponto você sabe, Pete? Até que ponto você entende?

Ele precisaria de roupas de cama limpas depois de ter se molhado. E ela própria precisaria de roupas, ainda estava apenas com uma camisola. E, mesmo que não existisse comida nesse lugar, certamente poderia haver algumas gotas d'água.

Chamou Orc, mas ele não escutou. Ela ouviu seus passos pesados reverberando no silêncio fantasmagórico.

Era melhor deixá-lo. Em outro cômodo encontrou roupas quase do seu tamanho. Quase. Não estavam limpas, mas pelo menos não tinham sido usadas recentemente. A Coates estava abandonada havia algum tempo. Ela se perguntou se a roupa pertenceria a Diana.

Foi procurar água. O que encontrou foi Orc. Estava no refeitório. As pernas enormes apoiadas numa pesada mesa de madeira. Tinha juntado duas cadeiras para suportar seu peso e sua largura.

Segurava uma garrafa de vidro cheia de líquido incolor.

A sala cheirava a carvão e a algo enjoativamente doce. A fonte era óbvia: no canto, perto de uma janela, havia uma geringonça que só podia ser um destilador. Tubos de cobre provavelmente retirados do laboratório de química saíam em serpentina de uma banheira de aço pousada em um cavalete de ferro sobre os restos frios de uma fogueira.

— É aqui que Howard faz o uísque dele — disse Astrid. — Por isso você conhece o lugar.

Orc tomou um gole comprido. Parte do álcool escorreu da boca.

— Ninguém vem aqui desde que Caine e todos eles foram embora. Foi por isso que Howard montou o negócio aqui.

— O que ele usa?

Orc deu de ombros.

— Não importa muito, desde que seja algum tipo de vegetal. Tem um milharal que pouca gente conhece. Alcachofras também. Repolho. Não importa.

Astrid ocupou uma cadeira a alguma distância dele.

— Você trocou de roupa — disse ele.

— Estava com frio.

Ele assentiu e tomou um gole comprido. Seu olhar estava fixo nela, examinando-a detalhadamente. Astrid ficou muito feliz por não estar mais de camisola.

Imaginou se Orc tinha idade suficiente para ela se preocupar nesse sentido. Achou que não. Mas era uma possibilidade assustadora.

— Você deveria estar bebendo isso tão depressa?

— Tem de ser depressa. Senão eu apago e não consigo o suficiente para funcionar.

— Funcionar o quê?

Orc deu um sorriso triste.

— Não se preocupe, Astrid.

Ela não queria se preocupar com isso. Tinha preocupações suficientes. Portanto, não disse nada enquanto ele bebia e bebia até ser obrigado a parar para respirar.

— Orc — disse ela, baixinho. — Você está tentando se matar?

— Como eu disse, não se preocupe.

— Você não pode fazer isso. É... é errado.

Notou mais duas garrafas no chão, onde ele poderia alcançá-las sem se mexer.

— É pecado mortal — disse, sentindo-se uma idiota. Até a palavra "pecado" parecia um pecado quando ela falava.

Hipócrita, censurou-se em silêncio. Fraude.

— Se fizer isso, não vai ter chance de se arrepender. Vai morrer com um pecado mortal na consciência.

— Já tenho isso.

— Mas vai se arrepender. Você já pensou nisso. E está arrependido.

Orc soluçou de repente, um som alto. Inclinou a cabeça para trás e fez o resto que havia na garrafa se derramar na boca.

— Se você pediu perdão, e estava arrependido de verdade, Deus o perdoou pelo que aconteceu com o garotinho.

As garrafas não estavam com rolhas, fechadas apenas com um pedaço de filme plástico e um elástico. Orc tirou o plástico da segunda garrafa.

— Não tem Deus no LGAR, você não sabia? — disse ele.

TRINTA E DOIS | 3 HORAS E 48 MINUTOS

SAM DISPAROU. OS raios de luz acertaram direto o inseto que voava. Ricochetearam e se fragmentaram, transformando a água em vapor.

— Dekka! — gritou.

Ela cancelou a gravidade embaixo do inseto que voava, de modo que ele disparou subitamente para o alto, seguido por um jorro de água.

Mas isso não adiantou. Mais criaturas estavam abrindo as asas, que pareciam de baratas, e voando desajeitadamente para o barco.

Sam xingou. Engrenou o motor e girou o volante. O barco partiu para o meio do lago.

Os insetos tentaram persegui-lo, mas eram insetos, e não águias, e seu voo era espasmódico e malcontrolado.

— Talvez eu possa esmagá-los — disse Jack, por cima do rugido dos motores.

— Ele acredita que talvez possa — comentou Totó.

— Mas eles me dão medo.

— Isso também é verdade — disse Totó.

— É, eu poderia ter adivinhado isso — gritou Sam, enquanto desviava o barco para longe de outra criatura desajeitada.

Podiam continuar desviando dos insetos, talvez para sempre, mas quando Sam bateu no mostrador de combustível, o ponteiro indicou apenas um oitavo de tanque.

Havia uma bomba manual no tanque de gasolina do cais. Mas Drake não deixaria que atracassem e reabastecessem.

— Precisamos de gasolina — disse Sam.

Levou o barco para longe da marina, mantendo-se perto da margem, esperando que o assustador exército de Drake os seguisse. Eles eram mais rápidos em terra do que no ar, por isso partiram de volta em seu voo desgovernado de besouro até pousar em terra.

Olhou para trás e viu Drake instigando as criaturas. Elas eram rápidas correndo com suas pernas de inseto. Mas não tanto quanto o barco. Na velocidade máxima, ele poderia se afastar.

— Estamos fugindo? — perguntou Totó.

— Estamos — disse Sam, rispidamente.

— Não é verdade.

— Tem algum modo de calar sua boca? — perguntou Sam. — Nós somos mais rápidos do que ele. Por isso vamos afastá-los, voltar e chegar à marina antes deles.

— E depois? — perguntou Dekka.

— Vamos abastecer e sair daqui para sempre.

— Grande plano — disse Dekka.

— Cedo ou tarde, Drake vai dar lugar a Brittney. Então podemos ter uma chance.

Não demorou muito para chegarem ao fim do lago, com velocidade máxima. As baratas enormes corriam ao longo da margem, ansiosas para alcançá-los. Agora nenhuma voava.

— Cadê Drake? — perguntou Jake.

Sam examinou o exército de insetos. Nem sinal de Drake. Desligou o motor, economizando combustível para a corrida desvairada de volta à marina. No silêncio súbito, ouviu um motor diferente.

Um barco esguio com dois grandes motores de popa levantava uma nuvem de borrifos, acelerando na direção deles. Não poderia haver dúvida quanto a quem o pilotava.

Os insetos em terra. Drake na água.

— Se ele tiver uma arma, estamos encrencados — disse Dekka.

— Ele não precisa de arma — respondeu Sam, com ar sombrio. — Ele pode nos chicotear. Ele não pode ser morto, nós podemos.

— O que vamos fazer? — perguntou Jack. Depois, com mais pânico: — O que vamos fazer?

Dekka pôs a mão em seu ombro para acalmá-lo.

— Calma.

Sam mediu a margem, verificou o suprimento de gasolina, olhou os dois amigos e finalmente avaliou Totó.

— Cara, você acha que consegue bombear gasolina?

Totó desviou o olhar e repassou a pergunta para a cabeça imaginária do Aranha.

— Eu posso bombear gasolina? — Depois, aparentemente ouvindo uma resposta, disse: — Posso.

Sam ligou o motor. Virou o volante, esperou, esperou enquanto a onda levantada pela proa de Drake aumentava de tamanho.

— Jack. Pegue aquele bicheiro, o pau com um gancho na ponta. E fique preparado.

— O quê?

— Você viu aquele filme em que Heath Ledger era um cavaleiro?

— Não foi o melhor filme dele — disse Dekka.

— Verdade — concordou Totó.

— Segura firme — alertou Sam. Em seguida engrenou o motor, apertou o acelerador até o fim e partiu na direção de Drake.

Lana não correu. Estava cansada demais para isso, e de qualquer modo Howard provavelmente estava errado. Turk e Lance sem dúvida acreditavam que tinham matado Albert. Enquanto estava deitado, berrando de dor embaixo do toque curativo de Lana, Lance ficou balbuciando algo sobre perdão, rezando para ser salvo, dizendo que sentia muito por Albert. "Foi o Turk, não fui eu!", dissera, com a bochecha destruída, balançando, sangrenta, a cada palavra enquanto a chuva forte levava o sangue para o carpete embaixo da cabeça dele.

Lana havia praticamente curado Turk e Lance. Eles não morreriam pelo menos. Ela não via o sentido disso: eles eram lixo, e alguém simplesmente teria de matá-los de novo, cedo ou tarde. Mas achou que a decisão não era sua. Ela era só uma peça de jogo no meio da loucura.

Tinha perdido a chance de ser heroína destruindo o gaiáfago. E tinha fracassado em parar o vírus que agora reivindicava nove corpos. Em vez disso, salvara dois sacanas. É isso aí!

Ela e Howard encontraram Albert como ele havia contado: sentado, com as costas apoiadas na parede.

Lana notou uma quantidade medonha de sangue. Um pequeno mar pegajoso ao redor de Albert.

— Ele não morreu imediatamente — observou ela. — Pessoas mortas não sangram tanto assim. E está vendo como a parede está manchada? Ele sentou-se. — Lana se ajoelhou e pôs os dedos no pescoço dele. — Depois ficou aí sentado e sangrou até a morte.

Não havia dúvida em sua mente. Ele tinha um buraco de bala na cara. E um buraco de saída muito maior do outro lado. Parecia que um animal selvagem dera uma mordida horrível em seu crânio.

— Eu não ressuscito os mortos — disse Lana.

— Não, espera — insistiu Howard. Em seguida se ajoelhou ao lado dela e levantou uma pálpebra. Estava escuro, não havia muita luz para a íris reagir. Por isso, Howard pegou um isqueiro e acendeu.

As sobrancelhas de Lana subiram.

— Faça isso de novo.

Howard levantou a outra pálpebra. Essa íris também reagiu.

— Hmm — disse Lana.

Apertou as duas mãos na cabeça de Albert. Depois de alguns minutos mantendo a posição, inclinou a cabeça dele para a frente, para ver o medonho ferimento de saída. Ao redor das bordas serrilhadas, arrancadas, estava crescendo carne.

— O carinha não está morto — disse Howard.

— Chegou o mais perto possível. Mas não, não está morto. E esse tipo de coisa, pelo menos, eu posso curar.

— Ele vai ficar me devendo — disse Howard.

— Você é uma tremenda viagem, Howard, como diria meu pai. Você é definitivamente uma tremenda viagem.

— Você vai dizer a Albert que eu trouxe você, não vai? Vai dizer que fui eu, certo?

— Por quê? Você está indo embora?

Howard se levantou.

— Preciso achar Orc. Acabei de me ligar em aonde ele foi.

Lana se colocou numa posição mais confortável. Patrick foi remexer na casa.

— Se encontrar alguma coisa, acho bom dividir — gritou ela para o cão.

Os dois barcos disparavam um na direção do outro.

Seis segundos para o impacto.

A mente de Sam estava acelerada. Drake saberia que ele estava blefando. Drake não temia o impacto, saberia que Sam estava blefando e esperaria que Sam desviasse o barco de repente.

Quatro segundos para o impacto.

— Jack! — gritou Sam. — Vá para a proa!

— O quê?

— Vá! — berrou Sam.

Jack saltou direto da popa para a proa. Estava segurando o bicheiro como uma lança. Como se fosse mesmo um cavaleiro medieval. Sam esperava que Drake tivesse notado.

Um segundo.

— Agora, joga! — gritou Sam.

Jack atirou o bicheiro com toda a sua força desesperada e sobrenatural.

Sam não tinha esperado que o gancho empalasse Drake — e não empalou. Mas até mesmo um assassino impossível de ser morto tinha instintos, e Drake tombou instintivamente para a esquerda para deixar o gancho voar, inofensivo, por cima de sua cabeça.

Sam já havia girado o volante.

Passaram a toda velocidade pelo barco de Drake, dando um banho nele com a onda que o barco formou e levando em troca um jorro d'água.

Dekka riu para Totó.

— Viu? É isso que faz de Sam o Sam.

Levou dez segundos para Drake, furioso, virar o barco e vir atrás de Sam.

Os insetos foram mais lentos ainda em perceber. Agora corriam de volta pela margem, mas nem eles nem Drake chegariam à marina antes de Sam.

— Certo — gritou Sam por cima do som dos motores. — Totó, quando chegarmos lá bombeie feito louco, certo? Eu vou mostrar como. Mas Drake vai chegar depressa e pode tentar bater na gente outra vez. Portanto, Jack? Você e Dekka estejam preparados.

— Para quê?

— Segurem firme! — gritou Sam. Em seguida virou o barco para o cais, colocou em marcha a ré, a água borbulhou, o motor rugiu e o parou raspando asperamente ao lado da bomba de gasolina.

Sam agarrou Totó e jogou-o no cais.

— Dekka! Amarre o barco. — Ele soltou a bomba manual, enfiou o bico no tanque de gasolina e pôs as mãos de Totó na bomba. — Para cima e para baixo, e não pare até eu mandar.

Sam correu até o fim do cais. Drake vinha rugindo para cima deles. Sam olhou à esquerda, à direita, procurando. Um veleiro baixo. Serviria.

— Dekka! Faça aquele barco flutuar!

Dekka levantou as mãos e o barco subiu da água, pingando em cima deles, inclinando-se de lado, de modo que, por um momento, Sam teve medo de que ele rolasse e baixasse o mastro, esmagando a cabeça deles.

— Certo, Jack. Você errou com o bicheiro. Experimente isso!

Jack teve de contornar o campo gerado por Dekka, e, por um segundo, seu pé perdeu o apoio, e ele quase caiu na água. Sam agarrou sua mão e puxou-o de pé.

Jack recuou seis metros, respirou fundo e correu direto para o barco que agora pairava no fim do cais.

Sam teve o prazer de ver a percepção súbita nos olhos de Drake.

Jack correu, saltou e acertou a popa do veleiro.

O barco voou, girando alucinadamente no ar. Não chegou longe, apenas 6 ou 9 metros antes de explodir em chamas quando Sam mirou e disparou.

O barco caiu, bateu na água, e a lancha de Drake se chocou contra ele a toda velocidade.

Os dois barcos se despedaçaram, lascas de madeira voaram em chamas, partes de amurada de metal e grandes pedaços do motor espiralaram e caíram como estilhaços de granada ao redor deles.

Totó gritou de dor. Seu quadril fora acertado, e ele estava sangrando e gritando, e não mais bombeando.

— Jack! Bombeie! Dekka, pegue Totó.

Sam pulou de volta no barco e começou a catar e jogar fora estilhaços em chamas.

— Esteja morto, esteja morto — murmurava baixinho.

Um som súbito, e Sam sentiu uma ardência. Um lanho vermelho apareceu em seu braço.

Drake estava segurando o cais com seu braço de verdade, a mão de chicote recuada para atacar de novo.

Sam disparou. Errou. Ganhou dois segundos enquanto Drake afundava embaixo da água agitada.

Deu uma olhada para a margem. As criaturas vinham correndo pelo estacionamento, passando num enxame por cima e ao redor dos carros, e chegariam até eles em segundos. Era agora ou nunca.

— Chega! Voltem ao barco!

Ninguém precisou ouvir duas vezes. Totó e Jack entraram primeiro. Dekka tropeçou enquanto corria, bateu com a barriga, e por um momento Sam pensou que alguma coisa a havia acertado.

Drake estava de pé, e sua mão de chicote encontrou Jack. Jack uivou e tentou agarrar o tentáculo, mas errou.

Sam ligou o motor, mas tinha esquecido a corda. O barco rugiu, saltou adiante e arrancou o cunho do cais. A resistência foi suficiente para fazer o barco girar.

Ele bateu em outra embarcação parada e derrubou todo mundo.

Quando Sam levantou a cabeça, Drake estava com a mão na amurada e a mão de chicote batia loucamente no barco, acertando Jack de novo e Totó.

Sam pôs o barco em marcha a ré, apertou o acelerador, girou o volante e espremeu Drake entre o barco e o cais.

Depois mudou de marcha e partiu, deixando Drake xingando na água enquanto os insetos corriam pelo cais, as mandíbulas cortando o ar.

Sam foi até o meio do lago e desligou o motor. O mostrador de gasolina indicava um fiapo acima de um quarto de tanque. Por enquanto bastava. Mas ao custo de Totó gritando de dor.

— Está feio — informou Dekka. — Mas ele vai sobreviver.

Ela levantou a camisa de Totó para mostrar a Sam um corte feio.

— Jack, veja se acha um kit de primeiros socorros a bordo.

Sam relaxou o corpo, agora muito cansado.

— Você está bem? — perguntou a Dekka.

Ela não respondeu.

Ele olhou-a mais atentamente.

— Dekka?

Ela parecia enjoada. Mordeu o lábio.

— Desculpe trazer mais um problema, chefe. — Então levantou a blusa, e Sam viu as minúsculas peças bucais se projetando pela carne.

A luz morreu e a noite caiu enquanto o barco balançava nas ondas suaves.

TRINTA E TRÊS | 3 HORAS E 47 MINUTOS

DIANA ROLOU PARA fora da cama, acidentalmente puxando as cobertas de cima de Caine.

— Ei! — protestou ele.

— Não é nada que eu já não tenha visto. Várias vezes.

Caine riu e cruzou os dedos atrás da cabeça.

— Eu poderia me acostumar com essa vida. Acho que vou comer outra lata de pêssegos.

Diana tomou uma chuveirada rápida e saiu, pingando, e o encontrou esperando por ela, segurando uma toalha.

— Sério, não — disse ela. — Por hoje chega.

— Bom, até a gente comer alguma coisa.

Ela se enxugou e penteou o cabelo enquanto ele olhava. A falta de privacidade era meio irritante, mas ela disse a si mesma que era um preço pequeno a pagar pela paz. Em qualquer universo aquele seria um quarto lindo, numa casa linda, numa ilha linda. Mas no LGAR cada parte daquilo era um exótico milagre de beleza e conforto. Lembrava-se bem demais da Coates. Especialmente dos últimos meses, enquanto a comida acabava e o medo, a depressão e o ódio de si mesma assentavam.

Este era um lugar lindo. E Caine era um garoto lindo — um rapaz, supôs ela — pelo menos por fora.

Se o conforto, o luxo e a própria Diana pudessem mantê-lo em paz, talvez a vida pudesse continuar assim: pacífica.

Até mesmo cuidar de Penny e lidar com Bug eram problemas pequenos comparados com as coisas às quais havia sobrevivido. Panda: estremeceu com a lembrança e ficou enjoada.

— Qual é o problema? — perguntou Caine.

— Nada. — Ela forçou um sorriso. — Acho que estou com fome. — Depois, vendo a expressão dele, acrescentou: — De comida.

Vestiram roupas de baixo e se enrolaram em roupões macios e caros com iniciais famosas bordadas. Ela enfiou os pés em chinelos de seda, e os dois foram juntos para a cozinha.

Bug estava lá, parecendo ainda mais perturbado do que o normal. Estava ofegando. Diana olhou-o, irritada, imaginando se ele estivera espionando os dois.

— Tem um barco vindo — disse Bug.

— Como assim? — perguntou Diana.

— Uma lancha. Está bem perto.

Caine havia saído pela porta num instante, e Diana precisou correr para alcançá-lo. O céu estava quase escuro, o sol se pondo estupendamente e lançando dedos de ouro e vermelho sobre a água lá embaixo.

E ali, numa proximidade chocante, estava uma lancha. Ela viu uma pessoa a bordo, um garoto, mas não pôde identificar o rosto sombreado.

Examinou Caine. No rosto dele viu a expressão que esperava, a expressão que temia.

Os olhos dele estavam acesos, a boca, com um riso feroz. Todo o seu corpo parecia se inclinar para a frente, ansioso, pronto. Empolgado.

— Quem quer que seja, mande embora — disse Diana.

— Vamos pelo menos descobrir quem é — respondeu Caine.

— Caine, apenas se livre dele.

O barco amedrontava Diana. Ela se abraçou como se quisesse se proteger do frio.

Agora o garoto no barco levantou a cabeça.

— É Quinn — disse Caine. — O que ele está fazendo aqui? Eu esperava que fosse Zil ou um dos fracassados dele.

— Você esperava? — Diana franziu a testa. — Como assim, esperava?

Caine deu de ombros.

— Cedo ou tarde, um deles viria me procurar.

— Mas... Por que você se...?

Ele gargalhou. Um riso cruel, presunçoso.

— Só existem dois quatro barras no LGAR, Diana. Cedo ou tarde alguém iria se enjoar tanto de ver Sam bancando o chefe que viria atrás de mim.

Diana sentiu algo se contorcer por dentro.

— Ei, Quinn. Aqui em cima! — gritou Caine. Depois, à parte: – Bug, suma. Fique preparado. Pode ser algum truque.

Bug sumiu.

Quinn desligou o motor. Levantou-se, movendo-se com facilidad no balanço do barco.

— Caine. Onde eu atraco o barco?

— Não precisa — respondeu Caine. Agora estava dando um sorriso enorme. — Sente-se e segure firme.

Caine foi à beira do penhasco. Levantou as mãos. O barco começou a subir da água. Pingando e deixando uma franja de algas, flutuou e flutuou até pousar na grama alta. Caine soltou-o, e o barco tombou de lado. Quinn pulou para não ser jogado para fora.

— Bom, Quinn, o que o traz à Ilha da Fantasia? — perguntou Caine.

— Oi, Diana — disse Quinn.

Diana não respondeu. Sabia. Assim como Caine sabia. De algum modo, apesar de tudo, Quinn estava ali para levar Caine de volta.

— Edilio me mandou — disse Quinn.

Caine deu um sorriso cético.

— Edilio? O último cara na terra de quem eu esperaria uma mensagem.

— Agora Edilio é o prefeito.

Diana sentiu uma pontada.

— Sam morreu?

Quinn começou a responder, mas Caine interrompeu:

— Não, não. Deixe-me adivinhar. Vou dizer... Sam se cansou de fazer o trabalho sujo de todo mundo e depois ficar com a culpa quando as coisas não saíam perfeitas.

Caine adorou a confirmação muda no rosto de Quinn. Gargalhou e disse:

— Ora, Quinn. Venha e vamos comer alguma coisa.

— Eu só vim aqui para...

Caine balançou a mão e disse:

— Não, não, não, você precisa vir. Não quero ficar aqui fora de roupão. Afinal de contas, este é um grande momento na história do LGAR.

— Um grande momento? — perguntou Diana.

— Meu retorno triunfal, Diana. É por isso que Quinn está aqui, para implorar minha volta.

— Bom, ele está perdendo tempo — disse Diana, mas nem ela acreditou. Seguiu Caine e Quinn de volta para casa.

— Quer uns biscoitos e queijo? — sugeriu Caine, animado. Mal conseguia se conter. Estava com um riso enorme. Presunçoso. Cheio de si. Ao mesmo tempo em que Diana sentia morrer por dentro a pequena esperança que havia alimentado.

Trouxeram bolachas e queijo, além de um biscoito doce. Ele não resistiu e comeu com um prazer que não pôde ocultar.

— Sabe, nós temos uma vida boa aqui — disse Caine, expansivamente. — Bastante comida. Água. Até água quente para os chuveiros, se é que você acredita. Na verdade estávamos agora mesmo deitados na cama falando sobre isso.

— É. É legal — disse Quinn, com um olhar sem graça para Diana.

Caine olhou-o comer, pensando.

— Diana, acho melhor você fazer uma leitura no Quinn. Para o caso de alguma coisa ter se desenvolvido.

Diana não fazia leituras havia muito tempo. Este era o seu poder: a capacidade de ler se a pessoa era aberração ou normal. E de saber quanto poder tinha. Diana é que havia inventado o sistema de barras, meio de brincadeira. Uma barra, duas barras, como o sinal de um celular.

Ela parou perto de Quinn e pôs a mão no ombro dele. Concentrou-se, formando a imagem na cabeça.

— Nada — disse.

— Eu poderia ter contado isso — disse Quinn, com a voz abafada pelo biscoito.

Diana baixou a mão para o quadril.

— Você é normal, Quinn. Agora... — Ela parou no meio da frase. Já ia dizer a Quinn para ir embora, partir, sair da ilha agora mesmo, nesse instante.

Mas alguma coisa... ela sentiu alguma coisa. Algo se registrou, algum poder.

Uma aberração.

Bug estava perto, ainda invisível, mas sem tocá-la, sem fazer contato físico. Caine também não a estava tocando. O poder de ler aberrações só funcionava no contato direto.

Será que estava sentindo seu próprio poder? Não. Não, isso era diferente. Era leve mas persistente.

Virou-se e pôs a mão na barriga.

— Então, Quinn, diga, qual é a grande crise? — perguntou Caine.

Diana quase desmaiou. Ali estava, mais nítido do que antes. Uma leitura. Duas barras. Sem dúvida. Claro, inconfundível.

— Tem uma doença — dizia Quinn. — Tipo uma gripe ou algo assim, mas as crianças estão pondo os pulmões para fora de tanto tossir, morrendo.

Não, pensou Diana. Por favor, não.

— E tem umas criaturas, tipo, bem, as pessoas estão chamando de baratas... e Drake...

— O velho Drake está vivo? — Caine se levantou de repente.

— De certa forma — respondeu Quinn, sombrio.

— Eu preciso... — disse Diana debilmente. — Preciso ir ao banheiro.

Saiu correndo e segurou as pontas até chegar ao seu quarto. Ali jogou-se na cama e pôs as duas mãos na barriga. Leu seu próprio poder: como sempre, duas barras. Mas aquilo continuava ali, definitivamente. Um segundo poder.

Não era possível. A coisa não acontecia tão depressa assim. Tentou se lembrar de aulas de educação sexual meio esquecidas, de um milhão de anos antes. Palavras como "blastócito" e "embrião" nadavam em seu cérebro.

Fazia apenas vinte e quatro horas desde a primeira oportunidade de fertilização. Sabia, por experiências passadas, que um teste doméstico de gravidez nem funcionaria antes de dez dias.

Absurdo. Estava entrando em pânico. Estava lendo errado. Não havia como, de jeito nenhum. Era impossível, não tão depressa.

É impossível, dizia uma voz cruel dentro dela, tão impossível quanto uma cúpula impenetrável. Tão impossível quanto todo mundo com mais de 14 anos desaparecer. Tão impossível quanto coiotes que falam.

Tão impossível quanto um namorado que podia zombar das leis da física levantando um barco do mar sem nada além de um pensamento.

A febre do Pequeno Pete estava aumentando de novo. Astrid havia encontrado um termômetro na antiga sala da enfermeira da Coates.

A enfermeira Temple — mãe de Sam — percebeu ela com uma pontada. A enfermeira Temple. Este havia sido seu lugar de trabalho. Claro que, como tudo na Coates, fora vandalizado: o armário de remédios esvaziado, as portas de vidro quebradas, lençóis sujos no chão, livros de referência jogados sem motivo aparente.

Alguém havia feito uma pequena fogueira com os prontuários. As cinzas estavam espalhadas perto da janela.

Um pássaro tinha feito um ninho numa prateleira alta e depois o abandonara. Havia penas pequeninas no chão, misturadas com as cinzas.

Foi assim que havia encontrado o termômetro, notando as penas. Não havia como estar esterilizado, claro, mas fazia muito tempo que nada era limpo no LGAR.

O Pequeno Pete estava com 39,5. E a tosse piorava.

— O que você vai fazer, Petey? Vai se deixar morrer?

Será que ele ao menos sabia que podia estar morrendo? O Pequeno Pete não sabia nada sobre vírus. Como enfrentaria um inimigo que nem sabia que existia? Ele não entendia os germes, mas sabia que estava quente. Uma brisa tinha começado a soprar. Quanto tempo até ele arrancar esse telhado?

Astrid ouviu Orc berrando uma música lá embaixo. Não podia mais ficar vigiando. Se ele queria beber até morrer, por que impedi-lo? Por sua alma imortal?

Orc bêbado era Orc perigoso. Ela reparou que ele a espiava com um brilho estranho, intenso, nos olhos.

Ela percebeu que estava chorando. Que ele se matasse. Ela não desejaria morrer, se fosse ele? Ela própria não queria morrer?

Era tudo uma piada macabra. O LGAR: cheio de som e fúria e sem nenhum significado além de morte e desespero. Por que se agarrar a essa vida?

Tentou se imaginar no mundo real. Tentou evocar imagens dos pais e da casa antiga. Claro que a casa fora queimada até os alicerces. E seus pais mal poderiam reconhecê-la, quanto mais ao filho deles.

Não, não era verdade. Eles reconheceriam os dois e pensariam que ainda eram as crianças amadas. Só aos poucos entenderiam que monstros eles eram, tornados tão feios por dentro quanto Orc era por fora.

Talvez, se o LGAR terminasse, Orc fosse restaurado a sua forma normal. Mas como Astrid seria restaurada à dela? Como a menina que amava matemática e ciências, que conseguia ler durante a noite toda, a garota de doces devaneios românticos e grandes planos de salvar o mundo, como essa garota existiria de novo?

— Termina com todos nós mortos, não é? — perguntou ao Pequeno Pete. — Termina quando o mal vence e todos nós nos rendemos.

O triste era que já haviam perdido, todos eles.

Podia ver a própria respiração. O quarto estava ficando mais frio a cada minuto.

Enfiou o termômetro de novo na boca do Pequeno Pete. Ele o tossiu.

— É, certo — disse Astrid. — Petey, eu... acho que se você pode fazer isso parar... Tudo isso... Petey, isso tem de parar. Tem crianças morrendo dessa tosse. E é tudo por causa desse lugar que você fez, esse LGAR. Você mudou as regras, e isso tem consequências.

O Pequeno Pete não respondeu.

Ela não havia esperado que ele respondesse. Havia um travesseiro. Poderia apertá-lo contra o rosto dele. Ele provavelmente nem saberia. Não ficaria com medo. Não sofreria. Passaria sem dor da vida para a morte, a barreira cairia e a polícia, as ambulâncias, comida e remédios entrariam correndo. E ninguém mais morreria.

Mamãe. Papai. Estou viva. Eu consegui. Mas Petey não. Sinto muito, mas...

Astrid se sacudiu para trás. Estava tremendo. Poderia fazer, a não ser que o próprio Petey a impedisse. Poderia. E jamais seria apanhada. Ninguém jamais iria censurá-la.

— Não — sussurrou, numa voz trêmula e insegura. Depois, mais forte: — Não.

Isso deveria fazer com que se sentisse bem. Talvez no passado fizesse. Talvez se parabenizasse por ter feito uma escolha moral elevada. Mas sabia, bem no fundo, que sua escolha condenaria muitos à morte. Nada de polícia e ambulância jorrando pela barreira aberta. Só mais uma praga, mais monstros, mais sofrimento e morte.

Juntou as mãos, pensando em rezar pedindo orientação. Mas as palavras não saíam.

Das reminiscências de sua memória extraordinária arrancou um texto velho, muito velho. Um fragmento de uma palestra à qual havia assistido. Era de um grego antigo. Aristóteles? Não, Epicuro.

Deus deseja impedir o mal, mas é incapaz?
Então não é onipotente.
É capaz, mas não deseja?
Então é malevolente.
É capaz e deseja?
Então de onde vem o mal?
Não é capaz nem deseja?
Então por que chamá-lo de Deus?

Só havia um Deus no LGAR. Deus era uma criança doente, perturbada, inconsciente, numa cama imunda de uma escola abandonada.

— Não posso ficar, Petey — disse Astrid. — Se eu ficar aqui... Desculpe, Petey. Para mim acabou.

Astrid tremeu, esfregou as mãos para gerar calor — a brisa tinha ficado gélida — e saiu do quarto.

Foi andando pelo corredor.

Desceu a escada.

Saiu pela porta da frente.

— Acabou — disse, parando um momento no fim da escadaria de pedra. — Acabou.

Foi andando pela noite que chegava.

TRINTA E QUATRO | 2 HORAS E 51 MINUTOS

— VOCÊ VAI? — perguntou Diana.

— Claro — respondeu Caine. — Nós vamos. Vamos até levar Penny. Ela vai ser útil. Talvez Lana consiga consertar as pernas dela. E aí ela será muito útil para controlar as pessoas.

Caine começou a assobiar feliz enquanto enfiava roupas numa bolsa Dolce & Gabbana.

— Você deveria pegar umas roupas — disse. — Pode demorar um tempo até a gente voltar.

— Eu não vou.

Caine parou. Sorriu para ela. Então seus olhos ficaram mortos, e ela sentiu-se empurrada por uma mão invisível, empurrada na direção do armário.

— Eu mandei fazer as malas — disse Caine.

— Não.

— Não me obrigue a fazer uma coisa da qual nós dois vamos nos arrepender — avisou. Depois, num tom mais razoável: — Achei que você me amasse. Que negócio é esse?

— Você é uma pessoa desprezível, Caine.

Caine gargalhou.

— E agora você está chocada. Certo.

— Eu esperava...

— O quê? — perguntou ele, rispidamente. — Esperava o quê, Diana? Esperava me manter feliz? Esperava me domar?

— Achei que talvez você finalmente estivesse crescendo um pouquinho.

Caine fez um gesto negligente, do tipo "venha cá". Diana foi impelida para ele. Tropeçou, mas não caiu. Ele a manteve imóvel com poderes aos quais ela não podia resistir, e beijou-a.

— Eu tenho o que queria de você, Diana. E é fantástico. Sério. Consegui que me desse por vontade própria. Eu poderia tê-la obrigado quando quisesse, mas não obriguei, não foi?

Ela não respondeu.

— Mas se você pensa que tem algum tipo de controle sobre mim — continuou ele —, bom, pense melhor. Veja bem, eu sou Caine. Sou o quatro barras. Sou quem comanda as coisas. E estou feliz por você fazer parte disso. Você pode continuar me provocando e zombando de mim, não sou sensível. Gosto de ter uma pessoa que pode mostrar a cara e dizer o que acha. Um bom líder precisa disso. — Ele se inclinou para tão perto que ela pôde sentir seu hálito no ouvido quando ele sussurrou: — Só se lembre, eu sou Caine. E as pessoas que lutam contra mim se arrependem. Agora faça a mala. Não deixe de trazer aquela coisinha preta de renda. Gosto de ver você com aquilo. Bug, vá dizer a Penny que vamos embora.

Bug apareceu. Tinha visto e ouvido tudo. Por trás das costas de Caine mostrou o dedo do meio para Diana.

— Vamos pensar em alguma coisa, Dekka — disse Sam.

Ela ficou totalmente imóvel na popa do barco. Sam sentou-se ao lado. Totó fora banido para a proa — Sam não queria que ele chamasse atenção para cada mentira tranquilizadora.

— Não estou com medo — respondeu Dekka. — Quero dizer, olha, não sei se algum de nós vai sair vivo do LGAR.

Sam não sabia o que dizer, por isso apenas assentiu.

— Quero dizer, a gente pensa em todo o pessoal — disse Dekka. — Bette. As gêmeas. Pato, o coitado do Pato. Harry. E.Z. Hunter. — Depois de uma pausa: — Maria.

— Um monte de outros — disse Sam.

— É. A gente deveria lembrar o nome de todos, não é?

— Eu tento. De modo que, se isso um dia acabar, e eu conseguir sair, possa falar com todos os pais deles: "Foi assim que aconteceu. Foi assim que seu filho morreu."

— Sei que você se preocupa com isso. — Dekka pôs a mão sobre a dele, num gesto de conforto. Ele segurou-a com suas duas.

— Um pouquinho, é. Eu vejo, tipo, um julgamento, algo assim. Uns velhos e umas velhas com cara de maus, pedindo que eu justifique... Você sabe: "O que o senhor fez para salvar o E.Z, Sr. Temple?" — Ele balançou a cabeça. — Na minha imaginação eles sempre me chamam de sr. Temple.

— O que o senhor fez, Sr. Temple, para salvar Dekka Talent? — perguntou ela.

— Esse é o seu sobrenome? Não achei que você tivesse sobrenome. Achei que era tipo Iman, Madonna ou Beyoncé. Você só precisava de um nome.

— É, eu e Beyoncé — disse Dekka, com um riso torto.

Ficaram sentados em silêncio durante um tempo.

— Sam, a gente não sabe se essas coisas enxergam bem no escuro.

Ele assentiu e disse:

— Estive pensando. Tenho um plano. É meio maluco.

— Não seria divertido se não fosse.

— Você sabe nadar, certo?

— Não, porque os negros não nadam — disse Dekka, parecendo a Dekka antiga. — Claro que sei nadar.

Ele chamou Jack e Totó, pedindo para se aproximarem.

— Vocês dois sabem nadar?

Os dois assentiram, apreensivos.

— Mas está escuro — disse Jack.

— A água não fica mais funda à noite — respondeu Sam.

— Quem sabe o quem tem dentro d'água? — perguntou Jack.

— Trutas e percas. Elas não comem gente.

— É, e cobras não voam e coiotes não falam — contra-atacou Jack.

— É justo — disse Sam. — Mas acho melhor nos arriscarmos. Estou pensando o seguinte: vocês todos entram na água, em silêncio. Eu ligo o barco, depois prendo o leme e pulo. Se der certo, Drake e seus amigos insetos vão escutar o barco e vão atrás. Nós vamos para a terra e corremos feito loucos.

— Eles vão seguir a gente — disse Jack.

— Vão tentar — admitiu Sam. — Mas são insetos, e não cães de caça. Duvido que possam ver rastros à noite.

— Ele não tem certeza — disse Totó.

— É, ele não tem mesmo — admitiu Sam.

— É verdade — disse Totó. Depois, para seu amigo imaginário: — Ele é confuso.

— Para que lado a gente corre? — perguntou Dekka.

— Drake vai esperar que a gente vá direto para a cidade. Não queremos lutar com ele em terreno aberto. Então vamos para o trem. — Ele cutucou Jack. — Você quer outro laptop, não é?

Jack se contorceu.

— Bom, pelo menos mais baterias.

— Certo, então. Para a água. Nadem para a marina. Se eles não forem atrás de mim, eu volto antes que vocês cheguem ao cais e pensaremos em outro plano.

— Será que a gente pode pensar no tal outro plano antes desse? — perguntou Jack.

Caine estava de pé na proa do barco de Quinn, que furava as ondas muito pequenas indo na direção de Praia Perdida.

Quinn havia alertado para ele se sentar, mas Caine não estava preocupado com a hipótese de cair na água: não cairia. Usou seu poder para sustentar a maior parte do peso, de modo que os pés mal tocavam o convés.

Não chegaria encolhido. Iria para Praia Perdida igual a George Washington atravessando o rio Delaware: de pé.

Estava flutuando. Quase voando. Fisicamente, sim, mas também mentalmente. Cheio de um sentimento quente de perfeito bem-estar.

Eles precisavam dele. Tinham mandado buscá-lo. Tinham descoberto que não podiam sobreviver sem ele. Ele, e não Sam. Ele.

Penny estava embolada em cobertores na popa do barco. Diana permanecia sentada, olhando para o vazio. Bug começava a assobiar e depois parava e em seguida começava de novo.

Quinn estava ao leme, olhando as costas de Caine. Caine podia sentir o olhar dele se cravando. A dúvida e a preocupação de Quinn estavam escritas em seu rosto aberto.

Diana estivera em silêncio completo. Caine achou que ela estava começando a perceber que ele continuava no comando, que ela ainda dependia dele. Que ainda precisava dele tanto quanto as crianças de Praia Perdida.

Bom, ela superaria isso. Diana era uma sobrevivente. Superaria a decepção. E juntos eles seriam o casal número um de Praia Perdida, como rei e rainha.

Esse pensamento o fez sorrir.

— É uma pena não termos uma máquina fotográfica — disse Caine. — Eu adoraria capturar o momento da minha volta.

— Estou com frio — gemeu Penny.

— Você não está se exercitando o suficiente — disse Caine, depois gargalhou de sua própria piada cruel. O azedume de Penny não iria arruinar isso para ele. Nem o azedume dela, nem o jeito carrancudo de Diana nem a culpa de Quinn.

Este era o momento de Caine.

Quinn manobrou o barco habilmente ao longo do cais. Amarrou-o e depois ficou de pé, esperando para ajudá-los. Caine recusou a mão de Quinn. Mas olhou-o com expressão severa. Olho no olho, até que Quinn precisou virar a cabeça.

— O que você quer, Quinn? — perguntou Caine.

— Como assim?

— O que deixaria você feliz? O que você quer acima de todo o resto?

Quinn piscou. Caine achou que ele poderia até estar ficando vermelho. Quinn disse:

— Eu e meus tripulantes? Só queremos pescar.

Caine pôs a mão no ombro de Quinn. Olhou-o nos olhos com aquela simulação de intimidade e honestidade que ainda conseguia demonstrar quando a ocasião exigia.

— Então, Quinn, este é o meu primeiro decreto: Continue fazendo o que está fazendo, e nada além disso jamais será pedido a você.

Quinn começou a dizer alguma coisa, mas parou, confuso.

Caine abriu os braços, com as palmas para baixo, e levitou para fora do barco, pousando no cais. A grandiosidade daquilo fez Caine gargalhar alto, gargalhar de sua pura arrogância.

Atrás dele Diana e Bug subiram com cuidado ao cais. Caine levantou Penny e pousou-a desamparada, nas tábuas.

— Agora as coisas vão ser diferentes — disse. — Na última vez houve disputa demais, violência demais. Eu tentei ser um líder pacífico. Mas as coisas saíram mal.

— Por que será? — murmurou Diana.

— Essas pessoas — disse Caine, com ar grandioso, virando o braço para a cidade — precisam de mais do que um líder. Precisam... de um rei.

Essa ideia havia chegado a Caine num clarão. Até apenas um minuto atrás o pensamento jamais havia entrado em sua mente. Mas, com toda a provocação de Diana comparando-o a Napoleão, ele havia encontrado um roteiro de filme sobre Napoleão na biblioteca da mansão e o lera superficialmente.

Napoleão havia tomado o poder depois que o povo francês se desiludiu com uma república brutal e ineficaz. O povo tinha aceitado sua ascensão ao poder absoluto porque estava simplesmente cansado, exaurido. Queria e precisava de alguém com uma coroa na cabeça. Na verdade, isso era natural. Tinha sido assim durante a maior parte da história da humanidade.

Napoleão havia se proclamado imperador. Como Michael Jackson se proclamara Rei do Pop e Howard Stein se chamava de Rei de Toda a Mídia. O esquisito era: é assim que você vira rei, proclamando-se. E fazendo com que os outros concordem.

Rei.

Caine viu o queixo de Quinn cair.

Com o canto do olho, viu um sorriso de incredulidade se formar no rosto de Diana. Ela balançou a cabeça lentamente, pesarosa, como se por fim entendesse algo que a havia deixado perplexa.

— De agora em diante, Quinn, você vai me chamar de seu rei. E você e seu pessoal serão deixados em paz.

Caine sentiu todos os olhares sobre si. Penny selvagemente pronta para fazer valer a vontade dele, por mais que, no fundo do coração, o odiasse. Bug com um riso presunçoso, sempre uma ferramenta útil. E Diana espantada; espantada com o próprio espanto.

— Certo — disse Quinn, em dúvida.

— Certo? — ecoou Caine, e levantou a sobrancelha com expectativa. Sorriu para mostrar que não estava com raiva. Pelo menos ainda não. — Só... certo? — instigou.

— Certo... — Quinn olhou ao redor, desesperado, sem saber a resposta. Então percebeu. Caine quase podia ver as engrenagens girando na cabeça dele. — Certo, Vossa Alteza?

Caine baixou os olhos modestamente, para esconder o risinho de triunfo que arruinaria o momento.

— Vá agora, Quinn. Volte ao trabalho.

E Quinn foi.

Caine encontrou o olhar incrédulo de Diana e riu alto.

— Por que está tão melancólica? Toda menina não quer crescer e virar rainha?

— Princesa — respondeu Diana.

— Então você ganhou uma promoção — disse Caine. — Bug: encontre Taylor.

Taylor era a maior fofoqueira de Praia Perdida. Ele precisava de informações, e depressa. Era o meio da noite e ele não sabia quem estava onde nem o que estavam fazendo. Tudo que Quinn dissera foi que Sam havia saído da cidade. Albert fora assassinado e Edilio estava doente e poderia morrer.

Era uma pena Albert estar morto. Albert era um organizador nato, e Caine tinha certeza de que poderia usá-lo. Por outro lado, Edilio morto seria uma notícia excelente. Edilio tinha sido o braço direito de Sam desde o início.

Ele nem sabia quando os tais insetos supostamente gigantes, ou o que quer que fossem, deveriam chegar a Praia Perdida. Poderia ser a qualquer momento.

Precisaria derrotar a invasão. Essa era sem dúvida a coisa mais importante. Mas obviamente o pessoal estava exagerando. Insetos gigantes? Provavelmente teriam uns 15 centímetros. Embora a ideia de eles chocarem dentro do corpo bastasse para deixá-lo enjoado.

Caine parou no quebra-mar que acompanhava a praia. Estava de pé na borda, pensou, na linha divisória entre o passado e o futuro. Não somente dele, mas de todo mundo.

A cidade estava silenciosa e escura. Aqui e ali dava para vislumbrar o brilho pálido e fantasmagórico dos Samsóis nas janelas. A lua estava atrás da nuvem estranha que pairava baixa demais na parte oeste da cidade.

Na borda, com possibilidades demais. Sentia-se a ponto de explodir com o puro júbilo daquilo. Estava de volta. Como salvador deles.

Inadvertidamente, Quinn havia mostrado o caminho adiante. Quinn desejara exatamente o mesmo que a maioria das pessoas: ser deixada em paz. Não ter medo. Não precisar lutar. Não ter de fazer perguntas difíceis nem tomar decisões difíceis.

Só queremos pescar.

Caine se virou ligeiramente para olhar Diana com ar pensativo. Ele lhe dera esperança e lhe tirara, e agora ela estava parada, quase em transe, contabilizando as perdas, percebendo a totalidade de sua derrota.

Resignação. Aceitação.

Agora ela via que ele estava no comando. Quando todo mundo visse, e quando todo mundo simplesmente aceitasse que essa era a vida agora, que essa era a única vida possível, ele teria o controle completo.

Podia sentir o medo em Praia Perdida. Estavam sem líder. Estavam doentes, fracos, com fome, solitários. Encolhiam-se por causa de um bicho microscópico da gripe e de um bicho muito diferente, muito maior.

Quando aquilo acabasse, quando tivesse vencido, Caine diria: *Eu salvei vocês. Só eu tive o poder de salvá-los. Sam fracassou. Mas eu tive sucesso. E agora acomodem-se, façam seu trabalho e não prestem atenção aos seus superiores. Shhh: vão dormir, o rei tomará as decisões difíceis.*

Bug retornou num tempo surpreendentemente curto, com Taylor.

— Onde você a encontrou? — perguntou Caine.

Bug deu de ombros.

— Onde ela mora. Eu me lembro dos velhos tempos, quando costumava entrar na cidade sem ser visto.

— Ele quis dizer, quando costumava entrar e olhar você tirando a roupa — disse Diana a Taylor.

— Ele é um garotinho — disse Taylor, dando de ombros. Em seguida olhou Caine de cima a baixo, cética, avaliando. Caine sabia que ela não tinha medo dele, por causa dos poderes que possuía. Ela não podia ser intimidada. Por isso ele teria de alcançá-la de outro modo.

— Sente-se comigo — disse, pulando do quebra-mar. — Como vai você, Taylor?

— A vida é uma tremenda festa — respondeu ela.

Ele riu, apreciando a piada.

— As coisas devem estar muito ruins para Edilio mandar me chamar, hein?

— As coisas estão sempre ruins. Temos um novo nível de ruim. Eu vi os insetos.

Caine reuniu toda a sua sinceridade.

— Preciso lutar contra essas criaturas. Mas não sei muito sobre elas.

Taylor contou o que sabia. Caine sentiu parte da confiança se esvair enquanto ela revelava os fatos em detalhes medonhos e com convicção absoluta.

— Bom, isso deve ser divertido — disse Diana, secamente. — Estou tão feliz por termos voltado!

Caine trincou os dentes, mas ignorou-a.

— Com quem posso contar para me ajudar? — perguntou a Taylor.

Taylor gargalhou:

— Comigo não, meu chapa. Eu já cheguei o mais perto que vou chegar.

— E Brianna?

Taylor fez uma careta.

— Quer dizer, a Brisa? Ela veio na disparada e começou a gritar com Edilio dizendo que os insetos estão vindo para cá e que são do tamanho de jipes. E desde então não sei onde ela está. Provavelmente procurando Jack. Ou Dekka — acrescentou, com um riso de desprezo.

Caine assentiu e manteve o rosto abaixado para não trair seu prazer. Brianna era problema: sua velocidade era quase tão eficaz quanto o poder de Taylor, quando se tratava de fugir de Caine. E era absolutamente leal a Sam.

— E Sam e Astrid?

— Ah, não, não existe mais Sam e Astrid. — Taylor se inclinou mais perto e começou a desembuchar tudo que sabia. Em dez minutos, Caine tinha uma imagem bastante completa, muito mais detalhada do que o que Quinn havia revelado de má vontade.

Sam estava realmente numa busca maluca por água. Dekka e Jack também. Astrid havia ido embora com o Pequeno Pete.

E Quinn evidentemente não sabia da notícia chocante, porém não desagradável: Albert não estava morto, e sim se recuperando sob os cuidados de Lana.

— Os dois caras que tentaram matá-lo também — disse Taylor. — Isso vai ser encrenca.

— Que dois caras?

— Uns fracassados da Galera Humana: Turk e Lance. Talvez Orc também. Ninguém sabe o que aconteceu com ele, só que está de porre.

Cada vez melhor. No momento, não havia ninguém na cidade que pudesse lutar contra Caine. Era incrível. Era milagroso. Era o destino.

Os reis eram supostamente escolhidos por Deus. Bom, se havia um Deus no LGAR, parecia que Ele havia feito sua escolha.

Mas isso não duraria. Caine teria de agir depressa.

— Taylor, preciso de você para uma coisa muito importante — disse.

— Não trabalho para você — disse Taylor, carrancuda.

Caine assentiu.

— Verdade, Taylor. Você tem poderes incríveis. E é uma garota esperta. Mas parece que ninguém te respeita por isso. Eu não queria bancar o mandão.

Ela deu de ombros, aplacada.

— Sem problema.

— Só acho que você é uma garota muito valiosa, muito útil. Acho que deveria ter um lugar comigo. Eu respeito você.

— Você só está tentando fazer com que eu o ajude.

Caine deu um sorriso largo.

— Verdade, verdade. Mas posso pagar muito mais do que Sam e Albert. Por exemplo, você sabe sobre a ilha, certo? E pode ricochetear para qualquer lugar que tenha visto, certo? Qualquer lugar que conheça?

Taylor assentiu, cautelosa. Mas Caine podia ver que ela estava intrigada.

— Se eu arranjasse para levarem você até a ilha, você poderia ir e voltar quando quisesse. Moleza.

Ela assentiu devagar.

— O que você diria de um banho de banheira quente, com bolhas?

— Eu diria: oi, quanto tempo!

— Todo tipo de comida. Creme de amendoim. Sopa de frango. Biscoitos. Todo tipo de filmes no aparelho de vídeo de lá. Pipoca para acompanhar o filme.

— Você está tentando me subornar.

— Estou prometendo pagar.

Ela não precisava dizer. Ele podia ver em seus olhos.

— Preciso saber onde essas criaturas estão, esses insetos. Com que velocidade estão se movendo. Para onde estão indo.

— Só isso?

— Só — disse Caine.

E de repente Taylor havia sumido.

TRINTA E CINCO | 1 HORA E 55 MINUTOS

SAM FICOU OLHANDO os amigos até eles desaparecerem. Totó não nadava muito bem, por isso tinham lhe dado uma almofada de banco para usar como boia, e Jack o rebocava com uma das mãos.

Jack também não era grande coisa como nadador, mas não é preciso ser elegante quando se tem uma força dez vezes maior que o normal.

Sam ligou o motor. Ele rugiu ao ser acelerado. Drake precisaria ser surdo para não escutar.

Então engrenou-o e partiu paralelamente à margem.

O luar estava fraco, mas era o bastante para revelar o súbito jorro de movimento por parte das criaturas em terra. Elas estavam engolindo a isca.

Sam girou violentamente o volante. Mergulhou a estibordo, saltando longe das hélices que passaram transformando água em espuma.

Olhou de novo e notou que os insetos estavam em movimento. Era um enxame prateado se afastando. Não viu Drake.

Nadou atrás dos outros. Tinha ficado no barco um pouco mais do que havia planejado e agora estava a 800 metros do cais. Tinha um longo trecho para nadar.

Mas a água era seu elemento natural. Tinha surfado desde que começara a andar, e nadar num lago plácido não era nada comparado a lutar com as ondas.

A água fria dava uma sensação boa. Era limpa. Ele mudou do nado livre para o de costas durante um tempo, olhando o céu noturno, mas o tempo todo dando as braçadas mais rápidas que podia. Se ainda estivesse lá no mundo, tentaria entrar na equipe de natação do ensino médio. Seu nado borboleta era fraco, mas o livre era dos melhores, e o de costas, melhor ainda.

Como seria se preocupar em melhorar o nado borboleta ou o de peito em vez de se preocupar com sua amiga ser ou não comida de dentro para fora?

O que faria em seguida? Dekka e Jack confiavam nele. Esperavam que sempre tivesse um plano. Mas, afora se afastar de Drake e seu exército de insetos, ele não tinha.

Logo depois, Drake atacaria Praia Perdida. Mandaria aquelas criaturas assolarem a cidade matando todo mundo.

Então pegaria Astrid e...

Não fique emotivo, alertou-se. Só pense num modo de vencer.

Ouviu um espadanar desajeitado à frente. Passou com tranquilidade para um nado crawl e avançou depressa.

— Shhh — sibilou assim que estava perto deles. — Vocês fazem mais barulho que criancinhas na piscina rasa.

Os quatro se aproximaram do cais. Sam fez um gesto para Jack, Dekka e Totó passarem silenciosamente por baixo. Totó havia largado a almofada, e ela estava flutuando para longe. Jack bateu a cabeça embaixo do cais e xingou baixinho.

Sam segurou o cais e ergueu-se para cima, encharcado.

— Oi, Sam.

Brittney estava a menos de 6 metros.

Ele viu três criaturas perto do estacionamento da marina. Estavam esperando. Como uma matilha de cães de ataque bem-treinados.

Ele tinha sido iludido. Enganado.

— Oi, Brittney — disse Sam, parado e pingando.

— Eu pedi muitas vezes para você me libertar, Sam — disse ela. Sua voz estava fria e distante. Não com raiva, não com medo. Talvez só um pouquinho triste.

— Eu sei, Brittney. Mas não sou um assassino a sangue-frio.

Brittney assentiu.

— Não, você é uma pessoa boa — disse ela, sem sarcasmo.

— Tento ser. Como você, Brittney. Sei que você é uma pessoa boa.

Ele olhou para as criaturas. Elas não tinham se mexido, mas estavam alertas. Podiam chegar a ele em dez segundos.

— Ele odeia você — disse Brittney.

— Drake? — Sam gargalhou. — Ele odeia todo mundo. O ódio é tudo que ele tem.

— Não, Drake. Ele. Deus.

Sam piscou. O que deveria responder?

— Achei que Deus amava todo mundo.

— Eu também acreditava nisso. Mas aí encontrei com Ele.

— Foi? — Ela havia perdido qualquer contato com a realidade. Sam não podia culpá-la. O que Brittney havia suportado enlouqueceria qualquer um.

— Ele não está no céu, você sabe — disse Brittney num tom normal, de conversa. — Não está em algum lugar lá no céu.

— Eu não sabia.

— Ele está na terra, Sam. Ele mora num lugar escuro, escuro.

O coração de Sam falhou uma batida. Ele sentiu frio.

— Você encontrou Deus num lugar escuro?

Ela mostrou o aparelho dentário torto, danificado, num sorriso surpreendente, de arrebatamento.

— Ele explicou Seu grande plano.

— É?

— A hora Dele está chegando. Tudo isso... — Ela abriu os braços. — É tudo como, como... como um ovo, Sam. Ele precisa nascer deste ovo.

— Ele é um frango?

— Não zombe, Sam — censurou Brittney. — Ele quer nascer. Mas precisa que Nêmesis se junte a Ele, Sam, e você... você não quer deixar que isso aconteça.

— Nêmesis? O que é Nêmesis?

Brittney estava com uma expressão astuta quando disse:

— Ah, Sam. Você sabe quem é Nêmesis. Ele tem o poder de completar o plano de Deus. — Ela cruzou os dedos, quase pasma com esse ato, como se fosse um sacramento. — Eles devem ser unidos, a

Escuridão e Nêmesis. Juntos terão todo o poder, e então, Sam, tudo termina, você sabe. Então a casca do ovo se quebra, e Ele nasce.

— Isso parece... — Ele resistiu à ânsia de dizer "maluco". — Parece interessante. Mas não acho que o gaiáfago seja Deus. Acho que ele é mau.

— Claro que ele é mau — reagiu Brittney, entusiasmada. — Claro! Mau, bom, não há diferença, você não vê? São a mesma coisa, como eu e Drake. Yin e yang, Sam. Dois em um, uma dualidade, uma...

Ela hesitou um pouco, como uma criança tentando explicar algo que não entendia direito. Franziu a testa.

— Ele mentiu para você, Brittney. O gaiáfago não é Deus. Ele penetra na mente das pessoas e as obriga a fazer coisas terríveis.

— Ele me avisou, disse que você ia falar isso. Meu Senhor e Nêmesis precisam ser unidos. E todos vocês precisam morrer. Todos vocês são como uma doença. Como um vírus. Uma peste que deve ser varrida de modo que Ele possa se unir a Nêmesis e nascer.

Sam estava ficando cansado daquela conversa. Nunca havia se importado muito com religião, e uma religião de fantasia inventada por uma garota morta para justificar as mentiras do gaiáfago era ainda menos interessante do que as desculpas religiosas de Astrid para não fazer sexo. Ele estava impaciente para descobrir o que Brittney pretendia. Se fosse haver uma luta, que houvesse.

— E depois o quê, Brittney? O gaiáfago explicou a você?

— Então o mundo inteiro será refeito. Esse é o objetivo Dele, você sabe.

— Não, eu não sabia. Acho que perdi essa parte. Eu ainda estava na parte em que ele precisa matar todo mundo.

— Ele foi forjado por uma raça de deuses nos confins do universo para refazer o mundo, criá-lo de novo.

— É, bem, isso parece só um pouquinho insano, Brittney.

Ela sorriu.

— Tudo é insano, Sam. Tudo. Mas ele vai refazer tudo. Assim que nascer de novo.

Sam estava cansado. Queria que Astrid estivesse ali, talvez ela pudesse descobrir mais. Talvez ela pudesse convencer Brittney a abandonar sua ilusão lunática. Mas ele não era Astrid.

— É o seguinte — disse Sam. — Se o seu amigo no poço da mina me quiser, pode vir com tudo. Porque ele já tentou antes. E eu ainda estou aqui.

— Não por muito tempo. Você acha que essas criaturas apareceram por acaso? O Senhor as moldou, criou-as para serem indestrutíveis, para que você não possa impedi-las, Sam.

— Sinto muito pelo que aconteceu com você, Brittney. Você sofreu mais abusos do que qualquer pessoa no mundo. Mas mesmo assim terei de impedi-la. — Ele levantou as mãos, com as palmas para a frente. — Desculpe.

Dois fachos de luz verde acertaram Brittney no peito. Abriram um buraco através dela.

Os insetos saltaram, correram para cobrir os poucos metros entre eles e o cais.

— Jack! Dekka! — gritou Sam.

Jack passou direto através das tábuas do cais, mas tinha escolhido um lugar ruim. Irrompeu entre Brittney e Sam, bloqueando o fogo de Sam.

Brittney gritou:

— Matem eles!

Jack tropeçou, e isso o tirou da linha de fogo. Sam apontou e acertou Brittney de novo, mas agora ela estava correndo para longe. Suas costas derreteram, a coluna foi exposta e depois cortada, e ela continuava correndo.

Sam direcionou os raios para o inseto mais próximo. Fachos de luz acertaram a criatura enorme e ricochetearam, cortando o mastro de um veleiro quase na metade. O cotoco virou uma tocha.

Jack puxou Dekka de dentro d'água, e ela agiu antes mesmo de ficar de pé. A gravidade deixou de existir embaixo da criatura mais próxima. O inseto decolou, e seu ímpeto o levou por cima da cabeça abaixada de Sam. Atravessou direto o campo gerado por Dekka e pousou meio na água, com a parte traseira no cais.

— Empurre ele!

Jack bateu na traseira do inseto que havia caído na água. Então girou, correndo para a segunda barata gigante. Arrancou uma tábua do cais e acertou-a com força sobre-humana contra as peças bucais que cortavam o ar.

A tábua lascou. A criatura nem errou o passo.

Jack caiu de costas, e o monstro estava sobre ele num instante.

— Jack! — gritou Dekka.

Deitado de costas, Jack chutou para cima com tanta força que a madeira embaixo dele se partiu.

A terceira criatura veio para cima da primeira. Suas mandíbulas bateram em Dekka, sem conseguir cortá-la ao meio, mas conseguindo jogá-la a 6 metros de distância, na água.

Numa fração de segundo de clareza, Sam viu o que teria de fazer. Não gostou.

O inseto correu para ele.

As lâminas bucais cortavam.

Sam avaliou o salto, soltou um palavrão desesperado e mergulhou direto para a boca aberta do inseto.

— Os dias de incerteza acabaram!

Caine estava no topo da escadaria da prefeitura. Abaixo dele, os doentes tossiam e tremiam. Edilio, impotente, fraco como um gatinho recém-nascido, tremia tanto que parecia estar tendo uma convulsão.

Do outro lado dos doentes estavam dezenas de crianças, muitas molhadas por terem passado embaixo da chuva no oeste. Muitas ainda esfregavam os olhos para afastar o sono. Algumas, mais novas, carregavam seus cobertores.

Diana estava à parte, com expressão vazia, arrasada. Penny tinha ganhado uma cadeira. Lana estava encostada a uma árvore da praça, a mão na pistola, com Sanjit nervoso ao lado.

Caine via tudo isso. Cada rosto virado para cima, iluminado pelo luar. Viu o medo e a ansiedade. Adorou. Glorificou-se naquilo.

— Primeiro, vou dizer o seguinte — começou Caine. — Taylor, que se juntou a mim, informa que as criaturas estão quase aqui. Estão se aproximando da via expressa e vão chegar à cidade em minutos. Quando chegarem, vão caçar, matar e comer... cada pessoa viva.

— Nós podemos lutar! — gritou alguém. — Nós vencemos os coiotes. E vencemos você também, Caine.

— Como vão lutar sem Sam? — perguntou Caine. — Ele está aqui? Não! Sam não pode impedir essas criaturas. Ele tentou e fracassou, e agora fugiu!

Esperou que alguém falasse em defesa de Sam. Mas não houve nenhuma palavra.

Fracos, sem fé, pensou Caine. Quase sentia pena de Sam. Quantas vezes Sam se colocara em perigo por aqueles ingratos?

— Ele se salvou por um tempo — prosseguiu Caine —, fugindo com Astrid e Dekka. Ele salvou seus amigos, mas abandonou o pobre Edilio doente aqui. E todos vocês.

Silêncio de pedra.

— É por isso que Quinn, Quinn, que trabalha dia e noite para alimentar todos vocês, foi me pegar, foi implorar minha ajuda.

— O que você vai fazer? — gritou alguém.

— O que vou fazer? — perguntou Caine, adorando aquele momento. — Não vou fugir, essa é a primeira coisa. — Ele cutucou o ar com um dedo e gritou: — Quando chegou o perigo definitivo, Sam fugiu. E eu voltei. Eu estava em segurança, quente e bem-alimentado na minha ilha. Tinha minha linda rainha, Diana. Meus amigos, Penny e Bug. Era uma vida muito boa.

Ele foi até Diana e deu-lhe um beijo rápido. Ela deixou, nada mais.

— Uma vida muito boa. Mas quando ouvi sobre o que estava acontecendo aqui, os perigos terríveis que ameaçavam destruir vocês, não pude ficar sentado comendo comida deliciosa e assistindo a filmes, coberto por lençóis limpos.

Ele observou o efeito dessas palavras. Comida? Filmes? Alguma coisa limpa? Eram conceitos mágicos para aquelas crianças desesperadas, famintas e, até recentemente, ressecadas de sede.

E a implicação sutil de que ele estivera dormindo com Diana também funcionou de certa forma, deixando os garotos mais velhos com ciúme, e algumas garotas também.

Caine sorriu por dentro. Estava funcionando. Ele os tinha dominado. As ovelhas.

— Eu vou salvá-los — disse humildemente, de olhos abaixados. — Mas não só dessa ameaça terrível. Não. Não é hora de todos termos uma vida melhor? Não sofremos o suficiente?

Um murmúrio de concordância.

— Vocês sofreram de fome, sede, violência. Bom... — Ele esperou, esperou que o momento ganhasse tensão. Estava deliberadamente esticando o tempo, sabendo que eles estavam visualizando a horda de insetos avançando para a cidade. Por fim disse: — Bom, já basta de sofrimento.

— E Drake? — gritou alguém.

— Ele é seu amigo — acusou outra voz.

— Não — reagiu Caine, rispidamente. — Fui eu que destruí Drake. Ou que tinha destruído. Até que Sam e seus seguidores permitiram que ele retornasse.

Fez uma pausa, esperando a reação, ouvindo os murmúrios de concordância. Lançou um olhar secreto de diversão para Diana. Nada funcionava melhor do que uma mentira verdadeiramente grande.

— Escutem. Vocês precisam de um verdadeiro líder. Mas essa coisa em que forçam vocês a eleger alguém, como se fosse um concurso de popularidade, como se estivéssemos escolhendo a rainha do baile ou algo assim, precisa parar. Edilio é um garoto legal. Mas é só um garoto, é só o cachorro leal do Sam. Sem ofensa. — Ele levantou a mão, sugerindo que podia ter escolhido as palavras sem cuidado. Mas já havia gente assentindo. É, Edilio era como um cachorro do Sam. Corajoso sim, e decente, sim. Mas não os tinha salvado.

— E Sam? — disse Caine, levantando a voz. — Sam já foi um líder corajoso, mas está esgotado, e todos vocês sabem. O coração dele nunca esteve mesmo nisso. Agora, finalmente, ele fugiu. Não é de Sam que o LGAR precisa. Ele não é um rei.

Caine se virou enquanto a palavra penetrava. Pôde escutar uma voz perguntando:

— Ele disse rei?

E ouviu nitidamente um riso irônico de Lana.

Caine levantou as mãos bem alto.

— Precisamos de um líder de verdade, e não de alguém que precise prestar contas a um conselho. Qual é, pessoal! Howard é membro do conselho!

Isso produziu risos irônicos.

— Assim, o cachorro fiel de Sam presta contas a um trambiqueiro assumido como Howard. — Ele deixou o sorriso sumir. Era hora de acabar com isso. — Vocês precisam de um líder que lidere de verdade. Um líder para salvar sua vida hoje e dar uma vida melhor daqui em diante.

Caine viu Turk e Lance esperando, com risinhos no rosto.

Caine tinha mandado Taylor chamá-los. Tinha dito a eles que poderia usar dois garotos durões como eles. Tinha prometido uma viagem à ilha.

— Turk. Lance. Venham cá — disse.

Eles subiram a escada e se colocaram ao lado dele, pálidos e abalados, mas com a certeza de que receberiam cargos novos e importantes.

— Esses dois admitiram que atiraram em Albert enquanto estavam roubando coisas dele.

Os dois começaram a murmurar com raiva, e até algumas crianças doentes levantaram os olhos remelentos. Albert podia não ser popular, mas era necessário.

Lance e Turk trocaram um olhar nervoso, inseguro.

— Vocês vão ficar aliviados em saber que Lana salvou a vida de Albert — disse Caine. — Mas o que vamos fazer com dois aspirantes a assassinos como esses?

Turk estava ainda mais pálido. Aquilo não estava indo como ele esperava. Lance foi se esgueirando para longe, preparado para correr.

Praticamente sem qualquer movimento, e com um leve sorriso, Caine levantou uma das mãos, e Lance se pegou fazendo uma débil pressão contra uma barreira invisível.

— Vamos convocar uma reunião do conselho? Fazer um julgamento? Desperdiçar o tempo de todo mundo enquanto minuto a minuto a ameaça chega mais e mais perto? Sabemos o que deve ser feito. Justiça! Rápida e certa, e sem muito atraso absurdo.

— Ei! — gritou Lance. — Não foi isso que você...

— Ele diz muitas coisas — murmurou Diana.

Com um movimento amplo e dramático da mão, Caine atirou Lance pelo ar. Lance voou como se tivesse sido jogado de uma catapulta. Subiu pelo céu noturno com todos os olhares acompanhando. Um grito fino voltou para baixo.

Havia algo cômico naquilo, e Caine não conseguiu evitar um sorriso.

O grito mudou de tom enquanto Lance caía e se chocava no chão, na outra extremidade da praça.

— Justiça! — gritou Caine. — Não mais tarde, agora mesmo. Justiça, proteção e uma vida melhor para todos.

Turk perdeu o autocontrole.

— Não, não, não, Caine, não, não.

— Mas não justiça sem misericórdia — disse Caine. — Lance pagou o preço ao seu modo. Agora Turk vai pagar servindo a mim. Certo, Turk?

Ele olhou para Turk e disse em voz baixa:

— Abaixe-se.

Turk caiu de joelhos sem precisar de mais incentivo.

— É sinal de respeito — disse Caine. — Não por mim. Isso não tem a ver comigo. Tem a ver com vocês, com todos vocês. Vocês é que precisam de um governante. Não é verdade? Depois de tanto sofrimento vocês não precisam de uma pessoa para assumir o comando? Bom, é isso que estou fazendo. E quando se abaixam, só estão demonstrando respeito. Como o Turk, aqui.

Na turba de crianças, cerca de meia dúzia se ajoelhou. Algumas outras executaram desajeitadas reverências de cabeça, inseguras. A maioria não fez nada.

Bom o suficiente, pensou Caine. Por enquanto.

— As criaturas estão vindo — disse, em voz baixa. — Em todo o LGAR, quem pode derrotar essas criaturas?

Aguardou, como se esperasse mesmo uma resposta.

— Quem pode derrotá-las? — repetiu. — Eu. Só eu.

Balançou a cabeça como se estivesse maravilhado com alguma coisa espantosa.

— É como se o próprio Deus tivesse me escolhido. E se eu vencer, se eu salvar a vida de vocês, a vontade de Deus estará muito clara.

TRINTA E SEIS | 1 HORA E 45 MINUTOS

SAM PULOU NA boca aberta da criatura.

A cabeça e os ombros entraram. A garganta do inseto sofreu um espasmo, como borracha molhada, esmagando seus pulmões e tirando todo o ar.

Seus olhos estavam fechados com força, mas ele não podia fechar as narinas e quase vomitou por causa de uma onda de fedor parecido com carne podre, algas e amônia.

Apertou as mãos, tentando agarrar alguma coisa, precisava puxar as pernas para dentro antes que as peças bucais as cortassem, tinha de fazer isso agora, agora, depressa!

Algo afiado roçou seus tornozelos. Mas o inseto só estava reagindo, sufocando, ainda não tentando despedaçá-lo.

Sam puxou as pernas para dentro. Entrou completamente na garganta úmida, fedorenta, pulsante.

Não foi rápido o bastante. As peças bucais cortaram um pedacinho de seu calcanhar direito. Ele não notou a dor, era pavoroso demais, sufocante, estava esmagado, pele queimando, negrume, sem ar.

Estendeu as mãos e disparou.

Não pôde ver a luz, seus olhos estavam bem fechados. Mas pôde sentir o tremor que atravessou o corpo do inseto.

Disparou e moveu as mãos contra a parte interna gosmenta do bicho, disparando e disparando, sentindo a pele queimar por causa da substância química amoníaca que havia dentro da criatura, mas depois, muito pior, por causa do calor de sua própria luz mortal.

Teve de parar para não se cozinhar.

Podia sentir o inseto se movendo, era como estar num carro de rodas quadradas, uma sacudida violenta. O inseto corria em um pânico louco enquanto suas entranhas sangravam e queimavam.

Mas não bastava, não era o suficiente, e em segundos Sam morreria por falta de oxigênio.

Ignore a dor: dispare!

Cruzou os dedos às cegas, transformando os dois fachos em um só. Fez pressão contra as entranhas da criatura e riscou o que parecia um círculo.

Então, gritando em silêncio por causa do calor, da fome dos pulmões, dos violentos espasmos de seu corpo se rebelando, chutou e chutou, enrolou-se numa bola apertada e chutou no lugar onde havia queimado, com toda a força que ia esmorecendo.

Ar!

Respirou e vomitou quase ao mesmo tempo. Abriu um olho. Jack estava em cima dele.

— Gaaaahh! — disse Jack, enojado pela visão de Sam encapsulado numa fumegante gosma de entranhas de inseto.

Jack agarrou sua mão e puxou-o com tanta força que Sam voou pelo ar. Sam mergulhou agradecido na água.

Veio à superfície, sugou o ar e mergulhou de novo. Lavou a sujeira do corpo e aplacou as queimaduras. Mas elas haviam rompido sua pele. A criatura o havia cortado. Seu calcanhar doía, porém muito pior era o medo terrível de estar destinado a sofrer o mesmo destino de Hunter.

Quando subiu novamente, pôde ver que o inseto que tinha caído na água estava lutando, não muito longe, tentando voltar à margem.

O inseto morto — o que Sam havia matado por dentro — estava completamente imóvel. Para Sam, o bicho quase parecia ter uma expressão de surpresa no rosto. Ou no que se poderia chamar de rosto. Seus olhos azuis sinistros estavam vítreos.

Um inseto morto, um tentando chegar à margem, e o terceiro ainda muito perigoso.

— Jack! — gritou Sam. — O mastro! Naquele barco!

Jack franziu a testa, confuso, então assentiu. Saltou num veleiro ali perto, agarrou o mastro de alumínio, firmou os pés e, com um esforço hercúleo e um som parecido ao de uma motosserra em velocidade lenta, arrancou o mastro.

Dekka levantou as mãos, e o inseto que vinha correndo ficou sacudindo as pernas impotente no ar. Ele só permaneceria assim por alguns segundos, mas era tudo de que Jack precisava.

— Certo, Dekka, larga ele! — gritou Jack.

Dekka largou a criatura.

Jack levantou o mastro — uma lança de 10 metros — acima da cabeça e atirou contra a boca do bicho.

Errou na primeira tentativa, mas furou um dos olhos azuis do inseto.

Jack recuou para o fim do cais e correu para a criatura.

— Iááááá!

Acertou o mastro na boca do bicho e empurrou alucinadamente, freneticamente, os pés quebrando tábuas do cais, até que o topo do mastro atravessou de repente o lado da criatura numa explosão de entranhas e gosma.

Sam começou a subir de volta no cais, mas suas mãos estavam cheias de bolhas. Jack precisou puxá-lo pelas axilas.

— Cadê a Brittney? — perguntou Sam.

Dekka balançou a cabeça.

— Saiu correndo — disse Totó. — Mas parecia estar mudando. Um braço estava... — Ele não parecia ter palavras para aquilo.

— Igual a uma cobra. Uma mão de chicote — ajudou Dekka.

— É — disse Totó. E depois: — Agora estou pronto para voltar para casa.

— Mal consigo andar — disse Sam. Precisou trincar os dentes para não chorar de dor. A pele do calcanhar havia sumido, um pedaço havia sido cortado fora. Estava sangrando por todo o cais.

Sam tirou a camisa molhada e enrolou-a desajeitadamente no pé, fazendo um curativo bastante precário.

— Vamos sair daqui enquanto podemos. Drake vai voltar com o restante do exército, e então vamos virar comida de inseto, com certeza.

Sam começou a andar mancando, mas Jack o agarrou e pôs nos ombros. Era ridículo: Sam era mais alto e muito mais largo do que Jack. Mas para Jack aquilo era tão fácil quanto carregar um bebê.

— Você arrasou, Jack — disse Sam.

Dekka deu um tapa nas costas de Jack.

— Mandou benzão.

Jack ficou radiante, apesar de ter tentado não demonstrar. Depois seu rosto ficou verde, e ele pôs Sam no chão e vomitou num arbusto.

— Desculpe — disse. — Acho que isso me deixou enjoado.

— São os nervos, malandro — disse Sam. — Já passei por isso. Vamos sair daqui. Por onde viemos. Drake vai esperar que a gente vá pelo caminho mais direto para a cidade, e, se ele pegar a gente em espaço aberto, ferrou.

— O que vai acontecer quando ele chegar à cidade com aquelas criaturas? — perguntou Dekka.

— Edilio tem Orc, espero. Além de Brianna. Taylor. E tem os soldados, mas duvido que as armas funcionem bem, a não ser que eles consigam atirar dentro da boca. — Sam balançou a cabeça.

Sua imaginação foi até Astrid. Um número muito grande de imagens medonhas do que poderia acontecer com ela apinhou sua cabeça.

Será que eles poderiam chegar a tempo de ajudar na luta? Talvez com ele, Jack e Dekka juntando-se aos outros, pudessem impedir Drake. Talvez.

Será que Edilio ao menos adivinhava o que ia em sua direção? Será que estava se preparando? Será que havia encontrado um modo? Sam não encontrara. Tentara de todas as formas encontrar o jeito de vencer. Se esforçara para imaginar a condição em que derrotariam esse inimigo.

A cada vez, chegava à conclusão de que só havia duas pessoas com poder de impedir as criaturas.

Uma: Caine. E Caine estava longe, na ilha.

A outra: o Pequeno Pete. Ele estava longe, num tipo de ilha diferente, dentro de sua própria mente danificada.

Caine e Pequeno Pete.

— Escuta, pessoal — disse Sam. — Não estou vendo um modo de ganhar. Pelo menos da minha parte. Terá de ser Edilio e o pessoal lá na cidade. Nem sei se eles sabem o que está por vir. Por isso a gente precisa dar um aviso.

— Como? — perguntou Dekka.

— Jack.

Jack estivera curvado para a frente. Endireitou as costas subitamente.

— Jack pode andar mais depressa sem nós. Junto com a força dele, vem alguma velocidade. E ele não vai se cansar tão depressa quanto a gente. Os morros não o incomodam, por isso ele pode passar direto por cima deles, indo em linha reta.

— É — admitiu Dekka. — Faz sentido. E não me entenda mal, Jack virou um herói e coisa e tal. Mas será que isso basta? Eu fiz as contas, como você. Orc, Jack e Brianna?

— Existem dois que poderiam conseguir — disse Sam. — Caine. Ele poderia conseguir.

Dekka rosnou:

— Caine?

— Ele ou o Pequeno Pete — disse Sam.

— O Pequeno Pete? — Jack estava perplexo.

Sam suspirou.

— O Pequeno Pete. Ele não é exatamente só o irmãozinho autista de Astrid. — Explicou brevemente enquanto Totó acrescentava um coro de "Sam acredita que isso é verdade".

— Como vamos conseguir que o Pequeno Pete faça alguma coisa? — perguntou Dekka.

— Na última vez em que sentiu um perigo mortal, ele criou o LGAR — disse Sam. — Ele precisa correr um perigo mortal de novo.

Jack e Dekka trocaram um olhar cauteloso, cada um deles imaginando o que o outro sabia ou tinha adivinhado sobre o Pequeno Pete.

— O Pequeno Pete? — perguntou Jack. — Aquele garotinho tem tanto poder assim?

— Tem — respondeu Sam, simplesmente. — Perto de Pete, eu, Caine, todos nós, somos como... espingardas de chumbinho comparadas a um canhão. Nem sabemos quais são os limites dos poderes dele. O que sabemos é que não conseguimos nos comunicar muito bem com ele. Nem podemos adivinhar o que ele está pensando.

— O Pequeno Pete — murmurou Dekka, e balançou a cabeça. — Eu sabia que ele era importante, saquei isso há muito tempo. Mas ele consegue fazer isso? Ele tem tanto poder assim? — Ela ponderou um momento, assentiu e disse: — Entendo por que vocês guardaram segredo. É como uma arma nuclear nas mãos de... bem, de um garotinho autista.

Sam se levantou, encolheu-se ao colocar o peso no calcanhar machucado. Pôs a mão no ombro de Jack.

— Diga a Edilio para chamar Caine, se eles puderem fazer isso a tempo. Se não, Jack, vá pegar o Pequeno Pete.

— E fazer o que com ele? — perguntou Jack, obviamente horrorizado com a ideia e ainda tentando entender o fato de que o menino era o ser mais poderoso do universo deles.

Sam sabia a resposta. Sabia qual poderia ser o único passo vitorioso. Tinha dito a Brittney que não era um assassino a sangue-frio. Não era. E isso nem era mais atribuição dele, era?

E no entanto... E no entanto ele conseguia ver uma possível solução.

— Pegue ele, Jack. Carregue até o inseto mais próximo que você puder achar.

— E...? — perguntou Jack, com a voz falhando.

— Jogue-o para o inseto.

O chicote de Drake estava enrolado na mandíbula da maior das criaturas, agora correndo para o sul, para longe do lago. Tinha de se inclinar até ficar quase deitado, para permanecer em cima, com as pernas abertas atrás do corpo.

Onde estava Sam Temple? Já deviam tê-lo alcançado, se ele tivesse vindo nessa direção.

Traga-me Nêmesis.

A voz na cabeça de Drake estava mais alta, mais insistente do que nunca.

Com a mão livre, bateu na lateral da cabeça, tentando afastá-la, tentando silenciar aquela exigência insistente.

Traga-o para mim.

Em sua mente viu a Coates, sua antiga escola, seu antigo lar. O sério prédio principal, de estilo gótico, o vale sombrio ao redor, o portão de ferro. A imagem estava em sua memória, mas era a Escuridão que exigia que ele olhasse, visse e compreendesse.

Nêmesis estava lá. Lá!

Traga-o!

Mas Drake tinha outras necessidades. Seu senhor podia precisar dessa Nêmesis, o que quer que fosse, mas ele, Drake, tinha uma necessidade igualmente poderosa: matar Sam Temple.

Sam Temple lhe custara o braço. Tinha destruído sua vida antiga, o deixara preso nessa união nojenta com Brittney Porca.

Sam, que o mantivera enjaulado como um animal.

E agora Sam havia escapado da morte outra vez. Havia derrotado Drake outra vez. E não estava à vista, tinha sumido!

— Sam! — uivou Drake, frustrado. — Sam!

O inseto movia-se rapidamente, e o vento levou o grito de Drake para longe, mas ele uivou mais uma vez para a noite.

— Sam, estou indo matar você!

Sem resposta. E nem sinal de Sam ou dos outros. Sem dúvida eles estariam correndo de volta para Praia Perdida, e no entanto não estavam à vista, e a cada segundo que passava Drake podia estar se afastando mais deles.

Traga-me Nêmesis!

Não. Nêmesis podia esperar. Drake servia à Escuridão, mas não era só um moleque de recados. Tinha suas próprias necessidades.

Se não pudesse pegar Sam ali, em espaço aberto, chegaria antes dele a Praia Perdida. Estaria esperando quando Sam chegasse. Esperando com o chicote enrolado em Astrid.

Sua mente se inundava de imagens, lindas imagens de Sam impotente sob seu chicote. No entanto, não mataria Sam Temple, não, pelo menos até Sam tê-lo visto reduzir Astrid a um hediondo monstro sem pele.

A visão era tão clara em sua cabeça, tão maravilhosa, que o enchia de luz, de júbilo e de um prazer que ele sequer conseguia descrever.

Nêmesis.

— Vou pegar seu Nêmesis — murmurou Drake. — Mas primeiro...

O exército de Drake se afastava do lago a uma velocidade espantosa, subindo a longa encosta que levava para as terras secas mais além.

Drake sentiu uma onda de fúria direcionada contra ele. Uma onda de raiva que o sacudiu até o âmago. A corda escura estava enrolada em seu cérebro, enchendo os pensamentos, exigindo, ameaçando. *Nêmesis.*

— Não! — gritou Drake.

A reação foi imediata. O enxame parou instantaneamente.

— Eles são meu exército! Meu exército! — berrou Drake. Seus próprios ódios eram fortes demais para serem negados. E ele até poderia ter desafiado o gaiáfago. Mas, enquanto permanecia angustiado, o ódio disputando com o medo, Drake perdeu a capacidade de tomar a decisão.

A escolha entre buscar Nêmesis ou aterrorizar Praia Perdida seria de Brittney.

TRINTA E SETE | 1 HORA E 39 MINUTOS

SAM PROSSEGUIA MANCANDO, andando mais rapidamente do que havia esperado. Apoiava-se em Totó e se beneficiava também de Dekka, que vinha atrás e diminuía a gravidade embaixo deles.

Sentia-se péssimo. Mais ainda porque antes havia conseguido ter só um pouquinho de esperança. Tinha até se permitido acreditar que as coisas poderiam ser melhores, agora que haviam encontrado o lago e o trem.

Mas ali era o LGAR. E só porque mereciam uma boa notícia não significava que viria alguma. No espaço de pouquíssimas horas tinham passado das alturas do otimismo para o desespero absoluto.

Sua mente ficava repassando as hipóteses prováveis. Edilio teria o pessoal dele, além de Brianna, Taylor e talvez Orc. Se Jack chegasse à Praia Perdida a tempo, também lutaria; Jack realmente havia se mostrado à altura.

Mas não era o suficiente. Mesmo que ele e Dekka estivessem lá, talvez não bastasse. Por isso, em vez de salvar a cidade e levar a salvação na forma de água, macarrão instantâneo e Nutella, Sam sabia que chegaria a uma cidade destruída.

Alguns certamente sobreviveriam. Certamente, alguns.

Talvez o Pequeno Pete salvasse Astrid. Ele tinha poder. Mas teria consciência? Será que alguma dessas coisas penetrava no lugar onde estava sua mente?

— Você acha que ele vai fazer? — perguntou Dekka. — Quero dizer, Jack.

— Não — respondeu Sam.

— Não — concordou Dekka.

— Verdade — disse Totó, mas Sam não soube se ele estava concordando com os dois ou apenas se certificando automaticamente de que eles acreditavam no que diziam.

— Ele não é desse tipo — disse Sam. — Não é implacável. De qualquer modo, quais são as chances de ele ao menos chegar à cidade e encontrar o Pequeno Pete? E depois, quem sabe se isso ao menos provocaria um choque no Pequeno Pete a ponto de ele fazer alguma coisa?

— Você faria, Sam.

— É, eu faria.

— Ele faria — concordou Totó.

— É o seu dom, Sam — disse Dekka. — Tem sido, desde o início.

— Ser implacável?

— Acho que dito assim não parece tão bom — respondeu Dekka, com cautela. — Mas alguém precisa fazer. Cada um de nós contribui com o que tem.

Sam se encolheu quando seu calcanhar roçou numa pedra.

— Provavelmente não funcionaria, de qualquer modo. Quero dizer, o negócio com Pete.

— O trem — disse Dekka. — Aqueles mísseis.

— Eu pensei nisso. Mas como a gente os levaria para a cidade? Como descobriríamos ao menos um modo usá-los?

Sam parou de andar.

Dekka parou também, depois de alguns passos. Totó continuou andando, sem perceber.

— Dekka?

— O quê?

— Até que ponto vai o seu poder? Quero dizer, você anula a gravidade, certo? De modo que as coisas flutuam.

— É. E daí?

— Já vi você levitar. Quero dizer, você anula a gravidade bem embaixo de você mesma e flutua, certo? Bom, a que altura consegue chegar?

— Não sei. Se eu estiver projetando a força, você sabe, como se quisesse que acontecesse com outra pessoa, só posso chegar a uns 15 metros. Talvez um pouco mais.

— Certo, mas isso quer dizer que você meio que sobe em um ângulo, não é? Quero dizer, você está disparando através da gravidade, porque a gravidade vai direto para baixo.

Dekka o olhou estranhamente. Ela abriu as mãos dos dois lados do corpo. Começou a subir imediatamente, junto com uma coluna de terra e pedras.

Sam ficou olhando Dekka subir, mantendo-se bem longe do redemoinho de entulho.

Na escuridão, perdeu-a de vista rapidamente.

— Dekka! — Ele inclinou a cabeça para trás, tentando identificá-la contra o fundo de veludo preto e pontos de luz.

— Cadê a Dekka? — perguntou Totó.

— Lá em cima.

— Verdade — disse Totó.

— É. Cuidado onde pisa, a não ser que você também queira sair flutuando.

Pareceu se passar muito tempo até que Dekka finalmente surgiu no meio do cascalho que caía. Ela flutuou com facilidade para baixo, recuperou o apoio dos pés e disse:

— Certo, mais de 15 metros, isso com certeza. Não sei até onde fui, mas fui longe. Talvez você esteja certo. Talvez funcione melhor quando estou cancelando a gravidade diretamente para baixo. Mas só posso voar direto para cima. Assim, se você está pensando que eu posso decolar e voar para a cidade, isso não vai acontecer.

— Estou pensando que o LGAR é uma bolha enorme. Tipo um... qual é o nome daquelas coisas com água dentro, que a gente sacode e parece neve caindo e...

— Um globo de neve — ajudou Totó.

— Tipo um globo de neve. E se você tiver uma bolha dentro do globo de neve, o que ela faz? Sobe para o topo, certo?

— O topo dessa bolha está provavelmente bem em cima da usina nuclear — disse Dekka. — Quero dizer, se o LGAR for uma esfera perfeita.

— Certo, então diga se isso faz sentido. — Sam franziu a testa, tentando deduzir enquanto falava. — O trem está perto da parede norte do LGAR. Assim, se você estivesse lá e cancelasse a gravidade...

— A gente iria raspando pela parede, muito dolorosamente, até chegar ao topo. Como uma bolha chegando ao topo de um globo de neve.

— Tem carros na usina. Quero dizer, carros que foram usados mais recentemente, no último mês, carros que Edilio levou para lá. De modo que as baterias devem estar com carga. Muitos estão sem gasolina, mas não vamos precisar de muita. — Ele estava pensando em voz alta. Sem prestar atenção às observações que Totó repetia:

— Ele acredita, é verdade, Aranha.

— Eu não posso vencer os insetos — disse Sam. — Meu poder não funciona com eles. Pelo menos não muito bem. Mas eles podem ser esmagados. E acho que talvez possam ser explodidos.

— Está falando daqueles lançadores de mísseis no trem? — perguntou Dekka.

— Estou falando exatamente disso. Você levanta aquele contêiner de mísseis. Voa com ele até o topo da cúpula. Desce perto da usina nuclear. A gente acha um veículo com alguns litros de gasolina e vai a toda velocidade para Praia Perdida. — Ele deu de ombros. — Depois vamos ver se aqueles insetos gostam dos M3. Sistema de Armamento Multifunção Antiblindagem.

Caine andou sozinho pelos poucos quarteirões da prefeitura até a via expressa. Parecendo um pistoleiro num antigo filme de caubóis.

Crianças iam atrás, mas a uma distância segura. Uma dúzia delas se apinhava dentro da janela panorâmica estourada de uma companhia de seguros. Mais algumas encontraram lugares em carros parados.

"Bom, que elas assistam enquanto eu salvo seus rabos", pensou Caine.

Mas agora, parado no meio da via expressa, sobre a antiga linha divisória, não estava nem um pouco confiante. Quantas criaturas viriam? Qual seria o tamanho delas? Quão poderosas seriam?

Será que já o estavam vigiando, lá no escuro?

E Drake? Haveria uma chance de ele derrotar Drake? Drake ainda poderia ser um auxiliar muito útil. A não ser que estivesse decidido a ser o chefe.

Lutar contra aqueles superinsetos e mais o Drake? De repente a ilha pareceu muito, muito convidativa.

Poderia ir embora agora mesmo. Diana e ele, só os dois, sozinhos na ilha. Deixando Penny e Bug com o pessoal da cidade. Só ele e Diana. Comida, luxo e sexo. Não era infinitamente melhor do que essa batalha?

Uma velha suspeita sombreou seus pensamentos: será que ele estaria sendo usado? A Escuridão já o usara antes. Será que isso era a vontade do gaiáfago penetrando em sua mente outra vez?

Não sentia. Não tinha sentido a Escuridão nenhuma vez enquanto estivera na ilha. Mesmo antes disso, desde o momento em que Caine desafiara a Escuridão, o gaiáfago o havia deixado em paz.

Não. Essa decisão era dele. Mas por quê? Por que abrir mão da ilha? Em troca de quê? De ser despedaçado por monstros chocados em corpos humanos? Mesmo que ele sobrevivesse, o que teria pela frente? Alcachofras e peixe, ressentimento, provavelmente uma luta com Sam e o afastamento carrancudo de Diana.

— Rei Caine! É!

Girou rapidamente, com raiva, presumindo que fosse uma provocação. Um garoto na companhia de seguros levantou o punho e gritou:

— Uhu!

Caine assentiu na direção dele.

Ovelhas. Enquanto tivessem um pastor para manter os lobos a distância, estavam felizes. Sem coragem, indiferentes, fracas, estúpidas: era difícil não sentir um desprezo completo por elas.

Claro, se fracassasse, elas se virariam contra ele num instante.

Mas também, se ele fracassasse, elas estariam ocupadas correndo para salvar a vida.

Um súbito clarão de prata mais adiante na estrada.

Caine espiou o escuro. Ali perto da estrada principal não havia luz, claro, nem mesmo um Samsol. Só um pouco de luar e um pouquinho de luz das estrelas, e um montão de escuridão.

Mas sim, alguma coisa. Alguma coisa se mexendo.

E um som. *Clic-clac*, muito rápido no concreto.

Viu peças bucais de aço rebrilhando, como machadinhas enluaradas.

Não sabia quantas eram as criaturas enormes. Só que havia pelo menos meia dúzia, cada uma do tamanho de um ônibus municipal e agora perto o bastante para que ele visse os olhos vermelhos e malignos.

Apontou para os espectadores que estavam perto de um carro.

— Saiam desse carro!

Os dois garotos deram de ombros como se não vissem por que deveriam obedecer. Então, com um estalo de molas se afrouxando e gemidos de metal, o carro ao lado deles saiu do chão.

Eles entenderam a ideia. Saíram correndo a toda velocidade.

Caine levantou o carro bem alto. Era difícil ver cores nessa luz, mas parecia que talvez fosse azul. Um pequeno jipe azul.

— Vamos torcer para isso funcionar — ofegou.

Levou a mão atrás e lançou o carro pelo ar. Ele passou deslocando o ar acima de sua cabeça e foi girando na direção da criatura mais próxima.

Caiu antes, bateu no pavimento com um som de metal esmagando e vidro despedaçando, depois rolou para as mandíbulas do inseto.

Caine não teve tempo de ver o efeito que havia causado porque um segundo inseto passou por cima do jipe sem parar. Uma das patas pontudas furou o teto solar.

— Tenho um monte de carros — disse Caine.

Levantou o furgão onde os garotos haviam estado e lançou-o com um rápido movimento do braço. O carro girou uma vez no ar e bateu no inseto da frente, quase ao nível do chão.

— É, chupa essa! — gritou Caine. Não era exatamente uma coisa régia para dizer, mas primeiro vinha a batalha, depois a propaganda.

Caine não podia enxergar a cara da criatura, mas pôde ver que as pernas estavam se sacudindo aleatoriamente, sem qualquer ritmo.

— Um ponto. — Aquilo seria mais fácil do que ele havia esperado.

Mas, justo quando estava se parabenizando, uma parede sólida de criaturas passou por cima das duas primeiras. E pior, havia mais meia dúzia correndo pela via expressa, vindo de trás dele.

Tinham dado a volta!

Ele havia escolhido o lugar errado para a luta. De repente, isso era de uma clareza ofuscante. A última coisa que deveria fazer era lutar em terreno aberto, onde elas poderiam vir de todas as direções, assim.

Seu coração martelou, seu queixo se apertou até os dentes estalarem. Tinha presumido que as histórias sobre as criaturas eram exageradas. Não. Não. Não eram exageradas.

Perdeu as estribeiras e saiu correndo. Correu em ângulo reto com relação às duas forças que se aproximavam. Pulou uma vala, caiu com força, levantou-se de qualquer jeito e correu pela estrada de serviço, passando a toda pela multidão chocada e confusa na companhia de seguros e gritando:

— Corram, seus idiotas!

Duas criaturas estavam acelerando o passo para cortar seu caminho. Ele agarrou um furgão de entregas, sem parar, e jogou-o rapidamente — tão rapidamente que o carro voou baixo e quase o acertou na cabeça enquanto passava.

O pessoal na companhia de seguros entrou em pânico. Jorrou pela porta estreita, empurrando uns aos outros, xingando e gritando.

Um garoto escorregou e recuperou o equilíbrio, mas o atraso foi fatal. Um inseto cravou uma pata nele e jogou-o nas peças bucais que mordiam e cortavam.

— Ah, não, não, nããão! — gritou o garoto. O som morreu de repente, substituído por um ruído igual ao de um triturador de lixo mastigando ossos de frango.

Caine correu pela San Pablo com crianças vindo atrás a toda velocidade, e o enxame foi obrigado a se afunilar naquele espaço mais estreito.

As coisas tinham passado de ruins a desesperadas muito mais rápido do que Caine poderia imaginar.

Uma garota foi apanhada pelo que parecia uma língua de sapo, preta, disparando da boca de um inseto. Ela gritou enquanto o inseto a puxava para dentro.

Caine parou no meio da rua. Tremendo inteiro. O queixo apertado. Não podia ser mais rápido do que eles, e esse lugar era o melhor que encontraria: o meio do quarteirão, assim pelo menos não poderia ser atacado pelos lados.

O pessoal da companhia de seguros se dividiu, crianças correndo em todas as direções, todas gritando, algumas batendo, impotentes, em portas trancadas e gritando para que as deixassem entrar. Outras pulavam cercas de quintais.

Caine levantou um carro estacionado e jogou-o, depois outro, e outro, três carros em rápida sucessão. Era como um engavetamento numa estrada, chocando-se, amassando, vidros voando, retrovisores saltando, calotas rolando pela calçada.

Seu contra-ataque furioso podia ter parado ou até matado alguns insetos — no escuro, não dava para ter certeza —, mas o enxame jamais hesitou. Continuava rolando por cima, como uma onda.

Abalado, ele ficou firme e levantou as mãos trêmulas. Se não pudesse esmagá-los, talvez pudesse contê-los.

O inseto mais próximo se chocou contra uma parede invisível feita de poder telecinético. Suas pernas se sacudiam loucamente, abrindo rasgos no asfalto, chutando os carros esmagados, mas incapaz de avançar.

— É, toma essa! — gritou Caine.

Uma segunda, uma terceira, uma quarta criatura, todas pressionadas contra a barreira, todas mexendo as pernas, implacáveis, empurrando, determinadas. E o tempo todo Caine estava sozinho no meio da rua.

Mas por quanto tempo?, pensou. Os insetos não pareciam se cansar. Na verdade estavam se amontoando uns sobre os outros num louco emaranhado de patas, enormes carapaças prateadas, mandíbulas de foices e sempre as bocas mastigando e os reluzentes olhos de rubi.

Ele hesitou, vendo aqueles olhos, e de repente a parede de insetos avançou meio metro.

Caine redobrou o foco. Mas estava experimentando algo que nunca sentira ao usar seu poder: uma pressão física de volta, como se os estivesse segurando com músculos, além de com sua capacidade telecinética.

Sem pensar, havia posicionado os pés numa postura firme, e podia sentir o peso nos tornozelos e nas coxas, e mais ainda nos braços.

Não estava simplesmente projetando a força, como sempre havia feito, estava empurrando para trás, no limite dos seus poderes, sendo pressionado por milhares de quilos de empuxo, impulsionado por dezenas e dezenas de pernas em movimento.

Eles estavam a apenas seis metros de distância. Empilhando-se até o alto contra a barreira invisível. Com um choque terrível, Caine percebeu que eles estavam subindo uns sobre os outros num esforço deliberado de passar por cima da parede invisível de energia.

Em seguida veio um choque pior: algumas criaturas tinham dado a volta na rua Golding e se aproximavam por trás.

Mudou a posição, uma das mãos virada para a massa de insetos, a outra para o novo ataque. Mas não daria certo. Não poderia segurá-los.

— Deveria ter ficado na ilha — disse a si mesmo. Tinha apostado e perdido.

As duas paredes invisíveis se aproximavam. Ele estava contendo toneladas de monstros que pressionavam, buscavam, e não conseguiria, não poderia. Simplesmente não tinha poder para isso. E assim que se dobrasse, eles estariam em cima antes que Caine pudesse piscar.

— Ei! Panaca!

Olhou na direção do som. De pé, com as mãos nos quadris em cima do teto plano de um prédio de dois andares, estava Brianna.

— Veio cantar vantagem? — Caine conseguiu dizer.

— Está vendo a porta daquela casa?

— O quê?

— É para lá que nós vamos.

— Não dá tempo!

— Não dá tempo — remedou Brianna. — Por favor. Só fique relaxado.

— Ficar relaxado?

— É, relaxado. E ah, por sinal, vai doer.

Ele não a viu se mexer, mas sentiu o impacto igual ao de um jogador de futebol americano quando ela o acertou em uma velocidade espantosa.

Caine saiu voando. Sua camisa foi rasgada pelas costas. Ele girou feito louco e caiu com violência no gramado. Os exércitos de insetos se chocaram como duas ondas atrás dele. Como o Mar Vermelho se fechando atrás de Moisés.

Caine tentou se levantar, mas já havia mãos nas suas costas empurrando-o, impelindo-o à frente numa velocidade insana. Ele bateu no portal ao passar. Os insetos vieram em bando para a porta, mas ela já fora fechada, trancada, e tinha uma cadeira como barricada.

Brianna estava no meio da sala, examinando as unhas com calma teatral.

— Às vezes esse negócio de supervelocidade é útil — disse.

— Acho que você quebrou minhas costas — disse Caine. Sentia uma dor aguda nas costelas. Mas era muito melhor do que a alternativa.

A porta explodiu para dentro e um emaranhado de patas de insetos apareceu.

— Eu posso segurá-los, mas não posso matar todos — gritou Caine.

— É. Eles são duros de matar. Você tem algum plano?

Caine mordeu o polegar violentamente, arrancando a cutícula. Estavam cercados. As próprias paredes estavam sendo derrubadas. Todas as janelas estavam despedaçadas. Os insetos não poderiam passar pela porta, mas logo iriam alargá-la o suficiente.

Caine e Brianna estavam de pé na cozinha, o centro da casa, o mais longe possível das janelas, mas agora os insetos tinham empurrado as mandíbulas pelas portas e janelas, sondando, cortando o ar, as línguas que pareciam cordas chicoteando loucamente.

Toda a casa parecia um tambor golpeado por dezenas de baquetas.

— Sabe, estou meio desapontada — disse Brianna. — Numa situação assim? Sam bolaria um plano.

TRINTA E OITO | 59 MINUTOS

SAM TINHA BOLADO um plano.

Na verdade, três. Um dependia da esperança muito fraca de que Jack encontraria o Pequeno Pete e faria algo medonho.

O segundo dependia de uma coisa puramente insana. Voar com um enorme contêiner cheio de mísseis, baixá-lo no lugar exato, encontrar um veículo com gasolina e bateria carregada, depois descobrir como disparar os mísseis a tempo de salvar a cidade.

Era insano.

O terceiro plano envolvia Dekka. Ele não contaria isso a ela. Porque não era apenas insano, era monstruoso.

Nenhum dos planos tinha chance de dar certo. Sam sabia disso.

Seu pé estava além da dor. Era agonia. Dekka estava fazendo todo o possível por ele, diminuindo um pouco a gravidade, mas ele ainda precisava avançar, e o mais rápido possível.

— Como você está, Dekka? — ofegou, enquanto trotava mancando.

— Para de perguntar, Sam.

— Você precisa... — começou ele.

— O quê? O que eu preciso fazer, Sam? Eles estão me comendo por dentro, o que você quer que eu diga?

— Ela está dizendo a verdade...

— Cala essa boca idiota, sua aberração! — disse Dekka rispidamente a Totó.

Estavam perto. Sam podia sentir. Tinham de estar. Precisavam chegar ao trem antes que os insetos finalmente irrompessem de Dekka e a comessem viva.

Precisava que ela permanecesse viva um pouco mais de tempo. Até o final amargo, muito amargo, Sam precisava dela, e ela estava passando seus últimos minutos correndo e tentando ajudá-lo, e ele estava impotente, não podia fazer nada a não ser esperar que ela permanecesse viva, sofresse mais um pouco, dominasse o medo, tudo por um plano idiota, sem sentido e condenado ao fracasso.

— Ali! — disse Totó. — Estou vendo o trem.

A luz era fraca, cinzenta, aquosa e inadequada. Mas sim, Sam podia ver o trem.

Trincou os dentes e agora começou a correr, a toda velocidade, cada passo era uma faca se cravando no pé, a dor se irradiando por toda a perna.

— Nem consigo ver qual contêiner era, Aranha.

Sam pôs as mãos em concha e fez crescer uma bola de luz tingida de um verde doentio. Ela inchou até ele poder enxergar o rosto dos dois companheiros. Para seu horror, viu que um inseto havia aberto caminho pela frente da blusa de Dekka. Ela estava tremendo.

— Dekka — disse ele. — Você não precisa... eu posso...

Ela agarrou o braço dele com um aperto doloroso.

— Estou com você, Sam. Acho que não vou pegar a saída mais fácil.

— Esse é o contêiner com as armas — gritou Totó. Depois, como um pensamento de última hora, acrescentou: — Isso é verdade.

— Sam — disse Dekka. — Se eu morrer...

— Nós caímos — disse Sam. — Você e eu, Dekka. Se eu tiver que morrer, vai ser uma honra estar com você.

Sam fechou o contêiner com força, e os três subiram no teto. O contêiner não era perfeitamente plano em cima, tinha traves de reforço. Mas as traves de aço não tinham mais de 15 centímetros de altura. Eles se deitaram de costas, virados para cima.

— Vamos lá — disse Dekka. Em seguida abriu as mãos encostadas no contêiner, com as palmas viradas para baixo.

O contêiner subiu.

Sam ficou olhando para o céu, que não era o céu de verdade. As estrelas estavam empalidecendo. A lua havia se posto.

A que velocidade estariam subindo? A barreira estava bem perto, a apenas algumas dezenas de metros do trem. Pela primeira vez na vida, Sam desejou ter prestado mais atenção às aulas de geometria. Sem dúvida haveria uma fórmula para o tempo que levariam até baterem na barreira.

Se Astrid estivesse ali, ela poderia...

Scriiiiich!

A extremidade do contêiner onde ficava a porta estava raspando, e todo o contêiner se inclinou descontroladamente.

— Segurem-se! — gritou Sam.

Ele agarrou as cintas de aço com mais força ainda. Mas percebeu, com uma surpresa agradável, que estava sem peso contra o contêiner. Estava se segurando para não flutuar para longe.

Tchunc! Tchunc! Scriiii!

O contêiner bateu algumas vezes, inclinou-se mais ainda, e no entanto subia. Subia!

De repente os nós dos dedos, o peito e o rosto de Sam estavam encostados na barreira. Era como segurar um fio elétrico. Uma dor que obliterava qualquer outro pensamento. Não era a primeira vez que tocava a barreira, mas era a primeira vez que tinha o rosto apertado contra ela.

— Dekka! — gritou Sam.

— Estou fazendo o melhor que posso! — gritou ela de volta.

O contêiner ficou mais nivelado, e Sam pôde ao menos soltar as cintas de aço, o que lhe permitiu apertar as mãos dos lados do corpo para elas não serem esmagadas.

A barreira se afastou de seu rosto, um alívio abençoado, mas o tempo todo o som de metal raspando a barreira continuou.

Scriiiii.

Ainda subindo. Mais rápido. O ar passava num jorro enquanto a velocidade aumentava.

Que altura? Eles parariam, cairiam ou, se de algum modo Dekka conseguisse manter a coisa, subiriam e seguiriam a curva da cúpula. Quando chegassem ao topo do arco, teriam o rosto esmagado contra a barreira de novo. Sam não estava ansioso por isso.

Rolou de barriga para baixo e se arrastou até a beira do contêiner. Não havia muita coisa para ver embaixo. Nenhuma luz. Nenhum modo de saber exatamente onde estavam. Desejou ter o mapa de Albert, talvez pudesse entender os padrões de sombra e pontos altos mal percebidos à luz das estrelas.

Olhando para cima, não podia ver a barreira a essa altura; não era a translucidez lisa, perolada, à qual havia se acostumado. Era mais como se estivesse encostado num vidro, vendo estrelas do lado de lá. Meio que havia esperado descobrir que as estrelas eram algo pintado na superfície, mas claro que isso era loucura. A barreira mantinha a ilusão mesmo ali em cima. Sentiu-se voando, olhando para o quase vácuo do espaço.

— Como você está, Dekka?

— Não acredito que esteja funcionando. Mas, Sam...

— O quê?

— Estou entorpecida, não consigo sentir, não dói, mas posso escutar, Sam. Posso escutar as bocas mastigando, Sam.

O que ele diria diante disso?

— Segure as pontas aí, Dekka.

— É como se a gente estivesse flutuando entre as estrelas — disse Dekka. — Estou fingindo que estamos voando para o céu.

— Espero que não — respondeu Sam.

O som raspado havia mudado de tom à medida que a velocidade aumentava. E agora havia uma brisa muito forte, soprando de cima para baixo enquanto o contêiner, solto da gravidade, voava e guinchava.

— Eu gostaria que vocês não tivessem me achado — disse Totó. — Eu era mais feliz sozinho.

— É. Desculpe — respondeu Sam.

Sam tentou adivinhar a que velocidade estavam, a julgar pelo vento. Tentou visualizar como se estivesse num carro com a janela abaixada. Com que força o vento soprava quando o carro ia a 50, 90 ou 120 por hora?

Será que estava soprando tão forte assim agora?

— Ah, meu Deus, ah, meu Deus, não, não, estou vendo ele, estou vendo ele! — gritou Dekka, e o contêiner se sacudiu e baixou como um elevador descendo.

Estabilizou-se rapidamente e subiu de novo, raspando contra a cúpula.

Numa voz que não era natural, Dekka disse:

— Desculpe. Eu olhei. Ele está comendo minha... — Ela não pôde terminar. — Acho que não tenho muito tempo, Sam.

— Ângulo descendente — sussurrou Sam. Se estivessem indo tão rapidamente quanto esperava, será que não manteriam um pouco desse ímpeto para a frente, mesmo que Dekka os largasse?

Sim. E bateriam no chão em velocidade fatal, e seria isso aí.

Agora parecia que a velocidade estava diminuindo, e, quando Sam levantou a mão, levou um choque violento. Estavam perto do topo da cúpula, que ia ficando mais plana. Logo seria o contato corporal inteiro, e por quanto tempo eles aguentariam isso?

Não muito.

À medida que a inclinação diminuísse, a velocidade também diminuiria, e eles estariam cada vez mais comprimidos contra a barreira.

— Já basta, Dekka — disse Sam. — Comece a baixar a gente. Mas não devagar.

— O quê?

— Mova o campo de gravidade de modo a ficar mais forte atrás e mais fraco na frente.

— Era o que eu estava fazendo, para a gente ficar longe da barreira.

— É. Só que agora faça mais. Enfraqueça todo, só que mais na frente, certo? Deve ser igual a deslizar numa rampa, certo?

Para seu espanto, Dekka riu alto.

— Se eu tenho de morrer, esse é o jeito certo. Não quereria perder essa loucura por nada.

De repente, o raspar constante parou.

O contêiner se sacudiu tão descontroladamente que Totó se soltou e veio rolando para cima de Sam. Rolava devagar — estavam em gravidade reduzida —, e Sam o agarrou.

— O pessoal lá do centro de pesquisas teria gostado de conhecer Dekka — disse Totó, com o rosto a centímetros do de Sam.

— Tenho certeza que sim.

Outra sacudida louca e de repente o contêiner estava deslizando, indo para a frente. Era como um trenó correndo pela neve bem comprimida numa longa encosta.

— Não estou vendo o chão — disse Dekka. — Não quero me mexer. Você vai ter de dizer quando a gente estiver perto.

Sam olhava para a escuridão embaixo, tentando captar qualquer coisa que dissesse onde estavam, para onde iam. Mas eram morros e mato baixo, e ele nunca vira nada daquilo a quilômetros de altura.

Estavam indo rápido, deslizando por uma encosta invisível, deixando a gravidade puxá-los tanto para a frente quanto para baixo.

— Meu... — gritou Dekka.

Como um elevador com os cabos cortados, a parte de baixo caiu. O contêiner girou de lado. Sam, Totó e Dekka saíram voando.

Sam girava pelo ar, vendo lampejos de céu, chão, mar e céu de novo, caindo e girando, e tinha certeza de uma coisa: estavam num ponto alto demais, e a queda iria matá-los.

As criaturas batiam na casa como touros se chocando contra uma parede. As janelas e portas já haviam sido arrebentadas, e agora as próprias paredes se rachavam. O ruído era chocante. A parede da sala se lascou, mostrando caibros e conduítes retorcidos.

Caine e Brianna se abaixaram na cozinha. O lugar só tinha paredes de dois lados, com um deles aberto para uma mesinha com bancos de canto e uma bancada separando-a da sala.

Caine olhou freneticamente ao redor, procurando alguma coisa para jogar. Algum móvel, algum equipamento de cozinha, mas não havia nada com tamanho suficiente para causar dano a feras motivadas, blindadas, capazes de derrubar paredes.

— Isso não está certo — disse Caine.

— Você acha? — gritou Brianna.

— Eles são animais. Não deveriam ser tão concentrados. São inteligentes!

— Não me importa se eles falam latim ou fazem trigonometria — gritou Brianna. — Como a gente mata eles?

— Eles deveriam ter se frustrado e ido procurar outra pessoa para comer.

— Talvez a gente seja gostoso demais.

— Há uma inteligência por trás disso. Um plano.

— É, o plano é matar nós dois e não vai restar ninguém para detê-los.

— Exatamente — concordou Caine. — Insetos não pensam assim.

— Shhh! — Brianna levantou a mão. Caine também ouviu: som de tiros. Pelo menos três ou quatro armas disparando.

— O pessoal do Edilio — murmurou Caine. Estava furioso e aliviado ao mesmo tempo. Não queria Edilio ou os policiais dele dividindo a glória de salvar a cidade. Por outro lado, até agora não havia glória nenhuma.

— Para o andar de cima! — disse Caine. Em seguida correu para a escada, mas isso significava passar perto da porta da frente. Um dos monstros estava com as mandíbulas totalmente dentro e balançava-as para a esquerda e a direita, alargando o portal despedaçado.

Caine pulou para longe das foices, e Brianna, que já havia passado por ele e estava subindo a escada, voltou correndo para agarrar sua mão e puxá-lo para cima.

— Cuidado, eles têm... — Brianna começou a dizer.

Uma coisa farpada e dolorosa acertou as costas de Caine. Ele levou a mãos atrás e agarrou uma corda molhada e pegajosa.

— ... línguas — completou Brianna.

Ela sacou uma faca, cortou a língua e puxou Caine para longe.

Caine correu para a janela do quarto. A casa estava totalmente cercada. Pelo menos uma dúzia daqueles monstros furava o quintal com as patas pontudas e batia com as mandíbulas repetidamente contra a casa, como aríetes.

Mais adiante na rua, a um quarteirão de distância, Ellen e duas outras crianças atiravam nas costas das criaturas. Os insetos as ignoravam.

— É, eles definitivamente estão concentrados em nós — disse Brianna.

— Daqui nem consigo alcançar um carro — disse Caine. — Não tenho nada para acertar neles.

E então percebeu: ele tinha uma coisa para jogar.

Levantou as mãos. Os insetos embaixo o viram e se ergueram nas quatro patas traseiras para se chocar contra a janela onde ele estava.

Caine se concentrou na criatura mais próxima. E de repente seis patas afiadas de inseto se sacudiam no ar. Ele levantou a criatura o mais alto que pôde, depois a largou. O inseto caiu violentamente, mas sacudiu-se e voltou instantaneamente ao ataque, sem uma pata quebrada sequer.

— Vire-os de costas para o chão! — gritou Brianna.

Caine pegou o mesmo inseto agressivo, levantou-o, e dessa vez girou a criatura antes de largá-la.

Ele caiu de costas. As seis pernas chutavam freneticamente o ar. Exatamente igual a um besouro virado de costas.

— A máquina de lavar — disse Caine. — Se ela fica no andar de cima...

— Logo ali no outro cômodo — completou Brianna.

Caine correu, chocando-se contra uma parede quando os insetos lá fora bateram na casa com força conjunta. Encontrou a máquina de lavar e levantou-a, arrancando o fio e as mangueiras no processo, e levitou-a pelo corredor até o quarto.

Jogou-a pela janela. A máquina pousou inofensivamente nas costas de um inseto. O que ele tinha virado conseguira ficar de pé, por isso Caine virou outro.

Então, enquanto a criatura chutava desesperadamente na tentativa de se virar de novo, Caine levantou a máquina de lavar bem alto e jogou-a violentamente contra o abdômen exposto dela. Acertou como uma bigorna de desenho animado.

Umpf!

Gosma espirrou das laterais do inseto. O movimento das pernas diminuiu.

— Ah, sim, isso funciona — disse Caine.

Virou um segundo inseto, levantou a sofrida máquina de lavar e jogou-a para baixo. Dessa vez o inseto não espirrou as entranhas imediatamente, por isso ele o acertou de novo.

Houve um estrondo enorme e um som de madeira se partindo, torcendo-se, rasgando. A casa inteira se sacudiu. Estremeceu. E, para horror de Caine, a parede diante dele começou a ceder.

Toda a casa estava desmoronando.

Brianna virou um borrão e sumiu. Caine tentou correr, mas o chão estava inclinando freneticamente, caindo sob seus pés. O teto desceu com um estrondo, e Caine tombou de costas enquanto a casa desmoronava em cima dele num louco tornado de destruição.

Algo esmagou sua barriga. Painéis de reboco comprimiam seu rosto. Suas mãos estavam presas. Ele tentou sugar o ar e respirou poeira. Não podia ver nada no campo de visão imediato, a não ser painéis de parede e um pôster emoldurado do Weezer.

Mas podia sentir as pernas e os braços. Nada quebrado. Nada perfurado.

Tinha o poder de levantar o entulho. Mas, se fizesse isso, as criaturas estariam sobre ele num instante.

E se ficasse embaixo do entulho, poderia permanecer em segurança.

As criaturas finalmente desistiriam dele e procurariam outras vítimas. E quando tivessem ido embora, ele poderia emergir e pegá-las de surpresa.

Respirou, trêmulo, o ar empoeirado.

Bancar o morto significava deixar algumas crianças morrerem para que ele vivesse. Caine decidiu que provavelmente não tinha problema com isso.

TRINTA E NOVE | 38 MINUTOS

EDILIO ESTAVA DEITADO na escadaria da prefeitura sentindo-se fraco como um gatinho. Mal tinha ouvido o grande discurso de Caine. Não poderia ter se importado menos. Não havia nada que pudesse fazer, com o delírio fazendo sua cabeça girar.

Tossiu forte, forte demais. A tosse devastava seu corpo todas as vezes, por isso ele morria de medo da próxima. Seu estômago estava espremido em nós. Cada músculo do corpo doía.

Tinha uma vaga ideia de que estava dizendo algo entre as tosses.

— *Mamá. Mamá. Sálvame.*

Me salva, mamãe.

— *Santa María, sálvame* — implorou, e tossiu com tanta força que bateu com a cabeça nos degraus.

A morte estava próxima, dava para sentir. A morte estendia a mão através de sua mente vertiginosa, desordenada, e ele sentia a mão fria da morte apertar seu coração.

Santa María, Madre de Dios, ruega por nosotros pecadores, ahora y en la hora de nuestra muerte.

E então, na escuridão em redemoinho, viu-a. Uma figura com um vestido azul e branco, vaporoso. Tinha olhos tristes, escuros, e um brilho dourado vinha de sua cabeça.

Ela estendeu uma das mãos como se o abençoasse.

Ele escutou sua voz. Ficou surpreso porque ela falava inglês. Sempre havia pensado na mãe de Deus falando espanhol.

— Corra, Edilio — disse ela.

Ele começou a repetir a oração. *Santa María, Madre de Dios...*

Mas ela o agarrou pelo braço estendido e disse:

— Sei que você está doente, mas corra. CORRA! Não posso salvá-lo!

Por algum motivo, a Virgem Maria tinha a voz de Brianna.

Edilio se levantou. O movimento súbito lançou raios de dor latejante em sua cabeça. Por um momento, ele nem conseguiu enxergar, mas foi andando com pés de chumbo. Caiu e rolou, e levantou-se, cego, cambaleando. Correu, correu e tossiu até se dobrar no chão.

Ficou sentado um tempo. Esperando para arranjar forças e seguir as ordens de Brianna, para correr.

Levantou os olhos e viu que estava do outro lado da praça. Viu os doentes desesperados e os mortos pacíficos na escadaria.

E viu demônios, monstros gigantescos, baratas blindadas com impossíveis olhos demoníacos vermelhos.

Elas subiram a escadaria num enxame.

Brianna viu Lana sair correndo do hospital improvisado com Sanjit. Os insetos vinham num enxame.

Edilio havia corrido, felizmente, e agora ali estava Lana. Brianna xingou e gritou:

— Lana, corre! Corre! Pelos fundos do prédio!

Lana sacou a pistola.

— De jeito nenhum — disse. Mirou no primeiro inseto que viu e disparou três vezes. De um dos olhos de rubi escorreu pus branco e vermelho, mas o inseto sequer parou de comer uma garota que Brianna só podia rezar para que já estivesse morta.

— Não seja idiota. Nós precisamos de você viva. Sai daí! Sai daí! Você — ela agarrou Sanjit pelo pescoço —, tira ela daí; a gente precisa dela viva!

Brianna tinha visto o modo mais eficaz de matar insetos, mas ela não era Caine. Não tinha os poderes dele.

Mas tinha o seu.

Firmou o queixo. Caine tinha sido esmagado embaixo da casa. Agora era com ela.

A faca relampejou em sua mão. Não iria vencer essa luta, mas também não ia fugir.

* * *

Dekka tinha visto os bichos dentro de seu corpo.

Morte, ah, Deus, me deixa morrer.

Era demais para suportar. Morte. Precisava morrer, acabar com aquilo, matá-los e se matar e não ver o que estavam fazendo com ela.

O contêiner havia escorregado. Num pânico cego, no puro terror, tinha perdido o controle.

Tentou recuperá-lo, mas estava caindo, chicoteada pelo vento, girando como um pião. Nem sabia qual lado era o de cima e qual era o de baixo.

Abriu as mãos e se concentrou, mas concentrar-se em quê? Onde estava o chão? Estrelas, montanhas pálidas e um mar negro giravam loucamente. O contêiner aparecia e sumia, como se fosse um ponteiro das horas num relógio correndo rápido. E duas formas contorcendo-se, os braços girando como pás de moinho.

Precisava salvar Sam. Pelo menos isso.

Sua respiração vinha em tragos bruscos. Seus olhos estavam cheios de lágrimas, turvos até ficar inúteis. Como poderia interromper o giro?

Juntou os braços ao corpo e cruzou as pernas. Menos resistência ao vento. Agora conseguia entender um pouco: estava caindo de cabeça. Ainda girava, porém mais devagar, e estava definitivamente caindo de cabeça, como uma flecha em direção à terra. De repente, nítido demais, pôde ver uma linha de espuma diretamente embaixo.

Precisava chegar abaixo de Sam. Sam e Totó estavam sob ela, ainda girando feito loucos. Mas Dekka, com menos resistência do vento, caía um pouquinho mais rápido.

Mas, de repente, o chão estava ficando visível. Correndo para esmagá-la para transformá-la em geleia.

Estava abaixo de Sam. Agora!

Abriu os dedos, focalizou e cancelou a gravidade embaixo.

E continuou a cair. Embora tivesse cancelado a gravidade. Não havia cancelado o ímpeto.

Em segundos bateriam na água ou no chão. De qualquer modo seriam esmagados e virariam geleia.

* * *

Caine levantou o entulho de cima.

Todos os insetos tinham ido embora. Viu a traseira de um deles correndo para longe.

Se fosse atrás, provavelmente seria morto.

Mas ficar ali e fazer o quê? Manter-se em segurança? Teria ficado seguro na ilha. Não tinha voltado para ficar em segurança.

Dois resultados possíveis: os insetos matavam todo mundo, e então Caine governaria quem? Ou os insetos seriam derrotados por outro. E então como ele assumiria o controle? O poder iria para quem vencesse a luta.

Mesmo assim, hesitou. Uma cama grande e quente. Uma garota linda para compartilhá-la. Comida. Água. Tudo de que precisava, a apenas alguns quilômetros dali, na ilha. A resposta lógica, racional, era óbvia.

— E é por isso que o mundo permanece bagunçado — disse baixinho. — As pessoas não são racionais.

Respirou fundo algumas vezes para se firmar e se preparou para morrer pelo poder.

Orc não tinha conseguido se matar. De novo.

Chorou um pouco ao perceber que viveria. Estava se esforçando ao máximo, mas o vômito e o desmaio tinham entrado no caminho da morte pela bebida.

Levantou-se, precisando mijar, mas já estava mijando enquanto se levantava. Portanto não era necessário.

Alguma coisa se mexeu. Virou a cabeça pesadamente para olhar. Um monstro. Num caco de espelho agarrado por pouco à parede.

Orc olhou para seu reflexo. Um metro e oitenta, talvez mais, de cascalho cinzento e molhado. Virou a cabeça para trás, com os braços abertos, e uivou.

— Por quê? Por quê?

Explodiu em lágrimas e deu socos no rosto. Depois, com dedos de pedra, rasgou o resto de carne do rosto. O sangue correu vermelho.

E agora uivou para o próprio reflexo.

— Por quê?

Afastou-se cambaleando. Correu em saltos loucos para a escada.

Astrid.

Não tinha uma ideia clara do que faria ao encontrá-la. Ela simplesmente era a única que já o havia ajudado. Era a única que o tinha visto como Charles Merriman, e não somente Orc.

Ela deveria sentir sua dor. Deveria sentir.

Alguém precisava sentir a dor.

Chegou ao topo da escada. Bateu na porta do quarto do Pequeno Pete, abrindo-a. Olhou com ar vazio, confuso. Um vento chicoteava o quarto. O Pequeno Pete pairava no ar, mais de 1 metro acima da cama. Reluzia.

Astrid não estava ali.

— Astrid! — berrou ele.

De fora, clara e nítida através da janela aberta, uma resposta:

— É você, Orc?

Orc partiu para a janela. Ela havia sido aberta, e de qualquer modo os vidros estavam quebrados.

A visão de Orc demorou um momento para se estabilizar permitindo que ele identificasse o que via. E então não pôde acreditar.

Lá embaixo, à primeira luz da manhã, estava Drake.

Atrás dele, e ao redor da escola, estavam coisas que pareciam baratas gigantes.

Tudo aquilo tinha de ser uma alucinação.

— Drake? — disse Orc, piscando com força para testar a realidade daquela aparição.

— Achei que o som devia ser você, Orc — respondeu Drake, com um risinho. — E você está com Astrid aí em cima? Excelente. Não poderia ser melhor.

— Você é de verdade?

Drake deu uma gargalhada cheia de prazer.

— Ah, sou de verdade, Orc.

— Vá embora. — Foi só isso que Orc pensou em dizer.

— Não, acho que não vou. — Drake correu com passo leve até a porta de baixo e sumiu de vista.

Orc estava completamente pasmo. Drake? Ali?

Em segundos Drake apareceu à porta do quarto. Seus olhos frios espiaram para além de Orc e focalizaram o Pequeno Pete.

— Ora, ora — disse Drake. — Nêmesis.

PETE I

ESSE NÃO ERA seu quarto.

Esse não era o teto acima de sua cama.

Sentiu a lava ardente subir no peito e, com um espasmo, lançou-a para fora da boca.

Quando tossia, isso lançava ondas de dor que sacudiam o corpo.

Agora ele era inteiramente corpo. Sem visões distantes. Sem vozes sussurrando. Só o corpo devastado pela dor.

Uma brisa soprava ao redor, mas ainda assim o calor o preenchia e ele não sabia como chegar àquilo, como chamá-lo. Como poderia desejar que aquilo fosse embora se não sabia o que era?

Onde estava sua irmã? Os olhos dela haviam sumido. Ele estava sozinho. Sozinho e preso dentro de um corpo impotente, assolado por fogo do lado de dentro e frio do lado de fora, e um vento forte e sempre o raspar de sons, o chiado de serras, o ataque de cores loucas, berrantes.

Uma voz tão grande que o fez sentir vontade de correr e se esconder disse:

— Cadê Achtrich?

Era cascalho molhado falando, oscilando, inclinando-se perigosamente como se fosse despencar.

— Achtrich! — berrou o monstro. — Achtriiiiich!

A mente de Pete se encolheu, afundou, fugiu diante do barulho, mas não podia escapar. De novo, seu corpo o mantinha amarrado ao mundo real que nunca fora real para ele.

O monstro saiu batendo os pés, ainda gritando.

Pete tossiu um vulcão.

Precisava fazer alguma coisa. Seu corpo o prendia e seu corpo era dor.

O pânico estava crescendo por dentro.

Precisava fazer... alguma coisa.

QUARENTA | 25 MINUTOS

SAM SENTIU UMA coisa molhada. Estava em toda parte, uma nuvem subindo de baixo. Era como cair através de um tornado de lama. Água salgada e areia, liberada pela falta de peso, voavam para o alto.

— Abra os braços e as pernas — gritou.

Fricção. O tapa doloroso da água, o raspar da areia, era como voar para dentro de um tornado.

Sam sentiu que sua pele estava sendo lixada. Fechou os olhos, virou a cabeça para impedir o nariz e a boca de se encherem de areia molhada, e bateu com força numa superfície sólida e inflexível como concreto.

O ar explodiu para fora dos pulmões. Era como levar um coice de uma mula.

Suas costas arquearam demais, os tendões se esticaram, a cabeça virou para trás, cada centímetro dele ardia, e a água se fechou sobre sua cabeça.

Instintivamente, bateu os pés para a superfície. A areia foi lavada, e ele pôde forçar um olho a abrir. Não estava a mais de 12 metros da praia, numa água que não tinha nem 1,50 metro de profundidade.

Então toda a água e a areia que haviam flutuado para encontrá-los caíram num jorro.

Ele olhou ao redor freneticamente, procurando Dekka e Totó. Nadou em direção à praia em meio a um aguaceiro cegante que durou um minuto.

Totó estava adiante, na praia, deitado de costas e gemendo de dor. Sam se ajoelhou ao lado dele.

— Você está machucado?

— Minhas pernas — disse Totó, e começou a chorar. — Quero ir para casa.

— Escute, Totó, suas pernas estão quebradas, mas a gente pode consertar.

Totó olhou-o, pensativo. Limpou a areia do rosto e disse:

— Você está dizendo a verdade.

— Vou trazer Lana. Assim que puder. Fique firme.

Em seguida se levantou e gritou:

— Dekka! Dekka!

Ela não gritou de volta, mas ele a viu nadando para a praia. Correu e ajudou-a a chegar em terreno seco.

— Desculpe, Sam — ofegou ela.

— Estou legal. E Totó também. Só quebrou a perna. — Ele olhou à esquerda e à direita e viu o contêiner arrebentado contra uma pedra baixa. Os caixotes compridos e seu conteúdo mortal haviam se derramado.

— Não sei onde estamos — disse Sam. — Acho que ao sul da usina. — Ele olhou ao redor, frenético. Seu plano sempre havia sido imprudente e sem sentido, mas ele tinha esperado, de algum modo, descer perto da usina. Poderia ainda haver um carro em condições de uso na usina. Mas ali... Ele nem sabia onde estava.

E o contêiner estava despedaçado. Muitos mísseis também estariam.

— Sam! — Uma voz estava gritando da direção do mar. Um barco. Ele viu quatro pessoas dentro, e remos batendo na água, na direção deles.

— Quinn!

O barco chegou e encalhou na areia. Quinn saltou.

— De onde você veio?

— Você não acreditaria se eu dissesse. Quinn, diga rápido. O que está acontecendo na cidade?

Quinn pareceu abalado com a pergunta.

Sam o agarrou.

— O que quer que seja, diga. Dekka pode não ter mais meia hora. Depressa!

— Edilio está doente. Muita gente está doente. É ruim, crianças caindo por todo canto. Edilio me mandou trazer Caine de volta. Para lutar contra os insetos.

Sam soltou um suspiro trêmulo de alívio.

— Graças a Deus ele fez isso, Quinn. Eu provavelmente não posso vencer os insetos, mas ele talvez possa.

— Mas... — começou Quinn, porém Sam interrompeu.

O plano dois podia estar morto. Mas Sam tinha um último truque na manga, um último esforço louco — não para salvar a cidade, mas talvez para salvar a amiga.

— Dekka está infestada. Eles estão saindo de dentro dela. Eu prometi... tornar a coisa mais fácil para ela. Entende?

Quinn assentiu, solene.

— Mas tenho uma ideia. Em quanto tempo você pode levar a gente para a cidade?

— Quinze minutos.

Remaram como se suas vidas dependessem disso. E em certo sentido dependiam, Sam sabia. Se os insetos saíssem de Dekka enquanto estavam naquele barquinho, nenhum deles sobreviveria.

Totó gemia, deitado no fundo do barco em 5 centímetros de água fedendo a peixe. Dekka estava encostada em Sam na popa. Os braços dele a envolviam. Ele sussurrava em seu ouvido para ela não desistir.

Podia senti-los através das roupas dela. Tinha o cuidado de evitar as bocas expostas, mas não podia evitar a sensação do horror de corpos de insetos se mexendo dentro do corpo de Dekka.

— Sam, você me prometeu — gemeu Dekka.

— E vou fazer, Dekka. Prometo. Mas ainda não, ainda não. — Para Quinn, disse: — Assim que chegarmos ao cais, vá pegar Lana.

— Lana não pode ajudar — grunhiu Quinn, jamais diminuindo o ritmo. — Ela não pode matá-los.

— Ela não precisa.

— Vou levar o garoto, Orc — disse Drake. — Cadê Astrid?

Orc encarou Drake. Eram emoções demais em seu cérebro encharcado de bebida.

Drake era a causa de todos os seus problemas. Se ele não tivesse escapado...

Mas ele mesmo não tinha acabado de vir para cima com tudo, decidido a acabar com Astrid? No entanto, o riso sádico e presunçoso de Drake fez algo parecido com vapor subir por dentro dele.

— O quecequer co garoto? — engrolou Orc.

— Bebeu muito? — provocou Drake. — Um amigo meu quer o retardado. E aí, cadê a irmã?

— Deixa ela em paz.

Drake gargalhou.

— Garoto de pedra, não vou deixar ninguém em paz. Eu tenho um exército lá fora. Vou fazer o que quiser com Astrid Gênio.

— Ela não machucou você.

— Não banque o herói, Orc, isso não funciona para você. Você é um degenerado imundo e bêbado. Já se cheirou? O que você acha que é, o cavaleiro dela com armadura brilhante? Acha que ela vai lhe dar um beijo molhado nessa cara de cascalho? — Ele espiou Orc mais de perto, como se olhasse dentro dele. — Não, Orc, o único modo de você pegar Astrid é como eu vou pegá-la. E era nisso que você estava pensando, não era?

— Cala a boca.

Drake deu uma gargalhada, cheio de prazer.

— Ah, seu desastre triste, doentio. Dá para ver nos seus olhos vermelhos. Bom, vou lhe dizer uma coisa: você pode ficar com as sobras depois que eu...

Orc deu um soco forte, com velocidade surpreendente. O punho de pedra acertou Drake um pouco alto, batendo na lateral da cabeça, mas só de raspão.

Mesmo assim, um golpe de raspão de Orc era igual a uma marretada.

Drake tombou de lado, bateu na parede, mas continuou de pé.

Orc foi atrás dele, deu outro soco, e dessa vez errou completamente. Seu punho abriu um buraco na parede onde a cabeça de Drake estivera.

Drake estava atrás dele, dançando para longe.

— Seu grandão idiota, eu não posso ser morto. Não sabia? Vem com tudo, Orc. Vem, sua pilha de bosta tonta e fedorenta.

Então Drake deu uma chicotada. Não doeu muito em Orc, mas ele sentiu.

Orc veio desajeitado na direção dele, mas Drake era rápido e ágil. Dançou para longe, chicoteou Orc de novo, e dessa vez enrolou o tentáculo no pescoço de Orc.

Não era fácil sufocar Orc, mas não era impossível. Drake estava atrás dele, puxando com o máximo de força possível, apertando a mão de chicote como uma jiboia, centímetro a centímetro, tentando espremer a pele de pedregulhos.

Orc cravou os dedos na mão de chicote e puxou-a, tentou soltá-la. Mas isso não funcionava porque sua força estava diminuindo. Ele tentou respirar, mas não conseguia.

De repente a mão de chicote o soltou.

A mão de chicote estava recuando, perdendo o vigor. Orc girou para encarar Drake enquanto tiras de metal brilhante se cruzavam sobre os dentes dele. O corpo de Drake, com zero por cento de gordura, tornou-se coxas e rosto rechonchudos.

— O quê? — perguntou Orc, piscando com força. Então entendeu. Nunca tinha visto Brittney emergir, mas sabia que isso acontecia, tinha ouvido acontecer quando uma voz dava lugar a outra.

— Oi, Orc — disse Brittney.

— Brittney.

Ela olhou em volta, confusa. Então seu olhar pousou no Pequeno Pete.

— Então ele é Nêmesis.

— Ele é o Pequeno Pete — disse Orc.

— Precisamos levá-lo. É o único modo. O Senhor deseja.

— Não — disse uma voz.

— Astrid! — reagiu Orc. — Eu estava... procurando você.

Astrid mal olhou para ele.

— Eu fugi. Mas voltei.

* * *

— Astrid, Deus disse que precisa do Pequeno Pete — explicou Brittney com complacência. — É o único modo.

— Eu sei que você acha que fala com Deus...

— Não, Astrid, Ele falou comigo. Eu O vi. Eu O toquei. Ele é um Deus sombrio, um Deus de lugares profundos.

— Se Ele é um Deus, por que precisa do Pequeno Pete? Achei que Deus não precisasse de nada.

Brittney assumiu uma expressão astuta.

— Jesus precisou de João Batista para anunciar Sua vinda. Precisou de Judas para traí-Lo, e de Pilatos e dos fariseus para crucificá-Lo a fim de que pudesse nos redimir. E o Pai precisou do Filho para pagar o preço do pecado.

Astrid estava cansada. Houvera um tempo em que teria gostado da oportunidade de uma discussão teológica. Sam não costumava sentar-se para debater com ela. Ele era completamente indiferente a religião.

Mas essa não era a hora. A triste criatura que era Brittney não passava de uma ferramenta da criatura malévola que ela confundira com Deus.

De qualquer modo, por que Astrid estava defendendo o Pequeno Pete? Ela estivera preparada para vê-lo morrer caso isso significasse um fim para o sofrimento.

— Deus não pede sacrifícios humanos — disse Astrid.

— Não? — Brittney deu um risinho. — O que eu sou, Astrid? O que qualquer um de nós é? E o que foi Jesus? Um sacrifício para aplacar um Deus vingativo, Astrid.

Astrid não tinha o que dizer. Sabia todas as respostas certas. Mas a vontade havia sumido. Será que ela própria ainda acreditava em Deus? Por que discutir por causa de um fantasma? Eram duas idiotas discutindo mentiras.

Mas Astrid ainda tinha seu orgulho. E não podia ficar em silêncio deixando Brittney dar a última palavra.

— Brittney, você quer mesmo matar um garotinho? Não importa o que o seu suposto Deus diz, isso não é errado? Quando suas crenças mandam você assassinar, não há uma voz interior dizendo que isso não é certo?

Brittney franziu a testa.

— A vontade de Deus...

— Mesmo que fosse, Brittney, mesmo que aquele monstro mutante numa caverna fosse Deus, mesmo que você O entendesse perfeitamente, e que você estivesse fazendo a vontade Dele, e que Ele quisesse que você matasse, entregasse um menininho para Ele matar, isso não é errado? Não é simplesmente errado?

— Deus decide o que é certo e errado.

— Não — respondeu Astrid. E agora, apesar de tudo, apesar da exaustão, apesar do medo, apesar do ódio e desprezo por si mesma, percebeu que diria uma coisa que jamais havia aceitado antes. — Brittney, era errado matar mesmo antes de Moisés trazer os mandamentos. O certo e o errado não vêm de Deus. Está dentro de nós. E nós sabemos disso. E, mesmo se Deus aparecesse na nossa frente e nos dissesse para cometermos assassinato, ainda seria errado.

No fim, era simples assim, percebeu Astrid. Simples assim. Ela não precisava da voz de Deus para dizer que não matasse o Pequeno Pete. Só precisava da própria voz.

— De qualquer modo, Brittney, se você quiser pegar Petey, vai ter de passar por mim.

Ela sorriu pelo que parecia a primeira vez em muito tempo.

Brittney também sorriu, mas com tristeza.

— Eu não vou, Astrid, mas Drake vai. Você sabe que ele vai. Os insetos estão em volta deste prédio, esperando. E, quando Drake vier, vai pegar o Pequeno Pete e matar você.

As duas garotas quase haviam se esquecido do Orc oscilante, remelento.

Agora ele se moveu com velocidade surpreendente. Agarrou Brittney pelo pescoço e pela cintura e jogou-a pela janela.

— Não gosto dela — disse.

Astrid correu até a janela e viu Brittney caída no chão.

Os insetos viraram os olhos azuis para cima.

Indiferentes a Brittney — que já estava se levantando incólume —, eles partiram para a arruinada porta da frente da Academia Coates.

— Já não era sem tempo — gargalhou Orc. — Vamos acabar com isso.

— Orc, não deixe que eles matem você — disse Astrid, pondo a mão no braço dele.

— Você sempre foi legal comigo, Astrid. Desculpe se eu... — Então ele deu de ombros. — Agora não importa. É melhor você ir embora, se puder. Isso provavelmente não vai demorar muito.

Orc foi para o corredor. Astrid o viu pela última vez enquanto ele gargalhava para os insetos embaixo, pulava por cima do corrimão do patamar e caía no meio do enxame.

— Querem o Orc? — berrou. — Venham pegar!

O garoto cujo nome era Buster tentou sair do caminho, tentou se levantar e correr, mas foi lento demais, estava doente demais. Tossiu, tropeçou e caiu de joelhos.

A língua do inseto se prendeu ao seu pescoço e puxou-o de cabeça para as peças bucais que se moviam velozmente.

Uma garota chamada Zoey tossiu, dobrada ao meio de dor, e um segundo depois foi apanhada e comida.

Era um massacre.

Brianna voava feito louca, sua faca relampejava, sua espingarda de cano serrado rugia, mas os insetos estavam subindo a escada e entrando, sentindo cheiro de carne fresca no hospital.

Um dos insetos havia crescido tanto que ficou entalado e bloqueou a porta, mas pelo menos uma criatura já havia entrado, e Brianna podia ouvir gritos abafados de terror lá embaixo.

Disparou, passando por uma língua que saltava, pulou por cima de mandíbulas de foice e cravou a faca nos dois olhos vermelhos de um inseto. Depois enfiou a espingarda na boca móvel e puxou o gatilho.

A criatura enorme estremeceu, mas não morreu.

Brianna mal conseguiu saltar de lado a tempo de não ser pega. E então, com o canto do olho, viu uma das criaturas enormes subir, girar no ar e cair de costas.

— Caine! — gritou ela.

Abriu caminho pelo enxame, saltou facilmente por entre as pernas do inseto virado que se sacudiam e cravou a faca na barriga dele.

Depois enfiou o cano no talho maior e puxou o gatilho.

BLAM!

Entranhas de inseto e pedaços da bala voaram para trás e a cobriram. Mas agora as pernas estavam se sacudindo loucamente, mais devagar, mais devagar...

Caine já virara outro inseto e acertou este com um carro, levantando e batendo, levantando e batendo, até que a criatura era uma confusão gigantesca de pernas finas e gosma.

As criaturas pararam de se refestelar com os doentes e se viraram. Agora só restavam sete insetos, sem contar com o que estava no suposto hospital e o entalado na porta.

Sete.

— Vou virar todos! — gritou Caine.

Brianna tirou um pedaço de tripa de inseto do rosto e assentiu. Recarregou rapidamente a espingarda e partiu para subir na criatura virada mais recentemente. Estava aprendendo enquanto fazia. As criaturas tinham pontos fracos; um deles era a parte de baixo do que seria o queixo. Ela cravou a faca, torceu-a para fazer uma abertura, enfiou a espingarda no buraco e puxou o gatilho.

A cabeça do inseto explodiu.

— Ah, isso! Ah, é isso aí! — gritou Brianna.

Mas Caine tinha sido um pouquinho lento, e agora três criaturas o perseguiam. As três o haviam agarrado com as línguas, e ele estava gritando por socorro.

Brianna desceu correndo a escadaria, agora escorregadia de sangue — sangue humano e de inseto.

Cortou a primeira língua, e as outras duas recuaram defensivamente.

— Vira eles!

— Estou tentando — disse Caine, os dentes trincados. Virou um, mas os insetos estavam aprendendo depressa. Um segundo inseto se chocou contra o primeiro, deslizou por baixo e virou o irmão de volta.

— Ah, não, isso não se faz — disse Brianna.

Caine precisou recuar de novo enquanto as criaturas atacavam. Se pegassem Caine, a batalha estaria terminada.

Brianna correu, agarrou o braço de Caine e puxou-o para a segurança temporária atrás de uma árvore.

Crunch!

Uma mandíbula de inseto cortou a árvore ao meio.

Caine levantou a criatura e a virou, mas agora o enxame estava convergindo.

— Eles vão seguir a gente — gritou Caine para Brianna.

— Eu notei.

— Posto de gasolina — ofegou Caine. Já estava correndo, a toda velocidade, os braços se movendo para ajudar. Brianna o alcançou facilmente. Os insetos partiram atrás, atulhando a rua.

— Entendeu? — ofegou Caine.

— Não tem muita gasolina lá — disse Brianna.

— Vá! — gritou Caine, e Brianna disparou. Chegou ao posto de gasolina. Havia um cadeado grande na bomba, e, para sua perplexidade absoluta, um dos caras do Albert estava sentado ali, vigiando.

— Destranca! — gritou ela.

— Não posso, a não ser que Albert... — começou a dizer o garoto, até que Brianna encostou a faca no pescoço dele e disse: — Não temos tempo para papo-furado.

Ele destrancou a bomba. Brianna agarrou a alavanca — o único modo era usar a bomba manual — e trabalhou o mais rápido que pôde. Infelizmente, não era o tipo de coisa que funcionava melhor com supervelocidade.

Agarrou o guarda e gritou:

— Você. Bombeie! Bombeie se não quiser morrer.

— Não tenho um tanque para pôr a gasolina!

— No chão — disse Brianna. — No chão. Espalha geral. Bombeia!

A gasolina jorrou em jatos irregulares da bomba, batendo no concreto.

Brianna partiu de volta e encontrou Caine se esforçando e mal conseguindo se manter à frente quando chegou à via expressa. No terreno aberto, os insetos poderiam usar toda a velocidade e pegá-lo muito antes de chegar ao posto.

— Continue correndo! — gritou ela.

Correu direto para a criatura da frente. O bicho tentou acertá-la com a língua. Ela agarrou a língua no ar e, segurando-a com o máximo de força possível, mergulhou embaixo das patas da criatura.

O inseto tropeçou e parou, confuso. Brianna soltou a língua, espremeu-se sem pensar embaixo da criatura e saiu entre as patas traseiras. Tinha ganhado uns três segundos para Caine. Não mais.

Mirou os olhos demoníacos de rubi do inseto seguinte, disparou à queima-roupa e voltou correndo para o posto de gasolina.

Passou pelo guarda em pânico, que ainda estava derramando a preciosa gasolina no chão.

Dentro do que havia sido o mercadinho do posto, Brianna procurou freneticamente no meio do lixo e do entulho até se levantar, triunfante, com um isqueiro Bic.

Do lado de fora viu Caine, ainda pouco à frente dos perseguidores.

— Sai daqui, garoto! — gritou ela para o guarda. — Coooorre!

O cheiro de gasolina era avassalador. Ela fluía em pequenos riachos pelo estacionamento, enchendo rachaduras no concreto, formando poças rasas em lugares mais baixos.

Caine passou correndo, os pés espirrando gasolina.

Brianna sorriu.

A primeira onda de criaturas chegou ao posto, as pernas afiadas como agulhas batendo em minúsculos rios de gasolina sem chumbo.

Os vapores enchiam o ar.

Brianna sabia alguma coisa sobre velocidade. Sabia que aquele negócio de Hollywood, em que as pessoas corriam mais depressa do que explosões, era absurdo. Nem a Brisa poderia correr mais depressa que uma bola de fogo.

Mas uma coisa era ficar parada no meio do fogo, e outra correr por ele à velocidade do som. Não haveria uma explosão, pelo menos imediatamente.

Deveria funcionar, em especial com uma pequena cobertura.

Escondeu-se atrás de uma bomba e deixou a primeira criatura se aproximar. Girou, acendeu o isqueiro e se esquivou na frente do inseto que passou correndo.

Vuuush!

Não foi uma explosão de dinamite. Mas foi definitivamente uma bola de fogo.

Uma onda de calor chamuscou seu cabelo e suas sobrancelhas. Uma onda de pressão estalou os ouvidos de Brianna. Mas o corpo do inseto a havia protegido da pior parte.

A criatura da frente alcançou Caine, mas ele havia se jogado no ar e a bola de fogo, a criatura e Brianna passaram embaixo dele como um foguete.

Enquanto caía, ele virou o inseto de costas.

Três criaturas foram apanhadas na bola de fogo. O fogo fez suas antenas enrolarem e estalou as cascas quebradiças.

Duas criaturas estavam suficientemente longe para se desviar do fogo, mas o calor e a fumaça as confundiram. Elas se afastaram, mas não rápido o bastante.

O fogo se esgueirou para baixo da mangueira da bomba e desceu para encontrar o pesado vapor de gasolina dentro do enorme tanque subterrâneo.

Ca-BUUUUUM!

As bombas, o concreto, o abrigo, o mercadinho e as criaturas explodiram numa bola de fogo que fez a primeira explosão parecer uma bombinha úmida.

Choveram pedaços de insetos, metal retorcido e nacos de concreto.

Só o inseto da frente ainda estava vivo. Estava de costas, chutando o ar.

Brianna cravou a faca no queixo dele, enfiou a espingarda e disse:

— Quando chegar no inferno diga ao gaiáfago que a Brisa mandou lembranças. — Em seguida disparou dois tiros na criatura, e sua cabeça explodiu como um melão despedaçado.

QUARENTA E UM | 13 MINUTOS

ORC QUEBROU SUA garrafa na cabeça do inseto de olhos azuis. Não aconteceu nada. Ele não havia pensado que aconteceria.

A criatura girou as mandíbulas num arco amplo e acertou Orc no peito. Orc saiu voando e caiu de cara no cascalho.

Estava sem fôlego. Mas não morto.

Levantou-se devagar. Por que ter pressa?

— Se querem me pegar, venham — disse.

Três monstros foram direto para ele. Orc desferiu um soco violento, só acertou o ar, e estava de cara no chão outra vez. Dessa vez, três línguas que pareciam cordas tinham se agarrado a ele, que não conseguiu mais ficar de pé.

Astrid gritou.

— Que seja — disse ele, enquanto peças bucais rápidas como relâmpagos se fechavam.

Jack havia corrido e saltado pela noite. Seu objetivo era Praia Perdida. Mas a missão, ainda que clara, não batia bem, para ele.

Como Sam podia ter dito para ele jogar o Pequeno Pete para as criaturas? Era maluquice, não era? Maluquice? De qualquer modo, tinha de ser errado, certo?

Subia e descia morros correndo. Ele não era exatamente incansável, mas era muito forte, e pela primeira vez estava adorando essa força. Sentia como se tivesse vivido atrás de uma cortina e agora visse de fato o que acontecia ao redor.

Isso havia começado a mudar quando encontrou os laptops no trem. Tocar teclas vivas de novo, ver um monitor aceso... Mesmo sem tempo para fazer muita coisa, foi como magia, como um toque mágico.

E depois uma sensação diferente quando havia lutado. Tinha usado sua força enorme e salvado a vida de Sam, Dekka e Totó. Ele! Logo ele: Jack Computador.

Era um herói.

Ainda não parecia herói — não era mais alto nem mais musculoso do que antes, não tinha se transformado numa espécie de lutador cheio de músculos. Ainda era o Jack de aparência flácida e míope. Mas a força não lhe parecia mais completamente irrelevante.

Podia ser Jack Computador. Mas poderia ser mais do que isso também.

E no entanto o que Sam queria era que ele matasse o Pequeno Pete? Isso podia estar certo?

Havia corrido para a cidade ou para o que achava que era a direção da cidade. Do topo de um morro tinha visto a água rebrilhando a distância e achou que a cidade devia estar... ah... em algum lugar por ali.

Mas por fim percebeu que tinha se perdido completamente. Agora estava no meio de uma floresta, e achou que podiam ser os morros onde Hunter morava, mas também podia facilmente ser o Stefano Rey.

Então ouviu um grito. Uma voz humana. Uma garota gritando, pensou.

Imobilizou-se. Estava ofegando. Esforçou-se para escutar. Mas não houve um segundo grito. Pelo menos não que ele pudesse ouvir.

O que deveria fazer? Sam dissera o que fazer. Precisava alertar Edilio. E precisava... Nem conseguia formar direito o pensamento do que deveria fazer.

Mas não poderia simplesmente ignorar um grito, poderia?

— Vá descobrir — sussurrou Jack consigo mesmo. — Quem quer que seja, talvez precise de ajuda. E talvez saiba onde a gente está.

Não disse mas pensou: e talvez eu não precise ir à cidade, no fim das contas.

Correu na direção do som, atravessando uma ravina funda cheia de arbustos, e subiu do outro lado. Pegou-se numa estrada estreita entre árvores altas.

— A Coates! — disse.

Não escutou outro grito, mas ouviu sons parecidos com uma briga de socos.

De repente o papel de herói estava parecendo cada vez menos atraente.

Prosseguiu numa corrida cautelosa. Passou pelo portão de ferro da escola. E ali, uma cena de filme de terror. Um monstro com carne de pedra enterrado sob um enxame de insetos impossivelmente grandes.

Olhando a cena de uma janela, Astrid.

E então, com o braço de tentáculo acabando de atingir o tamanho final, Drake.

É, decidiu Jack, o negócio de ser herói tinha alguns lados bem negativos.

Drake emergiu para um mundo que não poderia ser mais maravilhoso.

Orc estava afundando esmagado por insetos.

Astrid olhava para baixo, aterrorizada.

E por algum motivo que Drake não conseguia avaliar, Jack Computador se encontrava ali parado, observando tudo boquiaberto.

Drake riu para Astrid.

— Não vá a lugar nenhum, minha linda, já vou subir num minuto, para brincar. Só preciso dizer oi ao meu velho amigo Jack.

— Jack! — gritou Astrid. — Ajude Orc!

Duas criaturas viraram os olhos azuis fantasmagóricos para Jack.

— O que vamos fazer com você, Jack Computador? — perguntou Drake.

— Não estou procurando encrenca — respondeu Jack.

Drake fez "*tsc-tsc*" e balançou a cabeça.

— Acho que a encrenca está em volta de você, Jack. Encrenca, encrenca em toda parte. — Depois teve uma ideia. Olhou Jack com atenção. — Cadê Sam? Ele mandou você sozinho? Como se fosse um garoto grande?

O tempo todo Drake estava chegando mais perto, esperando, esperando até poder alcançar Jack com sua mão de chicote. Jack recuou lentamente.

Orc berrava de dor. As criaturas do exército de Drake estavam batendo umas nas outras como carros numa corrida de demolição, todas se esforçando para pegar o garoto-monstro.

— Você foi todo corajoso e perigoso lá no lago, Jack — provocou Drake. Mais uns poucos metros e estaria ao seu alcance.

— Eu só... — Então Jack ofegou por causa de alguma coisa que tinha visto às costas de Drake.

Drake se virou para ver, e nessa fração de segundo Jack saltou. Drake girou de volta, rápido como uma cobra, mas tudo que fez foi levar seu rosto em contato direto com um soco avassalador.

Quando se recuperou, viu que tinha voado uns bons seis metros pelo ar.

Levantou-se e coçou o queixo.

— Essa foi muito boa, Jack. Uau. Teria me matado. Você sabe, se eu pudesse ser morto.

Jack tentou se esquivar dele, correndo para a porta, sem dúvida querendo salvar a donzela em perigo.

Drake gargalhou e girou o braço de chicote. Enrolou-o na perna de Jack e deveria tê-lo feito tropeçar, mas não tinha contado com a força de Jack. Em vez de fazer Jack tropeçar, foi Drake que partiu voando e caiu de cara no chão.

Soltou o braço, rolou e se levantou num movimento rápido e fluido, mas foi humilhante.

A mão de chicote de Drake saltou, acertou as costas de Jack e provocou um gemido de dor. Mas Jack não parou; mergulhou direto na confusão de insetos. Agarrou a perna mais próxima e puxou com força.

A perna se soltou. Isso não fez a criatura parar nem pareceu afetá-la, mas deu uma arma a Jack.

— Melhor salvar Orc aí depressa, Jack — provocou Drake. — Parece que ele está se dando mal.

Os rugidos de Orc estavam ficando roucos e fracos. O choque de carapaça contra carapaça era mais alto e mais frenético.

Eles matariam Orc logo. E então o exército de Drake cuidaria de Jack. Agora ele só precisava manter Jack distraído.

Jack partiu a perna em dois pedaços, um grosso e curto, o outro pontudo.

Drake deu uma chicotada que tirou sangue pela camisa de Jack.

— Qual é, Jack, você sabe que não pode vencer — disse Drake. — Não pode me matar. E não pode impedir meu exército. A única saída é se juntar a mim.

— Não — disse Jack.

— Agora o meu lado é o único lado, Jack. Tem um outro exército de insetos abrindo caminho por Praia Perdida agora mesmo. Por quem você acha que está lutando? O que os olhos-vermelhos não acabarem, nós vamos acabar quando chegarmos lá.

— Você não sabe o que está acontecendo em Praia Perdida — disse Jack.

— A Escuridão me diz — mentiu Drake. — Ela me deu o poder sobre eles. Estamos limpando todo mundo, Jack. No fim do dia, todos estarão mortos de vez. Junte-se a mim e talvez ela deixe você viver.

Ele estalou o chicote com velocidade de raio e pegou Jack desprevenido. O chicote se enrolou no pescoço dele. Jack puxou-o, mas tudo que fez foi trazer Drake para perto. Cara a cara, Drake gargalhou e apertou com mais força ainda em volta do pescoço de Jack; e apertou, apertou, vendo o rosto pálido de Jack ficar vermelho.

Jack deu-lhe um soco no peito com tanta força que o punho atravessou direto. Mas o aperto de Drake não diminuiu, os olhos de Jack se arregalaram, e Drake gargalhou, e a voz de Orc não era mais ouvida acima do som das bocas de inseto mastigando.

— Sam, Sam, você jurou que não deixaria!

O barco encostou no cais, e Quinn mandou seus remadores correndo, todos gritando o nome de Lana.

— Eu tenho um plano, Dekka — disse Sam.

O corpo dela não se parecia mais com nada que fosse humano. Por baixo das roupas, ele pulsava. As criaturas o estavam rasgando em vários lugares, peças bucais movendo-se com rapidez, mandíbulas procurando. Uma saiu inteiramente. Imobilizou-se por um segundo, espiando Sam com olhos cor de jade.

Sam estendeu a mão, pegou-o e largou-o. Mas Quinn foi mais rápido. Jogou uma rede de pesca sobre a criatura, pisou nas bordas da rede e prendeu-a no fundo do barco.

— Agora! — implorou Dekka. — Agora, Sam! Agora! Ah, meu Deus, agora!

Um segundo inseto podia ser visto claramente movendo-se por baixo da pele da coxa de Dekka, com apenas uma fina membrana de pele cobrindo-o.

— Eu tenho um plano, Dekka, eu tenho um plano, aguente firme, aguente firme — implorou Sam.

— Nããããão! — Era um uivo de desespero, de dar pena.

Sam lançou um olhar desesperançado para a terra. Nada. Nada de Lana. Toda a tripulação havia desaparecido.

Quinn tinha agarrado um remo e estava batendo no inseto preso como se fosse uma britadeira, uma vez, e outra, e outra, esmagando-o, e no entanto a criatura continuava viva.

De repente houve um sopro de vento, e Brianna parou no fim do cais, vibrando, coberta de gosma.

— Já era hora de vocês aparecerem... — Ela ficou em silêncio ao perceber o que acontecia com Dekka. — Que negó...

— Brisa, Lana. Agora! AGORA! — gritou Sam, mas o segundo "agora" foi dito para o ar.

— Eu preciso... eu preciso vê-la de novo... — disse Dekka.

— Não desista, Dekka. Não desista.

Mas os olhos de Dekka estavam se revirando freneticamente, o corpo inteiro num espasmo.

— Quinn. O que vou fazer... Segure-a. Segure, não importa o que aconteça.

Quinn bateu no inseto uma última vez, e, se ele não estava morto, pelo menos não iria a lugar nenhum. Em seguida se ajoelhou e segurou os ombros de Dekka.

— O que você vai fazer? — perguntou.

— Cirurgia — disse Sam, com voz opaca.

Ele levantou a mão direita. A luz verde, focalizada como um laser, cortou a roupa e a pele de Dekka.

* * *

Brianna encontrou Lana recuando com Sanjit para a borda leste da cidade.

— Lana!

— Você está viva! — disse Lana. — E as crianças?

— Um monte morreu — ofegou Brianna. — Outro monte está machucado, mas os insetos já eram.

— Estou indo — disse Lana, e começou a correr de volta para a praça.

— É. Para o lado errado e devagar demais — disse Brianna. — Me dá sua mão. Você pode se curar mais tarde.

Brianna partiu arrastando Lana, que tropeçou instantaneamente. Arrastou a Curadora pelo resto da rua, depois por toda a extensão da praia.

Arrastando-a, Brianna não conseguia desenvolver toda a velocidade, mas podia se mover mais depressa do que qualquer corredor humano.

As pernas da Curadora estavam em carne viva quando Brianna a colocou de pé no fim do cais.

— Trouxe ela! — anunciou Brianna. E depois: — O que você está fazendo?

O rosto de Sam era uma máscara de horror. Ele havia aberto Dekka do pescoço até a pelve. Os órgãos de Dekka — uma confusão de matadouro — se mexiam com uma dúzia de insetos, todos saindo de dentro dela.

Quinn agarrava os insetos e jogava na água. Estava com sangue até os cotovelos.

— Lana, mantenha-a viva — disse Sam.

Lana pulou no barco, que balançou desvairadamente.

Dekka não podia falar, não podia nem gritar.

Lana pôs as mãos no rosto contorcido de Dekka.

Brianna acompanhou-a entrando no barco, pousou levemente e empurrou Quinn e Sam de lado.

— Eu faço isso – disse.

Uma a uma, foi catando as criaturas que emergiam — algumas das quais correram para atacar Sam, outras simplesmente corriam feito baratas em pânico pelo fundo do barco —, virando-as de costas e fazendo-as atravessar direto o fundo do barco com tiros de espingarda.

Quinn jogou uma corda no cunho do cais e puxou o barco que já ia afundando. Sam e Quinn levantaram Dekka até o cais, onde ela ficou deitada, aberta como uma laranja explodida.

Lana segurou a cabeça dela no colo.

Sam, Quinn e um cara estranho, que Brianna achou ligeiramente familiar, ficaram olhando, um círculo de fascínio horrorizado.

O barco afundou. Os corpos estourados dos insetos flutuaram.

A boca de Dekka se movia, mas não emitia nenhum som. Seus olhos pareciam bolas de gude, girando, procurando sem enxergar.

— Ela está tentando dizer alguma coisa — disse Quinn.

— Ela deveria calar a boca e deixar que eu a mantivesse viva — reagiu Lana, rispidamente. A Curadora lançou um olhar maligno para Brianna. — Você me deve um par de sapatos.

De novo Dekka tentou falar.

— É você, Brisa — disse Sam. — Ela quer você.

Brianna franziu a testa, sem saber se Sam estava certo. Mas ajoelhou-se perto de Dekka e aproximou o ouvido.

Brianna ouviu, fechou os olhos um momento, depois se levantou sem dizer nada.

— O que ela disse? — perguntou Quinn.

— Só obrigada — respondeu Brianna. — Só disse obrigada.

Ela se virou para ir embora, mas não tão rapidamente a ponto de não escutar o garoto estranho dizendo:

— Não é verdade.

QUARENTA E DOIS | 3 MINUTOS

ASTRID OLHAVA, IMPOTENTE.

Não conseguia mais ver Orc. Ele já podia estar morto lá embaixo. Jack parecia incapaz de se libertar do tentáculo de Drake. E Drake sabia. Ele olhou para Astrid e piscou.

Ela havia chegado à decisão de não fazer mal ao Pequeno Pete, de deixá-lo viver ainda que isso significasse que outros morreriam.

A decisão certa e moral.

Mas dentro de um minuto ou menos Jack iria se asfixiar. E Drake iria pegá-la. Ela não tinha ilusões quanto ao que o psicopata pretendia fazer.

Drake e seu exército matariam e continuariam matando. E o que poderia impedi-los?

Descobriu que mal conseguia respirar.

Todo o seu corpo parecia zumbir com uma energia estranha. Seria medo? Seria pânico?

O rosto de Jack estava ficando escuro. Seus esforços eram menos concentrados. Os dedos arranhavam, impotentes. Os olhos se arregalavam como se fossem saltar da cabeça.

Drake iria matá-la. Mas não depressa.

E ele continuaria matando muitos, muitos outros, enquanto o LGAR existisse.

Chega. Isso precisava acabar. Tudo isso precisava acabar.

Foi até o Pequeno Pete. Pegou-o nos braços. Foi até a janela e parou, hesitando, com o corpo relaxado e suado no colo.

Drake a viu. A cor sumiu do rosto dele.

Seu tentáculo se afrouxou no pescoço de Jack.

— Não! — gritou Drake. Ele desenrolou o braço de jiboia e começou a correr para ela, gritando: — Não! Não!

— Desculpe — sussurrou Astrid. — Sinto muito, Petey.

Drake estava na porta do quarto.

— Não! — gritou ele, enquanto ela jogava o irmão sobre o mar de insetos.

— Peguem-no! — gritou Drake.

Ele passou por Astrid, indo até a janela enquanto o Pequeno Pete caía.

— Não machuquem... — gritou Drake. Suas palavras foram interrompidas por um soco fraco, mas bem certeiro, de Astrid.

O Pequeno Pete quase bateu no chão. Parou a centímetros do impacto.

Seus olhos se arregalaram. Ele encarou uma dúzia de fantasmagóricos olhos azuis.

— Não o machuquem! — gritou Drake. — A Escuridão precisa dele!

Mas era tarde demais. Os insetos correram para o Pequeno Pete. Suas línguas estalaram. As peças bucais cortaram o ar.

Não houve explosão.

Nenhum clarão de luz.

Os insetos simplesmente desapareceram.

Estavam ali. Depois, tinham sumido.

O Pequeno Pete baixou até o chão. Tossiu uma vez, com violência incrível. E depois ele também simplesmente desapareceu.

Astrid e Drake ficaram lado a lado, ambos olhando cheios de horror.

Astrid fechou os olhos. Teria acabado? Finalmente tudo teria acabado?

— Vou matar você — disse Drake, mas sua voz estava fraca.

Astrid abriu os olhos e viu o rosto dele já mudando, fundindo-se das feições duras de tubarão para uma imagem mais suave, mais arredondada.

Jack subiu a escada fazendo barulho.

Deitado de costas e sem uma das pernas, Orc gemia de dor.

— Cadê ele? — perguntou Brittney. — Cadê Nêmesis?

Astrid mal a escutou.

Ela havia feito. Tinha matado o irmão. Tinha sacrificado o Pequeno Pete.

— Vamos sair daqui antes que Drake volte — disse Jack. E pegou o braço de Astrid. Mas ela não queria ir com ele. Pelo menos por enquanto.

— Você matou ele — disse Brittney. E falava mais com espanto do que acusação.

Astrid soltou um suspiro trêmulo. Lágrimas escorreram pelo seu rosto. Ela não tinha palavras.

Brittney estava ficando com raiva.

— Ele vai pegar você por causa disso, Astrid. A fúria dele vai encontrar você. Cedo ou tarde.

— Drake ou o gaiáfago? — perguntou Jack.

Brittney mostrou o aparelho num riso feroz.

— Nós somos o braço da Escuridão. Ele vai nos mandar para pegar vocês. Vocês dois.

— Vamos, Astrid — disse Jack, sem afastar o olhar de Brittney. Astrid sentiu a força do aperto dele em seu braço. Cedeu.

Estava quase cega por causa das lágrimas, a mente numa confusão de emoções: desprezo por si mesma, nojo, raiva.

E pior do que tudo: alívio.

Ele tinha ido embora. O Pequeno Pete estava morto. E agora tudo finalmente acabaria. A parede do LGAR sumiria. A loucura estaria encerrada.

Alívio. E a percepção nauseante de que estava satisfeita por ter feito isso.

Jack guiou-a escada abaixo. Em seguida ergueu sem esforço um Orc terrivelmente ferido, mutilado. Orc estava gemendo de dor e gritando que eles deveriam deixá-lo para morrer.

— Ninguém vai morrer — disse Jack, asperamente. — Já estamos fartos disso.

Astrid andava obedientemente atrás de Jack enquanto ele carregava Orc pelo morro, na direção da cidade.

E se perguntou enquanto andava: por que o LGAR havia acabado e Jack continuava tão forte?

Dahra Baidoo saiu do hospital pela primeira vez no que pareciam ser dias.

Virtude a estava segurando, apesar de tremer tanto que mal conseguia andar também.

Os dois estavam cobertos de sangue. O hospital era um matadouro. O inseto que havia entrado simplesmente massacrara crianças que estavam doentes demais para se manterem de pé, quanto mais correr.

Virtude disse a si mesmo que a maioria daquelas crianças estava doente demais para sobreviver de qualquer modo. Mas esse pensamento jamais apagou o horror da lembrança.

Ele havia se enfiado num canto atrás de uma cama, encolhido e rezando, implorando para ser poupado. Tinha jogado coisas contra o inseto, mas penicos e panelas não eram nada para o monstro.

E então, num instante, a criatura sumiu.

Suas mandíbulas sangrentas estavam raspando a parede, tentando desalojar Virtude. A centímetros e milissegundos da morte abominável.

E então... nada.

Sumiu.

Virtude não tinha ouvido nada além do som de seus próprios soluços.

Então vieram os sons de outras pessoas chorando.

E um uivo insistente, louco, de desespero.

Dahra estava gritando quando ele a puxou gentilmente de baixo de um corpo.

— Ele sumiu — disse.

Ela não conseguia parar de tremer. Não conseguia parar de uivar. E de repente Virtude estava de volta àquele campo de refugiados no Congo, lembrando coisas que tinha testemunhado quando ainda era pequeno demais para entender.

Uma fúria terrível ferveu por dentro dele. Uma raiva incontrolável contra tudo e todos que tornavam o mundo um inferno de medo, dor e perda.

Queria quebrar coisas. Queria berrar feito um animal selvagem.

Mas Dahra tinha parado de uivar, e agora só olhava para ele, precisando de alguém, alguém para finalmente cuidar dela.

Virtude segurou a mão de Dahra e passou o braço pelos ombros dela.

— Vamos sair daqui — disse, gentilmente.

Havia crianças gritando de dor. Mas Virtude sabia que Dahra não podia mais reagir. Por isso levou-a para o ar fresco e puro.

Os corpos de todos os insetos haviam sumido. Os corpos das pessoas que eles haviam matado, não.

Virtude não sabia para onde levar Dahra. Afinal de contas, era para ela que as crianças levavam outras crianças. Não conhecia ninguém para ajudá-la. Talvez ninguém pudesse ajudá-la.

Levou Dahra até a igreja arruinada. Estava silencioso lá dentro, embora ali também tenha sido um local de batalha. Limpou um espaço num banco para ela. Colocou-a sentada, sentou-se ao lado, exausto demais, fechou os olhos e rezou.

— Deus no céu, olhe para baixo e tenha pena dessa garota. Ela já fez o suficiente. — Ele suspirou e acrescentou, em dúvida: — Amém.

Virtude não ficou muito tempo. Ainda havia crianças precisando de ajuda.

Encontrou seu irmão indo para o hospital. Sanjit o abraçou com força e disse:

— Eles foram embora, Chu. Foram todos embora.

Virtude assentiu e deu um tapinha tranquilizador nas costas de Sanjit.

Sanjit segurou-o e olhou em seu rosto.

— Você está legal, irmão?

— Já tive dias melhores.

— É, acho que a ilha está parecendo ainda melhor agora, hein? Você estava certo, isso aqui é um tremendo hospício.

Virtude assentiu solene e olhou de volta para a igreja.

— É, mas tem alguns santos misturados com os malucos.

* * *

Caine caminhava rigidamente de volta à cidade. Estava queimado, arranhado, furado, machucado e achava que podia ter partido umas duas costelas.

Mas tinha vencido.

O único lado negativo — fora as várias dores que o faziam se encolher a cada passo — era que não tinha feito tudo sozinho. Brianna havia marcado pontos. Ele não conseguia suportá-la, mas, cara, ela era boa de briga.

E alguma força invisível, impossível de saber o que era, havia feito desaparecer os insetos que eles tinham acabado de matar. Até as pernas quebradas, os líquidos e as entranhas tinham sumido. Como se tivessem sido totalmente apagados da existência.

Brianna havia ido embora, deixando-o mancando sozinho. Sem dúvida estava contando vantagem e reivindicando o crédito.

Mas não adiantaria. Não, todo mundo o tinha visto ir na direção da ameaça. E agora a ameaça havia sumido, como ele prometera. Ele havia cumprido com a palavra. Tinha merecido seu lugar de direito.

No momento em que atravessava a estrada para a cidade, as primeiras crianças vieram correndo para ele, agradecidas, rindo, querendo bater na palma de sua mão.

— Você conseguiu, cara! Você conseguiu!

Ele recusou os tapas na mão e ficou imóvel, olhando-as, e simplesmente esperou.

Elas pareceram inseguras, meio preocupadas. E então perceberam.

A primeira baixou a cabeça. Era um gesto espasmódico, desajeitado, mas, para Caine, tudo bem: elas aprenderiam.

A segunda criança, depois uma terceira e uma quarta juntaram-se rapidamente e baixaram a cabeça para Caine. Ele assentiu num reconhecimento solene e foi andando, não mais sentindo tanta dor.

A MANHÃ SEGUINTE |

SAM NÃO PODIA enfrentar a cidade e o pessoal de lá. Se entrasse na cidade agora poderia haver uma luta com Caine. Ele não podia entrar numa luta. Mais tarde. Agora, não. Por enquanto, não.

Tinha visto o desaparecimento súbito e completo dos bichos. Num minuto, as criaturas que haviam se chocado dentro de Dekka estavam flutuando na água e, no segundo seguinte, tinham sumido.

Pensou que sabia o que acontecera. Só um poder era suficientemente grande para fazer com que as criaturas deixassem de existir.

Contra todas as chances, Jack devia ter tido sucesso em jogar o Pequeno Pete para os insetos. Só Petey poderia ter feito aquilo. O plano desesperado e lunático de Sam havia funcionado, havia funcionado mesmo.

Mas, assim que Astrid soubesse que ele havia ordenado que Jack fizesse aquilo, nunca mais falaria com ele.

A cidade estava salva. Mas Sam estava perdido.

O senhor ordenou a morte de um menino autista de 5 anos, Sr. Temple?

O tribunal de acusação estava de volta.

Isso mesmo, disse a eles na imaginação. *Foi isso o que eu fiz.*

Andou até chegar ao penhasco. Na última vez em que estivera ali... Bom, agarrar Taylor parecia um pecado bem pequeno, agora.

Isso mesmo. E porque fiz isso os insetos foram destruídos. E vidas foram salvas.

Não é o senhor que deve tomar essas decisões, Sr. Temple. Deus decide a vida ou a morte.

— É? — disse Sam em voz alta. — Bom, eu não gosto muito das decisões Dele.

Olhou para o mar. Estava parado exatamente onde Maria havia ficado antes de pular. Mas não se sentia tentado a segui-la. Maria tinha sido levada à insanidade.

— Isso mesmo — disse Sam a ninguém. — Eu fiz. E deu certo.

— Sam.

Ele girou nos calcanhares. Astrid estava ali. E Jack 30 metros atrás, e não parecia querer chegar mais perto.

— Astrid.

Os olhos dela estavam vermelhos e inchados. Estava olhando para além dele, para a barreira, com uma expressão que ele não conseguia decifrar.

— Ela ainda está aí — disse Astrid.

Ele olhou a parede impenetrável.

— É.

— Mas... mas Petey morreu — disse ela. — Isso deveria ter parado. Ela não deveria estar aí. Tudo deveria ter acabado.

— Sinto muito com relação ao Pequeno Pete.

— Ela ainda está aí.

— Acho que... — começou ele.

— Por nada! Eu matei ele por nada! — gritou Astrid. — Ah, meu Deus, não! Eu fiz isso por nada!

— Você? Você não... — Mas então ele viu a expressão de Jack. Jack assentiu, depois olhou para o chão.

Instintivamente foi até Astrid, para abraçá-la. Mas algo o impediu. Sabia que ela não receberia isso bem.

Percebeu com a força de uma revelação que ela não podia estar com ele quando se sentia fraca ou fora de controle. Astrid precisava ser forte. Precisava ser... Astrid.

E nesse momento? Ela não era. Sam nunca a vira tão perdida. Ficaria felicíssimo em abraçá-la. Mas ela não quereria. Assim, não.

— Astrid...

— Por nada — sussurrou ela.

Ele recuou.

— Astrid, escuta, eu tinha mandado Jack fazer isso. Era o único modo. Se você não tivesse feito...

Mas ela não estava escutando. Uma expressão de puro ódio, uma expressão que ele jamais havia pensado que ela seria capaz de ter, transformou o rosto de Astrid. Seria por ele? Pela barreira?

Por si mesma?

— Eu abandonei, você sabe. Eu abandonei a cidade com Orc. E depois abandonei Petey. Simplesmente saí pela porta da Coates. Abandonei-o. Ele e Orc. Os dois precisavam de mim. Mas eu fui embora porque pensei: "Se ficar, vou me sentir tentada." Um simples assassinato. Sabe quando uma frase fica presa na cabeça da gente, girando e girando?

Ele não respondeu. Ela não queria que ele respondesse. Mas, sim, ele sabia.

— Eu sabia que, se matasse Petey, tudo iria terminar... E então, sabe de uma coisa? Dei voltas no escuro, só andei, num círculo enorme. E me convenci a não fazer isso. Veja só, eu entendi tudo na cabeça. Porque sou muito, muito inteligente.

Ela riu disso com amargura.

— Quem é mais inteligente do que eu? Astrid Gênio. Eu deduzi tudo e fiz toda a argumentação certa. E rezei. E cheguei a uma decisão boa e moral. E depois? Quando eu estava lá, e Drake... e eu pensei no Drake... quando pensei... — Ela não conseguiu continuar.

— Astrid, todos nós tivemos de fazer...

— Não — disse ela. — Não.

— Olha, vem comigo. — Sam estendeu a mão para Astrid, mas sentiu uma parede fria e impenetrável ao redor dela. Ela estava em outro lugar. Era outra pessoa. As mãos dele baixaram de novo ao lado do corpo.

— Como você deve rir da minha arrogância e minha superioridade! — disse Astrid baixinho. — Fico pensando em como você me aguenta. Você não sente vontade de dizer "eu não disse?", Sam? Como pode não sentir? Se eu fosse você, diria: "Viu? Viu? Sua hipócrita, idiota? Bem-vinda ao mundo do Sam. É isso o que eu faço, essas são as decisões que eu tomo."

É. Parte dele queria dizer isso. Parte dele queria dizer exatamente essas palavras. *Bem-vinda ao meu mundo. Não é fácil ser o Sam, é?* Tentou não deixar essa emoção aparecer no rosto, mas devia ter aparecido, porque Astrid assentiu ligeiramente, como se ele tivesse falado.

Ele disse tudo em que conseguiu pensar:

— Eu amo você, Astrid. Não importa o que aconteça, eu amo você.

Mas, se ela ouviu, não deu sinal. Astrid se virou e foi andando.

CINCO DIAS DEPOIS

FAZIA MUITO TEMPO que um número tão grande de crianças não enchia a praça. Nem todo mundo tinha vindo, mas a maioria estava ali. Olhando de cima da escadaria da prefeitura, Sam viu rostos temerosos, outros felizes, e, claro, como acontece com qualquer grupo de crianças, algumas estavam simplesmente brincando.

Era uma coisa boa, disse a si mesmo, essa capacidade de encontrar um pouquinho de alegria à qual se agarrar.

O cemitério havia crescido terrivelmente. Mas a gripe finalmente passara. Não tinham aparecido casos novos nas últimas vinte e quatro horas. Ninguém estava comemorando, ninguém estava relaxando, mas a gripe mortal parecia ter finalmente terminado seu ciclo.

Lançou um olhar para o irmão. Caine parecia confiante, certamente mais confiante do que Sam se sentia. Caine usava bem a expressão de um rei autonomeado, pensou Sam, com ar sombrio. Estava vestido à perfeição, com calça cinza e um blazer azul-marinho sobre uma camisa de colarinho, azul-clara. Como havia conseguido aquilo?

O resto de sua "corte" não estava nem de longe tão bem-arrumada, mas mesmo assim tinha aparência melhor do que Sam e sua turma.

Diana, Penny, Turk e Taylor estavam atrás de Caine.

Sam estava com Dekka, mas não mais a Dekka aparentemente intrépida e intimidante que ele sempre conhecera. Ela estava com o corpo fraco, ainda se recuperando, e mais fraca ainda em espírito.

Brianna não estava exatamente parada, mas sim vibrando, incapaz de ficar totalmente imóvel. Parecia distraída, com raiva e definitivamente recusando-se a estabelecer contato visual com Dekka.

Jack era a surpresa para Sam: o fato de ele se preocupar em se vestir direito e se lembrar de aparecer. Jack estava crescendo, havia crescido, como pessoa.

Edilio estava sentado numa cadeira de jardim. Parecia ainda às portas da morte, mas a tosse havia passado, a febre tinha abaixado e ele estava cheio de determinação.

A ausência mais notável era de Astrid. Ela deveria estar ali. Sam examinou a multidão procurando algum sinal dela. Mas ninguém a tinha visto. As fofocas eram que ela havia se mudado para um pequeno apartamento nos limites da cidade. Outros diziam que a tinham visto andando pela estrada em direção ao Stefano Rey.

Sam havia esperado que ela aparecesse para o Grande Rompimento, como Howard tinha chamado essa estranha cerimônia. Mas ela não estava à vista. E os amigos de Sam agora evitavam com cuidado mencionar o nome dela.

Totó estava parado sem jeito, sem graça, remexendo-se, entre os dois grupos separados.

— Acho que todos estão aqui — anunciou Caine.

— Ele não acredita nisso — disse Totó.

Caine deu um sorriso indulgente.

— Acho que todo mundo que tem probabilidade de vir está aqui — corrigiu-se.

— Verdade — disse Totó.

— É — observou Sam. Sua boca estava seca. Ele estava nervoso. Não deveria se importar. Isso não deveria importar. Não era como se algum dia ele quisesse ser líder, quanto mais um líder popular.

Caine levantou a mão, sinalizando que era hora de todos fazerem silêncio.

— Vocês todos sabem por que estamos aqui — disse em sua voz boa e forte. — Sam e eu queremos a paz...

— Não é verdade — disse Totó.

O olhar de Caine relampejou com raiva. Mas ele forçou um sorriso.

— Totó, para quem não sabe, é uma aberração que tem o poder de identificar verdade e mentira.

— Verdade — disse Totó.

— Então. Certo. Deixe-me recomeçar. Sam e eu não gostamos um do outro. Meu pessoal não gosta do pessoal dele, e o pessoal dele sente o mesmo por nós. — Ele fez uma pausa e olhou para Totó.

Totó assentiu e disse:

— Ele acredita nisso.

— É, acredito — respondeu Caine, secamente. — Temos visões diferentes para o futuro. Sam quer levar todo mundo para esse tal lago. Eu quero ficar aqui em Praia Perdida.

A multidão permaneceu muito silenciosa. Sam estava ao mesmo tempo irritado e aliviado porque Caine se ocupava do discurso.

— Sam e eu também temos ideias diferentes sobre liderança. Sam acha que a liderança é um fardo. Eu? Eu acho que é uma oportunidade.

— Ele... ele acredita nisso — disse Totó. Mas estava franzindo a testa, talvez pensando algo sobre Caine que não era verdade nem mentira.

— Hoje cada um de vocês tomará uma decisão — disse Caine. — Ir com Sam ou ficar aqui. Não vou tentar impedir ninguém e não vou ficar ressentido com ninguém. — Ele pôs a mão no coração. — Para os que optarem por ficar, serei bem claro: eu vou estar no comando. Não como prefeito, mas como rei. Minha palavra será a lei. Minhas decisões serão definitivas.

Isso provocou alguns murmúrios, a maioria de insatisfação.

— Mas também farei todo o possível para deixar cada um de vocês em paz. Quinn, se optar por ficar, ainda poderá pescar. Albert, se optar por ficar, ainda comandará seus negócios. Aberrações e normais serão tratados com igualdade.

Ele parecia a ponto de acrescentar outra coisa, mas se controlou depois de olhar de lado para Totó.

O silêncio se alongou, e Sam soube que era hora de falar. No passado sempre tivera Astrid junto para coisas assim. Não era um bom orador. E, de qualquer modo, não tinha muita coisa a dizer.

— Quem for comigo terá direito a opinar sobre como fazemos as coisas. Acho que vou estar mais ou menos no comando, mas provavelmente vamos escolher outras pessoas, criar um conselho como... Bom, espero que seja melhor do que o que tivemos antes. E, ah... — Ele sentiu-se tentado a rir de seu próprio desempenho lamentável. — Olha, pessoal, se vocês querem alguém, um... rei... nossa!... para dizer o que fazer, fiquem aqui. Se quiserem tomar suas próprias decisões, bem, venham comigo.

Ele não dissera o suficiente para sequer fazer com que Totó comentasse.

— Vocês sabem de que lado estou, pessoal — gritou Brianna. — Sam vem carregando o fardo desde o primeiro dia.

— Foi Caine que salvou a gente — gritou uma voz. — Onde Sam estava?

A multidão parecia indecisa. Caine exalava confiança, mas Sam notou que seu queixo estava travado, que o sorriso era forçado, e ele estava preocupado.

— O que Albert vai fazer? — perguntou um garoto chamado Jim. — Cadê Albert?

Albert saiu de uma posição discreta, de lado. Subiu a escada, ainda se movendo com cautela, não totalmente bem.

Escolheu cuidadosamente uma posição entre Caine e Sam.

— O que devemos fazer, Albert? — perguntou uma voz, lamentosa.

Albert não olhou a multidão, levantou apenas a cabeça rapidamente, como se estivesse se certificando de estar virado na direção certa. Falou em voz monótona, baixa e razoável. As crianças chegaram mais perto para ouvir.

— Eu sou empresário.

— Verdade — disse Totó.

— Meu serviço é organizar o pessoal para trabalhar, pegar as coisas que eles colhem ou pegam e redistribuir por intermédio de um mercado.

— E pegar as melhores coisas para você mesmo — gritou alguém, provocando risos generalizados.

— É — reconheceu Albert. — Eu me recompenso pelo trabalho que faço.

Essa admissão direta deixou a multidão perplexa.

— Caine prometeu que, se eu ficar aqui, não vai interferir. Mas eu não confio em Caine.

— Não confia, não — concordou Totó.

— Eu confio em Sam. Mas...

E agora seria possível escutar um alfinete caindo.

— Mas... Sam é um líder fraco. — Ele manteve os olhos abaixados. — Sam é o melhor lutador que existe. Ele nos defendeu muitas vezes. E é o melhor em descobrir um modo de sobreviver. Mas Sam — agora Albert se virou para ele —, você é humilde demais. É muito disposto a ceder a vez. Quando Astrid e o conselho puseram você de lado, você aceitou. Eu mesmo fiz parte daquilo. Mas você deixou que a gente o empurrasse de lado, e o conselho acabou sendo inútil.

Sam ficou imóvel, com a expressão petrificada.

— Vamos encarar, você não é de fato o motivo para as coisas estarem melhores aqui, eu é que sou — disse Albert. — Você é muito mais corajoso do que eu, Sam. E se houver uma batalha, você é que manda. Mas não consegue organizar nem planejar com antecipação, e simplesmente não bate o pé para fazer as coisas acontecerem.

Sam assentiu ligeiramente. Era difícil ouvir aquilo. Mas era muito mais difícil ver como a multidão estava assentindo, concordando. Era a verdade. O fato era que ele tinha deixado o conselho comandar, tinha saído e depois ficado imóvel, sentindo pena de si mesmo. Tinha adorado a chance de partir numa aventura e não estivera ali para salvar a cidade quando foi necessário.

— Então — concluiu Albert —, vou manter minhas coisas aqui, em Praia Perdida. Mas haverá um comércio livre de coisas entre Praia Perdida e o lago. E Lana precisa ter permissão para se mover com liberdade.

Caine se eriçou diante daquilo. Não gostava de ver Albert determinando condições.

Albert não se intimidou.

— Eu alimento esse pessoal — disse a Caine. — Faço do meu modo.

Caine hesitou, depois fez uma pequena reverência tensa com a cabeça.

— Quero que você diga — disse Albert, assentindo para Totó.

Sam viu o pânico nos olhos de Caine. Se ele mentisse agora, a coisa estaria acabada. Totó iria denunciar. Albert apoiaria Sam, e as crianças seguiriam a liderança de Albert.

Sam se perguntou se Caine estaria começando a perceber o que ele sabia há algum tempo: se alguém era rei, não era Sam nem Caine, era Albert.

Caine demorou muito tempo para responder. Seu sorriso sumiu enquanto a compreensão assentava. Ele só poderia dizer a verdade. O que significava acreditar no que diria.

Aceitar.

Numa voz chapada, muito diferente de sua presunção altiva de antes, disse:

— É. Albert decide tudo que tenha a ver com dinheiro, trabalho ou comércio entre Praia Perdida e o lago. E a Curadora vai aonde quiser.

Sam teve de resistir à ânsia de gargalhar. Depois de tudo que havia acontecido entre ele e Caine, depois de toda a pose de Caine nesse dia, não era o grande, charmoso, bonito e muito poderoso Caine, nem Sam, que governava o LGAR. Era um garoto negro, magro e reservado cujo único poder era a capacidade de trabalhar duro e manter o foco.

O grande momento de Caine, seu grande retorno em triunfo, tinha sido manchado.

— Certo — disse Sam. — Estou indo para o Ralph's. Quem quiser vir comigo vá para lá. Vou esperar duas horas. Tragam garrafas d'água e qualquer comida que vocês tenham. É uma longa caminhada até o lago.

Desceu a escadaria, virou-se sem olhar para trás e foi em direção à via expressa. Tinha a sensação estranhíssima de que estava caminhando sozinho.

Parou na via expressa. Brianna estava ali. Dekka também, e Jack. Jack carregava Edilio como um bebê — um bebê muito grande.

Além deles, havia uns quarenta ou cinquenta outros que tinham pegado as coisas e saído de casa para segui-lo.

Quinn se aproximou, e Sam puxou-o de lado. Seu velho amigo parecia torturado e triste.

— E aí, brou? — perguntou Sam.

Quinn não conseguia falar. Estava embargado de emoção.

— Cara...

— Você quer ficar na cidade.

— Minhas tripulações... meus barcos e coisa e tal...

Sam pôs a mão no ombro dele.

— Quinn, fico feliz porque você arranjou uma coisa importante para fazer. Uma coisa da qual você gosta de verdade.

— É, mas...

Sam puxou-o num abraço rápido.

— Você e eu ainda somos amigos, malandro. Mas você tem responsabilidades.

Quinn assentiu, arrasado.

Sam examinou o pessoal de novo, procurando Astrid. Ela não estava ali.

Não era uma distância grande até o estacionamento do Ralph's. Sam se encostou num carro, com o corpo relaxado. Algumas crianças vieram fazer declarações de apoio ou encorajamento. Mas a maior parte vinha dizer coisas do tipo:

— Você tem Nutella mesmo?

Ou:

— Eu posso morar num barco? Vai ser maneiríssimo.

Eles estavam indo por causa da Nutella e do macarrão instantâneo, não por causa dele.

Sentia-se entorpecido. Como se tudo que estava acontecendo fosse com outra pessoa. Visualizou-se no lago, num barco-casa. Dekka estaria lá, e Brianna e Jack. Ele teria amigos. Não estaria sozinho.

Mas não conseguia se impedir de procurá-la.

Ela não tinha mais o Pequeno Pete com que se preocupar. Eles poderiam ficar juntos sem tudo aquilo. Mas, claro, ele conhecia Astrid, e sabia que agora mesmo, onde quer que ela estivesse, estava sendo devorada por dentro pela culpa.

— Ela não vem, não é? — disse Sam a Dekka.

Mas Dekka não respondeu. A cabeça dela estava em algum outro lugar. Sam a viu olhar e virou a cabeça quando Brianna pôs a mão de leve no ombro de Jack.

Dahra ia ficar no hospital, porém mais algumas crianças vieram. Grupos de três e quatro. A Sereia e as crianças com quem ela morava. John Terrafino. Ellen. Sam esperou. Iria esperar as duas horas inteiras. Não por ela, disse a si mesmo, só para manter a palavra.

Depois Orc, com Howard.

Sam gemeu por dentro.

— Você deve estar brincando comigo — disse Brianna.

— O trato foi que o pessoal podia escolher — respondeu Sam. — Acho que Howard acabou de perceber como a vida pode ser perigosa para um criminoso morando num lugar onde o "rei" decide sobre a vida e a morte.

Para alívio de Sam, Howard não veio falar com ele. Sentou-se com Orc na traseira de uma picape. Outras crianças ficaram longe deles.

— Está na hora — disse Jack.

— Brisa? Conte o pessoal — disse Sam.

Brianna voltou em vinte segundos.

— Oitenta e dois, chefe.

— Cerca de um terço — observou Jack. — Um terço do que restava.

— Espere. Agora são oitenta e oito — disse Brianna. — E um cachorro.

Lana, parecendo profundamente irritada — uma expressão bastante comum para ela —, e Sanjit, parecendo feliz — uma expressão bastante comum para ele —, e os irmãos de Sanjit vinham correndo para alcançá-los.

— Não sei se vamos ficar lá ou não — disse Lana, sem preâmbulo. — Quero dar uma olhada. E meu quarto está fedendo a merda.

Logo antes de o tempo acabar, Sam ouviu uma agitação. As crianças estavam abrindo passagem para alguém. O coração dele saltou.

— Oi, Sam.

Ele engoliu o nó na garganta.

— Diana?

— Não estava me esperando, não é? — Ela fez uma expressão irônica. — Cadê a lourinha? Não a vi no grande comício.

— Você vem com a gente? — perguntou Brianna, obviamente nada contente a respeito.

— Caine concorda? — perguntou Sam a Diana. — A escolha é sua, mas preciso saber se ele vem atrás de nós para pegar você de volta.

— Caine tem o que quer — respondeu Diana.

— Talvez eu devesse chamar Totó — disse Sam. O garoto da verdade estava conversando com o Aranha. — Eu poderia perguntar a você se está vindo espionar para Caine, e ver o que Totó vai dizer.

Diana suspirou.

— Sam, eu tenho problemas maiores do que Caine. E acho que você também. Porque o LGAR vai fazer uma coisa que nunca fez antes: aumentar a população em um habitante.

— Como assim?

— Você vai ser tio.

Sam a olhou com uma expressão vazia. Brianna disse um palavrão muito forte. E até Dekka levantou os olhos.

— Você vai ter um bebê? — perguntou Dekka.

— Esperemos que sim — respondeu Diana, com a voz chapada. — Esperemos que seja só isso.

PETE I

CAMINHAVA NA BORDA de uma placa de vidro com 1 milhão de quilômetros de altura.

De um lado, lá longe, lá embaixo, os ruídos dissonantes e as cores que queimavam os olhos estavam turvos. Ele via o cabelo amarelo e os olhos azuis penetrantes da irmã, mas agora estava longe demais para que essas coisas o machucassem.

Viu os ecos dos monstros sinistros, de olhos brilhantes, que tinham tentado comê-lo. Eram fantasmas afundando preguiçosamente para o brilho esverdeado, longe, bem lá embaixo.

Eles tinham tentado alcançá-lo com línguas que espetavam e bocas que cortavam. Por isso tinha feito com que desaparecessem.

A dor em seu corpo havia sumido. Ele estava refrescado, leve e incrivelmente ágil. Deu uma estrela na borda do vidro e gargalhou.

Seu corpo, cheio de calor, dores e tosses como um vulcão, tinha ido embora também. Como os insetos.

Sem corpo, não havia dor.

O Pequeno Pete sorriu para a Escuridão lá embaixo. Ela não tentava tocá-lo. Ela se encolhia para longe.

Estava com medo.

Com medo dele.

O Pequeno Pete sentia-se como se um peso gigantesco tivesse sido tirado de seus ombros. Tudo aquilo, as cores fortes demais e os olhos penetrantes demais, e os fiapos de névoa que tentavam alcançar sua mente, tudo estava muito longe.

Agora o Pequeno Pete flutuava para cima e para longe da placa de vidro. Não precisava mais se equilibrar precariamente ali. Podia ir a qualquer lugar. Estava livre da irmã e da Escuridão. Estava finalmente livre do corpo devastado pela doença. E também estava livre do cérebro torturado, torcido, atrofiado, que tornava o mundo tão doloroso para ele.

Pela primeira vez, o Pequeno Pete via o mundo sem se encolher e sem necessidade de fugir. Era como se antes estivesse olhando o mundo através de um véu, através de vidro leitoso, e agora o visse claramente pela primeira vez em sua breve existência.

Durante toda a vida sentira necessidade de se esconder. E agora ficava boquiaberto com a empolgação de ver, ouvir e sentir.

Seu corpo doente tinha ido embora. Seu cérebro distorcido, aterrorizante, tinha ido embora.

Mas Pete Ellison nunca estivera mais vivo.

Este livro foi composto na tipologia Sabon LT Std,
em corpo 11/15,1 e impresso em papel off-white
no Sistema Cameron da Divisão Gráfica
da Distribuidora Record.